庫

フラジャイル

松岡正剛

筑摩書房

使命、すでにそれがひとつの弱点である。
意識、それがすでにひとつの弱点である。

三島由紀夫「夜の車」

目次

Ⅳ 感性の背景 155

Ⅴ 異例の伝説 261

Ⅵ　フラジャイルな反撃　379

フラジャイル

目次・扉・タイトルディレクション――――ミルキィ・イソベ
本文基本デザイン・図版ページデザイン――――羽良多平吉

I ウィーク・ソートで？

敗北の美学のみが永続的だ。
敗北を解しない者は敗者だ。……
人がもしこの極意を、この美学を、
この敗北の美学を理解しなかったら、
その人はなんにも理解しなかった人だ。

ジャン・コクトー「阿片」（堀口大学訳）

大人たちは、ぼくの本来の物語の開始にあたって、どんな報告をするというのだろう。三歳のとき、オスカル・マツェラートは地下室の階段からコンクリートの床の上に墜落した。このために彼の成長は中断した、云々？

ギュンター・グラス「ブリキの太鼓」（高本研一訳）

1 弱さの多様性

この本は、はなはだ奇妙な議論に熱中するためにある。

私の熱中は、これまでまったく顧みられてこなかった「弱さ」というものをめぐっている。また、弱さにひそむ「フラジャイルな感覚」をめぐっている。弱点や欠陥や不足などの「弱々しさ」は、ここではちょっとした英雄である。わずかなこと、ささいなこと、はかないことは、ここではたいそうまぶしい出来事になる。

この本は叙述のしかたもいささか変わっている。テレーズ・ラカンの人生と黄昏（たそがれ）の科学とトルーマン・カポーティのホモセクシャリティとがつながり、中世の説経節とカオスの物理学とシンデレラの謎とが重なり、オスカー・ベッカーの美意識と長吏（ちょうり）浅草弾左衛門の実態とミシェル・フーコーの歴史思想とが、いっしょくたに語られる。民族学の章もあれば生物学の章もあり、能楽の足跡やネットワーカーの足跡をたどる章もある。あるいはまた、三島由紀夫の「うすばかげらふのやうな危機感」とギリシア神話における「境界をまたぐ足の萎えた神」と日本近世の無宿人の「一宿一飯の渡世の義理」とがふいに同じ問題になっていく。一見、関係がないとおもわれる現象や出来事が、どこかから滲み出してきた「弱さ」によって次々に連なっていく。

ひとつ、例を出す。吉本ばななの『満月』1988には、「私の気持ちは弱っているので、今すぐアラビアへ月を見に行きましょう、と言ってもうんと言ってくれそうに思えた」という一行がある。

気持が弱っているからこそアラビアの月に飛んでいきたいと言ってみたくなるのだという感覚、これは、吉本ばななががデビュー以来つかっているフラジャイルな感覚だが、かつては大島弓子しかできなかった芸当だった。このような弱々しい感覚から発揮される薄弱な意志や透明な意図には、それをいちがいに軟弱だと決めつけられない何ものかがある。なにげない些細なことが、それがいかに弱々しい出来事でも大きな転換のきっかけになっていったりするからだ。

この大島や吉本の感覚は、マルグリット・デュラスがインタヴューで話していた描写では、次のようになる。

近ごろ、奇妙なことがおこったのね。家には私ひとりしかいなくて、狭い台所で洗濯をしたところ。とても静かで、秋のはじめの夕方でした。そこへ大きな蝿がやってきたの。蝿はランプのかさの中でながいことぐるぐるまわって、それからあるとき死んだまま落ちてきた。

ふと蝿が死んだ時刻をメモしたことを憶えているの。五時五十五分だったはずです。私はもうそのときに映画の中に生きていたのね。ある映画の中に生きていた。それはたぶん蝿の物語か、かすかな蝿の羽音を聞いている私の些細な物語か、だったんでしょうね。(引用者訳)

最初の例はこんなところでいいだろう。この二つの例は私のなかではたちまち他のフラジリティとつながっていくからだ。デュラスの蝿は、私の少年時代の白墨あるいは青年時代のシャープペンシルなのである。白墨で黒板に図形を描くと、さらさらと白い粉がこぼれて黒板の上を奇蹟のようにゆっくりとすべっていく。その鱗粉のような粉を見ていると、私はいつも自由な空想がたのしめた。白墨はすこしずつへりながら、気がつくとすっかり小さくなっている。けれども、いつでも消せる白墨の線が描いたことは、ときに生涯忘れられないものとなる。

シャープペンシルの芯は細く、折れやすい。その脆弱感はスリムなホルダーが維持するようになっている。ノックしすぎれば芯はたやすく折れ、ふたたび芯を補給する。けれども、うまく芯の出方をまもってやりさえすれば、シャープペンシル一本で童話一篇くらいは書ける。
十五歳の私はシャープペンシルを手にしたとたん、いつもアンデルセンになっていた。白墨を手にしたときは、アンリ・ポアンカレかヘルマン・ミンコフスキーだった。シャープペンシルや白墨がもっているおぼつかない消息というもの、消そうとおもえばいつでも消せるのにその線がのこされていく事情、もともとは弱々しいにもかかわらず、なんらかの存立条件をえて、その存在がひそかに、しかし細晰に保持されつづけている感覚、これらが「フラジャイルな弱さ」なのである。

いったい「弱さ」とは何なのか。「弱さ」には種類とか起源というものがあるのだろうか。たとえば「弱さ」の歴史といったものは書けるのか。こういうことはまだ誰も考えてこなかった問題だった。

弱さには自分でおもいこむ弱さもあれば、他者や社会がしむけてくる弱さもある。強いとおもえていたものがからっきし弱いこともあり、弱いとみえたものがめっぽう強いばあいもある。また、金属の弱さや動物の弱さや体力の弱さのように、その内部の組織が弱くてもろいということもある。また、人間の心理的な弱みもあるし、地域的に露呈した弱さや、世間によって閉じこめられてしまった弱さもある。いずれにしても弱さはたいそう相対的である。

きっとわれわれの周囲には「強さ」があるぶんだけ、「弱さ」というものがたくさん想定されてきた。しかも、こうした「弱さ」は、これまではしばしば敗北や欠損や劣悪の原因とされてきた。勝った者はつねに強くて、負けた者がかならず弱いとされてきた。しかし、では弱さという概念がいったい何を示しているのか、弱さの尺度はどんなものなのかといえば、これはほとんど関心の対象にはなってこなかったのである。

私は「弱さ」を「強さ」からの一方的な縮退だとか、尻尾をまいた敗走だとはおもっていない。むしろ弱々しいことそれ自体の中に、なにか格別な、とうてい無視しがたい消息が隠れているとおもっている。

結論を言うようだが、「弱さ」は「強さ」の欠如ではない。「弱さ」というそれ自体の特徴をもった劇的でピアニッシモな現象なのである。それは、些細でこわれやすく、はかなくて脆弱で、あとずさりするような異質を秘め、大半の論理から逸脱するような未知の振動体でしかないようなのに、ときに深すぎるほど大胆で、とびきり過敏な超越をあらわすものなのだ。部分でしかなく、引きちぎられた断片でしかないようなのに、ときに全体をおびやかし、総体に抵抗する透明な微細力をもっているのである。

こうした不可解な名状しがたい奇妙な消息を求めるうちに、私の内側でしだいにひとつの感覚的な言葉が、すなわち「フラジャイル」（fragile）とか「フラジリティ」（fragility）とよばれるべき微妙な概念が注目されてきたのだった。

これらの言葉は「もろさ」とか「こわれやすさ」とか、あるいは「きずつきやすさ」という意味をもつが、そこには、たんに脆いとか壊れやすいというだけではすまないただならぬ何者かがひそんでいる。脆くて壊れやすいのにもかかわらず、その本質的な脆弱性ゆえに、たとえ外部から破損や毀損をうけることがあっても、なかなか壊滅しきらない内的充実がある。それがフラジャイルであって、フラジリティなのである（フラジャイルやフラジリティのラテン語を背景とした語源的な説明については次章第三節の「はかない消息」に述べておいた）。

さて、本書で「弱さ」とか「フラジリティ」というときには、そこには多様な意味がふくまれる。そのつもりで私も書く。

弱さ、弱々しさ、薄弱、軟弱、弱小、些少感、瑣末感、細部感、虚弱、病弱、稀薄、あいまい感、寂寥、寂漠、薄明、薄暮、はかなさ、さびしさ、わびしさ、華奢、繊細、文弱、温和、やさしさ、優美、みやび、あはれ、優柔不断、当惑、おそれ、憂慮、憂鬱、危惧、躊躇、煩悶、葛藤、矛盾、低迷、たよりなさ、おぼつかなさ、うつろいやすさ、移行感、遷移性、変異、不安定、不完全、断片性、部分性、異質性、異例性、奇形性、珍奇感、意外性、例外性、脆弱性、もろさ、きずつきやすさ、受傷性、挫折感、こわれやすさ、あやうさ、危険感、弱気、弱み、いじめやすさ、劣等感、敗北感、貧困、貧弱、劣悪、下等観、賤視観、差別観、汚穢観、弱者、疎外者、愚者、弱点、劣性、弱体、欠如、欠損、欠点、欠陥、不足、不具、毀損、損傷……。

おそらくは辺境性、辺縁感、境界性といったマージナルでヴァナキュラーな感覚もここにはふくまれる。そのほか、ともかくも「弱々しいとおぼしい感覚や考え方」のすべてが本書の対象となる。それらを一言で何とよぶべきかはわからないので、私としては自分がかねて気にいっている言葉で、とりあえず「フラジャイル」とか「フラジリティ」という言葉をえらんだのだ。

のちのち理解してもらえるように、私はフラジリティをきわめて肯定的にとらえているのだが、一般の社会生活では、「弱さ」は柔らかな感覚的なイメージだけではとらえられていない。「弱さ」はつねに「弱々しい存在」が発するものとみなされ、たいていは「弱者」の規定をうけてしまう。「弱さ」は強靭な社会的烙印として機能をしはじめて、人々を一挙に襲う。

これは社会的な弱さというものである。そこには、ありもしない健常性や正常性という平均値が想定されていることが多く、社会の枠組をささえるための常識や良識が斧をふるっている。それゆえにその平均的な正常性からすこしでも変位したり、ずれた者には、ときに悪意をもって弱者の規定がくだされる。そこにはジュリア・クリステヴァが『恐怖の権力』1980 で話題にした「アブジェクシオン」（棄却行為・負の作用）が関与する。

こうして弱さや弱者はもっぱら排除の対象とされる歴史を背負ってきた。弱さは異質性や異常性として理解され、ケガレやキヨメの対象にされる。われわれの子供時代にも体験したことであるが、背が低い、顔が黒い、喋りかたが変である、汚い町に住んでいる、病弱である……こんなことのすべてが弱いものいじめの標的となる。一九九四年十一月の毎日新聞の調査によれば、小中学生の五人に一人がいじめを体験していたという。

しかし、これはずいぶん昔からのことでもあった。だいたいが、一寸法師にしてもシンデレラにしても鉢かづき姫にしても、なぜか童話の主人公の多くが体の異常や境遇の異例を訴えている。すなわち、そのような弱者の光景こそは、じつは歴史のなかであふれんばかりの熱意と描写をもって表現されてきたものでもあったのだ。危ういものや異例的なものは、しばしば物語の恰好の主題となってきたのである。ここに、「弱さ」を主題にするときの二重性があらわれる。

本書では、このようなにわかには説明しがたいフラジリティの感覚と思想をめぐるために、次々に「弱さ」の本質的な多様性に分け入っていく。

そこには生きかたがある。むろん人間そのものがいる。神話や伝説もある。また、意志や認識や表現がある。制度や組織やシステムもある。社会構造そのものが脆弱性をかかえているばあいもある。軽蔑の対象とされる弱者もあれば、例外的なものや異例なものがフラジャイルに映ることもある。多くのものがときに息をのむように驚嘆され、ときに激しく否定されて、フラジャイルな感覚の対象になっていくのだ。

ひとまず、次のような話から主題の入口のひとつを観察しておこう。

ゲルハルト・ハウプトマンの『沈鐘(ちんしょう)』1896に、鐘つくりにとらわれた名人ハインリッヒが出てくる。ハインリッヒは精魂こめた魔よけの鐘を山頂の教会にはこぶ途中であやまって湖に落ち、そこから数奇な体験に誘いこまれて一念発起、〝奇蹟の鐘〟の製作にうちこむのだが、世を捨てた呵責(かしゃく)にさいなまれて死を決意する。このハインリッヒにひそむものが何だったのかといえば、生のフラジリティというものだった。

トーマス・マンの『ヴェニスに死す』1912では、初老の作家アッシェンバッハが絶世の美少年タヂオに惹かれながら、自身の美意識に崩落したままに折から流行のコレラの中で死んでいく。ルキノ・ヴィスコンティの映像が秀逸だった最後の場面、アッシェンバッハは「まあ、これでいいんだ」とつぶやいている。これは死のフラジリティである。

フレデリック・モローも薄弱だった。フローベールの大いなる挫折の物語『感情教育』1869の主人公である。モローの不幸は優柔不断のせいでなく、そのあまりの廉直さによって「マイナスの経験」ばかりをつんでいる。このモローやアッシェンバッハがまわりまわって日本では川端康成や三島由紀夫や水上勉の主人公たちに遺伝した。われわれはいろいろな主人公たちに「弱さ」の系譜を発見することができるのである。

こうした作品に登場する主人公たちはひとしく「弱さ」というものを受け入れている。結末はいろいろだが、主人公たちが弱々しい人生を送っていくことに繊細な作家の目が注がれる。

　ここで意外なのは、どの主人公たちもその「弱さ」の極北でなんとなく感動に達しているというふうに描写されているということである。たとえば『キッチン』1987の桜井みかげのばあいは、最後の肉親であるおばあちゃんを亡くしたとき、「こんなに世界がぐんと広くて、闇はこんなにも暗くて、その果てしないおもしろさと淋しさに、私は最近はじめてこの手でこの目で触れたのだ」と告白している。無上の弱々しさを感じることは、どこかで感動に通じるものでもあった。

　こういう例をいろいろ観察していくと、われわれは「弱さ」にもそれなりの言いぶんや、さらにその奥にはきっとおもいがけない思想や起源があるのだろうということに気がついて、愕然とする。

　江戸の端唄（はうた）の名人に中藤冲也（ちゅうや）がいた。冲也はけっこうな身分だが、自分が慰みにつくった端唄が世間で流行しているのが気にいらない。冲也は浄瑠璃の新しい節（ふし）づくりに賭けたかったのだ。

　ところが、そうして試作した作品が舞台に上がり評判をとったとき、それがじつは庇護者のさしがねによっていたらしいことを知って痛ましく挫折する。冲也は長い旅に出て、大坂や金沢の芝居で自分の腕を試そうとする。が、試みはことごとくうまくいかず、さまざまな横槍や病魔にさいなまれ、そこに不要な警戒心が加わってしだいに落ちぶれていく。

それでも冲也は矜持をまもり、死の床の最後まで新しい節づけをしつづける。冲也節が江戸三座のひとつの中村座で大当たりをとるのは、冲也が近江今庄の地に客死してしまってからのことである。そこで読者は、冲也が端唄の名声をもちながらも、あえて不得意な浄瑠璃に新境地をもとめて西方に旅をしつづける姿にひたすら胸をしめつけられる。山本周五郎晩年の名作『虚空遍歴』1963 の主人公の話だ。

もうひとつ似たような例をいう。いとうせいこうに薦められて見た竹中直人の映画に『無能の人』1991 があった。

これはつげ義春の原作を下敷にした作品で、竹中自身が演じる無能の人（助川さん）は、かつて名声を得た漫画を描こうとせず、別の仕事をさがそうとしつづけている。ところが彼は、古着屋や中古カメラ業など何をやってもうまくいかない。ふとおもいたって河原乞食のような石屋をはじめるのだが、これまたなんらの収穫もないままにずるずると無一文になっていく。

観客は妻や子にさえなじられる無能の人の融通のなさにいたたまれなくなるが、竹中は、原作のつげ義春自身の作品がそうであるように（鈴木翁二の漫画にもそのようなところがあるが）、それでもひたすらに無能の日々を描写しつづける。あげく、観客はひょっとしたら無能の人には余人にはかりがたい「誇り」があるのかもしれないということを知る。

中藤冲也と助川さんの二人の主人公は、世間の通り相場からみれば、とんでもない横道に入ってしまった迷走者である。弱々しい闘いに賭け、その過程で挫折した者たちだ。その生きざまには失敗ばかりがつづいている。

かれらはけっして努力を怠らないのだが、かならずしもその努力がたりないのではなくて、どうみてもちょっとした〝知恵〟さえあれば、それなりの適当な生活ができたはずだった。生活がまっとうになるばかりではなく、名声や栄誉さえ手に入れることができた。それでも、この二人はあえて〝別のこと〟に賭けていく。ごまかしがきかない。そして絵に描いたように挫折する。あるいは陽の目を見ずに人生を終える。

作家たちは、なぜこのような「弱々しいひたむき」に徹してしまう人間像を描こうとするのだろうか。また、われわれはなぜこのような挫折や失敗をともなう弱々しさにしばしば惹かれてしまうのだろうか。本書はそのへんにも格別の関心を寄せていく。本書の前半で考えていきたいことはそのようなことである。たとえば、こんな男もいた――。

ハウプトマンの『沈鐘』に衝撃をおぼえ、ハルトマンの『無意識の哲学』1869を読み耽ったジュール・ラフォルグは、その存在そのもの自身が薄弱をこそ本質とするような〝薄い街〟の住人だった。これは小説の中の主人公ではない。一八六〇年から一八八七年まで生きた稀有の詩人である。

ラフォルグはウルグアイのモンテビデオに生まれ、六歳でフランスのタルブに移り、十六歳でパリのリセ（高等学校）に入る。父親はアンデルセンやヤコブ・ベーメ同様の靴屋だった。母親は与謝野晶子のように十一人もの子供を産んだ。ラフォルグがその母親と初めて暮らしたのはやっと十五歳のときである。それまで母親はラフォルグら上の子を置いて、下の子供たちとウルグアイに帰っていた。その母親がパリに戻っても、たった二年暮らしただけで死に別れた。十九歳のときハウプトマンを耽読し、自分の中の「弱さ＝無意識」にあこがれる。所はなんといっても喧噪の華やぐパリ、ふらふらと街をさまよい、徹底した弱者の道をえらぼうとする。カフェ・イドロパットに通ううちに、あまりの赤貧にあきれたギュスターヴ・カーンやポール・ブールジェに仕事を勧められ、最初はガゼット・デ・ボザールの社長秘書をするのだが、うまくいかず、そのまま窮乏生活が身についてしまう。

　いっときはドイツ皇帝ウィルヘルム一世の皇后アウグスタの読書係という僥倖をうるものの、それこそ自分の端唄を否定した中藤冲也に似て、そんな自分の能力にあきたらず、あえてそこを捨て、まるで月の光のような「薄いもの」に惹かれたら最後、地上的なる権威のいっさいを脱ぎ去っていく。それが詩集『聖母なる月のまねび』1885 や『地球のすすり泣き』1903 になる。二十七歳で死んだ。

　ついでに話をつなげるが、三十九歳で死んだボリス・ヴィアンの日々にも似たようなものがある。

フラジリティを見つめる眼

マルグリット・デュラスの『静かな生活』『辻公園』『アンデスマ氏の午後』は、私をごく初期にフラジリティに運んでくれた作品だった。Les Lieux de Marguerite Duras より。

夭折詩人ジュール・ラフォルグ(上)は私の想像力の源泉である。とくに『聖母なる月のまねび』が秀逸だ。ゲアハルト・ハウプトマン(左)の主題は「宿命」である。なかで『ハンネレの昇天』と『沈鐘』がフラジャイルだ。写真は、イエーナ大学時代のもの。が、中退してしまった。

上はつげ義春の傑作『無能の人』(日本文芸社)の表紙絵。作者の分身「助川さん」の日々は、われわれの日常のどこかにひそむ「弱さ」と同質である。下はヴィスコンティ監督の『ヴェニスに死す』の一場面。D・ボガードが老境を演じる。

右は美輪明宏『紫の履歴書』の新版カバー。すでに4回も版元が変わったが、何度読んでも熱くなる。左はレイモン・クノー主宰の「コレージュ・ド・パタフィジック」のメンバーとなったボリス・ヴィアン。

ヴィアンが死んだとき、レイモン・クノーらのごく少数の例外をのぞいて、世間はほとんどヴィアンの文学的価値を認めていなかった。ヴィアンはジャズのトランペット奏者であり、端唄屋中藤冲也に似たシャンソン屋にすぎなかった。実際にもヴィアンの日々はそんなものだった。美輪明宏の『紫の履歴書』には、そんなヴィアンの初期に似た場面がたくさん出てくる。

だが、ヴィアン自身はつねに〝傑作〟を書いていた。そのひとつが一九七〇年代になって日本にも急激に広まった『日々の泡』1947 である。「現代における最も悲痛な恋愛小説」と庇護者クノーに絶賛され、ヒロインのクロエが肺の中で睡蓮を咲かせるくだりが好きだとボーヴォアールに述懐させたこの作品は、しかし、生前にはまったく顧みられていなかった。生前のヴィアンは、のちにハーモニカのブルース演奏がきわだった映画の原作になった、かの『墓に唾をかけろ』1946 を偽名で書いた男にすぎなかったのだ。

世間ではよく「あいつには才能が欠けている」とか「あいつには情熱が欠けている」という言いかたをする。ほんとうには何が欠けているのかはっきりしないはずなのに、たいていはこうやって他人をなじる。たがいに欠点や欠損を指摘しあうのだ。ラフォルグやヴィアンも、生前にはそればかりを指摘された。

冲也にも助川さんにも何かが「欠けている」とみなされる。欠点である。またかれらには、極端な弱点があるとみなされる。なぜ、世間（社会）はこのような他人の欠点や弱点に異常な反応をするのだろうか。

もっと妙なのは、これも誰もが知っていることであるが、きまって子供たちがひとの欠点や弱点をすばやく見出すということだ。私も子供のころに何度も叱られた。目の不自由な人やぼろぼろの身なりの人がいると、すぐに指をさしたくなったからだ。あせった母が「セイゴオ、指をさしちゃダメです」と強くいえばいうだけ、かえって気になった。子供たちはその場の誰かが変なことをいってもすぐに反応するものだ。どっと笑い、どっと差別する。なぜなのか。子供たちはつねに「異質」に敏感なのである。

われわれだって子供たちと大同小異だ。自分にも他人にも、たえず欠点や弱点をあてはめる。いったん自分にあてはめられた欠点や弱点はしだいに記号化し、やがて街の看板のように大きくなってくる。急に焦るのはそのときである。しかもそのときは、すでに自分や他人の弱さは周知の事実になっている（ようにおもわれる）。おもいのほか、自分の弱点が社会的な異質や異常として拡張されていることもある。

こうなると、われわれはけっして欠点や弱点の内側には入ろうとはしなくなる。できれば、そこから脱出したいとおもうようになる。小さなころ夢中になった遊びは、いまや恥ずかしい欠陥なのである。ぼんやりと考えていた空想は役にもたたない邪心とみなされるのだ。誰もが似たようなことをしていたはずなのに、いまではそれはすっかり異質なものなのだ。

ところが、私が本書で問題にしたいのはそこなのである。なぜ、かつては熱中できたものが、いまは弱さの刻印とみなされるのかという、その逆転の秘密を私は問題にしたいのだ。もし、その弱点とか欠陥とみなされているものの内側に入っていけるなら、そこには何か格別な光景が見えてくるのではないかということなのだ。本書を通して、その説明のつかない価値観の生まれ出づる場面を次々に紹介していきたいとおもう。まずは、私の問題意識のアウトラインを提示しておこう。

2 壊れもの注意！

女の子はまだ学校に行っていなかったらしく、朝、寝ている私を起しに来ることがあった。枕元に坐った女の子に揺すられながら、だんだん目を覚まして行く、こういう快い感覚を私は生涯であまり味わったことがない。

大岡昇平「幼年」

マルキ・ド・サドが『悪徳の栄え』1797 の破天荒なジュリエットにたいして、純真そうな妹ジュスティーヌを配し、あえてジュスティーヌの凋落を舞台に『美徳の不幸』1791 を書いたとき、多くの人々はジュリエットとジュスティーヌをくらべるしかなくなった。むろんジュリエットの「強さ」をえらんだ者が多かった。ピエール・クロソウスキーが『ロベルトは今夜』1954 などで読者を追いこんだ方法もそれだった。

そもそも「弱さ」はつねに「強さ」の対比の相手にさせられる。ヘンリー・ジキルにくらべればエドワード・ハイドが、『オネーギン』1825—32 のタチヤーナや『どん底』1902 のナターシャにくらべれば、カルメンやスカーレット・オハラがずっと強く見えてくるものなのだ。『斜陽』1947 の作家上原二郎にくらべれば、露伴の『五重塔』1891—92 の大工のっそり十兵衛はあきらかに「強さ」の象徴なのである。では、いつも強さは弱さの反対現象や逆作用かといえば、そこがあやしいところだった。

どう見たって強さも弱さも相対的な価値観によっている。その価値観には、社会経済的な価値観や自分の経験のなかで判断された価値観や、また文化風俗のちがいで生じる価値観などがいりまじる。ふたつはつねに相関関係のうちにおかれている。

相関関係についてなら、これまでも歴史家や哲学者が記述していたのではないかとおもうかもしれない。けれども残念ながら、そういうことはあまりにも少なかった。この強さと弱さの相関関係は、これまではほとんどが強さの側の視点から記述されすぎていた。歴史も人物も科学も哲学も、たとえ社会的な強弱の変化が濃度をもって描かれることがあったばあいでさえも、大半はまず強さの論理の解明が前提になって、そのうえで初めて弱さの係累にふれられるにすぎなかったのである。もしそうでないばあいは、こうだった。ただ淡々と〝普通の人〟や〝普通の歴史〟を叙述してみたかった、というものだ。

本書では、いちいち弱さを強さに対比してえがくということは試みない。いまだ試みられてこなかった「弱さそのものから叙述の端緒を見出す」という狙いを貫きたいからである。そのようにすることで、弱さと強さの逆転がどこでおこっているかを暗示することが可能になるからだ。

ただし、そのまえに注意しておかなければならない重要なことがある。それは、弱さの起源にはいくつかの作意や偽装が入りこんでいるかもしれないということである。そのことを議論することと、フラジャイルな感覚に遊ぶこととは、いちおう別の仕事なのであるが、本書では二つを区別しないで叙述することにした。

では、以下に、本書があつかいたい問題のアウトラインをごくおおまかに分類して提示しておく。私が熱中している問題の周辺にはだいたいこういうものがあるという、そんなおおざっぱな眺望だ。括弧内には本章以降の該当章もあてはめてある。

最初に、「弱さはつくられていた」という事例がけっこう多いことを指摘しておかなければならない。

弱さの思想ともいうべきは、すでに多くの神話や伝説あるいは芸能にあらわれている。おそらくは物語や芸能のつくりかたに弱さをくみこんだ秘密があるようなのである（第五章第一節）。折口信夫は『身毒丸』1914という作品で説経節の『しんとく丸』や謡曲の『弱法師』を題材にしたとき、すでに神話や芸能には弱さの系譜が潜伏していることを知っていた。折口ばかりではない。いまの日本の民俗学者のほとんどはハレとケガレの交換の裏に、たえず「埒外の者」あるいは「化外の民」あるいは「境の民」という異例や排除がうごめいていたことを知っている（第五章第二節）。そこにはつねに犠牲者の群がつきまとい、さらにはルネ・ジラールのいう「贖罪の置き換え」もおこっている。これはまとめていえば「弱者の烙印を押された者たち」の歴史があったということである。

弱さがさまざまな「境界」に発生していることにも注目しなければならない。そのためには、われわれの歴史のなかではどのように「内なるもの」と「外なるもの」の区分けがつくられたのか、また、すでに赤坂憲雄が論考をいくつも発表し、大澤真幸(まさち)がしきりに自他の社会学を確立しようとしているのだが、そもそも「自己に近いもの」と「他者にしたいもの」の分化がどのようにおこったかということも考えなければならなくなってくる（第五章第二節）。

ひるがえって「内なるもの」と「外なるもの」の区分けは、あらゆる差異と差別の出発点である。また同時に、一人一人の内なる「私」の確立と外なる「私」の解体の出発点でもある。結局のところ、「弱さ」の自覚は、どこかでアイデンティティ幻想という問題を根底からゆさぶるのである。本書ではこのことを、私自身が体験した手術体験で示しておいた（第三章第一節）。弱さは「自己」という観念の曖昧性に深くつながっていることに気がつかれよう。

弱者とはいえ、その弱者は力ずくで囲いこまれたものだったということもある。ミシェル・フーコーが『狂気の歴史』1961や『監獄の誕生』1975などであきらかにしたかったことはそのことだった。最初からの弱者なんていなかったのだ。弱者は弱者にさせられたのである。弱者は故意にゲットーされ、囲い込みの対象にえらばれたのだ。故意に拉致され、排除されたのだ。もっというなら、社会はどんな時代においてもどうしても弱者を必要としたのであった。

しかし、そのように弱者にさせられたことをもって逆に反撃の一助とした例も少なくない。そこにはアウトローやアウトサイダーの一群が、ときに遊侠をもって、ときに反抗をもって、挫折や敗北をものともせずに立ち向かってくるということもある。カール・マルクスがプロレタリアートの論理をつくり、フランツ・ファノンが黒人の論理をつくっていく背景からは、つねに「弱者の逆襲」という歌が聞こえてきたものだ。そのことを、私は私で大好きな遊侠の徒についてたっぷり一節をさくことで説明に代えた（第五章第四節）。そこでは「無宿」というものの発生が説明されていく。

しかしまた、そのような歴史にひそむ「加工された弱さ」や「強制された脆弱性」というものは、これを拡大すればどんな民族の全体にもつきまとう弱みでもあったというべきである。民族の記憶には（そしてわれわれ自身の記憶には）、どこかにかならず「弱いものいじめ」をした記憶がまじっている。そうだとすれば、「強さ」は「弱いものいじめ」をしてみないことにはけっして自覚できないものだったのかもしれない。

しかし、われわれはこの手のことを最初からは認めようとはしない。日本の支配層がいつまでもアジア諸国に謝罪をしそこねているのも、日本人によってこの問題が正面からとりあげられてこなかったからだった。これについては第六章全体が議論する。そしてそこに、優生学という奇怪な〝科学〟が暗躍していたことを指摘する（第六章第三節）。

どんな民族や国家も、つねに強者でありつづけるなどということはありえない。ローマ帝国もアメリカも例外ではない。それどころか、大国の近くにあってたえず支配され蹂躙されつづけた民族も少なくなかった。カインの末裔とはそのことだ。どんな民族も強いアベルでありつづけることはできないという宿命をもっている。

その宿命感には、たんなる強者と弱者のふりわけでは語れない「弱々しさ」のアイロニーがにじんでいる。アーデルベルト・フォン・シャミッソーの『新アハシュエロス』1831と、その五年後に刊行されたゲーテの『さまよえるユダヤ人』1836とは、もっと有名なマルクスの『ユダヤ人問題』1844ともども、いまなおそのことを告知しつづける。ことはボスニア・ヘルツェゴビナにたいする国連の介入のようには、またアラファト議長の裁断のようには、単調ではなかったのである。またぞろハンガリー＝オーストリア二重帝国を仕掛けてつくれるとおもったら、おおまちがいだ。

ここには、レイシズムとメタ・レイシズムの問題がひそんでいる。これは、マイノリティの立場に立って、従来の多数派による抑圧を逆転していくことだけが「政治的に正しい」というような、いわゆるPC（political correctness）問題や、いまセルビア人たちによって進められている「クリーニング」（民族浄化）の問題をふくんだ複雑な差別主義というものである。すでに浅田彰が『歴史の終わりと世紀末の世界』1994において、スロヴエニア（旧ユーゴ）の理論的政治家であるスラヴォイ・ジジェクと対話して、わかりやすく説明してみせていた。

弱さがいつも沈みこんでいると見るのは危険である。そんなことはどこにも、どこをむいてもおこってはいない。

弱さはつねに過激である。シオドア・スタージョンの『人間以上』1953の子供たちや、スパイク・リーがずっと描きたかったというマルコムXの人生をおもいうかべればわかることだ。かつてスーザン・ソンタグはそのような感覚的な意志を「ラディカル・ウィル」とよんでいた。そのラディカル・ウィルは、一面においてボランタリズムの基礎にもなっている。なぜなら、ボランタリーな意識というものは、他者の弱さを自分に引き入れることからはじまるからである（第六章第三節）。ちなみに私の友人の木幡和枝はマルコムXをずっと支援していた数少ない日本人の一人だったが、マルコムXが倒れてからは、ニューヨークの最も貧乏なアーティストのなかにラディカル・ウィルをさがそうとした。

もっと鮮明なのはいっときのニューヨーク・メッツや阪神タイガースのファンの（いっときのガンバ大阪や浦和レッズのファンでもかまわないが）、当事者以外にはなかなか理解しがたい「弱さ」にたいする熱狂というものだろう。かれらはご贔屓チームが最下位であることが、それ以下は下がりようのないエネルギー起爆の条件なのだ。かれらが嫌いなのは可もなく不可もない万年中流意識であって、最下位か、さもなくばぶっちぎりの優勝、それだけが生きがいなのである。しかし、そこをもっと解剖していくと、そもそもファン意識というものそのものが大衆にひそむ「弱さ」の感情と深いところでむすびついているともいえた（第六章第一節）。

そうだとすると、これはチャールズ・リンドホルムが『カリスマ』1990で議論したかったテーマにもつながることになる。われわれはわれわれの弱点によってカリスマをつくってしまっていたのだった。

次に、われわれの人格や言動や身体にひそむ「弱さ」の表徴の記号性というものがあることを知らなければならない。

これは、もともと子供たちには人の欠点や弱点をすぐさま指摘する能力があるという話を前節のおわりに書いておいたように、なぜだか、たちどころに表面にあらわれてしまう欠陥記号である。それどころか、いくつかの欠点や弱点はあらかじめどこかで用意されたようにさえ見える。

まず、過去の英雄伝説にはかならず欠陥や弱点がはっきりと語られてきたということがある。よく知られている例でいえば、英雄アキレウスにはアキレス腱という弱点があり、武蔵坊弁慶には弁慶の泣き所という弱点がある。このあたかも用意されたかにみえる欠陥は、オデュッセウスにもテーセウスにも、孫悟空や鉄腕アトムにも、ジャン・ヴァルジャンや机竜之助にも見えているのだが、奇妙なことには、その欠陥や弱点ゆえに、その人生が強化されているという構造になっている。ということは、欠陥と弱点はなにかの成就のための必要条件だったかもしれないのである。このような欠如をもつ英雄たちの系譜を、私は、試みに「欠けた王」あるいは「よろめく神」の問題としてやや詳細に解読しておいた（第五章第一節）。

いったいなぜ英雄たちはあらかじめ「弱さ」を内包していたのだろうか。『千の顔をもつ英雄』1949 の神話学者ジョセフ・キャンベルも説明できなかったことである。詳しくはのちにのべることにして、このことはいろいろ見ていくと、歴史と社会をめぐるさらに興味深い問題につながっていく。視点の一例だけをあげておく。

たとえば、のちに立派になる一寸法師や親指姫は、最初はなぜにあんなにも小さくなければいけなかったのかということ（弱小の起源）、なぜ達磨（だるま）やシンデレラはかんじんな場面で片方の靴をなくす必要があったのかということ（喪失の起源）、鉢かづき姫や三年寝太郎のように最初にいじめられていた者は何をきっかけに逆転にむかうのかということ（逆襲の起源）、みすぼらしく見えたり哀れに見える者は何によってしばしば最大の庇護者になりうるのかということ（偽装の起源）、また、そもそも異形の者たちがイコンに見立てられたのはなぜかということ（異質の起源）、などなどである。こうした問題は、これまでは相互に充分なつながりをもてない問題だった。

英雄自身の欠陥ではないが、その随伴者に弱点があからさまであることも少なくない。

スーパーマンは同じ仕事場の恋人ロイス・レーンが弱みだし、拝一刀（おがみいっとう）には大五郎という弱みが、吉田秋生の『バナナ・フィッシュ』のアッシュには英二という弱みがいた。また、これは強者につきものの弱みだが、いわゆる苦手というものもある。ドラキュラ伯爵はニンニクが苦手、インディ・ジョーンズはヘビが苦手、近衛十四郎扮した月影兵庫（つきかげひょうご）はやたらにクモを怖がった。子供たちにいわせると、オバQが人気のあるのはあんなに何でもできるのに、犬を見ると逃げ出すかららしい。

欠点や弱点をなじるという動向、および欠点や弱点をさらしてしまうという動向については、フラジリティという言葉よりも、いささかきどって「ヴァルネラビリティ」（vulnerability）という難解な言葉でこれを説明することができる（第六章第一節）。

この言葉には攻撃誘発性という意味がある。相手からすれば攻撃したくなる感覚である。結果、つまりはいわゆるいじめになるのだが、とはいえたんなる「いじめられやすさ」を意味するのでもない。むしろ、ヴァルネラブルなことによって何かが過剰に相互反応する劇的な可能性のことを言っている。「きずつきやすさ」がヴァルネラビリティの本質であって、その「きずつきやすさ」がつねに新たな意図をもちうるばあいも多いのだ。

そこで、このヴァルネラビリティに着目してみると、そこからは意外に広範囲な社会文化の背景がひきずりだされてくる。たとえば、今日の民族問題や経済問題にも集団相互のヴァルネラビリティはあらわれる。たとえばＯＤＡに代表される「援助」という問題である。持てる国が持たざる国にする援助も、戦勝国が戦敗国に見せる援助も、被援助国のヴァルネラビリティを刺戟する。すでにドイツが賠償金問題であえいでいた第一次世界大戦後の世界状況から、この問題はいまなお最も難解な外交問題になっている。ながらく経済大国の美酒に溺れていた日本が、多大の「援助」をしていながら国際理解をなかなかえられない事情も、ここに大きく関与する。的確な回答はいまなお誰ももっていない。

ヴァルネラビリティに関しては、もっとわかりやすい例にするなら、もうそんな悲しい読書をするのはいやなはずなのに、『家なき子』1878 のレミ・ミリガンや『小公子』1886 のセドリック・エロルに夢中になるという少女たちの〝病気〟があった。

彼女らはそのような男の子との弱々しい出会いを夢想しつづける。きずつきやすく感じやすい彼女らの状態は、ある意味では真剣に望まれたことなのだ。これは担当者に聞いた話だが、宝塚の芝居では美しい薄幸の主人公が出ないとあたらないというジンクスがあるらしい。少年たちも同じこと、『車輪の下』1906 のハンス・ギーベンラートなどにぞっこんになった日にはおしまいなのである。

このような「はかないもの」にあこがれる動向は、なぜか世界中に斉(ひと)しくひろがっている。どんな民族の物語にも「はかないもの」はわかりやすく、薄幸の主人公はおおいに好まれた。それはギリシア神話のアドニスやナルシスをはじめ、継子(ままこ)ものの『住吉物語』や『落窪物語』などの王朝物語にも、謡曲や浄瑠璃にも、泉鏡花や北条秀司の新派大悲劇にも菊田一夫の東宝現代劇の舞台にも、うんざりするほどあふれかえっている。薄幸の少年少女はずっと昔からの語り草なのである（第三章第三節）。

こうしていまや、この感情をふんだんにふりまいているのは歌謡曲やポップスにあらわれた歌詞である。「悲しみをひとひらかじるごとに、子供は悲しいとはいえない大人に育つ」と書いたのは中原中也ではなく、中島みゆきの『誘惑』1982 だった。「愚か者よ、おまえのなくした時間を探そう」と書いたのは、田村隆一ではなく、近藤真彦の歌詞を担当した伊藤歩だった。なんだか気になる歌というものは大半がフラジャイルで、ヴァルネラブルなのだ。

ヴァルネラブルな問題は思想界にも波及した。もっと正確にいえば、「弱さの意味」はここで初めて思想の対象になったのである。

かつて「家族の中には誰か一人くらいヴァルネラブルな存在がいるものだ」と指摘したのは、アメリカの心理人類学者ジュールス・ヘンリーだった。そのことにいちはやく着目し、ヴァルネラビリティの問題を怪奇映画作家トッド・ブラウニングの『フリークス』1932 とヴァン・デル・ポストの『影の獄にて』1952 にことよせて、日本で初めてヴァルネラブルな問題を展開してみせたのは、一九八〇年前後の山口昌男だった。

一方、イヴァン・イリイチが早々にヴァルネラビリティの周辺に関心をもったのは得意のジェンダー問題との関係である。イリイチにとっては〝主婦〟という存在が社会によってヴァルネラブルにされている対象だった。私の友人の金子郁容もヴァルネラビリティの問題に執心で、これは彼自身のボランティア活動の考えかたの基本にもなっている（第六章第二節）。もっと広範なヴァルネラビリティに関するムーブメントがおこった例としては、フェミニズム思想の基底のひとつに「弱き者、汝の名は女なり」という男性神話がつくった擬似ヴァルネラビリティにたいする反抗があった。

他方、建築界では「ウィーク・ソート」（weak thought）という新たな発想が立ちあがってきた。建築家が勝手気儘に自分のデザイン思想で建物をたてるのではなく、その場所にひそむ文化の記憶や人間の経験などをていねいに扱おうというもので、建築雑誌『D』創刊号でジョヴァンナ・ボラドーリが「哲学・建築・弱い思想」を執筆したのがきっかけである。日本では磯崎新が最初に注目した。

これは、イタリアの哲学者ジャンニ・ヴァッティモが言い出した「弱い思想」（il pensièro debole）の考えかたが下敷になっている。ヴァッティモにはロヴァッティとの共著による同名の『弱い思想』1983という本がある。ウィーク・ソートという言葉はこの本の英訳をきっかけに広がり、それが建築界に飛び火したという順番である。

ヴァッティモらの思想はイタリアン・ハイデッガーとよばれている。脱構築型デリダ派のフレンチ・ハイデッガー、これに人種問題やジェンダー問題をからませる文学理論型のアメリカン・ハイデッガーなどにたいし、むしろ存在や記憶を重視するイタリア型ハイデッガー論者に名づけられた名称である。一言でいえば、演繹的な強制の思想にもとづく「強い思想」に対抗して、場所にむすびついた存在の記憶をていねいに重視する「弱い思想」のことをいう。

日本では、磯崎とはべつに、中村雄二郎がウィーク・ソートに西田哲学の述語的論理のニュアンスをかなり加えた論考を発表した。ヴァッティモのいう「存在にはトランスミッションとモニュメントがひそむ」という指摘を、場所の論理と述語の論理のうえに展開したもので、個人的な助言をもらったことをふくめ、私が本書を綴るうえでもたいへんに参考になっている。

こうして「弱さ」は、一部の研究者のあいだでもしだいに脚光を浴びはじめたのであるが、その「弱さ」が哲学や美学にとどまらぬ社会文化経済のさまざまな場面で決定的な役割を演じてきたということについては、まだほとんど着目されていない。わずかにブラム・ダイクストラの『倒錯の偶像』1986 やスティーブン・グールドの『人間の測りまちがい』1981 があるばかりだ。私が本書で試みたことは、そうした場面をできるかぎりたくさん提示しておくことである（第六章第三節）。

早稲田の同級生だった中村吉右衛門と話していたら「私らはつねに河原者だということは忘れてはいけないんですよ」と言っていた。こういう役者がいることはたのもしい。すでに、遊俠に奔（はし）ったアウトローたちが本書の対象になっていることは指摘した。ここにはまた、網野善彦のいわゆる「無縁」や「公界」にいる者たち、かぶき者や町奴たちもいる。古代以来の遊女の境遇にもそんなところがある。結社の徒やマフィアの徒も入ってくる。頭山満の玄洋社なんて、孫文やら北一輝やら桃中軒雲右衛門やらの、そんな連中の巣窟だった。日本の最後の侠客というべき吉田磯吉の生涯は、そうした連中にこそささえられていた。かれらはどのように誕生していったのか。日本のアウトローの歴史をかなり意外な視点からまとめてみた（第五章第四節）。

アジールの発祥は弱者の発祥の起源である。そして、そのような発祥には、いつも手のこんだ観念技術のようなものがつきまとい、しかもそこには特別のトワイライト・シーンともいうべき場面が付随した。光と闇がまじりあう薄明の感覚が必要だったのである。そこには、ケルト文明でいうなら夕刻に活動するドルイド僧の、日本の例でいうのなら、大禍時というものが関与した。ある刻限のある場面が、フラジリティそのものの誕生を予告したわけだ。本書では、そこに、主客が溶けあいながら入れ替わる転換と溶暗の秘密を、すなわち「夕方の思想」ともいうべきを加えてみたい（第三章第三節）。

私は「フーテンの寅」の名が車善七をおもわせる車寅次郎であることからもフラジャイルな思想を展開しなければならないとおもっている。

そうなると非人を統率していたらしい弾左衛門の制度にも、したがって日本の中世と近世の本質を分ける「長吏」の問題にもふれることになる（第五章第三節）。長吏は癩病（ハンセンン病）患者や乞食者などの虐げられていた弱者を統率していたアウトローのリーダーであるが、この役割には多様な事情がからんでいて、一通りではない。その一通りではない事情にも分け入ってみる必要があった。ここで参考になったのは、隆慶一郎の『吉原御免状』1986 にはじまる一連の時代小説シリーズや塩見鮮一郎の『浅草弾左衛門』1985—87 などの歴史小説だった。そこには社会的価値観における「弱さ」というものと「強さ」というものの、かんたんには説明のつかない上下関係をゆさぶるハイパーループがまことに的確に描かれている。それは、野間宏と沖浦和光の『日本の聖と賤』1983—92 シリーズにも、宮本常一や赤松啓介の民俗学にも、山本ひろ子や田中貴子の神仏習合論にも告示されていたことだった。

そうだとすれば、われわれはかつての〝弱者のレッテル〟をかたっぱしから貼りかえなければならないかもしれないのである。

ゲイやレズビアンはどうだろうか。

中学生のころ、近くの銭湯にきまって夕方にくる若い男がいた。たいてい浴衣でくるその男は腰がなよなよとして、浴場でも女のようにふるまった。われわれ悪童どもは彼を〝シスターボーイ〟とよんでいたが、あるとき彼につかまり、そして、あれこれの話を聞かされた。私はひどく感動した。その「弱さの強さ」に感動したのである。西岸（さいがん）良平の好きな昭和三十年代の末、ちょうど丸山明宏（のちの美輪明宏）が「ヨイトマケの歌」を歌い出したころだった。

本書はそうしたホモ・セクシャルな感覚がもたらしてきた事情とも交差するために、二十世紀初頭から起爆していたゲイ・ノヴェルの波瀾に満ちた歴史を大急ぎでふりかえらなければならなかった（第四章第四節）。そこには、トルーマン・カポーティやテネシー・ウィリアムズの赤裸々なカミングアウトの問題と、ジャック・スミスやミシェル・フーコーのエイズによる劇的な死の事情がからんでくる。ほんとうはここにロック・ミュージシャンとゲイ・リベレーションの関係まで入れておきたかったのだが、これは割愛した。また、できれば、宮武外骨や稲垣足穂が試み、松田修や須永朝彦や柴山肇が言及して、なお志が半ばであろう日本の男色史にも腰をおろしたかったものの、残念ながら本書の課題を大幅に逸脱するため、これは他日に機会を譲ることにした。

科学の分野にも弱さがもちこまれるべきである。

たとえていえば「弱さの生物学」というものが導入されてよい。科学の領域も強い科学を中心に展開されてきた。生物学も選択淘汰と優勝劣敗を主題につくりあげられてきたものだった。かのコンラート・ローレンツさえ「攻撃」がテーマだったのである。

たしかに「強がり」は生物あるいは人間の本性というものなのかもしれない。しかしまた、「弱がり」というものもある。弱がりによって生きのびた生物もあるはずなのである。すでに動物行動学（エソロジー）では動物たちが自分より相手が強いか弱いかの一線をみきわめる判断をもっていることを確認している。けれどもその後の生物学者たちは、そのくせ〝生物学的な弱さ〟というものがあることについては注目しなかった。リチャード・ドーキンスによって有名になった利己的遺伝子も、結局は強がり遺伝子の話だった。しかし私としては、それなら弱がり遺伝子もあるはずだと言いたいところなのである。ここでは私の味方はスティーブン・グールドだ（第四章）。

ネオテニーにもおおいに気になる問題がふくまれる。ネオテニーとは生物学的な幼形成熟をいうのだが、そのことはひょっとして現代社会のマンチャイルド現象にも関与しているかもしれない。だいたい三十歳をすぎてもうまく初恋ができない世代が続出しているのは、どうみても妙なのだ。そこには生物的な遅延現象の起源があらわれる。私はネオテニーの問題を通して「幼ななじみの生物学」の可能性を予告してみた（第四章第三節）。

最後になってしまったが、われわれはもっと広く劣等感をふくむコンプレックスの問題を自慢したほうがよいようにおもわれる。矛盾や葛藤は人間意識の輝かしい勲章なのである（第四章第一節）。

しかし、なぜ劣等感が生じるかということについては、またどのように矛盾や葛藤の構造をとりだすかということについては、まだうまい回答は見つかってはいない。かつてジャン・ピアジェが『矛盾の研究』1974 で手がけはじめようとして、失敗したことだった。けれども、なぜわれわれが自己矛盾に敏感にならざるをえないかということは、もうすこし本格的に研究されるべきだった。われわれはつねに「感じやすい問題」の上にいるはずなのである。私はこのことをあらためて俎上にのぼせてみた（第六章第一節）。

ただし、このコンプレックスには劣等感という意味だけではなく、もうひとつの複雑さという意味が根底からからんでいる。心理の問題であるとともに、物理やシステムの問題がからんでいるのだ。これには、「強さ」がしきりに単純な力を示そうとするのにたいして、「弱さ」はしばしば複雑な様相を呈するために不利になってきたという自然史の事情もかかわっている。

複雑であるということは、その現象から容易に本質的な特徴が見出せないということである。そのため複雑な人格や複雑なシステムは外見だけで取沙汰され、ついつい誤解されることになる。そしてそのあげく、「そこには薄弱なものしかないはずだ」という判断が生まれていく。これはとんでもないことで、もしかしたら、複雑であることこそが弱さの代名詞かもしれなかったのだ。ストレンジ・アトラクターや力学系カオスは弱々しいものしか見えないのではなく、複雑であるがゆえに新しい情報を誕生させているかもしれない。本書はそんなノンリニアな世界にもちょっとした新しい光をあてたいとおもっている（第四章第二節）。

さて、これであらかたの準備はおわった。

かなり乱暴だったろうが、これから何がはじまるか、そのおおまかなガイダンスはしたはずだ。あとは私の流儀にさせてもらう。私の流儀といっても、それは、シャープペンシルの芯を折らないようにノックするようなもの、あるいはたいせつな工芸品を新聞紙にぐるぐる包んで郵送するようなものである。読んでいただければ、すぐわかることだろう。

欧米でガラス製品などの壊れものを郵便小包にして送るときは、赤い地に白ヌキの文字あるいは赤い字で"FRAGILE!"（フラジャイル！）と印刷されたラベルを貼ることになっている。日本では同じく赤い紙に「壊れもの注意！」と刷ってある。すばらしい警告だ。ようするに、私はこの「壊れもの注意！」の内実をあれこれ描いてみたいのである。歴史のもうひとつの流れに、あきらかにフラジャイルな感覚や思想が累々とよこたわっていたことを特筆したいのだ。そのために、私の好きなフラジャイルなオブジェやパーソナリティにもふんだんに登場をねがうことにする。

壊れもの注意！

ここには各航空会社のフラジャイル・ステッカーが配置されている。国内のJIS規約と同様、いずれもワイングラスをシンボルにしている。それでもエール・フランスのものがどこかフラジリティを香らせる。「壊れもの」はこれを扱うものたちを細心にさせるのだ。

ルフトハンザ航空。
白地に赤のグラスである。

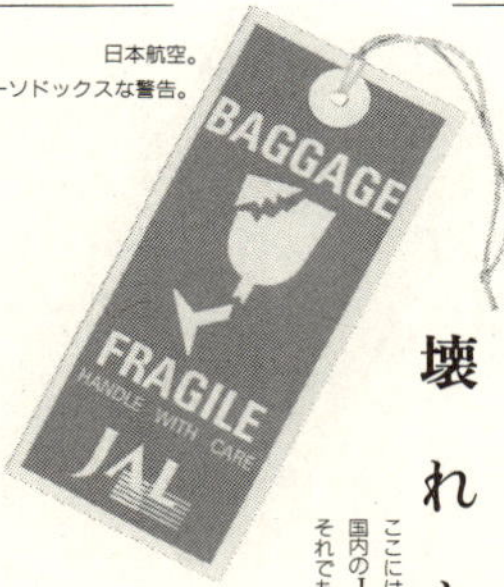

日本航空。
最もオーソドックスな警告。

BA英国航空。
英語とフランス語の表記。

KLMオランダ航空。
小さなラベルで紙箱に貼る。

エール・フランス航空。
ワイングラスに特徴がある。

中華航空公司。
日本とまったく同じデザイン。

ANA全日空。
私はこのステッカーを風鈴にぶらさげている。

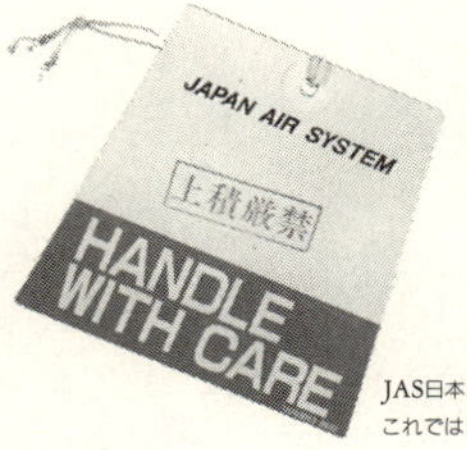

JAS日本エアシステム。
これでは「フラジャイル」ではない。

黒ネコのヤマト運輸エキスプレス。
地が黄色で黒の絵柄の黒ネコ流。

II 忘れられた感覚

実験台の上には色々な小道具大道具が雑然と積み重なり、
戸棚の中は勿論その上まで
わけの分らぬ手製の器械で一杯になっている。
その中をかき分けるようにして、皆が実験をしているのである。
雪のような綺麗なものが、
こういう所が好きだというのは、随分不思議である

中谷宇吉郎「実験室の記憶」

われわれは、遊戯(ゲーム)を、偶然と必然のからみあった分枝の形であらゆる事象の根底に横たわっている自然現象である、と見なしている。
マンフレート・アイゲン「自然と遊戯」（寺本英訳）

1 全体から断片へ

小雨があがった午後、村田珠光(じゅこう)の寓居を男が訪れた。連れが二人いた。その下京(しもぎょう)の寓居はせまいものだったが、案内の途中に見えた五坪ほどの中庭はイチイの葉の一枚一枚が光り輝き、沈丁花の香りが満ちていた。

六畳の座敷に通された男は、今度は奥の庭に芽吹いたカエデの若緑を見た。葉にのこる無数の雨粒が珠玉である。「ほう、なるほどお名前の珠光とはそういうことでしたか」と男が言う。珠光は道具を引き寄せて茶をたてはじめた。「それが近ごろはやりの侘び茶というものですか」と男が聞いた。珠光は「いや、あなたがさきほど見た雨粒が侘び茶なのだが……」と言う。

享禄五年（一五三二）五月六日、男は中納言鷲尾隆康、連れは青蓮院と曼殊院の二人の法親王である。侘び茶はひとつひとつの「部分」が侘び茶なのである。侘び茶という「全体」があるはずもなかった。

子供なら誰でも知っているカルロ・コローディの『ピノキオの冒険、操り人形のお話』1883は、ジュペットォ（ゼペット爺さん）の念願によって傀儡（あやつり）ピノキオが〝完全体〟にならない前の冒険が真骨頂である。

コローディは幼年期の者たちには道徳が欠如しているということを信念にしていた、十九世紀に典型的な精神派の作家であったから、あえてデキの悪い不完全なピノキオを修正し、人間として完成させることをストーリーにした。が、そこがつまらなかった。ピノキオは嘘をついて鼻がのび、クジラの腹の中に呑みこまれている不完全なうちがピノキオであり、子供の共感をよぶところだったのだ。ピノキオは完全な「全体」になってはならなかったのである。

動物たちはしばしばカウンター・シェイディングとよばれるグラデーションによる彩色法で自分を飾っている。光量の多い環境で保護色をもつ動物は、たいていこの方法をとっている。光があたる部分を暗めの色にし、あたらない部分をだんだん明るい色にしておくのだ。サバ、トカゲ、ヒバリ、キジなど、多くの動物がこの方法をとる。

われわれの視覚認知においても、凸面体、凹面体、平面体の三つをカウンター・シェイディングで彩色してちょっと遠くに置いておくと、それらが区別できなくなる。見分けがつかなくなるのだ。そのような方法で、ある種の動物たちが自分の「全体」を隠そうとしていることは興味深い。動物によっては全体としてのありかたよりも、部分としての行為が維持されることを好んで選択してしまうのである。

以上の三つの話はそれぞれ相互につながっている。これらにはフラジャイルであることをあえて肯定しようとする意志が見えているからだ。

では、なぜ私はこれらに共通性を見出すことになったのだろうか。議論はその点からはじまるのがいいようだ。そこで、私がフラジャイルなものに傾倒していった背景をのべておきたいとおもう。私にとっては、なぜか「弱さ」というものが切れっぱしのようなものから、猫の尻尾のように出現してきたのである。

ながいあいだ私は「フラグメント」(fragment)に惹かれていた。断片である。私の好むものの大半が断片的なもの、未完なものばかりだったのだ。ふと、そう気がついたのは二十四、五歳からのこと、フラグメントに惹かれたのはずっと以前の、それこそコローディが「道徳が欠けている」と諌めた幼年時代からのことだった。

フラグメント(断片)とは切れっぱしである。不完全で、些細(ささい)で、不具で不足なるものをいう。たとえていえば、使いかけのノート、壊れた模型飛行機、機械製品の部品、ナットのないボルト、音が変なラジオ、口ずさみたくなる歌の一節、未知の地図の一部、全集の中の一冊、どこかの場所の写真、断簡、布裂れ、古いメニュー、雑誌の切り抜きなどなど、それ自体ではとうてい自立できないものばかりのことである。私はいつもデキのよい完成品よりも、こうした不具な断片に強く惹かれてきた。破片が哲学だったのだ。これはあとからおもえば村田珠光や古田織部の発想の端緒とどこかで重なっていたのかもしれない。また、ある種の動物の感覚的行動に似ていたのかもしれない。しかし、そのころはそのようなことは見えていなかった。

断片とは部分ということである。では、部分は全体を失った不幸な負傷者かといえば、そんなことはない。部分はその断片性においてしばしば威張った全体を凌駕する。部分は全体よりも偉大なことがある。

文学と美術を同時批評してきたウィリー・サイファーは、「全体をささえる虚構は個々の部分におどろくほどの気まぐれとさえおもわれる自由を認めるものだ」と書いた。『ロココからキュビズムへ』1960 の中だった。これは、『徒然草』の著者が本の全集などというものはかえって揃っていないほうがいい、欠けていたほうがいいと書いていたことと同じ意味である。繃帯ぐるぐる巻きのフランケンシュタインだって、不完全なところがフランケンシュタインだったのだ。フランケンシュタイン役者として一世を風靡した怪優ボリス・カーロフのメークアップはそうした不完全さを観客に感じさせるために、わざわざ頭部の繃帯からボルトを突き出すという技巧をこらしたものだ。

不完全なもの、デキの悪いもの、不足している状態というものは、それなりにわれわれの想像力を刺戟してきたのである。

ところが、われわれが受ける教育のいっさい、および世間の常識という勢力は、われわれに全体性を感知することや全体的であろうとすることを強要しつづける。そしてこんな文句をつけてくる。「もっと本筋というものを知りなさい」「全体はそんなものではない」「憲法を全部読んだのか」「世の中の音楽の歴史にはもっといろいろのものがある」「そんなことに夢中になってどうするか」「小さなことばかりに熱中するな」云々云々。そして、とどめをさしてくる、「まだ、できあがっていないようだね！」。

中途半端であることなど、世の中はとうてい受けつけない。中途半端はつねに非難の対象なのである。社会は連続と全体を好み、中断と部分を許さない。継続していること、持続力があること、一貫していること、全体的であることだけが、世間が期待していることなのだ。けれども、そのような要求にこたえられない事態は数多い。そこへもってきて、あえて部分や断片のほうに魅力をおぼえてしまうこともある。私がそうだったのだ。

私は自分で買い物ができるようになって以来このかた、オーディオ・セットとか家具のシリーズとかコーヒーカップのセットを買ったことがない。音響装置一式、応接セット、システムキッチン、食器シリーズ、茶道具一式、レコード全集、部屋いっぱいのワークステーション、これらはすべて私には無縁なものである。どこかのメーカーが揃えてくれたものがダメなのだ。かつては百科事典や歴史全集すら、内容によって別々のものをすこしずつ入手した。

シリーズ製品のデキを疑っているわけではない。すべてのアクセサリーをそなえて完全に揃ったシリーズの威圧的な完成感がいやなのだ。小さいころからそうだった。遊び道具であれ、天体観測器具であれ、親が見たら納得できないような集めかたをしていた。五月人形や妹の雛人形ですら、揃っているものには関心が向かなかったのだ。それで何をしていたのかといえば、親には理解しがたい「そんなことのどこがいいの」や「そんなもの捨てなさい」といった、その「そんなこと」や「そんなもの」にばかり格別の関心をもっていた。中途半端こそが大好き、中途であり半端であることにむしょうに想像力をかきたてられてきた。

中途はものごとが途中にあること、半端ははんちらけということだが、その中途と半端が見捨てられない。そこに愛着が集中したのである。

しかし、フラグメント派や不完全派はどうみても不利だった。異端者あつかいなのである。なにしろはんちらけが好きなのだから、なにかにつけて差別をされる。異例や例外とみなされる。

ときに理解者があらわれたとしても、せいぜいが「君もずいぶんマニアックだね」とか

「そいつはフェティッシュというものだ」という程度の慰めだ。兼好は、賀茂の祭は都大路を行列がすっかり通りすぎたあとのはんちらけを偲ぶのが好きだと主張したけれど、きっとその兼好も眉のないぼんたん顔の公家（くげ）からは「そいつはおまえもマニアックだね」となじられたはずである。

しかし、部分が全体よりもずっと雄弁であることもある。

少年は一本の車輪スポークで自転車の全体を知り、考古学者は一片の陶片で古代の全体を知る。かえって部分や断片が、それが最初から全体として提示されているときよりもはるかに説得力に富むことも、ありうるのである。

それはたいてい探偵小説を読んでいるときによくおこる。探偵小説は知ってのとおり、犯人がうっかり犯行現場に遺したごくごく断片的な事柄に注目するところからはじまっている。そしてこの断片が次々に寄せ集められ、しだいに何がミッシング・リングであるかの見当がついていく。

これはおそらく、ワトソン博士がいうホームズ先生の「細部を見る桁外れの才能」というものによっている。この方法は、かつて記号学者のチャールズ・パースが「アブダクション」（abduction）と名づけたもののうちの、とりわけ溯行推測（retro-duction）にもとづいている。すでにシービオク夫妻が『シャーロック・ホームズの記号論』1980で、また高山宏の名訳で日本に紹介されているステファーノ・ターニが『やぶれざる探偵』1984で、さらにはフランコ・モレッティが『ドラキュラ・ホームズ・ジョイス』1988という興味深い本で、あれこれ説明したことだ。

ところが、たいていの読者がおもうことは、探偵小説は一つの断片が別の断片的なものと連環をもちはじめる集中のプロセスに興奮するのであって、それらがすべての結託を終え、一個の全体になってしまうところでは落胆するものなのだ。とくに、物語のおわりちかく、探偵が得意気にすべての関連性を説明するくだりでは、かつて異彩をはなっていた多くの断片的事情が、なんだこの程度の説明でしか関係づけられないのかという不満が募る。われわれは、物語の途中に出入りする断片に、作者以上のきらきらとした可能性を発見できそうな気がしていたからである。これがすなわち、「部品は全体よりも大きいことがある」という例である。

ふりかえってみると、私のばあいは最初がそもそも部品だった。

父が自転車を買ってくれなかったせいか、私は自転車の部品を集めていた。そのころは自転車なんて野ッ原に行けばいくつも錆びて雨ざらしになっていた。わざとらしくてへたな写真家がそういう自転車をしばしば廃墟感覚で撮りたがるが、少年には空地に雨ざらしの自転車なんてつまらない。そこで、それをドライバー一本で解体する。そしてまだ錆びきらないギア歯車をつまみだし、これを上等の布とグリースでぴかぴかにする。歯車は眠っていた鋭さと輝きを殺人武器のように発揮して、菓子箱やブリキ函におさまっていく。

ときどき磨くのは、歯車という部分が自転車の全体を襲うのを見るためだ。

黒くて重い三菱の扇風機は四枚羽根のプロペラがすばらしいが、それは大きすぎた。一枚だけにしたいのに、頑丈すぎて叶わない。そこでモーターの中の電磁石をとりだした。その重量感とびっしりと巻かれたエナメル線の艶（つや）がとびきりなのである。次は中学校の理科標本室。埃（ほこり）のたまった骸骨やホルマリンの中の臓器はしごく退屈だったが、ねらいは隅の棚の一角の鉱物標本である。こっそり忍びこみ、ズボンの下からラジオペンチをもちだすと、ごつそうな黒曜石をこつこつと砕いていく。そんな音でも夕方の学校中に響くようで、そのたびに心臓がとびだした。


十七歳ころになると、さすがにいくつもの戦利品をあらかた〝青年用〟にとりかえる日がやってくる。

ピエール・ロティの『少年』1903 はわざわざ愛用の銀のスプーンを庭に埋め、それをあらためて掘り出すという手のこんだ方法を得意にしていたが、そういう懐かしい少年の日はいつしかおわる。嵐の空模様の服（シャツ）を着た男が避雷針を売りにくる場面ではじまったレイ・ブラッドベリの『何かが道をやってくる』1962 のジルとウィルのやりかたも、いったんそれを知ったら最後、もう次は少年の思い出にすぎない。少年はともかくも、青年は避雷針を買ってはいけなかったのである。断片性にはもっと無意味な戦闘性が必要だった。それは、たとえていえばトリスタン・ツァラがキャバレー・ヴォルテールのダダにこめた断片的戦闘性のようなものである。

ある日、モロイは道端に落っこちている光った金属を見つけた。モロイはなにげなくそれを拾ってポケットに入れる。なにかの部品のようなものだったろう。モロイはポケットに入れたもののことをすっかり忘れていたが、やがて自分が刑事モランに追われるはめになって、その拾いもののことを思い出す。モランによる存在の追跡というものがはじまるのはそれからだ。サミュエル・ベケットの『モロイ』1951 である。私もだんだんこのようになっていった。意識のポケットに入れた異物が気になっていったのだった。


こうして戦利品のとりかえは、あれこれのオブジェにたいする執着からあれこれのロゴスの選抜にむけて切り出されたのである。

私はフラグメントに注目する数少ない思想家や哲学者や芸術家にも目をむけるようになった。ケプラーやヴィトゲンシュタインやコクトーが遠くから急速に近づいてきたのはこのときだ。ダンセーニやイエイツやボルヘスの感覚に共感できたのもこのころだ。しかしそれでも、あいかわらずの断片主義は変わらない。

私は断片こそが構造を凌駕する文芸作品を耽読し、たとえばウィリアム・コリンズの『頌歌集(オード)』1746 にみられる十八世紀ふうジャンル・ピトレスクにまいってしまっていた。コリンズには存分に「空想の断片」が満ちていた。そこには旋舞歌、対旋舞歌、反歌、頓呼法などがちりばめられていた。同じように十八世紀を象徴する「奇想の断片」にも熱中した。そうなると、アーチボルド・アリソンの『趣味の本質と原理について』1790などは、自然を断片に細分化してつかまえたジョン・ラスキンの『建築の七灯』1849や『ヴェニスの石』1851—53などとともにバイブルのひとつとなっていったのである。

ついで、アルフレッド・ホワイトヘッドやヘルマン・ワイルの数理哲学や自然数学が試みた「断片の介入によって支えられるシステム」についても空想しつづけた。のちにのべるように、このときの空想は今日の私をなお興奮させている「フィードバックをともなったノンリニア・システムの構想」につながっている。

断片であるということは全体による完結を拒否することである。

プロセスのそこかしこにひそむ「非全体性」や「不完全性」のほうに軍配をあげるということ、すなわちピノキオにとどまることだ。それでは、全体派とはどういう連中のことだったのか。

全体の完成に強い目標をいだいたわかりやすい例として、古代のアリストテレス、キリスト教期のアウグスティヌス、近世のフランシス・ベーコン、近代のフリードリッヒ・ヘーゲルがいる。かれらが何をしようとしたかというと、一言でいえば「森の森」ともいうべき知の全体を構築しようとした。その意図たるやまことに壮大で、その壮大な意図ゆえに大きな学問的成果をもたらした。私もずいぶんかれらの恩恵に浴してきた時期がある。また、プリニウスやリンネやビュフォンに代表される博物学や博物誌というものも「分類すべき全体」に知力のすべてを投企した例である。これらも何かを手引に知ろうとする者にとってはありがたく、だからこそディドロやダランベールの努力このかた、世の百科全書派というものはけっして廃れるということはなかったのである。いまではそれがマルチメディア・データベースにも滲み出している。

しかし、あらためて考えてみると、いったい「真の全体」などというシステムはありうるのかとも問うべきだった。のんべんだらりとした全体を志向したいという壮挙には、どこかおかしな自信がこびりつきすぎているとおもうべきだった。

たとえば博物学である。私にも長年にわたる癒しがたい博物趣味がある。鉱物もいっぱし集めたし、博物図鑑にはいつだってぞっこんだ。世界各地の博物館には一週間通ってもあきないものが少なくとも三十館はある。七〇年代このかた荒俣宏と十数年にわたって雑談してきたことは、たしかに博物学の興奮である。そのことは『遊行の博物学』1987という本にも書いた。けれども、どんな博物館の鉱物コレクションもそれは一部分にすぎず、どんなに豪華な図鑑の図版もしょせんは自然の切り売りにすぎない。ひっくりかえしていえば、切り売りだから、博物館や博物図鑑はおもしろいのだ。しかしながら、それが「全体」を標榜しているというなら、そいつはニセモノなのである。そこには絶対に「全体」はありえない。

いったい「知の全体」とは何のことなのだろうか。世界の全体や宇宙の全体をどのようにして全体そのものだとみなすことができるのか。

実際にも、たとえばプトレマイオスが想定した全体はコペルニクスやニュートンによって覆され、その古典力学的宇宙全体はロバチェフスキーやガウスによって「足りない宇宙」とみなされたのである。提示された全体は、つねに新しい全体の提示で変更されるのだ。その「足りない宇宙」にたいしても、いまやビッグバン理論による「膨れる宇宙」がクレームをつけている。その一方で、「足りない宇宙」を足らせるための「泡」や「ダークマター」が想定されてきた。しかし、すべての全体がそこに凝縮されていたというビッグバン宇宙もじつのところはややあやしいものなのである（すでに一九八九年の『ネイチャー』が「くたばれビッグバン」を特集し、翌年はエリック・ラーナーの『ビッグバンはなかった』が疑問を出した）。

これでは、人々はつねに「全体という安心」の名のもとにシステムのゲームを続けてきたにすぎないということになる。「全体」は「予定」にすぎず、全体感はつねに全体におよばない。むしろ全体はつねに欠如の試練をうけるものなのだ。

これにたいして、あえて断片や部分に注目するという考えかたがある。

いくらでも例があるけれど、作品の例をとるのなら、有名なところでたとえばフランツ・カフカはどうか。『変身』1915 には例のグレゴール・ザムザの甲虫が出てくるが、よくよく読んでみればわかるように、そこには怪異な虫の全体についての記述がまったくない。そのかわり毛むくじゃらの一本の脚については克明な描写がある。読者はそれで充分なのである。

同じことをアンチテアトロのイヨネスコがベランジュを犀にしてみせるときにやってのけ、別役実が登場人物をカンガルーにさせるときにやってのけた。だからこそ、われわれはわれわれの想像の内側にこそ、いやその内側だけに、虫や犀やカンガルーの〝全体らしきもの〟を出現させることができるのである。

J・G・バラードの『狂風世界』1962や『結晶世界』1966は、題名どおりの何もかもが吹き荒れる世界や何もかもが結晶化する世界をあつかっている。まさに世界全体の狂風化や結晶化が主題になっているのだが、バラードはけっしてその「全体」などこれっぽっちも描きはしなかった。しかしそれが、逆にわれわれに背筋の寒くなる光景の全貌を感じさせたのである。

リドリー・スコットの映画『ブレードランナー』1982がある。銀髪鬼ルトガー・ハウワーがすばらしかった。酸性雨の降りしきる未来都市が舞台だが、その全体がどうなっているかはいっこうに見えず、わからない。描かれるのはサイバーチャイナタウンのごちゃごちゃした雨中の雑踏と雑多な人種のほんのわずかな断片動向ばかり、それでも観客はブレードランナーの街を疾駆したおもいに十全に耽ることができたのである。

いずれにしても映画というものはほとんど「全体」を映さない。それゆえわれわれは、たんに全体を映さない映画にたいし、まさに全体の描写を拒否するアンドレイ・タルコフスキーやデヴィッド・リンチに格別の拍手をおくることになる。

われわれは世界の全体がどうなっているか、まだ知ったことなどはない。壬申の乱やフランス革命や湾岸戦争について、誰も一度も「全体」などを見たことがない。ジャン・ボードリヤールは『湾岸戦争は起こらなかった』1991という本さえ書いた。われわれの前には、ほんとうはつねに断片しかおかれていないのである。いっさいは編集された現実感にすぎず、それは私が試みにつくった言葉でいうのなら、いわば「エディトリアリティ」（editoreality）というものだ。

ここに一縷（いちる）の反撃の拠点があった。「じゃあ、その全体とやらを見せてもらいたい」という奥の手だ。全体って何ですか、全体を全部見たり、全部手にしたりする奴がいるのですか、いるのなら一丁見せてもらおうじゃないかねという、ささやかだが、これは根底的（ラディカル）な反撃なのである。

このような私の発想とは逆の立場で、「断片」あるいは「断片化」（fragmentation）を議論してきた科学者がいる。量子力学のデヴィッド・ボームである。

ボームの主張は「断片化は混乱をまねきかねない」というものだ。研究生活晩年になってからの『断片と全体』1976 のなかで書いている。「断片化とは、断片的思惟によって形成された誤った認識にもとづく行為にたいする全体性の反応なのである。いいかえれば、断片的なアプローチに対応してかならず断片的反応がかえってくるのは、実在（リアリティ）が全体的なものだからである。それゆえ、自己の断片的思考という習慣に着目し、それを認識し、それを終わらせることが必要なのである」と。

　正直なところをいえば、私はボームが物理学、とりわけ量子力学にはたしてきた功績を評価してきた者である。また、ボームが多年にわたって科学の還元主義とたたかってきたことにも敬意をはらってきた。私も科学保守主義的なアトミズムには早々と反旗をひるがえしてきたほうであるからだ。

　しかし、自然をアトミックに分割して、その分割されたものの総体をもって全体性をさししめそうとする還元主義の立場と、断片そのものに全体の香りを聞こうとする立場とは、けっして同じものではない。後者の立場は、断片化をすすめるという意図に加担しているのではなく、断片化されてしまったものに事物としての歴史を嗅ぎとろうとする立場なのである。それはたとえばニコライ・ゴーゴリが『外套』1842 などでペテルブルグの街路や室内の事物にロシアの全体を感じとった方法や、あるいはヘンリー・ジェイムズが『ポイントンの蒐集品』1897 で母親による屋敷からの事物の奪回を描いた方法に似ていなくもない（この方法はのちにミハエル・バフチンが「ポリフォニー」とよんだ方法だった）。

　けれども、ボームは、このような方法までひっくるめて断片化を葬りさろうとしたのであった。この点については、私はボームよりもむしろ『部分と全体』1969の著者ウェルナー・ハイゼンベルクの肩をもつ。

茶の文化というものは、もともと欠けていることを出発点にした。ありあわせこそが茶であった。だいたい回し飲みである。勝手に片膝も立てた。その席の茶碗もあれこれを持ち寄った。それがもともとの村田珠光の出発点だった。

下京茶の湯がおこりはじめていたころ、茶はフラグメンテーションをたのしむ寄合(よりあい)であり、「適当」を初めて前面に押し出した文化だったのである。これを「付合い(つけあい)」とか「見立て」とかいった。何でなければならぬというものではなく、何かであればいいというものだ。むろん利休にもそのことはうけつがれていた。

織部にもそのことがわかっていた。織部の茶碗は「へうげもの」といわれている。伏見屋敷で織部が主催した茶会で出された茶碗に、神谷宗湛(かみやそうたん)が後日もらした感想である。「ひょうきんな茶碗だ」という意味だ。その場に招かれていた有楽斎(うらくさい)らもギョッとしたことだろう。沓形(くつがた)で、ぐにゃりと歪んだかたちをもった茶碗である。あんなものは「焼きそこないの瀬戸茶碗」だという非難がましい感想もあった。

が、そこが織部の狙いでもあった。「そこない」は損傷の美というものだ。ピノキオでよかったのである。それをしばしば「事足りぬ美」ともいった。それは「満足」にたいする「不足」の主張であり、輪円具足の思想にたいする融通無碍の思想の対置であった。

われわれは線束と陰影の中にいる

黒織部茶碗（梅沢記念館）。
古田織部のコンセプトは
「へうげもの」すなわち「歪み」である。
それは「満足」に対するに
「不足」をもって対抗した
大胆な弱味の発揮であった。

動物の多くは
カウンター・シェイディングとよばれる
色彩陰影法を自身の体にあしらっている。
これによって周囲の風景の中に
立体的に溶けこむのである。
上は増山雪斎画によるアオバト、
下は大野麦風画によるマサバ（鯖）の群泳図より。

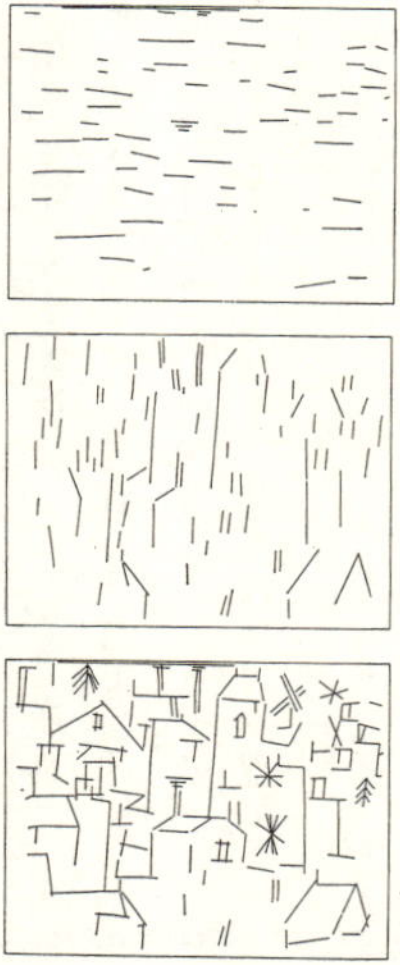

パウル・クレー『造形思考』は感覚の静力学を考察する。
ここにあげた3点は「関係の不安定」を求めて
クレー自身がスケッチしてみせたもの。

茶の湯の出発点ですら、このような不具不足がはたらいている。そこには断片の自信というものがある。それがいつのまにか完成された様式を競う茶の湯になっていく。道具一式が完備され、それさえ揃えれば茶の湯になるというふうになった。それはそれで普及にはいいのだろうが、今度は道具がひとつでも欠ければ、もう茶にはならなくなっていた。そのへんの竹っぺらやアフリカの木製スプーンを茶杓にできる者は、いまではすっかりいなくなっている。

そんなことを考えているうちに、やがて私は断片的なるものの背後にひそんでいる〝あること〟に注目するようになっていく。それが「フラジリティ」というものなのである。完成や全体をめざす「強さ」ではない傾向とは何なのかということ、そのことだった。かくて「フラグメント」から「フラジリティ」への小さくて大きな一歩が踏み出されたのである。

2 フラジリティの記憶

ぼくは壊れやすいものが好きなんだ。もともとぼく自身が壊れやすいのだし、作品だっていつなくなってしまってもかまわない。壊れないものなんてくだらない。ぼくのまわりの女性だって、頑丈な感覚の人なんて一人もいない。

アンディ・ウォーホル「インタビュー」(佐藤郁子訳)

美の本体という言葉に夢中になっていた画家の岸田劉生は「ものが其処にあるてふ事の不思議さ」と書いた。岸田は、ものがそこにあることの不思議そのものを描きたかったのだ。その不思議とは、もしそれがそこになかったらという不思議でもある。私はこのことを「存在の消息」とよんできた。

これがフラジリティの前提である。とりあえずこのことがわからなければ、何もはじまらない。だが、これだけではもうひとつ大事なものが動かない。止まったままなのだ。

エレミール・ブールジュは『舟』1921の片隅に「エーテルによってすべてのものはちぎった綿のようになるのだ」と書きつけた。これはちょっとだけだが、フラジリティの本来性に近づいた。エーテルは「存在の消息」に関与して、ちぎった綿に感染していった。まずまずの出来である。けれどもまだ、いっとき『ドムス』の編集長をしていた貴公子アレッサンドロ・メンディーニのクリスタル・オブジェ「オジェット・ダルテ」のようなところがある。端正だが、まだ美の本体が不思議にまで戻っていない。

ノヴァーリスは「接触のつど、ひとつの実体が生み出される。その効力は接触がつづいているあいだだけ持続される」と綴った。この言いかたはいかにもロマン派的な類感呪術をおもわせる。たしかに美の本体は接触のたびに生まれ出づるものなのだ。そしてフラジャイルなものたちは少しずつ連鎖する。これなら、かなり近くなっている。軽くもなった。

ふたたびデザインの例でいえば、このノヴァーリスの言葉は、元メンフィスの『モード』編集長でもあったアンドレア・ブランヅィの家具である。さわるたび、家具のそこかしこがいままさにブランヅィになったように見えてくる。ここにはまた、かつてロバート・ヴェンチューリが「私は純粋なものより混成品が、単刀直入よりねじくれたものが、明確なものより曖昧なものが好きだ」と『建築の多様性と対立性』1966 に書いた気概も伝わっている。

だが、これらもまだフィリップ・スタルクのカウンターチェア「サラピス」にはとうていおよばない。スタルクの椅子の背はただ一本の曲線だけでできている。そしてやっと、そこにフラジリティがはじまっていく。

泉鏡花の『笈摺草紙(おいずるぞうし)』1898 の冒頭はこうなっている。「真先に立つたのは、黒と茶と鼠

少年はフィラメントと模型飛行機に憧れる

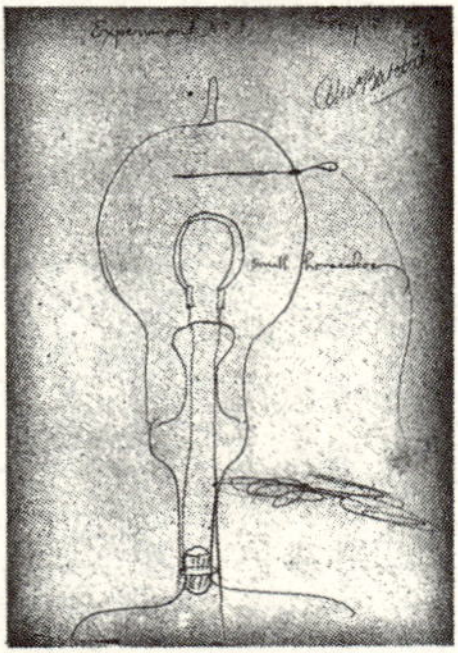

電球は少年芸術家の夢である。
上の図は一八八〇年のエジソンのスケッチ。
今日の照明家である藤本晴美は
一九九四年にフィラメントだけの
展示会を開催した。
左はマルセル・デュシャンの『車輪』。
下は私が『遊』第四号に発表した
「電気式記憶物質館」の一ページ(1972)。
たとえば「壊れかけたネオンサインが
音をたてて点滅しているのは、
白色矮星の余燼が詰っていたからです」。

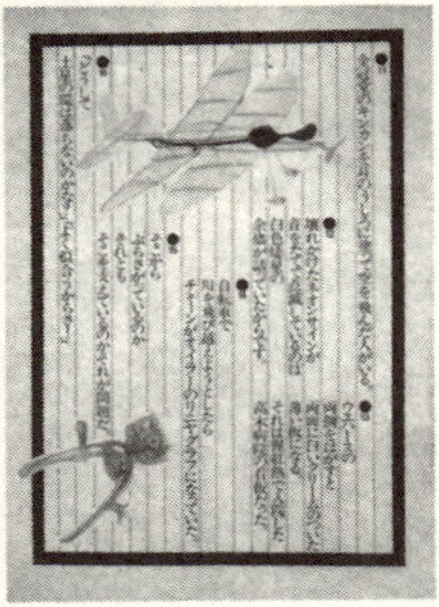

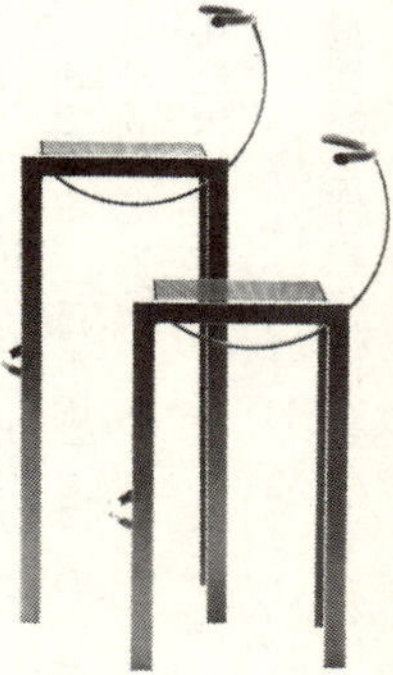

上はイタリアの鬼才デザイナー、フィリップ・スタルクの
カウンターチェア「サラピス」(アンビエンテ・インターナショナル)。
下は同じくイタリアの旧メンフィス・グループの
アンドレア・ブランツィのキャビネット(1992)。
「グランデ・アルコ」と命名されている。

とを、縦に棒縞のお召縮緬の八尺袖、藤色の替裏、此袷に、藍鼠地に桃色と紅で牡丹を染めた友染の長襦袢を重ねて、派手な姿。唐獅子を白で抜いた緋縮緬と繻子を打合せの帯、鼠の平打のパチン留。髪は桃割に結つた、年紀は十六ばかりな綺麗なのが、右の手に端を持つた白地の手拭に、中指の尖を繋いで引張合ひながら後へ続くのは、二十一二の新姐で、一楽の袷の裾を端折つて、水浅葱の下〆をしやんと結んで、下長く、白い脛に緋縮緬の蹴出を纏つて居る」。

ただし、ここまではまだ鏡花も本調子ではない。ところがつづけて、「後から結城の衣服に浅葱の長襦袢を襲ねて、博多と黒繻子を打合の帯、丸髷の横顔を見せたのは、二三度素人に成つたという風、何処か所帯染みた俤がある」とあって、「右いずれも赤緒の雪蹈、二枚裏で歩を悩み、五月霽で日のあたる坂の山路を登って来る」となると、やおら鏡花の鼓動の調子ははやくなり、そこがイタリアン・モダンのデザインにどこか通じるところだった。

こうした鏡花のフラジリティの格別を、あたかも蟬の透明な翅のように引き出してみせたのは、やはり坂東玉三郎である。『日本橋』1914 のお孝や『夜叉ヶ池』の雪姫もいいが、とくに『天守物語』1917 の富姫だった。

その玉三郎を、三島由紀夫は富姫についてではなく、たしか妹背山のお三輪を見たあとの文章だったとおもうが、「この人のうすばかげらふのやうな体が、舞台の上でしなしなと揺れるときに、或る危機感を伴つた抒情美があふれ出る」と書いた。

この「うすばかげらふのやうな危機感」がフラジリティの核心のひとつなのである。これはかつて北原白秋が『青いとんぼ』1911の中で、「青いとんぼの綺麗さは／手に触るすら恐ろしく」と綴ったことに通じている。

蝶をつかまえる。鱗粉をこぼさないようにそっと手をすぼめ、蝶の翅がほたほたとはばたける程度のわずかな空間を手でつくる。蝶がはばたくと手がくすぐったい。けれども、それでその蝶は全き幽閉をくだされたのであり、しかも手の中には極小の柔らかい自由がほたほたとはためいている。

この蝶と手のあいだにわずかにあるもの、その覚束ない感覚がフラジリティなのである。たしか森田童子に、「ぼくのォ、手の中の蝶がァ」というような、そんな物憂いメロディの歌があったようにおぼえている。

蝶もフラジャイルだが、小鳥というものもたいそうフラジャイルである。チルチルとミチルが求めた「青い鳥」とはそのことだったかとおもわれもする。小鳩くるみという少女タレントの名に、そんなおもいを感じた記憶もある。とくに両手で包んだ小鳥たちの柔らかさと温かさには胸がときめくものがある。正体不明の作家トマス・ピンチョンの『エントロピー』1960には、主人公のミートボール・ミリガンが死にかけた小鳥を懸命に暖める場面が出てくるのだが、この場面はピンチョンにしてはめずらしくフラジリティに富んでいた。

しかし、蝶や小鳥がフラジャイルなのは、それが稚なく穉ないものであるからで、それはこわれやすくおぼつかなくて、それゆえにたいせつにされるのではない。蝶や小鳥が手にくるみたくなるほど愛らしいからフラジャイルだというわけではない。そこには「うすばかげらふのやうな危機感」がなくてはならない。

しかも、ここが大事なところになるが、そこには愛着と半ばする「邪険な哀切」といったものが関与する。愛着と裏切は紙一重、慕情と邪険も紙一重である。さきの白秋の『青いとんぼ』の最終行にそれがあらわれる。

青いとんぼの眼をみれば
緑の、銀の、エメロウド。
青いとんぼの薄き翅、
燈心草の穂に光る。

青いとんぼの飛びゆくは
魔法つかひの手練かな。
青いとんぼを捕ふれば
女役者の肌ざはり。

青いとんぼの綺麗さは
手に触るすら恐ろしく、
青いとんぼの落つきは
眼にねたきまで憎々し。

青いとんぼをきりきりと
夏の雪駄で蹈みつぶす。

「うすばかげらふのやうな危機感」の美は、白秋の詩の最終行ではきりきりと夏の雪駄で踏みつぶしたくなる危険にもなっている。このたいせつにしたいのに雪駄で踏みつぶしたくなるような二律背反の感覚が「邪険な哀切」なのである。途中、青いとんぼが女役者の肌となっているあたり、これは三島の玉三郎へのおもいにも通じていた。

日本の近代文学史では、こういう「邪険な哀切」を短い場面に描くのがうまいのは、実は鏡花よりもむしろ詩や童謡をつくってきた北原白秋や三木露風、西条八十らの詩人たちだった。もともと鈴木三重吉が大正七年（一九一八）に創刊した雑誌『赤い鳥』はその標題からしてフラジャイルであったが、その『赤い鳥』に西条八十が書いた「かなりや」が「邪険な哀切」をうまくあらわしている。八十は「唄を忘れた金糸雀は後の山に棄てましょか」と最初から切りこんで、すぐに「背戸の小藪に埋けましょか」とつづけた。そのうえで、その最後に、「いえいえそれはなりませぬ」と結んだのだ。この「いえいえそれはなりませぬ」が紙一重なのである。

脆いこと、ここにこそフラジリティの中心がある。

漢字の「脆」の一字には「もろい」という意味と「あやうい」という意味が共鳴するが、それはエナメル線のような感覚、三味線のサワリのような感覚だ。そのもろくてあやうい属性に満ちた存在がフラジリティというものなのである。D・H・ロレンスが「私は存在を選ぶとき、網膜の上でふるえる色彩をつかむのだ」と言っているのは、そのことだった。

この微妙だが、それなりに凛（りん）としたフラジリティという感覚をいったんつかまえてみると、私は、自分が小さなときからかかわってきたオブジェたちが、まさにフラジャイルな放列だったことを知らされた。

いちばん最初に感知したフラジリティの感覚は、鉱石ラジオから聴こえてきた雑音まじりのNHK第二放送の気象概況だったろうか。「稚内（わっかない）では風力三、気圧一〇五七ミリバール」という、あの放送の音である。それをいまやっとつくりあげた小さな鉱石ラジオのバリコン（バリアブル・コンデンサ）がキャッチした。そのときの「おぼつかなさ」こそが、私のフラジリティの原音になっている。

次は竹ヒゴ製の模型飛行機だ。蠟燭の火で竹ヒゴをゆっくりあぶって曲げ、これを両翼に仕立てて薄いブーブー紙を貼る。貼るときは障子貼りの要領で、口に水をふくませ霧吹きをしながらピンと貼る。竹ヒゴと竹ヒゴの接続には柔らかいニューム管をつかった。動力はゴム紐である。これをプロペラにつないでぐねぐねに巻き、右手で機体を、左手でプロペラをもってそっと空中に押し放つ。左手の指にプロペラの最初の駆動がブルッと伝わったその刹那、軽量きわまりない機体はゆらりと校庭の空をアテもなくめざしていく。まことにたよりなく、またたのもしくもある瞬間だった。

しかし、飛行機はすぐに校庭の隅に落下する。機体はもろくもゆがみ、プロペラはそれでも回転をしようとして地面をパタパタと蹴りつづける。ねじったゴムも一緒にまわっている。それをまた両手にそっといただき、すこし調整を加えてまたゴムを巻く。まさにフラジリティのためにのみ時間が進む熱中なのである。

フラジリティは感覚の振動である。フランスの反哲人エミール・シオランはそれを「人類がただひとつ獲得した最も重要な心理的感覚」とよんだ。

そこには主語がない。

どんなものにも管理されず、どんな論理にもあてはまらない。フラジリティは論理からの逸脱そのものであり、文脈における述語性そのものなのである。「何である」でも「何であるか」でもなく、「何かであろうか」にむかっているものだ。

フラジリティはつねに断片性にささえられている。

フラジリティという全体などはなく、フラジリティという完成はない。フラジリティは「やりかけ」で「あたかも」で、「ときどき」で「みかけ」であるような、すなわち主体性を捨てた非持続的な属性そのものなのである。だから、フラジリティは充足ではないし、充満を拒絶する。

むろん、フラジリティは強くない。フラジリティは弱くて薄く、細くて柔らかい。フラジリティは脆弱の歴史というものの本来なのである。

それゆえ、フラジリティはたいていのばあいは強靭を否定し、つねに強制をいささか離れようとするのだが、そのフラジリティをつかまえて制圧するのは厄介である。やめたほうがいい。なぜなら、フラジリティは壊れやすいくせにやけに柔軟であり、破損を好むくせに消滅がないからだ。それはつねに部分性であろうとするからである。しかし、フラジリティがどんなに準備された制度からも自由であるということはない。むしろフラジリティはふりかざした制度の裏側にひそみ、強化のプログラムの隙間から放出されてくるものなのだ。

だから、フラジリティはルールではない。文法ではない。フラジリティは分節である。だからフラジリティには「関係」はあるが、「集合」がない。フラジリティは合成でなく、また形成ですらもない。こうしてフラジリティは根本偶然であって、むしろ対同（ついどう）によってあらわれ、対同によって消えていくものとなる（第六章第二節）。
さらに、フラジリティは風景でもない。フラジリティは景色なのである。したがって、フラジリティはピクチャレスクで、シーノグラフィックなものであるが、フラジリティによって劇場が完成したり舞台が成就することはない。フラジリティはエドガー・ポーの『アルンハイムの地所』1847の移りゆく視点そのものであって、アラン・ロブ＝グリエの鉛筆そのものなのだ。

私が以上のようなフラジリティを獲得したことはない。フラジリティは生成もないが、獲得もない。フラジリティはそこにあるものであり、そこに着目して初めて存在しはじめるものであるからだ。
したがって、フラジリティはシャープペンシルと白墨であり、日光写真と8ミリフィルムとビデオピクセルに点滅する光である。電光ニュースであって、液晶時計なのである。いまそこに発していくもので、だからといってそこを軽視しさえすれば、なにほどのものでもないような、そんなふつつかな存在なのである。けれども、いったんフラジリティを壊そうとするなら、これは意外にもなくならない。

ここにすばらしくフラジャイルな一個のタンブラーがあるとする。ヴェネチアン・グラスか何かでできていたとしよう。このタンブラーを割るのはかんたんだ。窓から投げつけてもよいし、石畳にたたきつけてもよい。が、それでタンブラーにひそんでいたフラジリティを壊したことになるのだろうか。たしかにタンブラーは壊れ散った。手元にはタンブラーはない。が、割れたタンブラーの破片はどうするか。その破片にもフラジリティはのこる。破片を集めてゴミ箱に捨てるだろうか。それでもいいが、しかし、それで破片がなくなったということにもならない。

われわれはタンブラーという名前の事物を割っただけなのである。タンブラーを全体とみなすなら、それでタンブラーはおわりだが、それはタンブラーという意味の全体だけを相手にしたせいだった。フラジリティはもともとそんな全体に宿ってはいなかった。フラジリティは割れた光の粒そのものだったのだ。その印象なのだ。ホワイトヘッドの「点(ポイント)・尖光(フラッシュ)」だったのだ。

フラジリティを描写しつづけることは無意味である。フラジリティはたいてい途中にあるからだ。フラジリティを手ごめにすることも不可能である。フラジリティはそもそも薄弱それ自身であり、消息それ自体であるからだ。

フラジリティはパウル・クレーの絵画ではなく、その線なのである。カルサヴィーナのダンスではなく、その動きなのである。シャルル・ボードレールの詩やクロード・ドビュッシーの曲ではなく、その憂鬱なのである。馬遠や李唐の山水画の視野であり、良寛の書の打点なのである。フラジリティとは脆弱性という意味である。しかし、脆弱であることは、たんに脆弱であることではなく、そこに脆弱を去来するなにものかがあるということなのだ。

私がフラジリティという言葉を知ったころの話になるが、はっきりした記憶はないのだが、コンテンポラリーアートやロック関係の英語雑誌に、ぼつぼつ「フラジャイル」という言葉が目につきはじめていた。パンクロックが出はじめたころである。

そのころの私は、インプロヴィゼーションしかやらないフリー・ギタリストのデレック・ベイリーに出会い、その音がフラジャイルであることをめざしていることについて、ベイリーから訥々（とつとつ）とした説明をうけていた。ロンドン育ちの静かな男であるベイリーは、ミュージシャンがフラジャイルであろうとするためにはとてつもなく強い意志が必要であることを強調した。

デレック・ベイリーを私に会わせたのは夭折した間章（あいだあきら）であった。彼は、近藤等則、土取利之、坂本龍一らがぞっこんだったカルト・ミュージックのボスである。彼はルイ・フェルディナン・セリーヌの耽読者で、ある日、まるで『なしくずしの死』1936のように、ぽつりと死んだ。その間章が日本に招いたベイリーは、ギターの弦をすべてゆるめてギターを演奏してみせた。じつに不思議な音だった。ベイリーは椅子に無造作に坐り、体を柔らかくして、ゆるんだ弦を魔法のように弾いていた。どの音も自由、どの指も自在、どの弦もひとつとして規定をうけていなかった。

こうして私は、しだいにフラジャイルな質感やフラジャイルな物体を自分なりにたしかめ、フラジリティから眺めた文学や音楽や美術を渉猟していったようだったのである。たとえば、アルチュール・ランボーにはフラジリティはないが、シャルル・クロスにはフラジリティがあるだとか、パウル・クレーとワシリー・カンディンスキーを分けるものはフラジリティにたいする打鍵性であるとか、ウィリアム・ターナーのフラジリティは空気粒子的であるとかの、だいたいはそんなところだ。デビュー作から見つづけていたフェリーニをあらためてフラジリティの作家として見直したのも、またヴィクトル・エリセの映画『ミツバチのささやき』1972 に出てくるなんともフラジャイルなフランケンシュタインに出会ったのも、そのころだった。

日本文化の中のフラジリティにも関心がむきはじめた。

私は京都の呉服屋に育って、ずいぶん日本的な生活様式を体験した少年期をおくってはいたものの、どちらかといえばそのような日本性が好きになれなかったほうだった。それが、三十二、三をこえるころから、微妙で気配的なものへのあこがれとともに、新たに「日本」が観察の対象となってきた。

最初のころ、とくに新鮮なおどろきをもったのは神社である。神社はもともとヒモロギのような質素な〝おとづれ（音連）装置〟に屋根をつけただけの、いわゆる〝屋代（やしろ）〟を祖型としているのだが、それがフラジャイルだというより、そうして発展してきた神社があいかわらず中心に行けば行くほどカラッポになっていることが日本的フラジリティを感じさせた。私は、周辺が賑やかで中心に行くにしたがって空疎になるという、この社のしくみに憧れた。

これは中心をウツ（空）とする日本のしくみのひとつである。そうだとすると、この方法はほかにも日本文化のそこかしこに、なんらかのフラジャイルなつらなりの手をのばしているのではないかとおもえた。なかでも注目したのは「ウツロヒ」の感覚（手続き）である。ウツロヒは文字通りウツを語幹として生まれたウツロやウツホと同様の言葉で、空疎な状態に何かがやってきて移っていくことをいう。「移る」だけではなく、そこでは「写り」や「映り」もおこっている。その微妙な移りゆく感覚がフラジャイルなのである。雪月花というも、花鳥風月というも、このウツロヒをもとにした主題設定だった。

ウツロヒに関してさらに興味深いのは、ウツツという言葉であった。ウツツはしきりに「夢うつつ」とつかわれるように、現実の「現」の字をあてる。ということは、もともとはその現実感覚は空疎なウツを媒介にしているということなのだ。何もないところから出てくるもの、それが現実なのである。

ついで「はかない」という言葉が気になった。「はかない」は中世日本の見えない人生単位ともいうべき「はか」がないこと、いわば「はか」が積みあがらないことで、はかどるべき何もない無常のことをいう。十一世紀初頭の『和泉式部日記』や、それよりすこし前の『蜻蛉日記』にしきりに出てくる。さらに『源氏物語』夕顔では「はかなびたる」という重要な用例がある。

この弱々しい「はかなし」や「はかない」は、人生をすすませる「はか」を裏側から眺めている。裏側から眺めているのだから、それは人生の否定かというと、かならずしもそうならない。「はかなし」はそれなりに危険な美をめぐる〝弱さの強さ〟なのである。

こうして、私はフラジャイルな出来事の渦中に入ることになったのである。けれども、では、この弱々しくて強く、ピアニッシモでフォルテッシモな、はかなくてめっぽうすぐれているという矛盾に満ちたフラジリティとは何なのかということについて、正面きってつきとめたわけではなかった（むしろつきとめるものではないことがわかってきたというに近い）。

ただ、自分が少年時代からフラジリティに近いものに極度の執着をもってきたこと、人々のおこないやふるまいにたいしても、その最強音ではなく最弱音に耳をすましてしまうところだけが、はっきりしていたにすぎなかったのである。

それでも、この感覚を何かにあてはめて綴ってみようとおもい、それを試みに「書」の世界にあてはめて綴ってみたのが『外は、良寛。』1993という本になっている。「外は、」で切って「良寛。」というふうに句読点を入れた書籍にはめずらしいタイトルの本で、その句読点に本来の消息というものをこめてみた。そこでは良寛の細楷（さいかい）の書や越後出雲崎でのおぼつかない生き方がフラジャイルであるというばかりでなく、たとえば「加減」や「去来」や「あたり」や「界隈」という言葉がフラジャイルな意図に富んでいることなどにもふれてみた。

しかし、フラジリティには私の体験した感覚をはるかにこえるきわめて重要な性質もひそんでいるにちがいない。私は、この数年というもの、そんな未知の、でもきっととても重要であるだろう案件をおもいめぐらしていた。

白墨とノヴァーリスとポラロイド写真、フランケンシュタインと鉱石ラジオとドビュッシー、鏡花とシャープペンシルとスタルクの椅子、良寛と『蜻蛉日記』と玉三郎……。それらはなぜつながってしまうのか、そのつながりの秘密はどこにひそむのか、その疑問そのものがフラジャイルな本質でもあるようにおもわれた。

ああだ、こうだと、いったい何がフラジリティをつないでいるのか、そんなことを考えているときに、ああ、この感覚はあれに似ている、とふいにおもいついたことがあった。それは昔日に見た観世寿夫の、『鷹姫』だった。

人々は生命と思考の発展にすぐれた目的をくっつけたいだろうけれど、すべては束の間のうつろいやすく、はかないものだということを認めなければならない。

ジャン・ロスタン「生物学者の断想」(木田幸夫訳)

3 はかない消息

ロンドンに行ってからのエズラ・パウンドは「フラジャイル」という言葉が好きな詩人になっていた。そのエズラ・パウンドの手元に、ある日の午後、一束の草稿がどさりと託された。フェノロサの草稿だ。能に関する草稿である。

アーネスト・フェノロサは能に本格的に熱中した最初の外国人である。梅若実に入門して、謡(うたい)と仕舞(しまい)を稽古した(当時の外国人でフェノロサ以外に能を習ったのはおそらく大森貝塚を発見したエドワード・モースくらいだったろうが、モースはすぐに音(ね)を上げた)。

稽古には、耽美派ウォルター・ペイターの心酔者であって、当代きっての名訳家だった平田禿木(とくぼく)が通訳をかねてついていた。フェノロサとは東京の英語専修学校の同僚である。青い目のフェノロサが謡をうなり、背筋をのばして扇子をかざしはじめると、物見高い近所の連中がぞろぞろと見物につめかけたという。明治三十年あたりのことだ。

フェノロサは卵の入った大きな箱を手土産に、平田禿木とともに梅若実を訪れた。六回ぶんの稽古代が十八円、さらにシリーズで稽古をすると十五円を払った。稽古のかいがあったのか、梅若実はフェノロサの謡いぶりをほめていたらしい。そのフェノロサの能に関する草稿が、一九〇八年にフェノロサがロンドンで客死した後、フェノロサ未亡人によってエズラ・パウンドにどさりと届けられたのである。

草稿には能に関するメモと謡曲の英訳が入っていた。英訳はおそらく平田禿木が試みたもので、これにフェノロサが手を入れていた。

東洋の片隅の文芸の香気におどろいたのはパウンドで、彼はすぐさま日本の能がとびきりのフラジリティに富んでいることに着目し、さっそくフェノロサの能楽論に自分の感想を加えた文章をつくりつつ、一方で『卒塔婆小町』『通小町』『須磨源氏』『熊坂』などを英文にブラッシュアップしていった。こうしてフェノロサとパウンドの有名な共著本『日本の古典演劇の研究』1916 が出版される。

パウンドが未知の能の世界に心を奪われていたころ、正確には一九一四年から翌年にかけて、ウィリアム・バトラー・イエイツはグレゴリー夫人が集めたアイルランドの神話や民話をこつこつとしらべていた。そのイエイツの秘書を一九一三年からつとめていたのがアメリカからロンドンに来ていた青年パウンドである。パウンドはさっそくイエイツにフエノロサが遺した能楽草稿の話をしたようだ。今度はイエイツがおどろいた。たちまちイエイツも能に熱中し、さっそくアイルランド神話を生かした能に似た一篇の舞踊劇を書きあげてしまった。それが西洋能『鷹の井戸』(At the Hawk's Well)である。一九一五年に執筆、一九一七年には出版された。アイルランド神話のデアドラとクーフリンの物語が素材になっていた。日本語には最初は平田禿木が、ついでは松村みね子が名訳をはたした。のちに歌人の葛原妙子がこんな歌を詠んでいる。

にっぽんの詩人ならざるイエーツは涸井に一羽の鷹を栖ましめぬ

イエイツの『鷹の井戸』は第一次世界大戦のさなかの一九一六年、ロンドンで上演された。場所は海運王キュナードの客間、イエイツの好きなエドマンド・デュラックの仮面と装置によっている。デュラックは当時の〝イギリスの杉浦康平〟のようなインテレクチュアル・デザイナーである。当日は、イギリス皇太后から首相まで招待されていて、全員がこの神秘的な舞踊劇にすっかり酔いしれたという。

物語はケルトの若き英雄クーフリンが永遠の生命を求め、一羽の妖しい女鷹が守る井戸の水を汲みにやってきて、これを妨げられ、ふたたび去っていくというもので、最初に井戸の傍らに老人がいて、得体のしれない井戸守の女がうずくまっているという場面からはじまる。そこへクーフリンが来て水を所望するのだが、老人は井戸はすでに涸れてしまっているし、これまでにも三度ほどしか水が湧いたことはなかったと言う。二人が問答しているとき、井戸女が鷹の声をあげ、うちふるえはじめる。老人はこれは水が湧く前兆だと言っているうちに、女は黒い衣装を払って立ち上がり、鷹となって移り舞へ。クーフリンは鷹を追い、老人は眠りこけ、ふたたび舞台がもとに戻ったときには、いったいほんとうに水が湧いたのかどうかもわからない。そんな話である。

私はかいつまんだが、実際にはもうすこしこみいっていて、そのちょっとした混乱が日本人から見ると能らしくない。

ところで、このとき舞台に立って鷹の女を舞ったのが、当時ロンドンにいた若い舞踊家の伊藤道郎である。

伊藤道郎は千田是也の兄、ということは日本演劇の舞台装置を革新した伊藤熹朔の兄にあたっている。私は伊藤道郎を見たことがないのでわからないが、噂によるとかなりの天才的ダンサーだったようだ。十九歳で日本を飛び出していた。英語の達者な新橋芸者として有名な中村喜春姐(ねえ)さんの自伝にこのミチオ・イトウの話がよく出てくる。日本の前衛舞踏を先駆した石井漠ともつながっていた。二人は帝劇歌劇部の同期生で、いっときカーネギーホールの中にスタジオをかまえていた伊藤が、ヨーロッパ公演をおえてニューヨークに入ってきたときに石井を全面支援した。この話は石井歓の『舞踊詩人石井漠』1994 に出てくる。

その伊藤道郎が一九三九年に日本に帰ってきたとき、『鷹の井戸』が初めて日本の観客の前に姿をあらわしたのである。昭和十四年十二月三日夜、九段の軍人会館。伊藤五兄弟がうちそろっての公演である。それは、梅若実からフェノロサへ、フェノロサからパウンドへ、パウンドからイエイツへ、そしてイエイツから若き伊藤道郎をへて、東西の言葉と身体を吸いこんだ能のスピリットというものがふたたび日本に回帰した夜だった。

そして、この夜に『鷹の井戸』を九段の軍人会館の片隅で息をのんで観ていたのが葛原妙子であった。

西洋能『鷹の井戸』はイエイツが日本の能から吸いこんだ胸いっぱいのフラジリティを吐露した作品である。なんとも神秘に満ちた妖しい作品にはなっているのだが、力が入りすぎているためか、われわれからみると能としてのいささかの混乱がある。そこで、これを横道萬里雄が改作し、翻案新作能『鷹の泉』という日本の能にした。舞台もアイルランドから波斯(はし)国に、前シテが老人に、後シテが老人の霊になっている。昭和二十四年の喜多実の初演だった。

しかし、これも気にいらなかったのか、横道はさらに手を入れ、シテやワキを捨てた斬新な構成をつくりあげていく。これが観世寿夫によって昭和四十二年に初演された『鷹姫』である。曲も観世寿夫の手になっている。私は一九七〇年のことだとおもうが、野村万之丞の演出で観た。なるほど、息をのむようなフラジリティだった。どの曲のどの言葉も、どの所作のどの断片も、それはそれは観世寿夫の名人芸によって珠玉のフラジリティを一貫させていたのである（なお『鷹の井戸』や『鷹姫』のモチーフはさらに高橋睦郎によっても新たな意匠と結構に昇華されている）。

その後、私は観世寿夫と何度かにわたって話す機会をもった。鈴木忠志による紹介だった。すでに〝世阿弥の生まれ変わり〟と絶賛され、ギリシア悲劇もシェイクスピア劇も研究しつくし、「冥の会」による大胆な革新にも先頭をきって臨んでいた名人は、どちらかといえばどんな話にも気前よく答えてくれる自由で屈託のない人だったのだが、残念ながら『鷹姫』については聞く機会をもてないでおわっている。

しかし、のちに寿夫語録ともいうべきを集めると、『鷹姫』にこめられていたすさまじい意図はいまでも凍りつくように伝わってくる。たとえば、こんなふうである。「だいたい能のリズムは八拍子が中心になっていますが、それを四拍子ずつずらして謡うことによって、一種の呪術的な感じを表現したいと考えたのです」。

また、こんなふうだ。「全体の意図としては、能の音楽の特質である間（ま）、つまり空間的時間観とでもいうものを生かそうと思いました。情緒に流れない厳しさ、そうした無機的なリズムを、あくまで人間の息のつめひらきによる有機的な演奏によって立体化したいと考えたのです」。ああ、なんとも深い溜息が出る。

ひるがえって考えてみると、能というものは畢竟するところ、「精」の消息である。その相応だ。その「精」の消息と相応を、いまフラジリティという。私の直観はそこに釘付けになっている。

そもそもイエイツには「フレイル」（frail）という言葉がふさわしい。「フレイル」は"Life is frail"（人生ははかないものだ）というふうに、英米のポピュラーソングにもよくつかわれる。能の英訳にもしょっちゅうあらわれる言葉である。「はか」がないという感覚だ。前節にも、また私の『花鳥風月の科学』1994 にものべたように、「はか」とは日本の中世でしきりにつかわれた人生の単位である。いまでも「はかどる」「はかがいく」「はかばかしい」などとつかわれる「はか」であるが、むしろそのありようよりもなさかげんに中世人の感覚がとぎすまされた。

フラジャイルもフレイルも「はか」と「はかなし」の両方をもっている。二つとも見えないものではあるけれど、それも煎じつめれば「精」の出入りと翩翻（へんぽん）である。

なぜ、フラジャイルとフレイルはこうも似ているのだろうか。そこには根っこからのつながりの秘密があるはずである。しらべてみると案の定、二つの言葉は同じ語源から生まれていた。

もともと英語の「フラグメント」も「フラジリティ」も、ドイツ語の「フラギール」もフランス語の「フラジール」も、その根っこはラテン語の「フランゴ」（frango）を語源とした言葉が基点になっている。「弱さ」と「断片」、それはその出生の秘密においてすでに双子だったのだ。

エルンスト・ローベルト・クルツィウスが最後の大著『ヨーロッパ文学とラテン中世』1948で書いているように、ラテン時代の初期の「フランゴ」という言葉は、「破砕する」とか「誓いを破る」とか「弱める」とかといった意味をもっていた。たとえば、船が座礁してしまうときの難破のイメージ、意気を阻喪させるというイメージなどをもつのだが、その後の用法をみてみると、そこには感動してしまうとか、心が動かされるといった気分のたかまるイメージがある。その気分の高揚というものは、「はか」がなくなって初めて「はか」に気がつく高まりというものなのだ。

この「フランゴ」を背景の中心にして、弱々しさを意味する「フラクタス」（fractus）や「フラギリタス」（fragilitas）という言葉、あるいは断片性や廃墟性を意味する「フラーグメントム」（fragmentum）が派生した。いずれも同じ語源をもつファミリーで、英語の「フラクション」（分数）や「フラクチュア」（骨折）も同じ親をもつ。つまりは、フラグメントもフラジャイルも同じ先祖なのである。本章の最初にのべた、私の「フラグメントからフラジリティへ」という第一歩は、語源上の旅にも重なっていたわけだった。

ラテン語に発したフラジャイルな言葉の一族を、字義通りにネガティブな意味だけでうけとめてはいけない。船が難破したから損害を求めるという喪失感覚ではない。壜が割れたからまたつくりなおすという再生感覚でもない。たとえ「はか」がなくても「はかなし」はある。

そこには壊れゆくものにたいする消息の、哀感とも共感ともつかぬ奇妙な同調がある。フラジャイル一族は胸高鳴る一族なのである。しかし、それだけでもない。もっと無償のものを求める感覚もある。モノの問題を自分の感覚のほうに返しているところがあり、ある事態の隙間からなにか輝きをもったような貴重なものが飛び散っているような、そんなところがあるからだ。

それらを何だと一言では容易に指摘できないから、本書一冊がまるまるあるのだが、いま大胆にわれわれの見知った領域でたとえてみるのなら、いまさら私がおもうのは、これは謡曲の世界に通じているのではなかったかということだ。すでに白洲正子が『お能の見かた』1957 においてとっくに指摘していたことである。

稲垣足穂のオントロジック・エッセイには、しばしば神仙趣向でやや少年愛じみた謡曲の一節があらわれる。

少年が天狗にさらわれる喝食能『花月』をとくに気に入っていた。その足穂が宇治桃山で小さな火鉢を抱くように前にして、「はかないこと、おぼつかないこと、これがよろしいな、もろいところがよろしいな」と言った。そして「それをフラギリティというんやな」とつけくわえた。英語によるフラジリティとはいわず、ちょっとドイツ語ふうに「フラギール」とか「フラギリテート」とも言っていた。

私はそのころ、すでに現代思潮社の稲垣足穂大全第五巻『美のはかなさ』第二部「芸術家の冒険性」1956で、足穂のフラギリテートの由来が、オスカー・ベッカーの「愛惜すべき弱々しさ」（Hinfälligkeit des Schönen）やカール・ゾルガーの「薄弱なるもの」（Nichtigkeit）に出ていることを知っていた。足穂はそこで、カント、シェリング、ベルグソン、ハイデッガーといった存在学派の感覚を駆使してゾルガーとベッカーをとらえ、それらの哲学的消息がいつのまにか自動車の排気管から放出されるエグゾーストに昇華してしまう独自の方法について、あれこれ思索をめぐらしていた。

それは足穂がしばしば言及している足穂自身の永遠癖による思索の航跡だった。その文章はまことに含蓄がある。しかし、足穂本人の口からフラギリテートという言葉が発せられるとあっては、これはやはり別物なのだ。

稲垣足穂がまっさきに例に出した「フラギリテート」は、少年時代につかっていたバヴァリア社の色鉛筆がこぼれやすい脆弱性に富んでいたこと、次に、カナキン張りのプロペラ飛行機がもろさゆえの美しさをもっていること、それに有名な「六月の都会の夜」だった。そこまでは予想のつく範囲である。が、そのあとに出た例は、なるほどそのようにフラジリティを拡張するべきなのかと、私を大いに変更させたものだった。

こう早口で言ったのだ。「結局は、そもそも天体がな、フラギリテートなんですね。それはね、無関心というものの広大な原郷やということです。そんなもんにイジドール・デュカスやトリスタン・ツァラでは、とうていとどきっこあらへんわ」。

もう一人フラジリティについて少しだけだったが言葉をかわせた作家がいた。三島由紀夫である。三島はそのとき大盛堂主人の船坂弘の道場で剣道の胴をつけていたが、足穂同様にオスカー・ベッカーの「美のはかなさ」と、加えて赤が鮮烈な月岡芳年の稗史画(はいしが)にふれ、フラジリティは男性に特有するんですと、足穂とは別種の早口でまくしたてた。そのときの事情は横尾忠則に頼まれて芳年の画文集に綴っておいた。

三島はフラジリティを「弱さ」とは言わなかった。私がフラジリティという言葉をつかったことには目をむいてよろこんでいたが、それを「弱々しい」とは言いなおさず、注意深く「男のはかなさ」という言葉だけを選り出した。

たしかに男性に特有する「はかなさ」は敦盛や義経このかたの日本美学の代表である。これは日本の男性史がヨーロッパの騎士道とは別種に、中世以降につくりあげた「花と散る」というやつだった。私はすぐに伊藤彦造が描いた義経や鞍馬天狗の挿絵や、ついでに春日井健や、たしかそのころがデビュー直後だったとおもうのだが、須永朝彦の歌やらを思い浮かべていたが、きっと三島は聖セバスチャンやデゼッサントやらを厳選していたのだったろう。エイズで死んだデレク・ジャーマンが『セバスチャン』1976 を撮ったのはそ

エイズで死んだ映像作家デレク・ジャーマンには
『セバスチャン』(1976)や『カラヴァッジオ』(1986)をはじめ、
抜群のフラジリティが横溢する。
この写真は『イマジング・オクトーバー』(1984)の一シーン。
モスクワのホテル北京が映る。

薄弱の美学の追想者たち

私は一九六〇年代後半から七〇年代にかけて、
頻繁に稲垣足穂を訪れていた。
この写真はそのときのひとつで、撮影は同行の佐々木光による。
足穂は早口で「はかないこと、よろしいな」を連発した。

右は唯美主義者ウォルター・ペイター(S.ソロモン画)。
33歳で発表した「ルネッサンス」(1873)は
ラファエロ前派的青年に圧倒的に迎え入れられ、
新異教主義のブームさえ生んだ。
左は若き日のウィリアム・バトラー・イエイツ(W.ローゼンスタイン画)。
イエイツはペイターに嫉妬したともいう。

の数年後のことだった。

足穂も三島もひそかに愛読していたオスカー・ベッカーについて、すこしふれる必要がある。

いまはあまり読まれなくなったベッカーの『美のはかなさと芸術家の冒険性』は、もともとは「哲学現象学研究年報」フッサール生誕七十年記念号（一九二九）に発表されたもので、その後は一九六三年にベッカー自身が編んだ哲学論文集に収録された（初訳かどうかは知らないが、翻訳は昭和三十九年に久野昭が試みている）。

ベッカーは美学の対象として「はかなさ」を抽出した独自の哲人である。もともとは数学者であって、フライブルク派のフッサール門下であるが、ハイデッガーにも影響されていた。そこで美の存在学をくみたてた。美の本質的な背景には「はかなさ」があり、その「はかなさ」の本質は「もろさ」（Fragilität）である。その「もろさ」の本質は「壊れやすさ」（Zerbrechlichkeit）にあるのではないか。そういう論旨だ。あまりに尖鋭化されたもの、また研ぎすまされたものは、内奥に激しい緊張を秘めているためにおしなべて壊れやすくなると考えたのである。そして、私が本書の冒頭でシャープペンシルの芯を持ち出してフラジリティの感覚を説明したように、ベッカーも尖端（Spitze）に惹きつけられていた。

もともと「美のはかなさ」に注目したのは、十八世紀末のカール・ゾルガーの浪漫的虚無主義である。ベッカーもゾルガーのややニヒルな哲学にヒントをえたということを書いている。が、いまや私はゾルガーの『エルヴィン』1815を応援しない。あまりにロマンティックであり、またそこにはエズラ・パウンドをおどろかせた能にみられる無の複式夢幻性とでもいうもの、すなわち「無の複合性」が乏しいからである。

同じような不満はベッカーが思想的に接触しようとしてうまくいかなかったカントの「うつろいやすい美」（pulchritūdo vaga）をめぐっても、あらわれる。

カントは「私は美に無頓着だ」と嘯いた哲人として一般には知られるが、ここには知られるような意味ではない逆の意図があって、むしろ「無関心」こそが美を唐突に出現させる唯一の方法であるという見方がひそんでいた。これはなかなかの卓見である。「無関心」はときとして「邪険」に飛びうつり、突如として青いとんぼを夏の雪駄で踏むような美をつくる。それはたしかに「移り気」であって「うつろいの美」になる可能性があった。だから、そこをベッカーはつかまえ、なんとかカントにも「美のはかなさ」の消息が理解されていたとしたかったのである。けれども、これは失敗だった。カントの美学は理性にも観念にも引っぱられていて、そこには青いとんぼも雪駄もなかったのである。つまり尖端がなかったのだ。

フラジリティが「はかない消息」を背景にひそませていることについては、もう一度、

第六章で「感じやすい問題」とは何かという角度で議論する。また、少年少女たちが家なき子や小公子などの「はかなく薄いもの」に憧れる心情については、コミュニケーションにおける葛藤の起源とともにふれたいとおもう（第四章第一節）。

しかし、そのようなセンシティブな話をする前にかたづけておかなければならないことがある。それは、われわれが「堅い私」にとらわれているかぎり、これら「はかない消息」のいっさいは閉じられたままであるということ、それゆえ、われわれは「弱い私」をどこかでどこかに放電させなければならないということだ。

いいかえれば、私は「私」という主体をどのように中途半端にむかって投企しておけばいいのか、そういう機会はどのようなときにやってくるのかということである。私のばあいはそれがおもいがけないところ、私自身の身体の一部からやってきた。

III 身体から場所へ

あちこちから、
メダルドの二重の性格についての情報がとどきはじめた。
森のなかで道に迷った子供たちが
恐怖のうちに松葉杖のまっぷたつの男に追いつかれ、
手をひかれ、めずらしい花やお菓子をもらって、
家に送りとどけられたのである。

イタロ・カルヴィーノ「まっぷたつの子爵」（河島英昭訳）

1 あいまいな「私」

パロマ山の大望遠鏡の祝賀式のあとで、ある人が天文学者に「現代の天文学はきっと人間を無意味なものにしてしまうのではありませんか」と尋ねたところ、その天文学者は「しかし人間が天文学者なのですよ」と答えたということである。

リン・ホワイト「機械と神」(青木靖三訳)

ある日、ふいに胃の腑の下あたりで、内側からボルトをねじあげたような痛みがおこった。その場につっぷして、急いで手をさしこんでみたが激痛はやまない。ただ蹲る(うずくま)ばかりだった。見かねた家の者たちが、背中の経穴のありそうなところをいくつも押しているうちに、ふうっと痛みは消える。

ところが翌日もまた次の日もおなじ激痛がおこる。こんなことはなかった。痛みは胃の下あたりというだけで正確にはわからない。ともかく急にさしこんでくる。疝痛というらしい。けれども妙なことに、背中を押してもらったりさすってもらったりすると五分ほどで消える。それだけのことだから放っておいたのだが、それが三週間にわたった。これはてっきり胃潰瘍かなとおもって、急場しのぎに家庭医学書の走り読みをすると、「たった五分で胃に孔があくこともある」などと素人をおどすようなことが書いてある。

こうなると「自分」というアイデンティティはいいかげんなものだ。

患部からというより、自分の思考と自分の体とのつなぎめのようなあたりから、信号の断絶が広がり、めりめりとヒビ割れてくる。頭で考える内容と体が出している信号の辻褄があわないことが見えてくる。頭の信号系と体の信号系があわなくなってきて、「自分」という全体が突然にフラジャイルな総体に見えてくる。

現代フランスの詩哲ミシェル・セールはそのことを『生成』1982で「もろくて柔らかくて切れやすい連鎖」とよんでいた。そして、次のようにつづけた、「生命の連鎖は、たやすく代えることのできる部分、ほとんどいたるところで消滅しかかっていて、かつあちこちで生長しかかっているものによって偶発的に連鎖する一時性である」。

結局、火急のときにいつも面倒を見てもらっている漢方医に事情を話してみたところ、すぐに精密検査をするように告げられた。けれども胃カメラを呑んでも異常がなく、二日後に十二指腸をしらべても異常がない。まことに所在のない不安がやってきた。そして、本当の「不安というフラジリティ」は身体の内側からやってくるものだということを知らされた。

いったい何が悪いのか、それこそ古代中国にいう体内に棲む三尸九虫でもあばれているのかと訝ったが、超音波によるエコー映像検査の結果、胆嚢が炎症をおこしてぱんぱんに腫れ、何個かの胆石もあるということになった。医者は切り取るしかないと断言をする。漢方医の重野哲寛にも相談してみたら、いやここは一番決断ですな、という。漢方でも手術は必要なんですという説得だ。私はこの漢方先生を信じきっていたので、その決断にふみきることにした。

胆囊は、一日約五〇〇ミリリットルずつ肝臓でつくられた胆汁をいったん貯えておく濃縮タンクである。胃から送りこまれた食物が十二指腸に入ってくると、胃では放置されたままの脂肪分を消化するために、胆囊が収縮して濃縮胆汁を送り出す。このとき胆石などがつかえて激痛を誘発する。

かつてプラトンは「われわれは胆汁でものを考えている」と考え、ヨーロッパではこの考えかたがその後もまかりとおって、〝胆汁質〟とよばれる憂鬱体質があると信じられていたものだったが、その胆汁がつかえて体内をまわらなくなると黄疸（おうだん）になる。「胆力」などという言葉もある。胆囊を取ると、憂鬱がなくなるかわりに胆力もなくなるのではないかと、それが心配だった。「肝胆あい照らす」というのも、できない。

こうして、生まれて初めて腹を切ることになった。

タテ真一文字に二〇センチほど切り（おへソだけをよける）、ヨコには十八本、マグロのように切りみを入れ、通常より三倍ほどに腫れた胆囊をすっかり切り取る胆摘手術というもので、手術前の検査と手術後の回復期をふくめて約八週間の入院となった。鉄粉のような胆石が平均よりずっと細い胆管にまでいくつも入りこんでひっかかっているため、回復に時間がかかるということである。人間の胆管の太さは遺伝的に継承されているらしい。若死にした父の死因も胆道ガンであった。

ミラン・クンデラの『ハヴェル先生の十年後』1969 に「翌日、ハヴェル先生がめざめたとき、昨夜の夕食のせいで胆嚢が軽く痛むのを感じた」（西永良成訳）とあったのが思い出されたが、幸福なハヴェル先生は水治療なんかでごまかしていたからいいようなものの、私のばあいはそうはいかなかった。

ともかくは、入院して手術日を待つあいだのおよそ一週間ほど、モンテヴェルディ、スカルラッティ、バッハ、ハイドンらのバロック音楽ばかり聴きながら、あらためて「自分の体」というものを考えた。たっぷり古典ばかり聴くのも久々であったし、とりわけ十七世紀のフィレンツェ人が好んだ劇的構造と音楽構造との調和、いわゆるカメラータの要請が、そのときの体調にはぴったりだった。モンテヴェルディの『オルフェオ』1607 第二幕で、エウリディーチェの死を宣告する場面、二つの和音の中でホ短調からハ短調に移るところがあるのだが、そうした一定の感情のマドリガル的継続をふうっと変える技法がきっと不安な感覚によかったのだろう。ちなみに手術してからは、日本バロック派のデザイナー市川英夫が天上界の音かとおぼしい中世宮廷音楽のテープをみずから編集し、それを五、六本とどけてくれた。

さて、最初にはっきりしてきたことは、自分の体とはいえ、体の中は自分では見ることも触ることもできない「別もの」だということだ。

一応の解剖学的な知識はもっていたつもりだったし、それ以上に禅やヨーガをはじめとした多少の内観の訓練もしてきたつもりだったが、それは手術を必要とするような局部をふくんだ体の動向を見つめる力にはなりえない。敬愛する鍼灸師の上野圭一に聞いてみないとわからないが、おそらく内観療法がガン細胞を駆逐するということは今後ともむつかしいだろう。それに、こうした局面では自分の体はからっきしのブラックボックスなのである。まさにフラジャイルな主体であってはかない対象だったのである。

体がもともとブラックボックスだなどという意味ではない。これまで生物学や医学の成果は体の大半をかなりの細部まであきらかにしてきたのだから、一般的な対象としては、体は未知未踏のブラックボックスというより、むしろ概略の地図がある町というに近い。ところが、こと自分の体となるとさっぱり見えなくなって、いちばん弱い主体になってくる。ふだん自分で歩いている近所なのに、あらためて地図で細部を確かめないとわからないといったところなのだ。そして、しまったと悔やむ。

しかしもっと手痛いのは、頭の信号系と体の信号系の二つが容易につながらないことである。おそらくはもっと多くの信号系が交じっているのだろうが、それもこの際は混乱したままである。

われわれは、つねづね自分はまるごと「一人ぶんの自分」だとおもいこみすぎているようだ。何がそういう「私」という統合性を維持させているのか知らないが、「俺は俺だ」という一体感がいかに勝手な思いこみによってささえられていたかということは、かりにも内臓をやられてみると気がついてくる。

内臓には目も手もゆきとどかないし、耳も鼻もきかない。そこはまったくの「遠方」だったのである。これが他人の内臓なら、多少の医心のある者は、手をあててその奥の動向を感じることもできるし、耳をあててその内側の音を聴くこともできる。けれどもこういうときは「自分」という概念が一番遠いものになっていく。とくに内臓はいつまでも別人のような顔をしつづける。事実、われわれの五感が実際に知覚できるのは喉元あたりまで、喉元すぎれば熱さも忘れるしくみになっている。また、そうでもなければ、お湯も飲めない。胃カメラなどとても痛くて食道を通らない。

では、もしも自分の内臓と昵懇になれたとして、その内臓の信号を聞いている自分の脳とのあいだのパイプラインに割って入れるかといえば、これもとうていむりな相談だ。われわれは自分自身のハッカーにはなりえない。もっとも、こうした内臓であるからこそ、その声をなんらかの方法でふだんから聞くべきで、そこにこそ心の実態、心の本拠地があるのだといういめずらしい意見もある。芸大の生理学者で『胎児の世界』1983の著者、三木成夫の見解がそのすぐれた代表だった。

信号系や情報系の混乱は、手術後にもっとはっきりした印象になった。手術は全身麻酔にはじまる。そのあとは何もわからない。意識というものが数種類の混合ガスを吸うだけで、こんなに益体（やくたい）もなくなってしまっていいのかとおもうほど、手術中のいっさいは空白である。

頭の信号系はここでも体の信号系からとりのこされた。これこそはミシェル・セールの「もろくて柔らかくて切れやすい連鎖」だ。そのかわり、麻酔が切れたとたんの激痛は、背中が痛い、胃が痛い、と騒いでいたときとは比較にならないほどものすごい。腹は縫い目がほどけているとしかおもえないほどにずきずきとし、背中はちりちりに灼けている。ＩＣＵ（集中治療室）の脚の高いベッドで意識が回復してまずまっさきに感じたことは、なんとも名状しがたい挫折感に似たものだった。

もっと困ったのは、全身がまったく動かせず、ちょっとでも動こうものならそれこそ跳び上がるほどの裂痛が腹に集中するということだ。おまけに麻酔が強すぎたせいか、まったく声が出ない。わずかな嗄（しわが）れ声しか出ない。これもおどろいた。それだけではなく、わずかに左右の腕の肘がいくぶん曲がるだけ、首も肩も、膝さえもが一センチと持ち上がらなかった。それがほぼ三日三晩にわたる。その間、一滴の水をすることも許されない。

手術後、たちまちわかってきたことは、ほとんど全身の筋肉が〝腹〟に関係していたということである。

どこを動かしても腹が痛みでうなりをあげる。まるで「私」の支配権のいっさいを腹が管理しているようなものだった。いちばん弱そうな腹が、じつはいちばんの鍵をにぎっているらしい。そこへ若い医者や年増の看護婦がやってきて、早くおならを出してくださいと言う。痛かろうと辛かろうと、ともかく腹を動かして腸の蠕動をはじめさせなければ腸が癒着してたいへんなことになると脅(おど)すのである。おならは三日目の夜に出た。プゥーというまことにふつつかでたよりないものだったが、まさにこれこそが生命の息吹の復活を象徴している。

それからは、まず寝返りの実験、ついで上半身をおこす実験、そしてよちよち歩きをする実験へ、ともかく汗だくの基本動作回復のための時間がつづく。ささやかな進化の実験だ。声もわずかながら五日目にはバイブレーションを、いわば空海のいう〝風気(ふうき)〟をともなってきた。弱々しいが、それが出発点だったのだ。

顔にはぼんやりと表情がつくれそうにもなってきた。手術直後の数日はかんたんな表情すらつくれない。表情を感じることが「自分」というものの自覚にとっていかにたいせつなものであるか、初めて知らされた。デズモンド・モリスの観察は妥当だったのだ。

こうなると一日一日が格闘と発見である。

まず、自分の体にしまわれていた身体動作感覚の記憶を蘇えらせることが必要だ。そんなふうに日々を送ってこなかった者には、こうしたこともけっこうな大冒険で、たんなる寝返りもたんなる歩行も、いちいちがとても異様な不出来のバイオロボットを見るようなものなのだ。

たとえば寝返りは、最初は首や肩や腰を動かそうとばかりして失敗をつづけた。寝返りはまず首と膝と踵の瞬時的な連動を意図しなければならない。しかも動かす前に、そのリズムの作動命令を枕に接した後頭部で「左を向くよ」といったコンダクトをする必要がある。とくに踵が重要だ。そうしないと意志が分散して体は動かない。踵に意志があり、そこに小さな指揮者が棲んでいるのである。その踵がポイントだということがわかるまで、汗びっしょりの数時間を要した。

歩くことにもかなりのしくみの自覚が必要である。はじめ、ともかく一歩を踏み出そうとして足を前にもっていこうとしたが、催眠術にかかったようにどちらの足も出てくれない。そこで、これはてっきり体を前後にゆするのだろうとおもいつき、まるで米つきバッタのように必死にゆすってみたのだが、ほとんど効果がない。

フラフラになりかけてやっと気がついたことは、歩くためにはまず体を前後ではなく、むしろ左右に弱くゆすぶらなければならないということだった。歩くことが前方への意志ではなく左右への弱い意志によっているとは、まことに妙なことである（ロボットの歩行を見れば、すべて機械身体を左右にゆすっていることがすぐに理解されたのに！）。

すでにジョン・クーパー・ポウイスは『孤絶の哲学』1933 にこんなことを書いていた。「歩くということは、恐ろしい心的努力によって自分を孤立させる必要から君を解放させてくれるのだ」と。

階段を降りるのはもっと難行だ。右足の重心を左足に移すタイミングを、傷だらけの腹筋が調節しているらしい。片方の足を出したまま、あまりの痛みにカカシのようにずいぶん立ち止まってしまった。そのとき、私の体は重力にたいしてちょうど二人ぶんに分かれているようだった。

どうやらわれわれの体というものは、たえず一人ぶんとか二人ぶんとか、またときには半人ぶんとか三人ぶんとかを、気づかないうちに連続的に演じているらしい。それなら私にも合点することがある。ダンテ『神曲』地獄篇の最後、案内人ヴェルギリウスとダンテが地獄から煉獄へ向かうとき、巨人ルシフェロの捩（よじ）った体に沿って降りていったのは、一人で二人ぶんということだったのだ。マルセル・デュシャンの『階段を降りる裸体No. 2』1912『花嫁』1913 に描かれた動線も、じつは二人ぶんだったのである。

結局、われわれは自分を「一人」とおもいこみすぎたのである。きっとこれこそが「近代」が中世の魔術に代わって平均的市民のためにつくりあげた魔術というものだった。これは、私と同い年で、コーネル大学で数学を専攻していたモリス・バーマンが試みに「世界の再魔術化」（reenchantment）とよんだことである。

手術後の回復過程は学習ではない。まさに再生だ。それもひとつひとつの運動記憶との照合を要する再生である。それはまったくおもいがけない感動と収穫となった。しかしそれもつかのま、やがてもっと怖るべきことがやってきた。回復はしごく順調であり、その一部始終が連続した感動をともなういっぱしの再生過程にほかならなかったのだが、自分の体がだんだん回復するにつれ、なんと自分の体がみるみるうちに最も「卑俗なもの」に、すなわち「強いもの」に向かう体のほうに戻っていくことに気がついたのである。

何かに気がつく機会や契機というものは、たいていは隙間のように狭く短いものだ。しかし、これは絶対にそうなるべきだとおもっていた方向へ自分が進んでいったまさにそのことが、実際にはがっかりするようなことなんだと気がつくのは、なかなかのショックである。手術でガタガタになった弱い体がしだいに回復するにつれ、むしろガタガタになっていたころよりも卑俗で強靭な体があらわれてくるやりきれない失望というものは、これは体験してみた者でなければわからない。

ベッドでそんなことを感じながら、以前、ロンドン郊外の自宅でSFの旗手J・G・バラードから聞いた話が思い出された。

それはバラードがお姉さんの出産に立ちあったときのことで、彼はそこで信じられないほどの怖るべき光景を見たという。最初、赤ん坊がお姉さんの子宮から出てきたとき、それはそれはぞっとするほどに、この世で最も年老いた者の顔をしていたというのである。

世界で「最も古びたもの」が出現したように見えたという。そしてその直後のわずか数十秒で、その老いた者はみるみるうちにこの世で最も未熟な赤ん坊になっていったというのであった。バラードは、この光景がSFを書くきっかけになったと言っていた。

バラードの観察の鋭さに感嘆しつつも、なにか本質的なことを暗示していそうなこの赤ん坊の出現の仕方にはまことに不気味なものを感じた。われわれはもしかしたら「最も古い者」から「最も新しい者」を生み出す再魔術化の過程にあるのではないか、あるいは「最も弱い者」から「最も強い者」にむかう過誤を犯しているのではないか。また、時間は最初から最後へ向かっているのではなく、最後と最初が奇妙につながっているのではないか、われわれの体はどこか「ごまかした健康」をつくっているのではないか……。そうした疑問が次々に湧いてきたのだ。

身体は強化されるべきではなかったのかもしれない。少なくとも外側からは強化されるべきではなかった。強い身体はフラジャイルな情報を遮断しかねないからである。

どうすればよかったのだろうか。

いろいろのアイディアが提出されてきた。カール・ユングはわれわれの内なる〝元型〟をさがしなさいといい、整体学の野口晴哉(はるちか)や竹居昌子は自分の中の〝体癖〟をさがすことを薦めた。なるほど、われわれは自分の内なる探検家にならなければいけないようだ。しかし、森田療法の森田正馬(まさたけ)や岩井寛は〝あるがまま〟のほうがいいという。自分さがしがまちがいのもとだと忠告をする。意見はいろいろなのである。

フロイトこのかた、意識の奥座敷に巣くう原因を引きずり出すという方法も目白押しである。ジャック・ラカンのばあいは身体における〝意味の病〟に注目し、もっと暗喩(メタファー)と換喩(メトニミー)の関係の只中に入ってしまうことを奨励するし、そうかとおもうとイエール学派のショシャナ・フェルマンは、自分の体をかえってスキャンダラスにすることに展望を見出した。してみると、いずれにせよ「私」という概念が棲むわれわれの体は、まことに賑やかな〝意味の森〟だということなのである。

私の周辺の友人たちもいろいろの提案をする。武村光裕は身体機械ともいうべきマンマシン・システムの延長に身体がハイパーメディア化する可能性を見ているし、上野俊哉は音響的に周囲と共鳴する身体の高速ヴィークル化の可能性をたくさんの先行例を傍証して展開した。CGプログラミングに強い藤幡(ふじはた)正樹は、むしろ体の外部から体の内部をスキャニングする方法を開発して、実際の体よりCRTの中のヴァーチャル・ボディに関心をもつべきだという提案である。

私は手術体験を思いだしながら、こうした提案を読んでみた。

実際の体というより、仮想される理論的身体の中で自己と他者の関係を熟考しようとする試みも少なくない。大澤真幸(まさち)の『身体の比較社会学』1990では、いくつもの身体を内在性と超越性のゲームにほうりこむことがプランされている。いわば原身体性というものを背景に、過程身体と抑圧身体と集権身体を交互させれば、身体の意味がさまざまに情報交換できるというプランだった。言葉はやたらにむつかしいが、これはようするに自分の中のいくつもの身体をいろいろ交換してみなさいということだ。それならかつてフランシス・ベーコンが『ニューアトランティス』1627で、異種交配をすることで新しい知の出現を予想したような、古めかしいバイオ幻想をもたないですむ。

はやくに『精神としての身体』1976を発表してパフォーマンスの研究に余念のなかった市川浩は、「身分け」と「身知り」をもっと促進し、自分を述語的な錯綜体にしてしまうことを提起する。述語的であろうとすることは、のちにもまたのべるが、フラジリティの思想にとってはかなり重要なことである。

他方では、ジョン・リリーからイーフー・トゥアンにいたる思索家たちがそうなのだろうが、アクアフィリア（海洋愛）やトポフィリア（場所愛）によって環境と共生的なリズムを同調してしまうことを説く。水中出産がそんなリズム同調のひとつの実験である。こうしたオルタナティブ・ソートの思想家たちも、いっときのヒッピー思考の時代にくらべれば、ずいぶん本格派がふえてきた。しかし、いざ「私」という厄介者を問題にするとなると、環境との合体をはかるだけでは、たとえばケン・ウィルバーやアーサー・ヤングがそういう考えかたの代表になるのだろうけれど、身体の中の「私」はついつい超越的な「私」になってしまうのだ。

問題はやはり、いったい「私」とは何なのかということなのである。いいかげんなものであることだけははっきりした。それならそこで居直って、たとえば構造主義的に「私」を分解してしまうことも、トランスパーソナルに「私」を拡張してしまうことも、それはそれでひとつの解法である。けれども、それでは「私」にむかってあいまいになることがない。体を見つめる意識はますます鮮度を増すばかりなのである。それは強化であって、弱化ではない。

では、どうするか。どこをどのように考えるとよいのか。きっとどこか、歴史のとんでもなく早い時期に、われわれは自分の存在の単位というものを二重三重に区分けせざるをえなかったのだとおもわれる。「あいまいな私」は、ずっと以前に用意されていたものかもしれなかったのだ。それはひょっとして「ここ」と「むこう」の発生に秘密があるのかもしれなかった。

2 振舞の場所

われわれの本当の場所はどこにあり、どのような別の「地球」のみじめな町外れにわれわれはいるのかといぶかしく思われるような、そういう領域が存在する。

アンリ・ミショー「エクアドル」(小海永二訳)

人間の誕生をめぐる最大の謎は、ヒトザル(pongidae)がヒト(hominidae)になったとき、なぜだか動物界で「最も弱い存在」をめざしてしまったということである。この謎はいまだに誰もがとけないままにある。

鋭い牙と堅い爪をあえて弱くし、かつての走力と跳力を劣化させ、わざわざ頑丈な剛毛と分厚い毛皮を脱ぎすてたわれわれは、いったいどんな成算があってこんなにも無謀な弱体化を計画したのだろうか。もし弱体化だけをめざしていたのだとすれば、進化戦略からみるとみこみのない方針である。

視力も聴力も弱くした。発情期もすて、たくさんの乳房もすてた。せめて毛皮だけでも、せめて牙だけでも残しておいてよかったのではないかともおもわれる。ところが、結局のところ残しておいたのは、理由はさっぱりわからないのだが、頭のてっぺんの髪の毛と両腕の内側のちりちりとした腋毛と、それに両脚のあいだのもっと貧相な陰毛だけだった。これでいったい何の得をしたのかは知らないが、それでもヒトは、はっきりと弱体化への投企をえらんだのである。

唯一の頼みの綱があるとするなら、どんな動物よりも肥大することになった大脳（皮質）の機能に期待することだった。そしてこの戦略は、それだけがやけに大当たりした。われわれは大脳のはたらきにのみ頼ることで、〝弱々しい動物〟でありつづけることをえらんだのである。

興味津々の問題がある。

それは、なんらかの理由で木から降りて立ち上がり、うろうろと前屈みで二本足で歩くことになったわれわれの祖先たちが、しばらくするとしゃんと背骨を立てるようになって前方をにらみ、ついには「ここ」（here）と「むこう」（there）の区別をするようになったということだ。

立ち上がって広い草原に出てみると、われわれの体にはいろいろな変化が劇的に次々におこっていた。いちばん有名なのは両手があいて石のハンマーをふりかざせるようになったことであるけれど、それ以外にも、何でも口に入れてしまう雑食派になったこと（悪食性）、親指と四本の指が対応できるようになったこと（五指対向性）、喉と舌に変化がおこって言葉がつくれるようになったこと(分節性)、子宮の入口が狭くなり、出産がやたらにむつかしくなったこと(難産性)などの、さまざまな体性変化がおこった。なかで本節の話題にとって大きなことは、パララックス(平行視差)が劇的に発達したことである。パララックスは二つの眼球が顔の両側の側面ではなく、顔の前面に二つ平行して並んだことをいう。おかげで眼球に焦点を自由にむすべるレンズ体ができあがり、ヒトは遠方と近傍のいずれをも把握する定点視野をもつことになったのである。これがあとからおもえば距離観念と場所観念の発生につながった。

遠方には「むこう」という世界が、そして近傍には「ここ」という世界が、それぞれ別々に設定されることになったからである。しかもそうすることで、われわれは現実的な「ここ」にたいするに、理想的な「むこう」を想定することにもなっていた。その「むこう」が、われわれの祖先たちが想定した天国というものであり、浄土やエデンの園というものであり、またユートピアであって、アルカディアやエルドラドやシャンバラというものだった。

こんなことを、われわれは最初から計画していたのだろうか。それともよんどころなくそうしてみたのだろうか。

ともかくもそうすることで、つまりはどうなったかといえば、われわれは二つの世界を同時につくることになったのだ。「むこう」にエデンの園やユートピアや浄土を想定したぶん、「ここ」には欲望の拠点と地上の国家をつくることになっていったのだ。毛皮を失った弱々しい〝裸のサル〟が、自分の体力に似合わない強い場所を「ここ」につくろうとしたこと、「ここ」に軍事と生活と愛憎を集約しようとしたこと、いっさいの情報文化史はここにはじまったのである。しかしそれにしても、これほどにわれわれの歴史的な端緒をもたらした場所とは何なのか。

一人の大きなたくましい男が、新宿は番衆町の十階建最上階にあった私の仕事場に訪ねてきた。蒸し暑い六月の、なんだかやたらに忙しいある午後で、やむなくしばらく待たせることになった。

そのあいだ、大男はほとんどみじろぎもせず、といって瞑想するようでもなく、何を見るともなく超然と待っていた。頭も眉毛もきれいに剃っていたが、そういう風体は当時の私の周辺にはめずらしくはなかった（これはユル・ブリンナーのせいではなく、土方巽（ひじかたたつみ）の暗黒舞踏が流行させた風体である）。ただ、やたらに忙しそうにしている当方と、待たされてじっとしている彼とのちょっとした対比が、なぜだかいまでも脳裡に鮮明だ。その大男の全身のどこかしらに、疾迅（しつじん）ともいうべき急激な速度が秘められていたからだった。それが一九七五年のこと、ハイパーダンサー田中泯（みん）との最初の出会いであった。

彼は、そのころ『遊』に連載をしていた私の「場所と死体」1971—75 というエッセイに異常な関心をもっていた。『遊』は私が高橋秀元らとくんで一九七一年に創刊した雑誌である（創刊の事情は大和書房『遊学』のあとがきに詳しい）。

私の「場所と死体」というエッセイは胆道ガンであっけなく死んだ父の死を凝視しつづけた夜の思考からはじまっている。われわれにとって最も重大な主題は「場所」と「重力」を問うことだと書いていた。若書きだったが、それが当時しきりに考えはじめていた存在学の構想というものの発端にはあたっていたとおもう。いわく「すべては場所にはじまる」、いわく「場所は存在の関数である」等々。

二人はたちまち話がはずみ、体も一種の場所だとか、ヒトの体というものは皮膚につつまれて一個体という恰好をとっているが、その皮膚もじつは孔だらけであって、しかも皺をのばせばべらぼうな広がりをもつはずだ、などという話題をつづけた。つまり、場所が存在をつつむというイメージに凱歌をあげさせるには、まず存在が場所に向かっていくしかないという方針に、二人して夢中になったのである。そこであらためて田中泯の来訪の目的は何だったかというに、「踊りを見にきてほしい、松岡さんの場所に関する言葉による思想のいっさいを、僕は場所で踊っている」というものだった。

それ以来、何十回となく彼の踊りを見た。二人はやがて「身体気象圏（ボディウエザー）」という用語をつくるにもいたる。われわれにはきっとさまざまのフラジャイルな身体気象情報ともいうべきが、体の輪郭を越えてまとわりついているはずだという意味だ。

まさに、場所はつねに弱く振動し、微弱に変動しつづけている。一定の場所というものはない。動けない場所というものがあるのなら、それは病気の場所である。われわれが歩くとき、すこしずつ場所も歩いている。それとともにその場所にからんだ情報も動いている。そうおもうべきなのだ。かりに机の上でコップをいろいろ動かせば、コップについた場所も情報も移動する。ここで机というのは世界のことだ……。

こういうことを最初に構想したのは、ほかの多くの議論の先鋒をきったのがそうであったように、ヨーロッパではまずはアリストテレスである（アジアではジャイナ教のローカ論を筆頭にした系譜がある）。

その後、場所の問題は主に記憶術としてのアルス・マグナとむすびつき、ときどき『ヘレンニウス修辞書』が読まれたり、アウグスティヌスやトマス・アクィナスが場所と賢慮（フロネシス）を結びつけたりした以外は、場所そのものの根源を問うという試みはずいぶんほったらかしにされた。アリストテレスのトピカやヴィトルヴィウスの建築学的記憶術こそルネッサンスに復活したものの、ほかは放置された。

そのアリストテレスの場所論にしても、やっとアンリ・ベルグソンが再構想してみせただけ、ベルグソンはアリストテレスの場所論を学位論文として復活させつつ批判を加えて、やがて時間と自由の研究や笑いの研究にのぼりつめ、最後は創造的進化というとうてい後戻りができない構想にかたむいていった。

それではダメなのだ。創造的に進化するのは一部だけであり、全体が進化するなどと考えてはダメなのである。

ちょうどそのころ、二十世紀の初頭をかざる量子力学と相対性理論とが、それぞれ極大の場所と極小の場所を研究の対象として、いわゆる「場の理論」を完成しつつあった。かんたんにいうならば、ありとあらゆる物質の背後にはつねに場所があり、物質は場所の特別の表情にすぎないというフィジカル・イメージの発揚だった。「物質は場所の特異点である」といった思想である。

たとえば、アインシュタインの一般相対性理論は一口には重力場理論ということであるが、そこでは物質は重力場の特性として語られ、ハイゼンベルクは素粒子のスピン½のスピノル場の背後に原物質があらわれているといい、かたや湯川秀樹も素粒子の背後には素領域という「ハンケチがたためるくらいの場所」があるはずだという仮説を発表した。これは科学史上初めての微弱な領域の初登場だった。

こうして、物質を記述するには究極の「弱い場所」こそが語られなければならないとおもわれはじめたのである。だいたい一九三〇年からのことだ（このばあいも、場と物質の関係は情報の関与としては論じられなかった）。

意識や精神を記述するにも場所を語ることが重要になってきた。

これは、もともとは「文化」という概念をつくった『諸民族の声』1778-79 のヨハン・

フォン・ヘルダーを嚆矢に、十九世紀のタイラー、モルガン、ヴントらをへて、主に民族学や人類学、また民俗学などがとりあげてきた「もうひとつの場所」の問題にたいする探求である。すなわち、他界観念がつくりあげてきた「むこう」という場所についての新しい角度による議論であった。わが国でも辻直四郎、宇井伯寿、木村泰賢、津田左右吉、柳田国男、折口信夫、筑土鈴寛、松村武雄、堀一郎らがさまざまな研究領域で出現して、魂の場所をめぐる研究がすすんだ。

こうしてすこしずつ場所の問題が物理学者や民俗学者の射程に入っていたのだが、それらをヨコに通観する段階にはいたっていなかったので、私がちょっと手をそめてみたわけだった。そしてその問題に夢中になっているころ、一人のダンサー田中泯がやはり「場所」に拘泥しはじめたのだ。

田中泯はどこでも踊る。ふつう、どこでもとかなんでもというばあいは、どこか適当なところがあるものだが、彼はちがっていた。まさにどんなところでも踊ってみせた。錆びた自転車とも冬の波濤ともアイスランドの裂地ギャオともロジェ・カイヨワやミシェル・フーコーとも、大阪の高校の生徒全員とも、身体障害者とも踊った。私自身も十五、六回は彼のハイパーダンスに〝出演〟したろうか。彼にとって、場所は行為の制限ではなく、行為の自由を意味していたからだ。

こういうことができる男はそんなに多くはいない。しかしそのくせ、彼の出発点は「最も弱い自分」を知っていることであり、そのフラジリティをこそ中心に踊りを展開することだったのだ。同じことを、私はナム・ジュン・パイクやデレック・ベイリーから、あるいはヴァイオリンの小杉武久や大鼓（おおつづみ）の大倉正之助から聞いてきた。かれらはいずれもインプロヴィゼーションの天才であるが、かれらがそれぞれフラジリティに賭けていたことが興味深い。

どこでも踊り、どこでも演奏できるかれらを見ていると、表現の一部始終が体全体の一部始終と密接に関係していることがよくわかる。ということは、表現が「弱さ」を基準に延展するということであり、それゆえ表現をもたらしている体が強い方向に一方位に閉じていないということである。

これはいわば「ここ」と「むこう」が連続しているということになる。体が場所のしぶきをもっているということだ。もうすこしいうのなら、「これが自分である」というおもいこみの唯一性から自由になっている、体が体表では閉じないで、つねに表現の余分が出入りしているということだ。いいかえれば「延長の自由」ということである。自己領域ともいうべきものが、そこから延長的にはみだしている。延長の方向は自由だ。場所のあるところすべてにむかう。

こうして、一見すると融通のきかないかのようなわれわれの身体も、あえてこれを延長させようとすればなんとかなるものだということが、すぐれた何人かの表現者を通じてわかってきた。
いまのところこの延長による自由度は、哲学や文学よりも比較的てっとりばやく入手できるとおもわれるせいか、いわゆるパフォーマンスによるばあいが多い。六〇年代以降、パフォーマンスが場所にかかわる度合を広げているからである。よくもわるくも「ハプニング」という言葉をつくったアラン・カプランの功績だったろう。しかし、パフォーマンスばかりが延長の自由の獲得であるわけではない。延長は一瞬のわずかな表現の凝縮によっても可能である。世阿弥の能がめざしたのはそのことだった。

わが国では、体をうごかすことを「ふるまい」という。「振舞」という字をあてる。その字面からも類推できるように、ふるまいはフリとマイからなっている。フリは「振り返る」とか「振り出す」「久し振り」というように、体をすこし動かして自分の存在をどこかへ振り向けようとすることをいう。マイはわが古代中世では必ずくるくると旋回して舞うことをいう。これにたいしてオドリにはかならず跳躍がともなった。日本における舞と踊りのちがいはここにある。

そもそも「ふるまい」はどこかへ自分をやってしまいたい、放埒したいという内なる願望に生ずるパフォーマンスである。
幼児を見ていると、しばしばそういう振舞をする。まだふらふらする足腰をゆすり、手

延長を試みる微弱な身体

上段はハイパーダンサー田中泯(岡田正人撮影)。
その踊りはときに此処と彼処を同時に占める。
下二つは現代美術の代表作で、
中段はフランシス・ベーコンの「人体」(1986)、
下段はスーザン・ローゼンバーグの
「アップ・ダウン・アラウンド」(1987)。
いずれも身体は皮膚などでは閉じていられなくなっている。

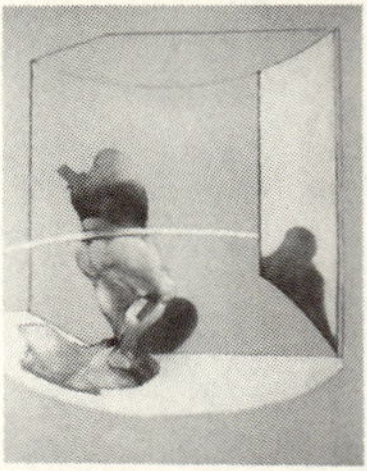

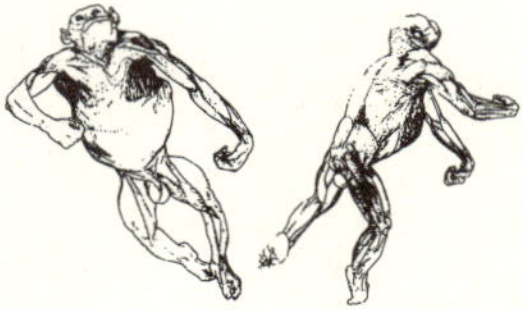

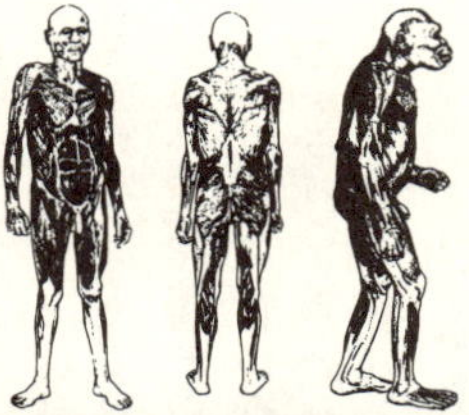

身体はいくつもの動向で複合されている。
上は皮膚を除いたチンパンジーと原人類。
ジョナサン・キング「自分をつくりだした生物」(工作舎)より。
下はジョージ・シーガル「ディナーテーブル」(1962)。

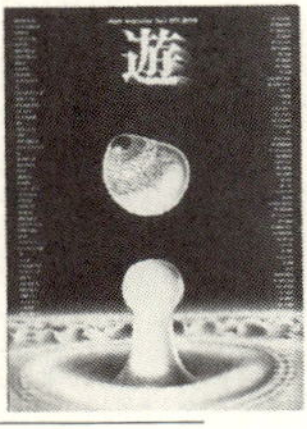

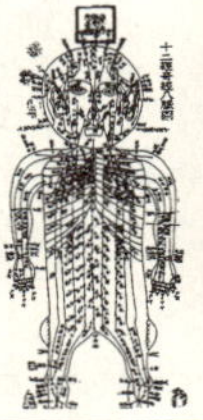

右は杉浦康平デザインによる「遊」創刊号(1971)。
私は「場所と死体」という連載を開始した。
東洋医学では人体に七千本ものナーディ管があると数える。
中国ではこれを経絡とよぶ。
左は中国医書「十二経奇経八脈図」より。

を激しくうごかして倒れるようにおどってみせる。これは、たいへんに機嫌がいいときの幼児が見せるすこぶるシャーマニックな舞踊の原型だ。それがやがて豊かな歌舞音曲をともなって世界各地の民族舞踊になっていく。幼児はまた、もっと静かに動きつづけているときもある。そのときはいわば皮膚そのものが微細に舞踊をしつづけている。

こうした「ふるまい」は、ときにわれわれの身体の制限をとりのぞく。大澤真幸のいう抑圧身体の解放はここからおこる。のみならず、「ふるまう」という言葉が今日でも「ご馳走をふるまう」とか「大盤振舞をする」などとつかい、自身の行為を他者にあてがいゆだねることによって成立している事情からも類推できるように、多くのばあい「ふるまい」は自己の他者への延長の自由をもたらしてきた。われわれはこれを社会生活における他人へのサービスだとおもいこんでいるけれど、そうではない。ヒトは、こうした「ふるまい」を抜きにしては生活できないような社会進化をとげているのかもしれず、それを通して何かを伝播させ、授受してきたのだと考えるべきなのだ。

それゆえわれわれは一人ではいられない変ちくりんな動物になったのである。その劇的本質というものは、どこの国でもまずは「遊び」や「祭り」の渦中にふくまれる。

われわれはどこかで「熱中」を演じてなんとか自分を放埒し、延長したいとおもっている一者である。しかし、その熱中はけっして「全体」などを相手にしていない。自分の内なるわずかな「断片」からはじまった。

まず部分であり、自身を断片に処することによって、わずかな契機から熱中をおこしていく。その熱中がおこるには、強すぎる自己をあまりに固形化していてはならない。むしろ「私」をフラジャイルな状態においておくこと、それがさまざまな延長の自由を可能にする。

延長はまた偶然にもおとずれる。

たとえば、旅先の未知の街角を曲がりきった瞬間、真夜中に冷蔵庫をあけたとき、気後（きおく）れしていた会合でふいに空気が溶解する一瞬、ふいに遠雷が耳にとどいてきたあわい、CRTの画面に未知の関与が感じられ、夕刻に幼童が遊んでいる刻限……。私によく手紙をくれる読者の一人は、猫が食事を待っているとおもって帰途を急ぐ自分が、そのときだけはいつも風の又三郎のようになると書いてきた。

こんな延長の思想を積極的に思索の領域に持ち出したのは、それがよかったかどうかはわからないが、もともとルネ・デカルトだった。

デカルト以前の有能な哲学者、たとえばドゥンス・スコトゥスやニコラウス・クザヌスやジョルダーノ・ブルーノは、デカルトと同様に思索の本質とともにかならず宇宙の本質も考えたところまでは似ているのだが、延長という概念には気がつかなかった。そのデカルトは「近代自我」のゴッドファーザーか、さもなくば近代の罪人のようにおもわれているが、むしろ自我からの延長がすべてにおよぶというべらぼうな、ただしおおざっぱな構想をもっていたと見たほうがあたっている。

その後いくたの変遷ののち、この思想は二十世紀イギリスのアルフレッド・ホワイトヘッドによって「延長的抽象化」（extensive abstraction）という方法にまで昇華された。ホワイトヘッドの独創的な有機体哲学については本書ではあまりふれられないが、延長的抽象によってえられた「延長的連続体」という考えかたは、ホワイトヘッドが十七世紀のデカルトを二十世紀の科学に引き上げるためにどうしても必要とした方法論上の踊り場だった。ホワイトヘッドは『過程と実在』1929に「同時的世界は、延長的諸関係の連続体として意識的に抱握（ほうあく）される」と書いた。「ここ」と「むこう」を同時的な世界観にすることと、および、そのために自己の拠点を全面的に延長することを勧めているのである。抱握（prehension）とは、延長のはてに獲得される一種の連続的な世界観の端緒をさしている。


私も田中泯に逢ったころ、こういう体験をした。ある日、十階の窓から新宿に建ちはじめた高層ビルにまぶしくあたっている日差しをぼんやり見ているうちに、太陽の直径はあの高層ビルの窓までとどいているのじゃないかとおもえたのだ。

ちょうど太陽が別のビルに隠れていたため、よけいにこの唐突な実感はリアリティに富んでいた。影の強いジョルジョ・デ・キリコの絵やアルド・ロッシの建築図ではないが、ビルのむこう側にはとてつもなく巨大な太陽が隠れているようにもおもえた。ラルフ・ワルド・エマーソンが「大人は太陽をちゃんと見たことがない」と言っているのはこのことかとも合点できた。

表へ出てみた。ぶらぶらと番衆町から新宿御苑に行ってみて知ったことは、葉を繁らせている樹木もまた、げんに眼に見えているこんもりとした輪郭にただとどまっているわけではなく、じつは大昔からずっと弱いエネルギーを発揮していて、ふと気がつけば、目に見える以上にたいそう巨大な空間をあたりに占めていそうだということだった。

われわれの体が皮膚で閉じていると考えないほうがよい。体表はたんに輪郭というものであって、われわれの体にひそむエネルギーは体表なんぞでは閉じきれない。いつもどこかにはみ出している。実際にも、幼児は自分の体がどこにでも移動できるという幻想にいる。「延長の自由」とはそういうことである。

このとき、「私」というものは不断の倒壊の嵐にさらされる。興奮の弱体化である。このときのことを、われわれは「熱中」している、というのだ。

そして、その熱中の時をよくよく分析してみると、身体というものは、たいていトワイライト・シーンというものにすっぽりとくみこまれていたことが見えてくる。二十七歳でみずから酸素吸入器をはずして死んでいった富永太郎は、そのことをすでに、「私は透明な秋の薄暮の中に墜ちる」と綴っていた。

これはとくに熱のあるときや、ある夕暮の日没のときにおこる。一見、整然としている自分のまわりの世界、新しい自分の家、刈りたての芝生、路上のバスなどが、突然に堅さを失って、不安定になっていくのだ。そのときは自分の子供さえ見知らぬ人のように見えてくる。

ジョルジュ・シムノン「黒いボール」（伊藤浩二訳）

3 トワイライト・シーン

ボルヘスの『死とコンパス』1964 に次のような一節があり、ほんとかなと訝ったのが最初だった。「エリック・レンロットは微笑み、『言語学』の第三十三章から、下線のほどこされた一節をひどくもったいぶって読んだ（ここでボルヘスはラテン語の文章を入れている）。そして、『これは、ユダヤの一日は日没にはじまり次の日没におわる、という意味です』とつけ加えた」（牛島信明訳）。

ありもしないブリタニカ旧版からまことしやかな引用をしてみせたり、トレーンという国の文法では「月する」は宇宙物質が集合する意味だなどと嘯くボルヘスのこと、ユダヤのことだってあやしいかもしれない。しかし、しらべてみると、ユダヤ民族の一日が日没から次の日没までをさしているというのはほんとうだった。のみならず日本をふくめ古代の民族国家の多くが夕方を一日のはじまりとしていた。これは田中元が『古代日本人の時間意識』1975で研究したことだったが、日本語の「あした」(旦)も夕刻をさしていた。元旦は夕方から新しい年なのである。

それからである、私は〝夕方研究〟に誘われてしまったのだ。

いまはグラフィック・デザイナーというより映画や舞台で独壇場を発揮しているヴィジュアル・アーティストといったほうがいい石岡瑛子の、世界でいちばん好きな光景は、バンコックのコロニアル風ホテルのテラスから見る夕方の風景である。私との色をめぐる対談での発言だ。

その夕刻、世界中のありとあらゆる色彩が石岡瑛子の前にあらわれ、広大な領域にわたって色のページェントが重畳し遷移し、静かにうつろっていった。彼女はあの独特の口調で言ったものだ、「パーフェクト! あんなにパーフェクトな世界ってないわね。夕方ってすべてをもっている!」。写真家藤原新也をともなって一世を風靡したPARCO「ああ原点」シリーズの撮影のあいまに遭遇した光景だったという。

マッキントッシュやハイビジョンによって新たなヴィジュアル・イメージを開発しつづけているグラフィック・デザイナーの戸田ツトムの九〇年代からのコンセプトも、ずばり「黄昏の記述」というものだ。彼はそれ以前から『トワイライト・レビュー』というDTPによる個人誌もつくっていた。桑沢デザイン研究所の三年生のときに私の事務所に入ってきた青年だった。

　北海道に住みつづける中野美代子は中国文学者であるが、伝奇に富んだ小説も書く。その一冊『契丹伝奇集』1989 には蜃気楼に関する物語が三つ出てくるが、とりわけM氏の物語は哀切がある。

　網走海岸に幽然と蜃気楼が発生するという噂を聞きつけたアマチュア・カメラマンのM氏は、毎日、夕刻になるとカメラをかまえ、幻影のような蜃気楼を撮影している。噂もしずまったころ、ある日少年がやってきて、「おじさん、むこうに街が見えるよ」という。ふりかえってみると、たしかにこれまでのものとはまったくちがう巨大な函型の建物が林立して揺曳している。M氏は少年とともに黄昏に浮かぶ幻の街を撮った。やがて所用で札幌に転勤することになったM氏は、ある日の新聞に一人の少年が流氷の上を沖にむかって歩きだし行方不明になったことが報じられていたことを知る。

　むろん『十月はたそがれの国』1955 のレイ・ブラッドベリも名うての夕方派であった。私が初めてロスアンゼルスのレイの家を訪れるためにホテルのロビーから電話をしたとき、「明日、三時すぎに行きたいのだが」と言ったところ、「それなら夕方がいい、ぼくの家が夕陽の中に浮かび上がっている道を走ってこられるからね」と言っていた。

　夕方という概念を舞台にした物語は少なくない。徳田秋声や島崎藤村が、その澄んだ空気のような主人公阿字子の描写におどろいた野溝七生子の『山梔』1925は、「夕暮れがだんだん迫ってきた」ではじまっている。つづいて「白い厚味のある花片と芳烈な香を持った繊細な小枝を見上げて子供は立ってゐた」、さらに二行目で「透明な空の下に静かさが一ぱい充ちてゐて、街道を行く遠くの人声までもきゝとれるのであつた」とつづく。全篇に夕方粒子とでもいうべきがちりばめられた物語である。

野溝七生子は、第一章でも引いたハウプトマンの『沈鐘』に出てくるラウテンデラインにちなんで〝ラウ〟とよばれた女学生時代をおくった。同志社女学校時代（大正五年前後）、体をこわして比叡山に療養していた七生子がダダイストまがいの〝不良〟の辻潤と出会っていたころだ。そのハウプトマンがつくったラウテンデラインも世界文学史上の夕方少女の一人である。そのころは日本にも、まだハウプトマンやらヘルダーリンやらの作中人物で仲間をよびあうディレッタントな趣向があったのだった。

夕方には昼と夜の二つの世界がまじりあう。そこには昼も夜もない。中間である。昼でも夜でもないから、そこでこれをトワイライト・タイムとよぶ。トワイライト（twilight）は文字通り「二つの光」という意味だ。

トワイライト・タイムは昼も弱く、夜も弱い。どちらでもなく、どちらでもある。明け方もまたトワイライト・タイムによく似ていると見えるが、夜明けの光はけっして弱くはならず、日の出とともに一挙に強くなる。これではいかにも野暮だった。まぶしすぎた。

そこでトワイライトという言葉は黄昏の代名詞になっていく。

このトワイライトからトワイライト・ゾーンとかトワイライト・タイムという言葉が次々に派生した。トワイライト・ゾーンはアメリカのテレビ局がシリーズにした人気番組名ともなって、人が「変な空間や時間」の中に入りこむことを意味するようになった。日本ならまとめて神隠しといわれるところだが、テレビ業界ではそこをモダンに、ヒチコックふうに工夫した。そこがかれらの広がりだ。もっとも、このようなプロットはもともとブラックウッドやラヴクラフトが得意としてきた手法で、それをテレビ時代のSFではレイ・ブラッドベリらが継承していたのだが、それならこの方法の先駆者はロード・ダンセーニということだろう。

アイルランド地方の薄明文化をこよなく愛していたロード・ダンセーニは、『ペガーナの神々』1904 をはじめ、つねにエルフランド（妖精王国）の神々を黄昏の色彩で描いてきた。

その徹底はスペイン黄金時代を舞台にしたロドリゲスの冒険記『影の谷年代記』1922 に顕著にあらわれる。作中、第五冒険記は「ロドリゲス、黄昏の中を歩み、セラフィーナに会うこと」である。ダンセーニにとってはトワイライトそのものが「世界」だったのだ。

こういう感覚はケルトのドルイド文化の継承を感じさせる。そもそもロマンス（騎士物語）というものは、騎士が夕闇にむかう深い森を通り抜けることをもって胆試しのルール

夕方になると何かが起きる

アンデルセン童話集には、
しばしば夕刻にガス燈に灯が入る場面が出てくる。
そして物語が始まるのだ。
左のマックス・エルンストの『百頭女』でも同じこと、
鳥類の王者ロプロプが街燈にとまると出来事が起こるのである。

稲垣足穂の「一千一秒物語」を、
私はオブジェクティブ・コントと名づけている。
非主体的であるからだ。
右はその「一千一秒物語」用の足穂のスケッチ「星の勝利」。

シルエットになった、
リヒャルト・ワーグナーの中の
バイエルンの月王
ルートヴィッヒ2世。

妖気をただよわせる
コルヴォー男爵(鴉男爵)こと
フレデリック・ロルフ。
1890年頃の写真。

野溝七生子を知らない
日本少女は不幸だ。
名作「山梔」か、
矢川澄子「野溝七生子というひと」を。

としていた。日本の武士は朝まで待ち忍ぶことが、ヨーロッパの騎士は夕闇を通り抜けることが身上なのである。

そもそもエルフ（妖精）という言葉が古代ノルウェー語のアールヴ（ālfr）から出て、白い光をあらわすリョースアールヴと黒い光をあらわすデックアールヴをもっていた。妖精という意味の起源そのものが二つの光の織りなす弱光トワイライトなのである（念のため、エルフは北欧系すなわちゲルマン系の妖精をあらわす言葉で、ギリシア系はニンフ、ケルト系はシーあるいはシーオークという）。いずれにせよ、妖精たちにも民族主義はこびりつく。

私としてはいつも好悪あいなかばになるリヒャルト・ワーグナーも、夕方哲学に加担した精神の持ち主である。『ニーベルンゲンの指環』1854—74 四部作の最終篇「神々の黄昏」はバクーニンとショーペンハウエルとニーチェの思索のエスキースを借りながら、ヴォータンを主神とする北欧の神々をことごとく黄昏の国に追いつめた物語であった。それなら、ノイシュヴァンシュタイン城の月王ルートヴィッヒ二世や、『トト物語』1901 や『ハドリアヌス七世』1925 の著者にして美少年セシル・カースルをともなって社交界を横切っていた鴉（からす）男爵ことコルヴォー男爵も、名うての夕方男爵だったのである。

ヨーロッパの夕方哲学にさらに決定的なのは、ドイツにとってそもそも〝西洋〟という概念をあらわす言葉が「アーベントラント」（Abendland）であるということだろう。

ドイツ語でアーベント（Abend）は夕方や薄明をさしていた。夕べの祈りもアーベント、前夜もアーベントである。ところがアーベントラントというと（すなわち薄明国土ということ）、これは〝西洋〟という意味になる。いまでもドイツ人は西洋のことをOkzidentというよりAbendlandというほうを好んでいる。これならドイツにロマン主義が生まれるわけだ。ドイツという国は、薄明のヨーロッパの頭上にかかる輝く太陽でなければならないのである。この言葉がドイツ人に生きているかぎりは、EC（EU）の統一はなかなか一件落着するわけにはいかないにちがいない。

もっといろいろの例を引いてもいいが、とりあえずこのくらいにして、さてこのようにみてくると、夕方科学や黄昏科学というものが発達していないのでなかなか詳らかなことはわからないものの、おそらく夕方にはわれわれの意識はアルタード・ステーツ（altered state）にむかいやすいのではないかとおもわれる。

アルタード・ステーツは「変成意識状態」などと訳せるもので、感覚や意識が変移する中間のトランジット感覚のこと、いわば「うつろいやすさ」とでもいうべきものである。ジョン・リリーをモデルにしたケン・ラッセルの同名の映画があった。映画はとんでもなくデキが悪かったが、そのリリー本人が一九九二年に初来日したとき、われわれは箱根の竹村真一の別荘に集うた。その一夜、このイルカ博士は優しい顔で「イルカはね、夕方になると宇宙と交信しはじめるんだ、ねえ、バーバラ」と言ったものだった。バーバラはフロリダからハワイに移ってからのリリーをささえている美しい助手である。

いったいイルカが夕方を知っているかどうかはわからないが（夕顔が夕方に咲き、ヒグラシが夕方に啼くのだから、きっとイルカも夕方を知悉しているのだろうが）、夕方という気象にそういう格別のトランジット感覚が満ちているのは充分に頷ける。そこで夕刻、われわれもついついジャック・ラカンの〝意味の病〟をすっかり脱いで、アルタード・ステーツに入っていく。そうすると、そこはとっぷりと暮れたトワイライト・ゾーンなのだ。

単純に区切りとられた気象条件だけならば、夕方も明け方もどっちも似たようなものに見える。ヨーガでは明け方前に起き出して、いままさに昇らんとする太陽を口に呑みこむという行法があり、しばしば母親から「朝の果物は金、昼は銀、夜は銅ですよ」などといわれたように、ひょっとすると明け方のほうが夕方よりも体には断然いいのかもしれない。若水を汲むのも夜明けときまっている。が、気分の「うつろいやすさ」という点からいけば、なんといっても黄昏なのである。

これは一言でいえば、夕方や夕暮や黄昏には「弱さの本質」というものがひそんでいるからで、真っ昼間や夜中では何かがあまりに強すぎるのだ。そこを、ライナー・マリア・リルケは「真夜中では太鼓が強くなりすぎる」と書いていた。なるほど、うまい書きようだ。リルケのみならず、この「強さ」からの逸脱をねがう気分は誰にもあるもので、アンリ・ミショーがメスカリンを服用してアルタード・ステーツの実験をしていたときも、慎重に白昼と夜陰を避けていた。
アルタード・ステーツの入口は夕方にかぎるのだ。そこで気分のトランジットがはじまれば、そこはそれ、そのまま夜陰にむかっていっちまえばよかった。

日本では夕暮をもっぱら「たそがれ」という。

これは「誰そ彼」（Who is he？）である。文明本節用集にはそのほか「誰別」という綴りもあったとしるしている。これにたいして明方は「かはたれ」で、「彼は誰」（He is who？）と綴る。いずれも人の様子が見分けにくい刻限をいう。夕暮には辻や巷(ちまた)を行きかう人々の姿はなかばシルエットになり、それぞれの分別がつきにくく、表情や輪郭がぼけてくる。そこで「あれは誰だろう」という微妙な気配だけが行きかうことになる。その夕暮を万葉人は夕マフリ（魂振り）のひとときとみなし、江戸の町人は夕涼みにあてた。フラジャイルな仄(ほの)暗い光が人々をどこかにいざなったのである。

そのあたりの夕刻の誰何(すいか)の感覚を、紀貫之は『後撰集』951 に「きみにだに問はれてふれば藤の花たそかれ時もしらずぞ有(あり)ける」と詠んだ。『源氏物語』夕顔では、「寄りてこそそれかとも見めたそかれにほのぼの見つる花の夕顔」と綴られる。夕顔はトワイライト・シーンの象徴だったのである。また、江戸の俳諧三冊子『黒双紙』1776 には「しばしのあいだ人の見ゆるか見へざるかのほどを、たそかれといふ」とあり、「夕間暮(ゆうまぐれ)」と同じ意味だとつけくわえている。唱歌に懐かしい「青葉繁れる桜井の、里のあたりの夕間暮」の、あの夕間暮であるが、歌人の春日井健はその夕間暮を自分と母親に託して次の一首としている。

わが生まれし日の夕まぐれやすらへと言ふのみ齢かさねし母に

黄昏(たそがれ)が異様な気分をつくるのは、「自分」というはっきりしたものが夕闇にまぎれてファジーになってくるからである。風景もまぎれる。それとともに行き交う人々の顔もわかりにくくなり、自分も他人もだんだんまぎれ、両者ともにゆっくりと区別を失い、ついには互いに溶暗してしまう。この「まぎれる」ということがたいせつだ。アルタード・ステーツといっても、ようするにどのように「まぎれる」か、そのことなのだ。

日本ではこんなときには古くから夕占(ゆうけ)というものをした。のちには辻占(つじうら)とよばれたものである。

言霊(ことたま)の八十(やそ)の衢(ちまた)に夕占(ゆうけ)問ふ　占正(うらまさ)に告(の)る妹(いも)はあひ寄らむ
玉桙(たまほこ)の路行占(みちゆきうら)にうらなへば　妹は逢はむとわれに告(の)りつる

人麻呂の歌である。衢は巷（＝道股）のこと、道が分岐するところをいう。だから衢は辻であり、また市だった。人も賑わう。雑踏もある。それが巷だった。しかし、そこでは夕闇がせまり、人々の顔はわからない。いわゆる「帳が降りる」という情景だ。二つの歌は、夕暮にそんな巷や辻におもむいて夕占をすることをうたっている。

夕占はこんなふうにやった。まず人出のある巷や辻に出ていって、特定の呪文をとなえる。次にそこに米を撒き、櫛の歯をならす。そのうえでそこを通りすがる人々の言葉を聞き、それを言霊として吉凶を占った。櫛の歯をならすのは、髪にさす鋭い尖端をもった櫛が精霊を受信するためのアンテナだったからである。いわば玉串の代わり、もっと正確にいうなら、縄文期に縦櫛が先行し、弥生以降に横櫛がはやっても、神威を感じるには鋭い尖端をもった縦櫛がえらばれていたという事情だったろう（『花鳥風月の科学』参照）。呪文はどんなものだったかというと、和田萃の『夕占と道饗祭』1973によれば、「フナドさへ、夕占の神にもの問はば、道行く人よ、占まさにせよ」というものらしく、これをすばやく三べんとなえたという。フナドはフナドノカミ（あるいはクナドノカミ）のこと、第五章でもう一度説明するが、日本を代表する境界神である。

人麻呂の歌でとても重要なことは、人々がわざわざ「たそがれ」の夕暮に辻に出て、他者の言霊を聞いたということだ。暮れなずむ夕刻こそが言霊の交通に富んでいたということである。

たんに言霊の交通に富んでいただけではなく、そこで自分の気持を夕闇にまぎらわせ、自身をトワイライトな気分にし、他人の言葉にたくして何事かを推量するという、そのことが本書の言いたいことに関与して、すこぶるおもしろい。

考えてみれば、夕暮にちょっとすれちがう他人の言葉で大事なことを占うなんて、ずいぶん無責任な話のようにもみえる。よくもそんなことで生活の大事が選べるともおもう。しかし、そのような見方はあまりに近代的で主体的な見方であって、やたらに「自分」の日々に自信があるせいだ。出がけに新聞の占い欄に「水瓶座生まれの人、交通事故に注意」と書いてあって、それがまったく気にならない連中など、私はつきあいたくない。前章に書いたように、われわれは仮にも腹に一筋のマグロの切り身を入れるだけで、自分というものがおぼつかなくなるものなのである。

いや、それはおまえの身にそんな大袈裟なことがおこったからだというのなら、耳が痛くなるとか、目にちょっとものもらいができて眼帯をしたというようなことでもよい。そんなちょっとした不便でも、われわれはふだんの調子がほつれてしまう。われわれのホメオスタシス（自己恒常性）をささえている波長のバンドは、とびっきり狭いのだ。

以前、サンフランシスコで鼻がつまるような風邪をひき、そのまま飛行機に乗ったことがある。あいにく気流が悪い日で、飛行機が急速にアップダウンした。そのとたん、私の耳は調子を狂わせ、ときに激痛、ときにひどい自己喪失感を味わった。

これは私の耳管が細いために気圧の微妙な変化についていけないせいらしいのだが、そこへ風邪が加わったのでよけいに微調整ができなくなった。機内の天井につかえそうな大きなスチュワーデスに応援を求めると、「そういうお客様はたくさんいますが、みなさんガマンするだけです」というつれない返事である。そんなことでも、われわれは自分の自己同一感覚がどこか別のところへ離れていくような体験ができるのだ。

いやいや、それも体の調子の問題にすぎないというなら、では、惚れた相手がなにげなくつぶやいた言葉の端々で自分の気持が左右横斜されてしまうという、よくある世間の例だっていい。狂おしいほどの気持になるかどうかはともかくも、しょせん自信なんていいかげんなものだということだけは、ちょっとしたことでおこるものなのである。

だから体の調子だけが問題だというのではない。心の調子もすぐにゆれうごく。そうした動揺をむりに正体不明のアイデンティティとやらで束ねつづけるというのも、それこそが大袈裟だった。

われわれには日常の連続をごくごく平凡なこととか退屈なこととおもいすぎる傾向がある。同じようなことばかりしかおこらず、とうてい劇的な変化がないとおもいこむ。そこでついつい変わったことをしたくなったり、仕事を変えたり、家を変えたり、旅行をしたくなる。あるいは特別な人物との出会いを期待したりする。人々が出かけたがるのはそのせいである。

フランクフルト学派でマックス・ホルクハイマーとならぶテオドール・アドルノは、そこを「いわれのない未知の財産に無責任な関心をもちたがる現代人の病気」と言った。私が生まれた一九四四年前後のころの指摘だ。第二次世界大戦の只中(ただなか)のことだったが、この病気は現代人にかぎるわけではなかったのである。

ほんとうに劇的な変化は、むしろ弱々しい微妙な変化にこそひそむはずなのだ。神は細部に宿りたまうものである。ただ、われわれがそのような「微妙の消息」にうまくチューン・インできていないだけのこと、それさえうまく準備できれば〝ちょっとしたこと〟のほうがよほど劇的なのである。

稲垣足穂の有名なオブジェクティブ・コント『一千一秒物語』1923では、影がはじけたとか、シガレットの煙が逃げたとか、その〝ちょっとしたこと〟だけがみごとに扱われた。内田百閒(ひゃっけん)の作品もだいたいそんなところばかりを扱っていた。鈴木清順が好んで映像にえらぶのも、その微妙の消息がおこりそうな場面ばかりである。富士山の裾野であれこれ話したおり、監督は「それは、何かがおこる気配の感覚だけが僕の映画ですからね。それでおこってしまったら、もう何でもないんです。そんなことはどこでもおこっていますからね」と言っていた。

足穂、百閒、清順はそうした気配をつくるわずかな場面にだけ賭けてきた。フェリーニやヴィム・ヴェンダースだって、それだけである。そこが自慢だった。そのトランジットをおこす場面のことを、本節ではトワイライト・シーンとよんでいる。

そのトワイライト・シーンをてっとりばやくつくってくれるのが、夕方だったのだ。誰それという指定からも離れ、どこどこという目的のある区域からも離れ、ただ自身をトワイライトな刻限においてトワイライトな気分にむけること、人麻呂の歌が教える方法がそこにあった。

さきのフランクフルト学派のアドルノはそれをちょっときどって「ミニマ・モラリア」と名づけている。アリストテレスの「マグナ・モラリア」に対抗したたくみなネーミングだが、極小道徳変化律とでも訳せようか。これは結局のところ、わずかなこと、些細なこと、おぼつかないこと、ようするに事態と動向のフラジリティのすすむ行方に、いっとき自分をあずけてしまうという方法である。

では、こうしたおぼつかないトワイライト・シーンにいっときの自分をあずけてしまう感覚を何とよべばいいのだろうか。投企？　これではいささか大胆すぎて、禅僧もしくはハイデッガーである。では、透化？　それとも白濁？　これもレントゲン写真か白内障にかかったようで、あまりふさわしいとはおもえない。蕩尽？　むろん蕩尽でもない。べつに自分を費いつくしたいわけじゃない。共生？　えらくはやった思想だが、何がなんでも相手とともに進化しようというわけでもない。事情の進行は、ハイデッガー先生やバタイユ先生には悪いけれど、もっともっと微妙なのである。

ここでトワイライト・シーンにあずけるといっているのは、ひとまず自分の周辺に弱電流を流してみて帯電域を広げ、そのままふうっと「こちら」と「あちら」をつなげてしまうことをいう。そのとき、「こちら」も断片的であることをいとわず、「あちら」も断片や切れっ端の雰囲気でもかまわないとおもえないとよろしくない。

これを試みに外部的細部に入るといったらいいだろうか。ただし、外部的細部に入るには、「あはひ」というものが重要になる。こちらの境い目とあちらの境い目を、たがいの「あはひ」とすることだ。この「あはひ」を重視する感覚は、意外にもカントの「うつろいやすい美」やゾルガーの「美のはかなさ」につながっている。

江戸時代の言語学者すなわち言霊学者に富士谷御杖（ふじたにみつえ）がいた。歌論書の『真言辨（まことのべん）』1811 をはじめ、いろいろ興味深い議論を持ち出した学者だが、その富士谷の父の成章（なりあきら）の一著に『脚結抄（あゆひしょう）』1778 がある。この父子は言葉には「挿頭（かざし）」と「装（よそひ）」と「脚結（あゆひ）」の三具があると考えていたのだが、その脚結についてのべたものである。日本語の「てにをは」を議論した傑作だ。

私は小学生のころから俳句をつくっていたが、ごく初期にこんなことを教えられた。「手を洗う前に蛍が二三匹」というと、ホタルが手を洗っている前のどこかにとまっている。これが「手を洗う前を蛍が二三匹」というと、ホタルは手を洗っている前をふうっと飛んでいる。またそれが「手を洗う前へ蛍が二三匹」なら、そこへホタルが飛んできたことになる。そういう話だった。

これだけでは単純すぎる話だろうが、俳句にはこの手の「あはひ」を出入りさせる方法がしこたま凝集している。助詞や切字のつかいかたひとつで、その俳句がこちらに寄ったりむこうへ離れたりしてくれるのだ。富士谷成章・御杖はそういう研究をした。そして、こういうことを書いている。「脚結はただ一字にして無量の義をふくむものにして、すべて歌一首はこの脚結の用なり」と。

行く春や鳥啼き魚の目は泪　　芭蕉

千住の渡しにかかって舟を前にした芭蕉が詠んだこの有名すぎる句は、私の好みではない。が、こんな句を詠もうとしたとして、さてどう詠むかと考えてみると、これはこれでたいへんに微妙にできていることがわかる。「行く春」という季節があり、一方で鳥が啼き、他方で魚が見えている。それらが「や」と「は」だけでつながっている。「行く春を啼く鳥と魚の目に惜しむ」なんかではダメなのである。むろん「魚の目に泪」では一巻の終わりだ。

こういう句のできかたを「ぴたりと決まっている」などと見てはいけない。そうではなく、この言葉のつかいかたでやっと「融通がきいた」とみるべきなのだ。「融通がきいた」とは句のアーティキュレーションに「あはひ」が入ったということである。

芭蕉の時代ばかりに「あはひ」がものを言っていたのではない。さきごろ亡くなった山口誓子の『凍港』1932は、私が父の書斎からひっぱりだして最初に耽読した句集のひとつだが、そこには「や」が意外におびただしく、しかもその一つとして他のいいかたではあいすまない。たとえば代表作のひとつに次の句がある。

夜を帰る枯野や北斗鉾立ちに　誓子

枯野の夜の広大な風景がこの「や」ひとつで支えられている。そこをたとえば「夜を帰る枯野に北斗鉾立ちで」なんぞでは、帰途を急ぐ作者も、北天にかかる北斗七星もまったく動けない。富士谷父子のいう脚結（あゆひ）はそこを動かし、わずかな隙間に融通をもちこむ。そこを誓子もぞんぶんに承知して、「夜行で帰る」ではなく「夜を帰る」とし、「枯野に」ではなく「枯野や」と体をむこうにあずけてみせたのである。

そういえば、私もときおり話しこむ経済学者の岩井克人が、最近は日本語の研究に凝っていると書いていた。もとは大野晋の『日本語の起源』1957の増補版に影響されてのことらしいが、もっと大きなきっかけは大野の近著『係り結びの研究』1993にまいったからだったという。日本語は一字で文脈が変わるのだということがいまさらながら重要なことだとおもえてきたというのである。外国人に四十年にわたって日本語を教えつづけてきた山下秀雄も、結局日本語は一字の作用、たとえば「は」と「が」のちがいが生命なのだと書いている。わかりやすい例でいうなら、「あっ、電気が消えたね」とか「あれっ、財布がない」というおどろきの表現には、つねに「は」ではなく「が」がつかわれるといったことである。

この微妙なちがいは、親指が人差指にくっつくのか、人差指が親指にくっつくのかで、体の感覚がまるでちがってくるというような、そんな微分的領域においても意味が創生されるのだということを教えてくれている。勅使河原(てしがわら)三郎の『骨と空気』1994には、「両手の親指と人差指をぴったりくっつけ、ある距離を離す。私はその手と手の中間にいて、片目でその間の空気を見る」とある。月と水銀の好きなフラジャイルなダンサーらしい表現である。

さて、もう一句、例をあげるとして、同時代の誓子とは対照的だったシュルレアリストふうの永田耕衣ではどうか。耕衣は秋桜子の『馬酔木(あしび)』を離れた誓子が昭和二十三年から主宰しはじめた『天狼』の同人で、ここには私が好きな西東三鬼や秋元不死男もいた。『天狼』の歴史は戦後俳句の歴史そのものである。土方巽が好きな俳人でもあった。その耕衣に、こんな句がある。

てのひらというばけものや天の川　　耕衣

誓子の句と同じく天体を詠んでいて、この句もやはり「や」の一字で突ッ立っている。「てのひらというばけもの」という極小の断片と「天の川」という巨大な実体は、この一字でしかつながらない。耕衣は、その「や」のつくる「あはひ」にいつでも出入りできるように詠んだのである。これがたとえば「てのひらというばけものじみて天の川」となったとしたら、それはただの文学的メタファーの硬直なのだ。

このような言葉のつかいかたは、文字通り言葉の「あはひ」をつくるにすぎないが、それをわれわれが自分の外部のなにものかと一蓮托生する一瞬にあてはめてみると、助詞や切字に似た「あはひ」の連動が重要だということになってくる。

「あはひ」は合間という意味である。だが、たんなる合間ではなく、淡い合間のこと、まさにトワイライトな合間のことだ。だから、これをつなぐものも「や」や「かな」などのわずかなものがいいということになる。俳人は、その多くがトワイライト・シーンに賭けたのである。

蜉蝣(かげろう)も鮎も美童も薄暮かな　岩村蓬

IV 感性の背景

苦しい年月を経てきた現在ですら、
自分の考えていること、
感じていることを語れないのは非常に悲しいものだ。
胸かきむしられるおもいである。
私は幼少のころから、
こうした才能や能力を身につけたいと願い、
ほかは何の楽しみももたずに、一途にそうおもいつめてきた。
けれども、それと無関係な言動は、
それが私の生涯の大半を占めていたのだが、
すべて虚偽だった。

ヘンリー・ミラー「南回帰線」（幾野宏訳）

この生物にはたったひとつの感覚しかない。触覚である。かれらは弱いテレパシーの能力をもっている。かれらが送信し、受信できるメッセージは、水星の歌に近いほど単調だ。かれらはおそらく二つのメッセージしかもっていないにちがいない。最初のメッセージは第二のそれにたいする自動的応答で、第二のそれは最初のそれにたいする自動的応答なのである。

カート・ヴォネガット「タイタンの妖女」（坂井昭訳）

1 葛藤の事情

トルーマン・カポーティは、あるインタビューにこたえて、「ぼくの中には二人のちがった人間がいるようだ。一人はきわめて聡明で想像力に富む成熟した人間、もう一人は十四歳の少年だ」と言った。十四歳の少年とは『遠い声、遠い部屋』1948 のジョエル・ノックスだ。

当時、北海道在住だった精神科医の香山リカは、自分のペンネームをリカちゃん人形の名前にしてしまった。そのことで何がおこったかということを、彼女は『リカちゃんコンプレックス』1988 という本で、「かつてリカちゃんを商品として所有しており、リカちゃんに対して非対称的な立場にあったはずの私たちは、今やリカちゃんそのものとして生きることになってしまったのです」と書く。別人としてのお人形のリカちゃんと遊んでいたはずの自分がいつのまにかその世界にとりこまれ、そこで「私」が徹底的に解体され、そのあとの「私」はリカちゃんと自分のキマイラとしてしか生きられなくなるということ、それが「リカちゃんコンプレックス」というものであるとも説明する。

われわれは自分の内側に少なくとも二人の人物を飼い、少なくとも二つのコンプレックス、あるいはコンプレキシティをかこっている。ひとつは「劣等感」というコンプレックス、もうひとつは「複雑感」というコンプレックスだ。二つともどこかで通じあっているが、どちらも手ごわい相手だというところは酷似する。

ひとつめのコンプレックスは、日本語ではたんにコンプレックスとだけいうが、いわゆるインフェリオリティ・コンプレックスである。劣等感だ。これが劣等感と訳されている以上は、たしかに心理的な劣等意識によるものなのだろうが、私はこの言葉が大きらいだし、また、あまり適当な言葉ではないとおもっている。ここには裏返しの優等意識という観念が隠れているからである。

もともと英語では inferiority feeling と表現することが多く（ドイツ語では Minderwertigkeitsgefühl）、コンプレックスという言葉も、二十世紀心理学揺籃（ようらん）期のジャネやブロイアーやユングのころは、ほとんどのばあいが「観念の複合体」という意味でしかつかわれていなかった。それをあえて劣等感という意味のつかいかたに定着させたのはアドラーである。それ以外の心理学者たちはこの言葉が気にいっていなかった。たとえばフロイトはコンプレックスという概念を避け、父殺しのエディプス・コンプレックスの意味以外ではつかわなかったものだ。私も「観念の複合体」という意味でつかうのがいちばん妥当だろうとおもう。

劣等感を〝発見〟したのは、そのアルフレッド・アドラーがフロイトと袂を分かったのちに提唱した個人心理学という領域のなかでのことである。個人心理学は個人の心理にひそむとされた「優越性追求衝動」（striving for superiority）を重視した。それだけなら一研究の報告ですんだのだが、ウィーン生まれのハンガリー系ユダヤ人だったアドラーはやがてアメリカに移住して、個人コンサルティングの好きなアメリカ人を相手にユーモアたっぷりの弁舌で人間にひそむ優越性と劣等感をやたらに強調しまくった。これが新しもの好きの日本に波及して、作家やジャーナリストによってさかんにつかわれ、劣等感という言葉が定着してしまったのだった。

アドラーは「器官劣等」（organ inferiority）という、いささかいかがわしい用語もつくった心理学者で、劣等感をなんとか補償しようとする気持がまわりまわって強い権力意志につながると考えた。虚弱な子供や甘やかされすぎた子供、あるいはきびしく育てられすぎた子供が長じてコンプレックスに敏感になりすぎるという、いまなお〝日本のお母さん〟の大半が信じているこの古びた図式は、たいていはアドラーの意地の悪い個人心理学がつくりあげたものである。

しかし劣等といっても、何にたいする劣等なのか。アドラーの個人心理学では劣等をつくる優等のレベルがはっきりしない。あるいは優等をつくる劣等がよくわからない。学問にはよくこういう定義の乱れがある。

私の考えでは、劣等感はかならずしも自分が劣っていると自覚するから生まれるのではない。むろん何かは劣っているかもしれないが(誰だってそんなものはあるが)、当人はそれとは逆に、いつもひょっとしたらうまくいくかもしれないというふうにおもっているものだ。この「ひょっとしたら」という気持の高揚がなかったなら、劣等感はたいして育たない。

ところが、この種の人間は自分がかかわる場面を意識しすぎる傾向がある。いろいろな場面のなかで自分が活躍する姿を想定しすぎてしまう。そこで、ついつい気持が事前に高揚し、あれこれの〝強い場面〟を空想しながらふやすことになる。いろいろの「ひょっとしたら」や「まさか」が渦巻く。だが実際の現実では、その「まさか」があっけなく裏返り、そんなことを考えていた自分の逡巡に熬っていく。そこががまんならなくなり、そこが悔しくなる。

さらにそのうちに事態の進捗がぴたりと停止する。凍りつく時間というやつだ。そうなるともういけない。いろいろの「やっぱり」が次々に重なり、体もこわばってくる。「しまった、やっぱり」という悔恨の感情が押し寄せる。しかも、この停止は過去に何度もおこっていた〝あの恥辱〟に直結してしまう。

実際のところはその直後になんとなく事態が好転してしまうことだっていくらもあるのだが、それはなかなか感情の記憶にのこらず、事態が氷のように停滞してしまったことだけが、自分の逡巡にむすびつけられる。かくしてただひたすら弱い場面だけが貼りつくように記憶にのこるのだ。

こうした一連の進行を、私は「まさかの葛藤」と名づけている。


遊び相手の正太郎ではあきたらなかったおしゃまな十四歳の美登利(みどり)が、竜華寺の信如に知ったものは邪険というものである。美登利にくらべ、信如はちっとも動揺しているようには見えない。そこがにくらしい。

大黒屋という遊廓で気儘(きまま)に育った美登利には、それまでは男の子なんてなんでもない遊び相手だったのに、信如にだけはそれがままならない。まさか恋心を抱いてしまったはずもあるまいとおもう美登利の心は急に変貌する。

しかし信如の邪険の原因は、美登利にたいする冷淡や無関心にあったのではなく、人をとりあつかうということの恐怖であり、小心というものだった。信如は、「美登利といふ名を聞くごとに恐ろしく、又あの事を言ひ出すかと胸の中もやくやして、何とも言はれぬ厭やな気持なり、さりながら事ごとに怒りつける訳にもゆかねば、成るだけは知らぬ体をして、平気をつくりて、むづかしき顔をして遣り過ぎる心」にさいなまれている。そこが美登利にはなかなかつかめない。二人はどうにもこれ以上の発展をえられぬままに、信如が去る日が近づいた。その日、美登利の家の格子戸に水仙の作り花が投げこまれていた。

これが少年少女に芽生えたコンプレックスの実態だ。劣等感ではない。コンプレックスは「まさかの葛藤」のひとつの局面がうんだ観念の複合体なのである。

誰もが葛藤をいくつも飼っているか、もしくはつねに葛藤にさらされる宿命をもっている。けれども、その葛藤の一局面を何かの機会に限定してしまうと、そこに「まさかの葛藤」が刻印される、それがコンプレックスを育んでいく。葛藤一般がいやなのではなく、そういう葛藤に立ちあわされた自分がいやになる。美登利や信如の悩ましさもそこにあった。自分がだんだんいやになるという展開だ。樋口一葉はその直前で『たけくらべ』1896をおえている。

葛藤は拮抗矛盾のことであって、英語でいえばコンフリクト（conflict）なのだから、インフェリオリティ・コンプレックスとは一致しない。一方、葛藤なき劣等感というものもまたありえないのだから、問題はどのような葛藤がそこにおこりつつあったのかということが前提になる。それで、葛藤なのだ。

そもそも葛藤や矛盾は、当初の予想が事後の結末によって補償されないということに本質がある。そのプロセスでは、推論にきしみやよじれが派生するという特徴をもつ。私の見方では、この「補償の散逸」と「推論の失敗」が葛藤の正体なのである。

もっとも葛藤は心理の内側におこるだけではなく、論理的な矛盾や認知的な矛盾としてもあらわれる。

こうした論理的認知的な矛盾（contradiction）については、発生的認識論の領袖（りょうしゅう）ジャン・ピアジェが『矛盾の研究』1974というものものしいグループ発表をした。『発生的認識論研究』の第三十一巻と三十二巻にあたる。そのなかでピアジェは矛盾を「認知的不均衡」ととらえ、不均衡を解消できない状態を矛盾とよぶと定義した。ここには、部分を合成できないという数理的矛盾や、包含関係に辻褄があわなくなる矛盾、観察時と実証時におこるくいちがいの矛盾などがふくまれている。が、私にはこの研究を期待しすぎたせいか、それほどの納得がなかった。そんなことは、大半の近代小説か、さもなくばエッシャーの版画のすべてが理解しつくしていたことだからである。

問題は認知の矛盾にあるのではない。そうではなくて、葛藤や矛盾のルーツに「弱さの起源」というものがうごいているのではないか。そうだとすれば、その「弱さの函数」のようなものが「まさかの葛藤」に関与しているのではないか。私はしだいにそう考えるようになった。そこで以下ではしばらく、「弱さの起源」や「弱さの函数」をめぐる議論を集約したいとおもう。もっと一般的にいうのなら、すべての弱さの原因を駆動させている葛藤の中のトワイライト・シーンに注目してみたい。

私は、大人の心理の大半が少年少女期に芽生えているものだとおもっている。芽生えているというと、うっすらとしたオブラートのようなものとおもうかもしれないが、むしろ少年少女の心理体験は大人になってからの体験よりもずっと苛烈であり、ずっとドライブがきいている。大人の言動のカリカチュアが濃い輪郭をもってインプリンティングされているうえに、そこに、少年少女の特有の感受性が加わっているからだ。

やはり樋口一葉はそこをよく知っていた。一見つっぱりに見える菊の井のお力も、そのなまめかしい擬態の裏にはフラジリティがふるえていた。一葉は、そのお力の弱さを結城という客によってひらかせた。そんな弱さがあったから、ある夏の盂蘭盆会（うらぼんえ）の夜、布団屋の源七に無理心中を迫られたお力は悲惨な最期をとげたのだった。かの『にごりえ』1895の真骨頂はそのくだりにある。一九九四年、蜷川幸雄の演出で久々に『にごりえ』は舞台化された。しかし、名古屋の初演を見たかぎりでは名取裕子のひどい演技によって失敗におわっていた。お力のフラジャイルな観念複合体が舞台に表現できていなかったからだった。かえって、一葉を朗読して二十年になる幸田弘子の一人舞台の『にごりえ』のほうが秀逸だった。

美登利やお力の心理は女性の心理あるいは少女に特有の心理である。ところが、私はながいあいだこの少女の心理というものがつかめなかった。

おそらく多くの男性が少女の心理には疎いとおもわれるのだが、とくに私は小学生のときから、彼女たちがどのような気持ちで動いているのか、さっぱりわからなかった。それが長じても変わらない。が、この神秘なる少女へのあこがれは小さいときからあったのである。よほど森茉莉・矢川澄子の両先生に〃お伺い〃をたてようかなどともおもっていたものの、しばらく挫折、あるとき高野文子の一冊『おともだち』1983を読み、やっと核心の一端にふれられたようにおもった。

これは、それぞれ少女を主人公にした「日本のおともだち」と「アメリカのおともだち」の二章に分かれた一冊で、なかで短篇の「盛子さまのおひなまつり」と中篇「春ノ波止場デウマレタ鳥ハ」がなんとも絶対少女が滲んでいて、われわれ男子族に溜息をつかせるのである。

チルチルとミチルの物語に出演することになった二人の少女の淡い葛藤を描いた「春ノ波止場デ」は、そのまま映画にしたらピーター・ウィアーの『ピクニック・オン・ザ・ハンギングロック』の日本版になるのではないかともおぼしい作品で、港の見える町を舞台にいっときの少女の不安と哀切がみごとに表現されている。短篇「盛子さま」もなかなかの傑作で、待ちに待ったひなまつりを迎えた盛子さまがたった一粒の雛あられをこぼし、それを拾おうとしたときに侍女がこれを踏みつぶしたとたん、盛子さまが突如として邪険に暴れるという横着の顚末、なるほど少女とはこういうものかとおもわせた。

さらに『おともだち』の読後、たまたまこの漫画の熱烈なファンでもあった山口小夜子

少女の奥にひそむ葛藤の正体

上段ルイ・リデル『最後の花』(1900)と、
中段ジョン・グリムショー『シャーロットの乙女』(1878)は、
19世紀末のオフィーリア幻想と病弱幻想をよくあらわす。
詳しくはブラム・ダイクストラの『倒錯の偶像』(パピルス)を読まれたい。
下段はフレデリック・レイトンの『音楽のおけいこ』(1877)。
乙女を描きつづけたラファエル前派の一人である。

われわれ男子族にとって、高野文子や大島弓子の描く葛藤少女は謎に満ちている。
そして読むたびに、ああ少年期にこの少女の謎を知っていたら、とおもう。
ともに高野文子『おともだち』所収の作品より(筑摩書房)。

に、少女の微妙な感覚というものをあれこれ教授してもらうことになり、少女の胸中に棲む「夢みるユメ子」と「現におののくウツ子」の成長のくいちがいにもっと合点したものだった。少女のフラジリティは心と体の跛行性に端を発していたのである。

フラジリティはときに魔術化するということもある。

前章第一節でモリス・バーマンの「世界の再魔術化」にふれたのはそのことだ。たとえば有名なところでは、ヘンリー・ジェイムズの傑作『ねじの回転』1898 が描いた八歳のフローラがそうした典型だった。ここにもユメ子とウツ子がいたのである。

語り手は「わたし」である。その家庭教師の「わたし」はたちまちフローラの愛くるしい王女のようなあどけなさに惹かれ、もともと亡霊におびやかされるほど精神不安定の気質があった「わたし」を慰める。ところがそこからが胸かきむしる葛藤で、しだいにフローラには陰の世界があり、そこには「悪」がいるのではないかという不安にとりつかれてしまう。ある日、池のほとりにいたフローラをつかまえた「わたし」は対岸に女の姿を目撃する。そのとたん、フローラの顔に「陰険な非難がましい老婆のような表情」が浮かんだのだ。その女は死んだ前任の家庭教師だった。

つげ義春の『ねじ式』1968 にも顔を出すこのフローラは、少女のもつ恐ろしい一面をあらわすとともに、少女のもつ不可思議な永遠性を象徴する。ドロレス・ヘイズことロリータにもそんな悪魔的な本性がある。ロリータも十二歳で本性をあらわしている。その本性はウラジミール・ナボコフがいうところでは、ときどき「旅人の本性をもつ者」にたいして発揮されるのだという。

二人のテレーズの例はどうか。二人のテレーズとは、エミール・ゾラの『テレーズ・ラカン』1867 とフランソワ・モーリヤックの『テレーズ・デスケルー』1927 だ。二人ともが旅人の本性を隠しもった女性であり、実際にもゾラは続作の『大地』や『獣人』で、モーリヤックは『失われたもの』や『夜の終わり』に、それぞれのテレーズの〝その後〟を継承させている。

二人のテレーズは、同じように夫にたいする殺意を抱いたヒロインである。しかし、そこには「強さ」と「弱さ」が対照的にあらわれる。一方のテレーズ・ラカンのほうは、神経が支配しているテレーズに血が支配している男ロランが組んで、凡庸なテレーズの夫を殺害するという、みかけはあたかも鬼気せまるマクベス的な筋書になっているのだが、内容は意外に平板である。他方のテレーズ・デスケルーのほうは、夫に砒素をのませようとして失敗し、夫がこれを勘ちがいして許容したため、かえって苦悩を強いられる。その心理は筋書よりもずっと鬼気せまるというふうになっている。

われわれはいまなお二人のテレーズの問題をいっこうに脱出していない。なぜそんな感想になったのかということについては、いちいち例はあげないが、たとえば一九八九年のカンヌ映画祭グランプリのスティーブン・ソダバーグの『セックスと嘘とビデオテープ』

などが雄弁に語っている。作中のアンとシンシアの姉妹は、まさに二人のテレーズなのである。

少年少女の、そしてわれわれの小さな良心を痛めているのは、結局は自分が嘘つきだという自覚なのである。

この嘘つきだという自覚のわかりやすい原型は、第二章第一節「全体から断片へ」にのべたピノキオの鼻にあらわれる。嘘がばれはしないかというピノキオの不安は、子供たちのみならず、われわれにも身におぼえのあるところだ。おまけに、われわれはピノキオのようなはっきりとした傀儡期(かいらいき)をもってはいないから困っている。気がついたときが、すでに半分ばかり成長してしまっている生きたピノキオであり、言葉を治しかかっているピグマリオン(マイ・フェア・レディのモデル)であるからだ。

われわれがこうした自分の嘘に手を焼いているのは、このピノキオとピグマリオンがこっそり同居して、アタマの中でやかましく語りかけてくるせいである。しかも、われわれの内なるピノキオと内なるピグマリオンは、けっして木製人形のようには打たれ強くない。また、小説では好都合の筋書であらわれるジュペットォ(ゼペットじいさん)やヒギンズ教授のような、人生の嘘を上手にとりなしてくれる賢明なディレクターもいない。

われわれはつねに「弱さの起源」によって裏打ちされている。その「弱さ」はつねに恥ずかしく、ささやかな嘘によってすこしずつ塗り重ねられていく。自分がこれまでついてきた嘘のすべてをとりだし、これをずらりと日なたの縁側に並べてみれば、きっと人間の本質の大半が日干しになることだろう。それほどに嘘つきには人類の気弱さの歴史というものがつまっているかのように見えてくる。

では、いったい、これらのことは「私」という一個の意識や心理のコントロール・ミスによっておこっていることなのだろうか。嘘をつくのは「私」のみに〝責任〟があることなのか。そこには「私」以前の原因は関与していないのか。その点も問うておかなければ不公平である。

おそらくは、葛藤の原因をどんどんさかのぼるという見方もあってよいはずだ。なにしろ葛藤は古い古い歴史をもっている。

アダムとイブも、イザナギとイザナミも、そもそもは葛藤や諍いからすべてがはじまっていた。ということは、畢竟、人間の物語の始源は、やりなおしからはじまっているということなのだ。われわれは最初に失敗した系譜の者なのである。これについては前章で、ヒトの直立二足歩行がもたらした問題を指摘しておいたが、弱さの起源や葛藤の起源が人類の最初にあるとするなら、もっと古くは、おそらくわれわれの生物的な歴史の奥底に、最初の生命発展上の葛藤の原因がひそんでいたかもしれないのであった。

こんなことはまだ誰も試みていないが、葛藤の生物学的起源についてはいろいろのアプローチの仕方があるのだろうとおもわれる。本章のすぐあとの展開に少々関係することなので、ここでその話をかんたんにまとめておきたい。

まずは第一番目に問題にしなければならないのは、進化の問題だ。

どうも進化の途上には釈然としない事件がいろいろありすぎる。私も何度か話す機会をもってきたハーバード大学の生物地質学者スティーブン・グールドは、その軽妙なエッセイ集をいつも『パンダの親指』1980 とか『ニワトリの歯』1983 とか『フラミンゴの微笑』1985 といった奇妙なタイトルにしているが、そのタイトルに象徴しているような〝とんでもない矛盾〟は、生物史のなかではいくらでも目につくからである。ニワトリには歯があったのだし、パンダには六本目の指があったのだ。

しかし、それにもかかわらず（進化そのものが葛藤そのものだとしかいいようのないはずなのに）、ダーウィニズムもネオダーウィニズムも、そこをはっきりさせてはこなかった。これは生物学のあきらかな怠慢だった。

そもそも淘汰とか選択という見方があやしかったのである。なかでも、ヒトの社会が最も説明がつきにくい。皆殺しの戦争はする、結婚と離婚はくりかえす、母親は子の面倒を見ない、機械に労働をまかせっきりにする……。とても進化の頂点とはおもえない。ノーベル賞受賞後のコンラート・ローレンツはこの〝迷う進化〟の事態にいらだち、人間の生物学的システムに基本的な狂いが生じたのだとさえ考えたものだった。『文明化した人間の八つの大罪』1972という本の中のこと、人間の強がりと弱がりの起源を生物としての人間の生理的行動システムの狂いに求めたのである（このことについては拙著『情報と文化』の冒頭に詳しく書いておいたので参照されたい）。

第二には、われわれの体つきの基本的な弱さにもっと注目するという見方があったっていい。

前章の第二節「振舞の場所」に書いたように、われわれは牙や毛皮や爪や尻尾を喪失した弱々しい〝裸のサル〟である。そこでやおら衣服を着て、武器をもち、道具をつくることにした。武器がなければおじゃん、衣服がなければ心配でしようがない。

しかし衣服や武器を持ったら持ったで、そこには「持ちあわせの優劣」というものが出てくる。それは貧富の差というよりも装着感覚の差異である。子供時代、友達が何を着てどんな玩具を持っているかが気になった記憶は誰にもおもいあたる。いやいや衣服や武器ならまだしもなんとか手に入れることもできるけれど、〝裸のサル〟がどうやら一種類ではなくて、皮膚の色や鼻の高さをちがえてしまったことが、もっとめんどうな大問題だった。自分の鼻より友達の鼻が高いくらいのことなら親を恨めばすむけれど、この体型や体色のちがいによって、わが〝裸のサル〟たちは本気で民族間で争いあい、国家と製品と言語を競いあうようになったのだ。

本書の最後でまとめてとりあげるつもりだが、ナチス思想に結びついたアーリア主義の問題や、フランシス・ゴールトン以来の優生学という奇妙な学問の問題も、地球に暮らす日々の安寧を過去の方から攻めたてている。

また、われわれには病弱幻想とともに病弱者禁忌の感覚というものもある。歴史の中のある時期、それがとくに女性にたいする表現を駆りたてた。すでにブラム・ダイクストラが「倒錯の偶像」として、また「病弱崇拝」として説明を試みたことである。日本では高山宏が詳しい。ここらあたりにも、葛藤の生物学のもうひとつの古い起源があった。

第三には、おそらく言葉の問題がある。われわれは走力や跳力の代わりに言葉というシステムをつくり、これをあやつってコミュニケーションのしくみをつくったのだが、この言葉がまことに不出来なものだった。

そのため「頭の中で鳴り響く意味」と「口から外に発せられる意味」とのあいだに、すなわち認知と表現のあいだに、癒しがたい分裂がつくられた。これにくらべればサンスクリットとプラクリットの分裂や、ラングとパロルの対立といった文語と口語の対立などはまだおとなしい。おそらく私の予想では、二十一世紀の最大の課題は全世界的な規模による言葉のつくりなおしにあるのではないかとおもっているのだが、いまのところは有史以来のせっかくの言語変革改良運動も、まだまだ稔らないといわざるをえない現状にある。むしろいまつかわれている言葉（各国語）の数々は、古代語のいいところさえ失っている状態だ。そのうえにエリック・レネバーグらの何人かの孤独な努力をのぞき、いまもって「言葉の生物学」すら確立していない。

こんなデキの悪い言葉を、われわれは日々懸命につかっているのである。もともとが矛盾や葛藤に満ちた言葉をつかっていれば、そのうちどこかで亀裂が生じ、どこかで衝突がまるみえにならないほうが不思議、いいかえればつまり、その亀裂や衝突の辻褄あわせのために、ピノキオの嘘というものが発達したわけだった。それが『法華経』にいう方便である。荘子にいう「狂言」である。かくて、言葉もまた葛藤の古くて新しい原郷だったということになる。

第四に、これが本書の当面の議論に関係するのだが、われわれは遺伝情報や免疫情報やホルモン情報などの情報物質によって、はなはだおぼつかない「生物学的な自己」というものをやっとこさつくっているにすぎないのではないかという問題がある。

最も有名なのは、リチャード・ドーキンスの「利己的遺伝子（セルフィッシュ・ジーン）」という考想で、われわれの体は遺伝子のための〝仮の宿〟にすぎないことをあきらかにしたことだ。生命舞台の主人公は遺伝子なのである。このアイディアはたちまち大反響をよんだ。なにしろわれわれは遺伝子に乗っ取られているということになったからだった。

しかしこの考想をひとたびとりちがえると、後天的な学習はなんら生物の根本に変革をもたらさないという見方にもなる。どんなに努力してもしょせんはわれわれの運命は遺伝子で決められているという生物学的諦念ともいうべきに陥っていく。実際にも、日本を代表する分子生物学者の渡辺格はこの事情に落胆して早々と『人間の終焉』1976という一冊を書いた。その後、渡辺は「あれは、はやまった」と述懐したそうだが、それほどにジャック・モノーにはじまる分子生物学の遺伝子中心主義はものすごい勢いで思想界にも蔓延したものだった。

遺伝子くみかえという技術も大問題に発展しそうである。まだはっきりしないものの、ガンと遺伝子との深い関係もあるようだ。また、免疫問題の一端はエイズという途方もない問題をつくったし、免疫のシステムが「自己」と「非自己」を用意していることも知らされてきた。これらの最新の研究には「われわれは遺伝子のための乗物にすぎない」というモノーやドーキンスの見方をくつがえすものもふくまれている。日本を代表する免疫学者である多田富雄は、私の求めに応じて、評判の著書『免疫の意味論』1993のトビラに、「人間が遺伝子の乗物なのではなく、遺伝子が人間の乗物なのである」と書いてくれたものだった。この意味、すぐさまわかる者が少ないらしい。

われわれの感性はホルモンやニューロトランスミッター（神経伝達物質）の分泌の量ひとつで安定を失うようになっている。ノルアドレナリンやドーパミンの分泌がちょっとばかり狂えば、われわれもおかしくなってしまうのだ。おそらくはなんらかの生物情報のバランスが狂っておこっているとおぼしいアレルギーの原因も、現況ではまったく解明されていない。
薬の投与も食事のとりかたもけっこう危ない綱渡りだ。副作用のない適剤適症というものにはなかなかお目にかかれないし、日々の食事も微妙な「まさかの葛藤」を次々にふやしている。私のことをいうなら、私はとっくにこってりしたフランス料理が食べられなくなっている。ある日、たいそうな人に招待されて食べたフランス料理が脂っこくて気分が悪くなり、それからというもの、どうしても口にあわなくなったのだ。コーヒーも口にあわなくなった。パリでがぶがぶ飲んで帰国した翌日だかに、なにかの打ち合わせで東京の喫茶店で口にした変な味の一杯にしてやられたのだった。

われわれの日々はこのような微妙なバランスの上に成り立っているおぼつかなきものである。それがいつどのように狂うかは、ほとんど水物だ。しかも、それらの葛藤の起源はわれわれの日々ではどうしようもないほどの古い歴史をもっているかもしれないということなのである。

以上のうち、第一にあげたそもそもの「進化の矛盾」についてはこのあとの第三節でネオテニーの問題としてあつかおうとおもう。また、ここではふれなかった「性」の問題はこのあとの第四節でいささか変わった視点で議論してみたい。

ここでは第四の問題のうちのホルモン型の情報がわれわれの脳の作用にもたらす大胆なしくみについて、ごくかんたんだが、私の気になっている見方を提供しておくことにする。

このへんにこそ直接的な「葛藤の脳化学」ともいうべきがひそんでいるようにおもえるからである。

　われわれの脳は主として大脳新皮質の作用によって〝人間性〟が発揮できるようになっている。が、それ以外にも古い脳がいまだに活躍する。そのひとつを大脳辺縁系（リンビック・システム）という。辺縁系は、進化の途中に脳の中心から周辺に追いやられたために複雑なかたちになっていて、解剖してみると脳幹の視床をとりまいていて、その先端部に海馬というものをつくっている。〝三つの脳〟の仮説で有名なポール・マクリーンによって爬虫類の脳とかワニの脳とよばれたものだ。われわれの残忍な気分はこの辺縁系に由来する。

　その脳幹は視床で左右に分かれている。おそらく進化の速度がはやすぎて、左右の脳の縫い合わせがまにあわなかったせいだろう。そのため視床の上に発達した大脳も左右に分かれ、いまでは小学生でも知っていることだが、一方はおおむね理性型の左脳に、他方は直観型の右脳になってしまった。まずはこの左右の脳が分かれたという事情に問題がひそんだ。

　ついで、われわれの神経系のできかたが関与する。

　神経系は無数のニューロン（神経細胞）でできていて、そのニューロンの突端でシナプスというものになる。いくつかのニューロンはシナプスでむかいあい、そこに小さなシナプス間隙という隙間をつくりあっている。シナプスからはニューロトランスミッター（神経伝達物質）が出る。アドレナリンとかカテコールアミンといった化学物質だ。問題はこれである。Aのニューロンからやってきた電気的な信号情報は、シナプスの隙間で液体状のニューロトランスミッターの化学濃度によって〝翻訳〟され、Bのニューロンに伝わっていくのだが、そこに感情の不足や過剰があらわれた。

まとめていうと、最初がニューロンの中を走る電気信号、次のシナプスの海では化学信号が受けわたされる。この化学信号の受けわたしを受理する機能をレセプターという。信号はニューロトランスミッターとレセプターによって交通され、そのやりとりのくりかえしで、われわれはさまざまな情報のフラジャイルな〝表情〟を解釈している。

このシナプスの海で、いいいがニューロトランスミッターとレセプターのあいだに交わされるのが分子言語である。一般にはホルモンとよばれているが、厳密にはニューロトランスミッターとホルモンとはすこしちがった性質をもっている。ここでは便宜上、いっしょのものとしてあつかっておく。で、この分子言語をもつニューロトランスミッターの化学的性質の過剰と不足のバランスに葛藤の起源がひそんでいた。

話は急にとぶようだが、デレク・ジャーマンが死んだ。エイズが原因だ。エイズが公表されてからの日々を綴った日記『モダン・ネイチャー』1991は、この数年の読書の中でいちばんせつない本だった。意識の突端にふれたフラジリティに満ちた本、痛ましく、また本物の本だった。

そのジャーマンが晩年に最も関心をよせた発見がある。一九七五年、スコットランドはアバディーン大学のジョン・ヒュージが「脳の中では麻薬に似た物質がつくられている」と発表したことだ。最初は、ブレイン・オピエート類と名づけられたこの脳内麻薬物質は、最近はエンドルフィン（endorphins）と総称されている。内因性モルヒネ（endogenous morphine）の略である（ヒュージの発見はのちにエンケファリンと命名された）。

一九八二年になると、ジョン・ホプキンス大学のキャンディス・パートらがテトラヒメナ・ピリフォルミスという原生動物がエンドルフィンに似た分子言語をもっていることをつきとめ、にわかにエンドルフィンが生命史の長きにわたる「旅人の本性をもっている物質」らしいことが注目された。それとともに、アヘンやヘロインの抜きさしならない〝人類との親和性〟が問題になってきた。なにしろ、われわれは脳の内側に麻薬製造工場をもっていたのだから。

エンドルフィンは手術につかうモルヒネに似た化学物質である。痛みをやわらげる特効的な性質がある。痛みをやわらげるとは、その物質によって痛みと逆の方向の作用、すなわち快感が刺戟されているということになる。そこでエンドルフィンを快感物質などということもある。ともかくこんなものがわれわれの脳で生産されていたのである。このニュースにとびついた知識人は少なくなかった。たとえば、このことを藤本義一に教えられたという栗本慎一郎は、その翌日から猛勉強をはじめ、これが『パンツを捨てるサル』1988

という快感物質に関する一冊になったものだった。

エンドルフィンはニューロトランスミッターの一種である。ほかにもいろいろなものがある。正体はアミノ酸のアミンが多いが、そうでないものもある。

漫画的にいうなら、たとえばわれわれの気分がいいときはドーパミンが出ていて、怒ったときはノルアドレナリンが、驚いたときにはアドレナリンが出ているのだが、これらのいずれもがカテコールアミンというアミン類に属する。ともかくも、そういういろいろの化学物質が脳のそこいらを分子言語としていそいそと動きまわっている。そして、そのうちのいくつかは麻薬に似たはたらきをしているということになったのだった。

そこで何が葛藤の起源かというと、これらのニューロトランスミッターにひそむ分子言語が、つねにわれわれの「やる気」や「感じかた」などの、ようするにおもいのたけの文法というものを微妙に左右しているようなのである。もっとわかりやすくいえば、われわれは言語をつかう動物であり、その言語は文法をもっているが、実はその言語をくみあわせている脳そのものに分子言語という化学的言語システムがあり、そこには感情を左右する文法がはたらいているということなのだ。

神経系のひとつにA10神経というものがある。俗に快感神経といわれるほどに性感覚、空腹満腹感覚、体温調節などにかかわっている。

A10神経はドーパミンを分泌する。ドーパミンはノルアドレナリンと酸素一個しかちがわない不思議な化学物質である。このA10神経を電気的に刺戟してみると、ほとんどすべての患者は気持がよくなる。アメリカでは電気刺戟をされた十一歳の少年が周囲の男女にひどくエロティックな感情をもったという報告もされている。ところが、ドーパミンが出すぎるとドーパミンを受けるレセプターがふえ、レセプターがふえると精神障害（とくに分裂病）がおこりやすいという報告がされた。エンドルフィンとの関係もあるらしい。

詳細はいまなお世界中で研究されつつあるので性急な仮説をまとめるわけにはいかないが、おそらくはA10神経が一定のパターンで刺戟されつづけると、ある種のストレスがたまり（ということはドーパミン・レセプターがふえ）、そのストレスの〝型〟（レセプターの数）を回避する方法がもちにくくなるらしいと考えられる。

こうして、エンドルフィンやドーパミンの分泌量がわれわれの「葛藤」を微妙に支配しているらしいことがにわかに注目されたのである。

それからの謎解きは早かった。一九八〇年代後半には、ここにもうひとつ新たな見方が加わったのだ。それは脳の中には一種のカオスが生じていて、そのカオスの生じかたが「葛藤」を演じるニューロトランスミッターにかかわっているという見方だった。

われわれの内なる複雑性はとどまるところを知らない。私は、われわれをとりまくコンプレックス・システムの奥座敷をもっと深く眺めなければならないらしい。

2 複雑なシステム

すべての哲学の基礎は、たった二つのこと、つまり人間の精神は好奇心が強いけれども、人間の目は弱いこと、この二つに尽きるのです。

ベルナール・フォントネル「世界の複数性についての対話」(赤木昭三訳)

ジャック・ラカンは「無意識は言語のように構造化されている」と言った。フランスの物理学者ユベール・リーブスはこれをいいかえて「自然は言語のように構造化されている」と書き、さらに「構造はそれに先立つ情報を前提にしている」とつけくわえた。フランシス・クリックはもっとはっきり断言していた。「情報はすべてのものに先行する複雑な動向である」。

あきらかに「構造」が出現する以前に「情報」があった。これはたしかなことだとおもわれる。ところが、その情報はつねに複雑さという特質をともなっていて、どこからか発生し、そして分岐していた。複雑であるとは、その系において微妙な情報分岐の数がべらぼうに多いことをいう。それならば、情報の原郷は複雑さそのものだったのかもしれないのである。フラジリティは、その当初の起源において複雑な情報世界をもっていたかもしれないのだ。

一九八九年春、富士山のふもとの会議場で「複雑さに関する国際シンポジウム」が催された。新幹線で三島に着くと、改札口を出たところに大きな看板が立てかけてあり、事務局員が迎えてくれた。しかし、看板に墨痕淋漓（ぼっこんりんり）と「複雑さ」という文字が大書されているのを見て、参加者たちはいささかたじろぎ、あとずさった。「複雑さ」という言葉は、そのことに関心のある研究者たちにとっても、なお異様な印象があったのである。

シンポジウムは正式には「生物学的複雑さと情報に関するシンポジウム」という、もっと変な名前をもっていた。日本で最初に開かれた複雑性を議論するための国際シンポジウムである。議長は清水博、四日間にわたっていろいろの角度の発表と議論があった。私はセッション・モデレーターをつとめたほかに、友人の津田一郎と会議の間隙をぬって、ずっと言語とカオスの奇妙な関係をめぐるおしゃべりをしていたのだが、ともかくもこの四日間が私に面倒な「複雑な世界」の旅をさせるきっかけになったのだった。

インフェリオリティ・コンプレックスよりもずっと面倒なのが、複雑さとか複雑性という名のコンプレキシティである。だいたい「複雑」という概念にしてからがろくに定義がない。

複雑性がやや話題になりはじめたのは一九七〇年代の半ばころ、科学者たちが「生きている状態の情報システム」（つまり生物の情報システム）を扱おうとしてからのこと、それも人工知能やカオス理論などの研究がすすみ、人間の脳やニューラル・ネットワークのしくみが考えられないほど高度な複雑さをもっていることにあらためて瞠目してからのことだった。いきおい、複雑性は「システム」という対象世界にむけられた。少なくとも科学者たちはそうおもっている。

もっとも、文学の世界には早々に複雑性がもちこまれていた。だいたい江戸文学の多く、とくに山東京伝や滝沢馬琴の作品は複雑きわまりない。田中優子はこれらを「つくし」や「つらね」という言葉で説明しているが、これらの作品は情報が縦横無尽に列挙され、そのイメージのカレイドスコープの中から読者が読み筋をさぐるという趣向になっている。

このような趣向は洋の東西を問わず試みられてきたことで、現代文学や海外文学にもあてはまる。たとえば、アメリカン・メタフィクションの「尽くし文学」（Literature of Exhaustion）は、ドナルド・バーセルミ、ジョン・バース、トマス・ピンチョンなどの名人をえて、スリップ・ストリームの並列処理をしあげ、情報エントロピーの過密が物語構造をどのように原初化しうるかという実験をおえているし、最近ではウンベルト・エーコが中世書籍世界の暗部を描いた『薔薇の名前』1980 やテンプル騎士団の呪文が歴史をまたぐ『フーコーの振子』1988 で、複雑な記号世界をぞくぞくするほどたくみに物語化してみせた。巽孝之の研究に詳しい。

複雑性が「滑稽」と関係していることも文学ではテストずみである。はやくにはイタロ・カルヴィーノが『コスミコミケ』1965ほかで、そのあとはマルコム・ブラッドベリの『超哲学者マンソンジュ氏』1987やジュリアン・バーンズの『10½章で書かれた世界史』1989に代表される〝複雑な滑稽〟が物語構造に挑んでいる。日本では筒井康隆の『虚航船団』1984が先駆的だったろうか。

しかし、かんじんの科学における複雑性をめぐる議論はなかなかまとまってはこなかった。複雑な科学の物語はまだ本格的には一行も書かれていないというべきなのだ。

ひとつには科学では「尽くし」ということができなかったからである。けれども、手がかりがまったくないというわけではない。弱々しくて、感じやすい科学の主人公がいないわけでもない。そのことを綴っておこうとおもう。そして、コンピュータが便利になってからは、やっと科学も「尽くし」に苦労をしなくなってきたことについてもふれておきたい。複雑性はコンピュータ・システムにこそ出現できたからである。

一九八八年、惜しくも山で遭難して消えたアメリカの物理学者のハインツ・パージェルは、その年に刊行された『理性の夢』に、「科学がいまだ開発していない領域は複雑さである。複雑さの科学を入手した国家や民族は次の世紀の経済と文化と政治のスーパーパワーをもつにちがいない」と書いた。

ふつうに考えれば、「複雑なこと」とか「複雑な手続き」という言葉が意味していることは、ややこしいとか、ごちゃごちゃしているとか、一見しただけではわからないほどこみいっているとか、やけに混沌としているというイメージである。そのイメージからすると、パージェルのいう「複雑さの科学」は、ややこしい現象を解くための科学のことだということになる。しかし、ややこしいことを解くだけの科学なら、従来の科学の半分がそのことをやってきた。そんなことがいまさらなぜ特筆されるのかという気になる。

じつはそうではない。「複雑さの科学」とは「複雑性が出現するシステムについての科学」という意味だ。逆に「単純さの科学」というものがあるとするなら、それはいわば「複雑性が消えるシステムについての科学」ということなのである。

だいたい複雑さを前にして、その複雑さのすべてを黙って受け入れようという態度をもつことに疑問をおぼえる向きも多い。複雑ならそれを分解してかんたんな問題のモジュールにしてからとりかかるとか、自分の好きな箇所だけつきあうとか、そういう方法があってもいい、そういう意見だ。

構造流動という言葉をはやらせた社会学者のニコラス・ルーマンも、複雑性をめぐる議論をやたらに拡大することに懸念を示した一人だった。ルーマンは、現代社会においてはもはや複雑さの反対概念は単純さではなくなり、複雑さと複雑さが対置されてしまって「支えのない複雑性」をつくっていると指摘した。複雑性という概念自体がその反対概念の洪水の中で自己の支えを失ったのではないかとみたわけだ。

一方、自然現象をいまさら「複雑だ」とみなすことに、どうしても納得がいかないという見方もある。これも当然の意見だった。この連中には、どこから複雑さが始まるかの定義がほしい。

他方では、複雑さの研究が理解されにくいこと自体が科学と社会の本質的な問題だという見方もある。たとえば気象変動や金属疲労はもともと複雑なしくみをもっている現象であるが、それが問題になるには、その複雑な現象に介入できる方法が発見されたか、あるいは方法は見つからずともその問題が社会的に重要であるか、そのどちらかが脚光を浴びなければ話題にはならない。予算もおりない。そこで複雑な科学技術はついついほうっておかれてきたのだった。

ところが、それがこのところ変わってきたのである。とくに最近、複雑性の科学が話題になってきたのは、世界が「複雑な世界」になってきたこととも関係があった。

いま、世界は急速に多様化し、激変しつつある。「米ソの対立」とか「資本家と労働者」とか「戦争と平和」といったわかりやすい巨大対立の時代が次々に終わり、いくつもの弱連結型のモジュールが世界を覆っている。日本でも同じこと、自民党の弱体化によってめまぐるしく軸を変える連立政権がそのひとつである。細川護熙(もりひろ)はそうした弱々しい政治を体現した最初の一人だった。

マルチカルチュラリズムという言葉も生まれてきて、一九九二年にブラジルで開かれた環境サミットは、民族文化の多様性の前でほとほと混乱してしまった。オーストラリアは憲法のなかで民族と言語の多様性をうたわなければならなくなった。

経済構造にも、わかりにくく、予測しがたい動きがそこかしこに跋扈しはじめた。経済学者の予想になど、もう誰も耳を貸しはしない。ついにどこにも「合意の集合体」はいなくなったのだ。市場予測はとんとあたらなくなっていて、多くの大企業はのきなみにライトサイズを求めて縮小や転身をはかるばかりなのである。

テレビドラマさえ〝冬彦現象〟に代表されるような複雑で多様な人格をヒーローにしはじめた。いまいちばん売れている欧米の小説は多重人格を主人公や脇役に配したような、ようするに心理的複雑さ（これこそが本来の意味におけるコンプレックス）を主題にしたモダン・サイコホラーである。日本でも話題になったダニエル・キイスの『五番目のサリー』1980と『24人のビリー・ミリガン』1981はそんなサイコホラー・ブームに拍車をかけたものだった。後者の作品はノンフィクションでもあって、ミリガンの気質にはなんと二十四人もの別人がいたことになっている。

やたらに「共生」が重視されはじめたことも複雑化を促進している。もともと共生は小さな環境ニッチにおける小生物たちの〝寄り合いかた〟をいうのだが、近頃は国際社会にも企業社会にもやや無定見にあてはめられている。なにもかもが共生すれば、それでうまくいくというわけではなく、共生の過剰ということもあり、これはこれでやはり事情は複雑になってくる。

このように多様化をすすめている世界の特徴が、もしなんらかの複雑性というものを原因としているのだとすれば、それはたんに従来の一筋縄の推理や論理が通じなくなったという意味である。

すこし数学的にいうなら、線形的（リニア）な予測でカタがついていた時期が終わり、かわって非線形的（ノンリニア）な見方が要求されているということである。もうひとつ加えれば、たいていの事態の進行には、あるとき突然にそれまでとはちがった様相を呈しはじめるという「発現特性」あるいは「創発特性」がひそんでいたということなのである。それがこれまではわかっていなかった。

科学の世界でも、複雑性をどこに求めるかという議論はまっぷたつに割れている。

クォーク理論の立役者マレー・ゲルマンは「表面的な複雑性は深部の単純さから生まれてくる」と考えた。ようするに「だんだん複雑になってくる」という見方である。が、他方では、複雑性は最初からシステムの立ち上がりに潜在しているものなのだという見方も出てきた。あとで紹介するが、フリーマン・ダイソンがこの立場をとる一人だ。

二人の老科学者に代表される対比的な考えかたのあいだには、もっといろいろな見方が入ってくる。たとえば複雑性はしょっちゅう出入りしているものだとか、むしろサブシステムに複雑性をつくる未知のパラメーターがひそんでいるのだとか、意見はいろいろだ。そんな意見がかわされるうちに、科学者たちもやっと「複雑な世界」という相手が厳然としてあるらしいということだけは、はっきり意識しはじめた。

複雑性の科学に注目が集まりはじめたのは、カオスの研究がさかんになったことが大きなきっかけになっている。

これまであつかわれてきた多くの力学系が、不動点、周期的、カオス的という三つのふるまいを示すことについては、すでに以前から数学者たちが関心をよせていた。微分方程式を解いているうちにカオスが出てきたのである。とくに非線形微分方程式の初期値のわずかなちがいが、計算という時間のなかを経過するととんでもない結果を生み出すということがわかってきてからは、カオスはにわかに脚光をあびた。

それは気象学者のエドワード・ローレンツがコーヒーブレイクのために席を立ったあいだの、ほんの小一時間の出来事だった。ローレンツが席に戻ってみると、コンピュータにつながったディスプレイが当初に予想された計算結果と大きくちがう結果を表示して点滅している。わずか千分の一未満の誤差が方程式の計算が進んでいるうちにべらぼうに増幅されてしまったのだった。

ローレンツは誤差が増幅される理由は、式が「非線形であること」と、式に「代入をくりかえしたこと」にあるらしいことに気がついた。そして、初期値に敏感に依存する特異な現象というものに関心をもった。いまではすっかり有名になった「バタフライ効果」という言葉は、初期値のわずかなふるまいがまわりまわって最終的にはとんでもない結果をもたらすという比喩的な意味につかわれている。香港で一匹の蝶がはばたいてちょっと大気を乱すと、それがつもりつもってニューヨークの天気を変えることになるという、いかにも気象学者ローレンツらしい比喩だった。

こうした「バタフライ効果」(初期値にたいする鋭敏な依存性)は、たとえば、空気や水などの流体が小さな渦から乱流になること、われわれの体の中の血液が流れていく先がはっきりしないこと、飛行機の翼についた氷や雪のかけらが後続の飛行機を墜落させる可能性があること、鉄やプラスチックに圧縮力を加えつづけるとあるときに腰くだけのような〃座屈〃がおこること、そのほかいろいろの例に発見されている。悲劇的な飛行機の墜落や、地震で意外にもろい崩れをみせる高速道路のヒビ割れには、たいていこのような現象がおきている。

技術者たちがカオスの研究にいろめきたったのは、カオスがこのような〃異変〃にこっそり介入しているらしいことが見えてきたからである。それまでは多くの事態の〃異変〃にはだいたいお手上げだったのだ。

ニュートン力学がきれいにあてはまるのは、太陽と惑星とか地球と月とかの、二体の運動に関している。「二つの物体の間に働く力は質量の積に比例し、距離の二乗に反比例する」というのが万有引力の法則だ。ところが、アンリ・ポアンカレはこれにもうひとつの物体の動きを加えたらどうなるかという、いわゆる三体問題を提出した。

ポアンカレがとりくんだのは三個目の物体の質量をゼロとし、他の二体には影響をあたえないが、その二体からの影響はうけるという仮定をもった制限三体問題というものだったが、これをポアンカレ切断面法といわれるたくみな方法で解いた。切断面法というのはディスコの動きをストロボで見るような方法で（実際にも電気工学者たちはストロボスコピック・サンプリングという用語をつかっている）、その解答はおどろくべきものだった。三体目の物体のわずかな変動がいずれは他の二体に致命的に大きな変動をあたえるというものである。

こうして、システムのごく一部が乱れること、あるいは潜在的に乱れることが、結局はシステムの全体を左右するのだという新しい考えかたが浮上してきた。ポアンカレは書いた、「三体問題がいかに複雑なものであるか、また、この問題を解くためにはわれわれの既知のすべての知識とは異なった超越的な知識が必要なのである」。

この考えかたは、あるシステムが決定論的に時間発展するにもかかわらず、そこには不規則で予測がしにくいようなカオスが出現するということを予告していた。これはまさしく新しい価値観の誕生である。そしていまおもえば、ポアンカレのいう「超越的な知識」そのものがカオスだったのだ。科学史的にいえば、このような「超越的な知識」が本格的に注目されるようになるのはコルモゴロフ、アーノルド、モーザー（三人の頭文字をとってしばしばKAMとよばれる）がポアンカレを精細に研究してからのことである。

かくして、システムの本体にちょっとだけ付随しているかに見える第三体目のわずかな弱々しい動向に、科学が注目しはじめたのである。そのフラジャイルなわずかな動向こそが「乱れる世界」の鍵を握っているとおもわれはじめたのだった。

この「乱れる世界」の状態はおおざっぱに四つの状態に分かれる。乱れていない状態、乱れはじめた状態、カオスの状態、ランダムな状態、の四つだ。カオス理論の形成はこの四番目の状態に注目してはじまった。しかし、カオス理論はたちまちにして「乱れる世界」と「複雑な世界」の両方をブリッジし、席巻するにいたった。

カオスには控えめにいっても、二つの特別な性質がある。第一に、カオスは自己記述が苦手であって、苦手であることをもって自己の主張をしつづけているということである。こんな言いかたをすると飛び上がるか、眉をしかめる人がいるだろうが、カオスとはいわば「自己同定を許さない自己」なのだ。津田一郎は「記述不安定性」という表現をつかっている。

ついで第二には、カオスが情報を生成したり喪失したり、あるいは保持したりする機能をもっているということがある。ということは、あるシステムがそこにカオスを出現させることによって情報の分解や加工や統合がしやすくなっているということ、すなわちカオスによって情報は編集されているということである。いいかえれば、カオスは自分で得た情報で駆動するもの、もっとわかりやすくいえば、そうなのだ、カオスから情報が出てきているのだ。

カオスのような複雑なふるまいをする相手には、数学的にはもっぱら非線形方程式がつかわれている。

線形方程式の本質は、解が一つえられればそれを一般化して他の解もえられるということにある。それが非線形ではなかなか一般化ができない。しかし一般化できないかわりに、非線形モデルをつかえば、システムの遷移のなかに潜在的にひそむ臨界点を発見することになるし、さらにはそのシステムにそもそも有為転変を越えて継続される〝本質的な記憶〟があるかもしれないということも発見できる。

非線形方程式があつかう世界の特徴は、バタフライ効果の話からも推測できるように、「注意一秒、怪我一生」というところにある。ある変数のごくわずかな変化が次々に他の変数に大きな影響をあたえるのだ。素子たちがかなりしっかりつながっているとおぼしい系でも、つもりつもって臨界値がやってくると、とたんに素子たちは傍若無人な動きをはじめる。あるいは、とても近い値からスタートをきった二つの変数が、あるところをさかいにまったくちがうふるまいをしはじめることもある。

こうした非線形(ノンリニア)的な世界は現実世界には満ち満ちている。これはぜひ強調しておかなければならないことだが、おおかたの日常世界はむしろ非線形(ノンリニア)でできているのだ。ノンリニア・ワールドこそ、われわれに近い世界なのである。

ノンリニア・ワールドのいちばんわかりやすい特徴は、「正または負のフィードバック」によってもともとのシステム（本体）がいろいろ変化してしまうという効果に典型的にあらわれる。

カラオケなどでスピーカーにマイクが近いと変な音がする。あれはハウリングといわれているが、スピーカーから出た音がマイクに入り、それが増幅されてスピーカーから再出力されるためにおこる正のフィードバックによる現象である。これにたいして（あまりにも有名な例になるが）、暖房システムとサーモスタットの関係が負のフィードバックにあたる。

自己の出力値を自己自身に入力することをくりかえすこと、それがフィードバックである。複雑性はフィードバック効果によってぐんと複雑の度合を深める。すでにのべたように、もともと自己代入のくりかえしによってカオスが生まれうることを最初に明示したのがローレンツだった。

そこで妙な話になるようだが、じつはコンピュータそのものがカオスの温床になるのである。ふつうのコンピュータは数値を十六桁で打ち切って計算するようになっている。そのため、そこには必ずといってよいほど「まるめ誤差」が入りこむ。たとえば十六桁目が

わずかな誤差が非線形の夢を見る

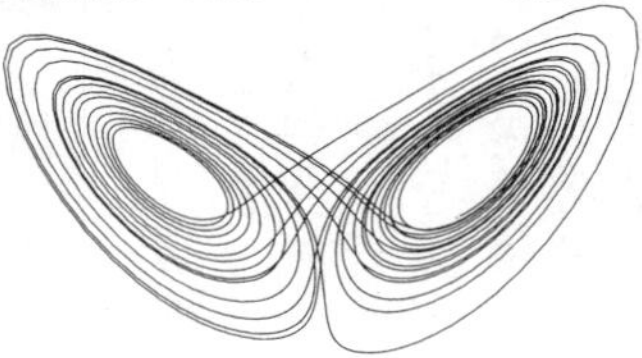

自然は複雑性に満ちている。
わずかな誤差が巨大な渦となる。
弱々しさこそが複雑性の正体なのだ。
上は陣容『九龍図』部分。
左はカオスに一番近づいた男
エドワード・ローレンツによる
有名なローレンツ・アトラクターの図。

自然と社会と人間を解く最後のカギは「非線形思考」に残されている。
そこでは 1+1=2 でないばかりか、最も弱々しい現象が全体を決定的にゆさぶる。
上はジャック・ボアヴァンの漫画「非線形の力学系」。
ピックオーバー『コンピュータ・カオス・フラクタル』(白揚社)より。

複雑性の正体は脳の中にもある。まずわれわれは"3つの脳"をもっている。
ワニの脳とネズミの脳とヒトの脳である(中央)。
しかも大脳皮質は6層に分かれ(左図)、
おまけにニューロンは交差しあっている(右図)。
われわれは「微妙な存在の集積体」なのだ。

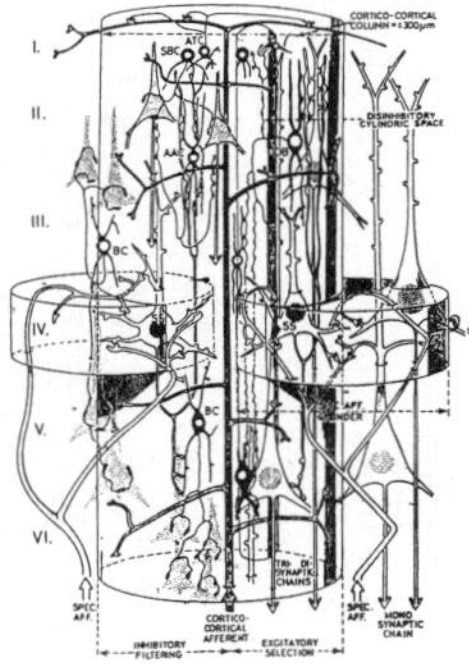

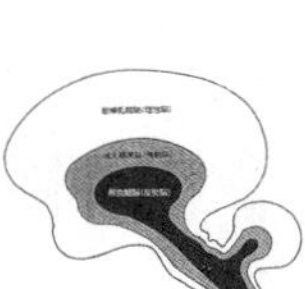

実際には…69や…71であっても、ふつうは…7として計算はすすむ。たいていはこんな弱々しい微小差はなんの影響もない。ところが四、五十回ほどパイや蕎麦粉をこねるような操作を加えていくうちに（パイこね変換）、十六桁目の誤差は本体の数値に匹敵するほどになる。

ちょっとしたフラジリティのゆらぎの集積が全体をゆるがすわけである。そこにカオスがひょいと顔を出してくる余地があるわけだ。

ここまでが複雑性の科学が秘めるカオスの話である。問題はこれと似たような問題がわれわれの周辺にもおよんでいるということだ。

たとえば人間関係であるが、人づきあいで誰もがつねに感じているのは、おおざっぱな親密関係というものはとうてい持続の保証がないものだということだ。ちょっとした言葉やわずかな無礼が重なってくると、あるとき堪忍袋の緒が切れるということはいくらでもおこっている。堪忍袋というのは科学でいえば臨界値ということだろう。そこで堪忍袋もいっぱいになる。それで、おジャン。つまりは「まるめ誤差」でつきあっているだけでは、いつ〝異変〟がおこるやら、ゆめゆめ安心はできないということだ。そこで、人間はじつは適当に自分にあった複雑性にだけつきあっているのではないかという見方も出てくる。

似たような事情は経済にもあてはまる。

これまで経済というものは線形（リニア）的に予測され、線形（リニア）的に解決されると考えられてきた。けれども、そんな経済動向はごくごく一部にすぎない。実際の経済の多くの動向は非線形（ノンリニア）的であり、いろいろな交換市場の場面にカオスをひそませているはずだった。

経済動向にはきっと正負のフィードバック効果が隠されている。それを経済学も経営学もながきにわたって軽視した。とくに正のフィードバックがほとんど理解されてこなかった。メーカーとユーザーのあいだにも、つねに正負のフィードバックが非線形（ノンリニア）的にはたらいていると考えるべきなのだ。もっとかんたんにいうのなら、おそらく負のフィードバックは変動を安定させ、正のフィードバックは変動を増幅させるのだが、そこへの追求が研究者によっても実務家によっても試みられてこなかったのである。

ふだんのわれわれの活動にも複雑な判断はくみこまれている。

たとえば、誰かの家を訪れて「どうぞ、おかけください」といわれた瞬間、目の前の柔らかいソファにどのくらい腰が沈むのか、誰もがめまぐるしい情報判断をすばやくやってのけている。ビルの隙間を通り抜けるときは、体がその隙間の幅になっていく。以前にも書いたように、これは認知科学で「アフォーダンス」の研究として知られているものだ。

またわれわれは、電話をとったときには、相手のちょっとした声の調子で何千人ものリストからただ一人の相手をすばやく同定することをしている。われわれは柔らかい情報対応をするための複雑な準備をふだんから準備しているともいえる。

このように見てくると、この世で「複雑な世界」を最も凝縮して体現してしまっているのは、どうみても人間自身なのである。自然界でこれほど複雑なシステムをもっているものは見つかっていない。また、見つかってほしくもない。そんなシステムは悪女のようにあつかいがたいへんである。

われわれ自身が複雑さの本体であるということは、これをずっとさかのぼれば、どうなるか。結局のところは、複雑性や葛藤の起源は、われわれの体や脳の歴史がかかえもっている生物史の端緒に、なにがしかの初期的複雑性が介入しているということを予測させるということになるのである。つまりは、「弱さ」の起源はとんでもなく古いものだということになってくる。話はいったん生命の誕生のドラマにまで降りていく。

生命体というものはそれを構成しているすべての要素がつきとめられたからといって、それでしくみがわかるというものではない。

人間の体が何でできているか、生体を構成する物質的な要素リストをそろえるというだけなら、かなり前から〝お里〟は知れていた。けれども、それで体や心がはたらく秘密がわかるかといえば、ほとんどわからない。要素間の情報的相互作用がわからないからである。前章第一節に私の手術体験を通してあれこれ綴っておいたように、生命体の秘密を知るには生体の内外を出入りし、響きあっている「生きている情報のしくみ」にこまかくアプローチする必要がある。前節でニューロトランスミッター（神経伝達物質）に言及してみたのもそのためだ。

もともと生物の複雑性は、生命の誕生の謎とともにはじまっている。そもそもは、宇宙の平均的熱平衡から遠く離れた地球のような部分的非平衡系が、宇宙の片隅で偶然に生じたことと関係がある。このような非平衡が生じたのは、ずっと原因をさかのぼれば、今日の宇宙が巨大な諸構造力にたいして過融解の状態にあることに起因する。

ついで、宇宙のどこからかやってきたであろう〝原情報の種〟が原始地球にふわりと付着した。情報は生物ができあがってから生物の体の奥から滲み出してきたのではなく、生物が生まれる前の最初から地球の外にあったのだ。これをパンスペルミア説という。このとき、『遺伝的乗っとり（テイクオーバー）』1982 の著者ケアンズ・スミスの考えかたによれば、柔らかい粘土鉱物に〝原情報の鋳型〟が圧印された。これが生物的複雑性のはじまりだった。私の言いかたになるが、〝原情報の種〟は可逆自由のリバース・モールド（逆鋳型）だったのである。

次に、原情報の鋳型は情報生命を活性化させるためのメタプログラム（母型的な遺伝子のしくみ）をつくりだし、たくみに高分子の膜をつくってそのなかに住みこむと、みずからのコード・アソシエーションをくみたてた。ここからさきは今日の遺伝情報科学があきらかにしてくれている。フランシス・クリックが「最初に複雑な情報の動向があった」と言ったのは、このメタプログラムのことである。いずれにしても、いちばん最初に「情報」があり、ついで、これにあわせて「構造」が派生したのだった。

しかしここには、とうていわかりやすくは説明できそうもない難しい問題がひそんでいる。いったいどのあたりからわれわれの複雑性は出処していたのかということだ。

まず、はっきりさせなければならないのは、生物の複雑性は情報をくみあわせているうちに生じたものではないだろうということだ。そうではなくて、最初のリバース・モールドやメタプログラムができたころ、その一連のリバース・モールドやメタプログラムの最も過激な部隊が先兵として、複雑さを乗せるための乗り物をつくったにちがいない。私はそう考えている。先に乗り物ができたのだ。きっと複雑さはその乗り物にあわせて生まれてきたはずなのである。

そうだとすれば、DNAやRNAなどの遺伝暗号の役割についても新しい見方をとる必要がある。それらは遺伝情報を書きこんだ一枚の設計書などではなく、原初のメタプログラムを情報生命体というかたちでなんとか維持しようとするために、しきりに正負のフィードバックを調整しつづけている複雑な編集本部なのである。

前節でちょっと名前を出しておいたリチャード・ドーキンスは、生物はしだいに複雑なデザインをめざしてきたと考えている。ドーキンスは『ブラインド・ウォッチメーカー』1986という自然淘汰説を逆擁護した本で、生物的な複雑性は秩序だった階層構造の各構成部分の相互作用にもとづいて説明されるべきだと考えて、複雑性の定義を「とても起こりそうもないために、その存在をわれわれが当然であるとは感じられないもののことである」とした。

私はこの定義には不満がある。ドーキンスは生命の発端を一個の自己複製分子においている。そのため、生物的なハードウェアの階層がまずできあがり、その階層相互にソフト的な複雑性がじょじょにあらわれたと考えたのだった。が、生物はそんなことはしていない。

生物はいわば後天的なハード上の「デザイン」の誤りを、先行的なソフトの「編集」によって訂正しつづけている動的システムなのである。ドーキンスは、生物史における情報編集がつねに単純なものから複雑なものに向かうものだとおもいこみすぎていた。「生きている情報」がどのように生体のなかで編集されているかをとりまちがったとしかおもえない。

ドーキンスの見方にたいし、フリーマン・ダイソンは『多様化世界』1988のなかで異なる見方を提示した。

ダイソンは、アイゲンやマーギュリス（後述）やケアンズ・スミスの理論を凝縮して検討したうえで、大筋こう書いた。「はじめに複雑さがあったのだ。生命の本質は、最初から分子構造の複雑なネットワークにもとづくホメオスタシスだったのだ。生命は、それ自体の本性によって、すべからく単純化に反対するものであり、このことは一個の細胞のレベルにおいても、生態系のレベルにおいても、人間社会のレベルにおいても成り立っているはずである」。複雑性は最初の最初からあったという説だ。私はダイソンの立場を応援したい。

いささかきわどい話に突っこむことにする。

まず大前提にしておきたいことは、生物が適度な複雑性をかかえこむためにつかっている自給用品は、ごくわりきっていえば、ハードウェアの役割をもつタンパク質とソフトウエアの役割をもつ核酸の二つであるということだ。しかし、核酸ソフトウェアがなければタンパク質ハードウェアは組み立たない。そこで私は、次のように仮説する。

生物が環境にたいして種々雑多な多様性を標榜できたのは、分子進化の初期に、いったん先行しかかっていたタンパク質型のハードウェアによる生物戦略を、たくみに核酸型のソフトウェアによる生物戦略にルール変更できたからである。そこでどんなことがおこったかというと、分子進化のごく初期には文脈自由型であった戦略を、いくつかの生命体が出現した進化の途中からは文脈依存型の戦略にきりかえたとおもわれる。私の好きなライラ・ガットリンが最初にのべた仮説だが、私はそれをすこしふくらませている。生物史では、だんだん複雑性が出てきたのではなく、あるときに複雑性を活用する戦略の変更が創発的に出てきたはずなのだ。その戦略の変更は情報編集のしくみにかかわっていた。さきほどのべたばかりの、ハード的な「デザイン」をソフト的な「編集」で訂正しているというのも、そういう意味である。

では、そのソフトウェアのプログラムの特徴とは何なのだろうか。

私の考えでは、それこそがもともとの初期的複雑性の度合を記憶するプログラムを、めまぐるしく変転する内外の環境に適用しつづけるための「自己編集性」(self-editing)というものだ。そして、この自己編集性を柔らかく保護しておくために、われわれは「葛藤」という複雑なフラジリティを、あえて生命システムの内部にとりこんだはずなのである。

ちなみに、これが私の専門なのでさらにつけくわえておきたいのだが、こうした生命の本質にかかわる情報編集を駆動させる本質的なドライビング・フォースは、おそらく複相的な情報リズムのようなものである。これは、システムにおける内部複雑度の過剰(あるいは不足)を、外部複雑度の過剰(あるいは不足)との相互作用に連動しようとするリズムであって、いわばわれわれの生命の核心にひそむ〝同時的意図〟みたいなものである。これを私の好きな言いかたでいえば、生命現象は複雑性という本体がときおり見せる間歇的な余剰と不足のポリフォニックなオペラだということになる。

それにしても、生命の起源とほぼ同じくらい遠い起源をもつらしいわれわれの「葛藤の歴史」は、いまはどこに継承されているのだろうか。そのことについて、すこしだけふれておきたい。ふたたびカオスが登場する。

カリフォルニア大学のウォルター・フリーマンとフリスティン・スカーダはウサギやラットの脳に六十四本の電極をさしてにおいの学習をさせ、におい情報に関与するニューラルネットの変化を記録した。そして、ウサギたちが充分な学習をしたときはリミットサイクル的な軌道がえられ、学習していない新しいにおいを嗅がせるときは弱いカオスが発生していることをつきとめた。

この実験は、脳はカオスを発生させているときにかつての記憶を再学習しているのかもしれないことを示唆したもので、新しいにおいによって低いレベルのカオスが連動し、それまでばらばらだったニューロンを同じ向きにむかわせたと想定される。

一方、スタンフォード大学のロイ・キングは、前節で紹介した脳におけるドーパミンが臨界値をこえるとニューロンの発火が二つのリズムに分離してしまい、二つのリミットサイクルのあいだをいったりきたりするという興味深い結果をえている。これは脳ではむしろ弱いふるまいをもったカオスが正常で、強すぎるカオスがなんらかの破壊行為をすることを推定させる。ロイ・キングが示した実験結果は、また、分裂症の本質が「強すぎる秩序状態」（二つのリミットサイクルのあいだ）から逃れられなくなっていることに起因すると示唆した。

どうやら「まさかの葛藤」の正体はこんなところにもあったのである。つけくわえておけば、これにたいして癲癇症はニューロンの発火パターンのごくわずかな誤差やウォッブル（液滴化）が分岐現象をおこしたことによるものらしい。

分裂症や癲癇症とリミットサイクルやカオスが関係しているということは、ひょっとするとわれわれの「個性」や「気質」のようなものすらもが、何かのアトラクターやカオスによって傾向化されているという可能性を示している。とするのなら、最近の日本人が好きな個性主義というものも、つまるところは生物学的な葛藤のあらわれなのである。

実際にも、すでにカリフォルニア大学サンディエゴ校のアーノルド・マンデルは、ドーパミンやセロトニンの分泌が脳のなかのアトラクターの出現と密接な関係をもっていることを暗示した。その後も、各方面で脳の中のカオスが発見されている。このような脳で観測されるカオスは、すべて非一様カオスである。非一様カオスとは、その系がもつ固有の窓（となりあう軌道を区別するのに必要な観測精度）が場所によって大きく異なっているようなカオスをいう。

生物の情報編集のしくみをとくことは、結局、どのようにして相互に異なる情報進行のリズムが〝統合〟されたり〝同期〟されているかということを見ることにあたる。すなわち、たくさんの情報リズムをひとつにまとめているコンダクターあるいはディレクターはいったい誰なのかという問題だ。

これまでのべてきたカオスとは、もっと一般的にいえば「複雑さ」というものは、その本質を一言でいえば微妙に複合された情報リズムだということになる。そして、このような情報リズムの統合や同期があらわれる場面と奥行に注意深く注目することが、本書が求めている「複雑な葛藤を情報作用に変えるフラジャイルな場」の正体なのかもしれない――ということなのである。いやあ、なんとも複雑な話だった。

3 いつかネオテニー

ついにわれわれは可能性の極限にいるのだ。しかも、こんなに遅れて、である。いったい、人はいかにしてそこに遅れて到達するということを知ったのだろうか。

ジョルジュ・バタイユ「内的体験」（松岡正剛訳）

鳴海仙吉には革命も自殺もない。北海道札幌近郊の落合村を出身し、上京して大学の文科に籍をおき、早々に抒情に富んだ詩集『雪の道』を自費出版したあとは、父から送金を断たれ、文筆で起つことになる。が、そこでヨーロッパのダダやシュルレアリスムを紹介する仕事の内容と自分が依拠してきた抒情詩の内容とがくいちがう。おりから満州事変の前後、鳴海仙吉は知識人としてのマルキシズム評価と自分の抒情派的体質とのあいだでみごとに亀裂をおこし、加うるに札幌の高校時代に知りあった姉妹マリ子とユリ子との感情の亀裂に入りこむ。

そこからはまるで絵に描いたような葛藤がはじまって、知識と芸術と性と世間の矛盾を生きる。しかし、鳴海仙吉の全生涯をかたちどっているのは故郷にたいする抒情的なノスタルジーである。仙吉はこのノスタルジーをついに脱出できず、自己の内側に巣くう「幼い原郷」にとどまっていく。伊藤整の『鳴海仙吉』1950 の荒筋だ。

鳴海仙吉の「幼い原郷」がもっとわかりやすく心理化された例は、フレデリック・モローに見出せる。第一章冒頭でも紹介したフロベールの『感情教育』1869 の主人公だ。作品のなかで、モローは優柔不断で、他人に左右されやすい意志薄弱者として描かれる。法律を学ぶためにパリに来たが、学業にも社交にも失敗をする。野心がないわけではない。政治にすら関心はあるのだが、うまくいかない。自分では天分があるとおもっていた芸術分野でも、デッサンまでは習ったのだが、芽が出ない。少年時代にはそれなりの成績をあげていた。よくある話だが、そこで母親が期待をかけすぎた。そのうちモローは「自分のようなすぐれた魂の持ち主にふさわしい幸福はなかなかないものなんだ」とおもうようになる。モローは「絶対の幸福」を求めすぎたのだと、作者のフロベールはわざわざ解説をしている。もっと相対的な幸福に甘んじればよかったのだという。しかし、そうだろうか。

私は、鳴海仙吉やフレデリック・モローの境遇の中でひとつ不思議なことがおこりつづけていることに注目したい。それは仙吉やモローの周囲の女性の多くが母親のような態度を示すことだ。かれらは「ネオテニー」（neoteny）だったのである。

あまり指摘されたことがないようにおもうのだが、スタンリー・キューブリックの『二〇〇一年宇宙の旅』1968 のラストシーンは一種のネオテニー幻想を最初に描いた傑作だった。例の超老人と生まれたての嬰児が映し出されるあのラストシーンだ。きっとキューブリックは老熟化と胎児化という両極の現象を同時に描こうとしたのであったろう。オラフ・ステープルドンの超古典的なＳＦ『最初と最後の人間』1930 も、五十億年におよぶ第十七人間発生までの狂ったように長ったらしい未来進化の物語であるが、最後の人間は成人に達するのに二千年をかける。これまた壮大きわまりないネオテニーの光景である。

考えようによっては、女性に人気のあるダニエル・キイスの『アルジャーノンに花束を』1959 も、男性に人気のある大友克洋の『アキラ』1984—93 も、やたらに親たちに人気のあるミヒャエル・エンデの『モモ』1973 も、ネオテニーを主題にしていたと考えてよい。だいたい少年少女がそこに永遠にとどまりたいとおもうようなすばらしい世界を描いている童話や小説の大半は、結局のところはネオテニー幻想の産物である。むろんピノキオもネオテニーそのものだ。

ネオテニーという言葉は、胎児や幼児に特徴的な形質が成人になってもまだ残っているというときにつかわれる。幼い形のまま成熟してしまうこと、それがごく一般的なネオテニーの意味である。しかも、それが種を超えて継承されることがある。

私が初めてネオテニーという言葉に接したときは、こんな質問からはじまった。「君ね、チンパンジーの子と人間の子をよくくらべてごらん。あまり似ていないね。じゃあ人間の大人は何に似ているかな。そうだ、チンパンジーの赤ちゃんに似ているんだ。どう？　びっくりしただろう。これがネオテニーだ！」。

目を丸くしたままの私を尻目に、京都の中学校の科学部の先生は得意そうにもっとつづけた。「カエルの子は何か、オタマジャクシだね。そのオタマジャクシは何に似ているかというと、お父さんのカエルには似ていないんだよ。なんと生まれたばかりのサカナに似ているわけだ。つまり動物は進化の一歩手前の動物の子供を借りてきて進化しているということなんだ」。

いまおもえばこの先生の説明はちょっとやりすぎだった。子供相手に調子にのりすぎていた。ネオテニーはどんな動物にも適用されるわけではなく、むしろ人類にこそ特徴的な現象である。人間が特別にネオテニー的動物なのである。人間はネオテニーによって進化上の特権的な位置を占めたとさえいえるのだ。

はやくも二十世紀初頭にアムステルダム大学の教授だったルイ・ボルクが気づいたように、ネオテニーは発育過程が「遅滞」（retardation）することによって、胎児や幼児の特徴がそのまま保持される風変わりな現象をいう。この「遅滞」という作用が問題の核心をとくカギである。あえて遅滞することが、かえって生物の進化的成熟をもたらすという関係になっているからだ。

では、われわれは、なぜあえて弱々しい状態をながく温存しようとしたのだろうか。たとえば人間は、体格からいえば全哺乳類の中でいちばんながい期間を胎児の状態でおくっている。そればかりか、母親の体外に出たあともほかの哺乳動物からすれば未熟児のようなもの、かなり長期間の育児を施されないと生きていけないようになっている。

これはほとんどの動物が生まれて数時間後にいっぱしの動きを見せているのと大ちがいであり、見方によれば、人間はよほどデキの悪い哺乳動物だということになりかねない。昆虫学者で、日本のエソロジストを代表する北里大学の奥井一満は、『遊』の特集で「人間は失敗作である」とはっきり断言したものだった。

ところが、それが「遅滞」という戦略だったのだとすれば、どうか。人間は胎児のあいだに充分な時をかせいで形質を強化しておいたのである。われわれはなにやら奇妙な遅滞をすることで、進化の競争の一歩外へ出ることになったのだ。

生物学ではネオテニーと同じような意味で、ときにはペドモルフォシス（幼形進化＝paedomorphosis）という言葉がつかわれることがある。イギリスのウォルフガング・ガースタンによる一九二二年の造語だった。paedo はギリシア語の子供をあらわしている。幼児化することが進化になるという意味である。ネオテニーとは厳密にいうとすこしちがう意味なのだが、ここでは同一視しておくことにする。

ペドモルフォシスとべつに、ジェロントモルフォシス（成体進化＝gerontomorphosis）という言葉もつかわれる。成体になってからの変化だけが進化するという意味だ。ある学者の説によれば、ジェロントモルフォシスは進化を袋小路に導くものだとされている。幼児のうちに進化のプログラムを次世代におくる準備をしたほうがいいわけだ。まるで英才教育を薦める進化論のようでもある。このほか"fetalization"（胎児化）というわかりやすい言葉もときどきつかわれるが、これは幼児ではなく、さらにさかのぼって胎児の時期の形質が成長後も保持されるばあいをとくに強調する。

私にはネオテニーやペドモルフォシスは、未来にむかってのこされた、生物学的にも社会文化的にもきわめて捨てばちな戦略だったとおもっている。とくに人間がネオテニーによる進化をとげた代表的な動物であるとすると、われわれにはネオテニーの本質を知ることがきわめて重要になるはずだ。

ネオテニーと文化の関係もいずれはきっと問題になってくるにちがいない。いや、もともとわれわれが、幼児性を大人になっても老人になっても保持しつづけたり、保持したいとおもっていることにこそ、なにか重大な秘密がありそうなのである。

そこには、私の言葉でいうのなら「幼なじみの生物学」や、あるいは「幼なじみの社会学」ともいうべきが擡頭してきてもよさそうだ。そして、ある生物学者が言ったように、われわれの社会が男と女とそして子供という三つのグループでできていることの意味を（ホモセクシャルとか老人というグループも加えるべきだとおもうが）、さらにさぐる必要も

なぜわれわれは幼な心に
とどまっているのか

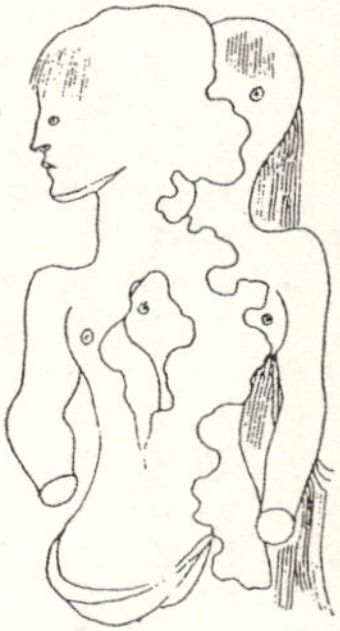

われわれの存在はネオテニー（幼形成熟）をともなっている。
幼熟者——それが人間の代名詞なのである。
幼形回帰者——それが人間の根本意志なのだ。
図はジャン・コクトー『阿片』より。

いったい「幼な心」には何が刷りこまれているのだろうか。
そこには慈悲と残虐と、許容と邪険と、
そしてすべてのアンビギュイティが刻印されているはずだ。
上図はジャン・ベルニーニ『幼児ゼウス』（1609）。

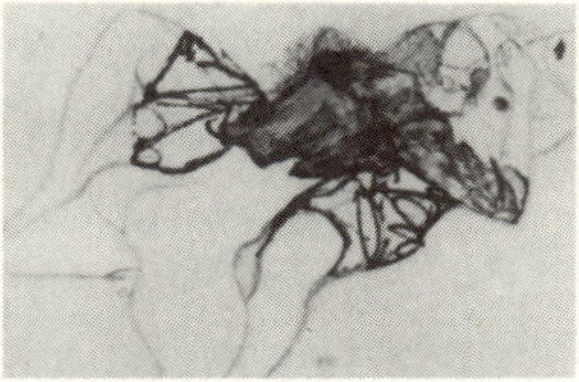

エゴン・シーレはこの作品「二人の友達」（1913）に
「あるいは優しさ」という副題をつけた。

「ナルシスの有する水面を
オナンの有する地形へ」と唱えた中村宏は、
セーラー服の少女と飛行機と蒸気機関車をつなぐ画家でもあった。
右はその中村宏の機械学的幼形幻想図（1970）。

あるとおもわれる。

もっというならネオテニーは人間にひそむ生物情報のしくみのかなり根本的な戦略を、すなわちフランスの格言にいう「跳ぶために退く」（reculer pour mieux sauter）という情報戦略を、暗示させる。ことほどさように、ことの次第はこれまでのべてきた「葛藤する情報自己」という本質にかかわっているのである。

しかし、それにしては、正面きってこのことを議論する風潮が少ないのはどうしてなのか。ネオテニーとかペドモルフォシスという生物学用語が難しいからなのだろうか。

それでも一時期だけのことだが、この問題は「ピーターパン現象」という名で欧米社会をかなり賑わした。火付け役はド・ビーアである。

一九五〇年十二月、ド・ビーアはBBC放送で「ピーターパンと進化」と題する講演をして、ネオテニーによる発育遅延をピーターパン効果とよび、大人になれないピーターパンは生物学的に重要な進化の秘密を握っているのだと解説した。そして、ペドモルフォシスはジェロントモルフォシスよりずっと進歩の度合が充実しているのだと説明した。これは良識ある市民に子供でありつづけることの意義と、若さを保つことの意義を高らかに宣言しているようにも聞こえるものだった。こういう話が大好きな女性たちは沸き立った。

アメリカでもピーターパン効果についての議論がはじまった。そのピークは、私が知るかぎり、デヴィッド・クラインという精神科医とその夫人の科学評論家が書いた『マンチャイルド』1970がニューヨーク・タイムズの書評で絶賛されたあたりだろう。この本は現代人がますます子供っぽくなっている現象を、ネオテニー生物学の用語をまじえてたくみに解説した。

しかし、この本はセンセーショナルなわりにはネオテニーについての正しい理解を歪める役割しかもてなかった。著者たちは幼児退行症（regression）という意味でネオテニーを拡大解釈してしまったのだ。そして、この誤解がそのまま日本にも飛び火した。この話題はきっと記憶している読者が多いとおもうが、日本では〝ピーターパン・シンドローム〟という甘い言葉とともに広まった。大人になりきれない子供っぽいティーンエイジたちのことを、週刊誌はこぞって「幼稚な世代の誕生」と騒ぎたて、よくあることだが、それでおしまいだった。ネオテニーを生物学的に検討することはおろか、文化的に検討するような姿勢はまったく見られなかった。

ネオテニーについての学問は、知られないわりにはけっこう長い歴史をもっている。ことのはじまりは一八六六年に比較発生学の泰斗カール・フォン・ベーアがギリシア語の「子供」（paedo）と「生成」（genesis）を合成して、「幼生生殖」（paedogenesis）という言葉をつくったことだった。

ついでアメリカを代表する古生物学者だったコープが、進化には自然淘汰によるだけではなく、おそらく加速と遅滞の法則ともいうべき作用がはたらいていることを指摘した。

ペドモルフォシスという言葉を初めて用いたガースタンのヘッケル批判も話題を広めた。彼は、エルンスト・ヘッケルが主張した有名なテーゼ「個体発生（ontogeny）は系統発生（phylogeny）をくりかえす」に一撃をくらわしたのだ。ガースタンは個体発生と系統発生はやみくもにくりかえされるのではなく、むしろ個体発生が系統発生をつくりだしているのだと考えた。サルの個体発生では一時的な特徴でしかなかったものが、ヒトでは決定的な特徴になったりするのである。

ネオテニーの構想がふくらんだのは、アムステルダム大学で内分泌器官の研究をしていたルイ・ボルクの『人間形成の問題』1926 によるところが大きい。ボルクが人間に特有な形質は遅滞によるものだということに注目したことはさきにのべた。これを最近の生物学の見方でいうと、個体の部分変化が全体にたいする「アロメトリー」（allometry）をもっているということにあたる。アロメトリーはわかりにくい用語だが、「相対成長」と訳している。高度な複雑さをもった生物ではみんな一緒はありえないことを意味する。部分が相対的に、モザイックに、しかも相互に関係をとりながら成長をとげてしまうのだ。

その後、ネオテニーは二十世紀前半を代表する二人の巨大な知識人、J・B・S・ホールデンとジュリアン・ハックスレーによって重要項目としてとりあげられ、一気に市民権をえていった。これをおもしろがったジュリアンの弟のオルダス・ハックスレーは、さっそくネオテニー幻想を『夏の白鳥』という小説に仕立て上げた。

ある伯爵が鯉の内臓を毎日食べると長寿になれると信じて、その日々の経緯を日記にのこした。その日記が百数十年後になって発見され、記述にしたがって人々が探索してみたところ、ある城の中に化石のごとく蟄居していた老いぼれが発見された。その伯爵はなんと類人猿の胎児が成長しすぎて二百歳になった姿に変貌していましたとさ、という怖いお話である。

こうしてネオテニー議論は進化や分化を相手にする学問の中でもかなり核心的なテーマとなっていった。その後の流れはいちいち追わないが、以上の例だけでもネオテニーが充分に社会文化的な議論にも介入しうることが理解できるとおもう。

さて問題は、なぜわれわれ人間はサルやチンパンジーの幼年期の弱々しい特徴を保つことによって進化しようとしたのかということだ。

ひとつの説明のしかたは次のようなものだ。ネオテニーおよび個体発生と系統発生の関係について専門的な研究をしているスティーブン・グールドのやりかたである。

グールドは『ダーウィン以来』1977で次のように説明してみせた。われわれ人間はずばぬけて学習する動物である。人間はとくに強いとか、すばやいとか、設計がよいとかということはない。繁殖率も低い。われわれの長所は、経験から学ぶすばらしい能力をもっている、その脳にある。性の成熟とともに独立への若者らしいあこがれが芽生えてくるが、ヒトは自分たちの学習を強化するためにこそ、その性成熟を遅らせて弱々しい幼児期を引き延ばしたのではないだろうか。

グールドはまた『パンダの親指』でも、ディズニーはどのようにしてミッキーマウスに幼児的特徴をもたせていったかという視点をつかってネオテニーにふれている。これは、いずれ私が書きたいなとおもっている「幼な心と幼なじみ」というテーマをみごとに先取りして綴ったエッセイだった。なぜ、どんな動物の子供もかわいいのか。なぜまた、ぬいぐるみは大人になった女性をもひきつけるのか。なぜ、『セサミストリート』は長寿番組になれたのか。なぜ、恋愛中の男女はぶちょぶちょと幼児言葉で愛しあうのか。これらはすべて同じテーマのもとに語られるべきだったのだ。

私は、以前から「われわれは幼な心の完成に向かっている」という考えかたにおおいに関心をもってきたが、われわれにひそむさらに普遍的な幼形憧憬については、神話から子供漫画におよぶ歴史を通して考えなければならないとおもっている。

ネオテニーの秘密については、異なる見方もある。それは、ひょっとするとネオテニーはウィルスのふるまいと関係をもっているかもしれないということだ。

従来の進化論からみると、生物の進化を演じているのは主に三つの別々の担当者だということになっている。遺伝子と生物個体と種、の三つだ。これらは別々の役割をもっている。この三つがそれぞれにもつ戦略をつかって、生物は将来の世代により多くの子孫をのこすための激越な闘争をくりひろげる。企業のなかの比喩でいえば、社員が遺伝子、会社が生物個体、業界が種といったところだろうか（じつはもうひとつ重要な役割をもっている担当者にウィルスがあるのだが、このことについてはすぐあとで説明する）。

このとき、生物学的にあきらかなのは、最初に変化をおこすのは遺伝子だということである。まず遺伝子に突然変異がおこり、ついでその特徴をいかした個体とそうでない個体とのあいだに競争と淘汰がおこり（むろん環境も関係してくるが）、最後にマクロスコピックにみると種が進化する。だいたいこんなような順になる。個体の競争が進化のトリガーとなったのである。ここでは遺伝子間には争いはない。

このように生物の変化のドラマを見るとき、競争と淘汰の主体をあくまで個体でおこすとみなすのが正統ダーウィニズムの根本思想である。

一方、ドラマの主導権を握っているのは遺伝子だと考えるのが、すでに前節でのべたモノーからドーキンスにいたる利己的遺伝子学派だ。かれらはすべての進化は遺伝子間の競争によると言い出した。淘汰の主体は遺伝子が握っていると言明したのである。もっともドーキンスはそう主張してから、第二の著書『延長された表現型』1982では、遺伝子の戦略効果にはジェノタイプ（遺伝型）の効果だけではなく、そのほかフェノタイプ（表現型）の効果というものがあり、それが個体にまでたくみに延長されているのだという訂正を加えた。これはドーキンスがちょっぴり正統ダーウィニズムの方にも色目をつかったことをにおわせる。

では、いったい変化の主体は何が握っているのか。遺伝子なのか、生物個体なのか、それとも種という大きな単位なのか。あるいは環境なのか。それらのいずれでもないのか。

私自身は次のように見ている。

まず第一に、私にはモノーやドーキンスの説明によるような絶対的なプログラムをもつ「情報自己」を生物があらかじめ用意しているとはおもえない。

生物は、そして人間は、本書がすでにのべてきたように、もはや情報体そのものであることは疑いもないけれど、もっと不断に情報を創成し、また自己調整しつづけているとみるべきである。前節にも書いたように、私はこれを生物情報の「自己編集性（セルフ・エディティング）」とよんでいる。わかりやすくいえば、生命情報体という情報文はワードプロセッサーが何度でも文書更新できるように、必要に応じてそのつど書き替えられているとおもわれるのだ。人間における自己がただ一つの情報自己から構成されてはいないように、生物もたった一つの情報自己によって動いているわけではなかったのである。生物もいくつかの情報自己を相補的に調整しながら生きているはずだった。

第二に、生物のような有機体における情報の動向を追うにあたって、個体にあらわれた情報がすべて遺伝子に還元できるとする考えかたにはかなりの限界がある。それでは遺伝子がまるで個体のさまざまな機能にいちいち電話番号をつけ、ことあるごとに各部に電話をかけているようなもの、そんなふうにはとうていなりえない。せいぜい遺伝子たちは主遺伝子（major gene）と変更遺伝子（modifier gene）どうしで電話をかけあっているだけだろう。

第三には、遺伝子がすべてを牛耳っていると考えるよりももっと大胆で、しかしきわめて説得力のある仮説がある。その仮説に私はたいへんな魅力を感じている。それは進化の鍵を握っているのはウィルスだという説である。進化を演じる四つ目の担当者、それは、進化や遺伝の力からみればちっぽけで弱々しいウィルスなのである。やや脇道がながくなるが、その話をしてみたい。

われわれの体のなかには無数のバクテリアがわさわさ棲んでいる。ニューヨークの国立癌センター所長のルイス・トマスは、それを「われわれはバクテリアの動く植民地だ」と言ったほどだった。が、そのバクテリアの中にさえもぐりこむものがいる。バクテリオファージ（プロファージともいう）というウィルスだ。

バクテリオファージはバクテリアの染色体にもぐりこみ、あろうことか、しばしば宿主（ホスト）であるバクテリアの遺伝子を自分の中にとりこんでしまう。そうすると、この遺伝子をとりこんだバクテリオファージが別のバクテリアに感染したときに、そのまま遺伝子が別のバクテリアに移ってしまう。このことは遺伝子がバクテリオファージというウィルスによってひそかに運ばれているということを意味する。われわれが遺伝子という乗り物(ヴィークル)に乗っていただけではなく、なんと遺伝子もまた乗り物(ヴィークル)に乗っていたということなのだ。この関係は相互編集的である。

ウィルスが遺伝子を運んでいるらしいことは、昨今のバイオテクノロジーの発達でしだいに動かせない事実になってきた。ただし、バイオテクノロジーではウィルスを乗り物(ヴィークル)とはいわないで、ベクター（vector）とかシャトルベクターという。

このベクターであるウィルスは、宿主(ホスト)をやたらにえりごのみする。たとえばB型肝炎ウイルスはヒトとチンパンジーのみを宿主としているし、何百何千とある植物性ウィルスは植物だけをえらんで、ヒトにはほとんど害をおよぼさない。堅気には手を出さないヤクザのようなものである。もうひとつルールがある。ウィルスはウィルスの宿主にはなれないということだ。かならず別の宿主をさがして寄生する。つまり、どこかのホテルに泊まりこむ。おかげでわれわれはインフルエンザのウィルスを泊まらせるため熱を出し、ＥＢウイルスが入りこんでくれれば癌にかかりやすくなったりしてやることになる。

ただ泊まりこむのではない。そのとき遺伝子を一緒に運びこむ可能性をもっている。まだはっきりしたことは判明していないが、現代の黒死病であるエイズもウィルスによる感染だということがわかってきた。エイズ・ウィルス（ＨＩＶ）はアフリカミドリザルの遺伝子の一部をとりこんでいるかもしれないと推測されている。

もうすこし説明しよう。

ヒトや動物を宿主としてとくに好むウィルスのひとつにレトロウィルスがある。レトロなウィルスという意味ではなく、Reverse Transcriptase Containing Oncogenic Virus の頭文字による略である。逆転写酵素をもつウィルスだ。エイズの病原体もレトロウィルスだとみなされる。ロバート・ギャロが追跡したヒトレトロウィルスである。

レトロウィルスは遺伝情報をRNAとしてもっていて、何かに感染すると自分のRNAを鋳型としてDNAに変換し、このDNAを宿主の遺伝子の中にもぐりこませる。おどろくべきことに、こうして宿主に入ったウィルスは宿主の生命活動をたくみに利用して、RNAおよびウィルス自身の体を構成するタンパク質とをつくりあげ、宿主の細胞から多くのレトロウィルスを生産してしまう。レトロウィルスがこうしたやりとりをくりかえすうちに、宿主から癌遺伝子やエイズ遺伝子をとりこんだ強いウィルスが出現したのだった。京都大学の畑中正一によれば、いまわれわれのまわりにいるほとんどすべてのマウスは癌ウィルスの遺伝子をかかえているという。

こうした予想もつかない事情がしだいに見えてきて、さらに大胆な仮説が構成されていった。この仮説は一人の成果ではない。多くの思考と成果が関与する。また、誰かによってまとめられているわけでもない。とてもすべての名前を列記できないが、ざっと次のような研究者たちの成果が重ねあわされた。今日のライフサイエンスを物語るための、最もラディカルなキャスティングなので、ちょっと紹介しておこう。

まず、この仮説の出発点をつくったお祖父さんがいる。一九七〇年に逆転写酵素を発見したのちに「DNAの中にはウィルスが住んでいるかもしれない」と予測したハワード・テミンである。粘土の中の微結晶のもつ金属格子がRNAめいた作用をおこして「遺伝的乗っとり」を実現したと考えた粘土鉱物学の権威ケアンズ・スミスは大胆で革命的な伯父さんだったろうか。ヌクレオチド溶液が核酸分子をつくるプロセスを解明して分子進化の分野を拓いたマンフレート・アイゲン、RNAの合成過程を研究した化学者のレズリー・オーゲルの二人は、両親である。

量子電磁力学の数学と生命二重起源説を提唱した「ダイソンの半球」で有名なフリーマン・ダイソンもこの陣営に加わっている。ダイソンに大きな影響をあたえたリン・マーギュリスは、この新たな仮説の最初の申し子である。彼女は、細胞は外から侵入した病原体のような原始寄生生物によってつくられたのだという「共生細胞進化説」を発表して話題をまいた。

日本にも何人もの戦列参加者がいる。「棲み分け理論」でダーウィニズムを批判しつづけた今西錦司、さきごろ亡くなったばかりだが、中立突然変異遺伝浮動仮説を提唱した日本の国立遺伝学研究所の木村資生、DNA中のイントロンの役割を解明したカリフォルニア大学のR・ドリトル、ジャンクDNAについてすぐれた仮説を提供したシティ・オブ・ホープ研究所の大野乾らの理論的な指導者たち、および、ATLウィルスを発見して縄文人はこのウィルスで死滅したと仮説した日沼頼夫、『ネイチャー』にウィルスの遺伝子を宿主DNAがとりこんで自分の遺伝子にしていることを発表して反響をよんだ宮田隆、ATLウィルスによる発病要因を研究した高月清らが、その面々である。

　さて、かれらの成果を重ね、そこから一筋の仮説のシナリオを紡ぎ、そこに私の推理をまじえてまとめてみるとだいたい次のようになる。

　原始の地球のいつのころか、どれが最初の出来事だとは確定できないが、次のような連中が出そろった。

　自分自身を粗雑なモデルにして情報を逆転写できる原始的なRNA分子、新陳代謝力をもつが情報伝達能力をもたない原始的な細胞（分母細胞とよぶことにする）、自分では生きられないが何かの安定を求めていた原始的なウィルスのようなものたち、およびこれらのものたちの活動を活性化しうるパターンをもった粘土の微結晶などが、それぞれ複相的な関係をもちあったのだ。

　ついで、おそらくはそこに相互依存関係が出現し、まずRNAが逆転写のしくみをつかってDNAをつくった。そのDNAにはすでにウィルスのようなもの（原始ウィルスとよぶことにする）が入りこんでいて、この原始ウィルスが遺伝情報をそれぞれにはこぶ役割をもった。一方、原始ウィルスをとりこんだ分母細胞はＡＴＰの合成方法を発見し、そのころ競いあっていたかもしれないほかの原始生命体候補をいじわるにも駆逐した。こうして自立した分母細胞は情報を保存する膜をもち、自分の中にＡＭＰのようなヌクレオチド分子をつくり、これがなにかのきっかけで安定的な自己複製をしはじめた。

分母細胞の中で情報の自己複製がはじまってみると、その中にあるＲＮＡはもともと外部からやってきたものであるから、いわば寄生虫病のような症状を発揮して、ここにいくつもの不適性な分母細胞が自滅した。しかし、やがてこのＲＮＡ病にもうちかてる状況がなりたってくると、ついにＲＮＡの命令で生命情報を生産するしくみのすべてを許容するガイアのような分母細胞が生きのこることになった。つまり「誤りを許すシステム」ができたのだ。

そこでＲＮＡは、あたかも編集者たちが著者に企画内容を譲るように、自分のすべきことをＤＮＡに譲り、ＤＮＡだけが情報複製の能力をもつことになっていった。かくてワトソンとクリックがあかしてみせたＤＮＡによる遺伝情報の完全複写システム（セントラル・ドグマ）が、ここにやっと確立した。

このシナリオは、ＤＮＡがすべてをつくったというセントラル・ドグマは生命の初期の進化にはつかわれていなかったという大胆な事情をあかしている。それとともに、アミノ酸―タンパク質を基盤とした原始生命と、ＲＮＡを基盤とした原始生命とのあいだには、フラジャイルで劇的な情報編集戦争があったということを暗示する。

初期生命たちはどのようにコードを記憶できるかという、一種のコード戦争をしつづけたのだ。結果は、いまのところの予想では、タンパク質型生命がＲＮＡのしくみを内包して、生物進化の原型をつくりあげた（まだ、そのように確定できるわけではないが）。その隠れた主役を演じたのがＲＮＡである。ようするにＲＮＡが生命史の最初の編集者だったのである。

そこでやっと本論に戻るのだが、そうしたＲＮＡ型の原始生命の系譜はウィルスとして今日にまでおよび、そのウィルスがあいかわらず宿主を有意的に選択して、その宿主にＤＮＡをつくらせる方法をつかいつづけているということなのである。

生物はかならずしも利己的遺伝子にだけ牛耳られているというわけではない。今日もなおウィルスたちによって種の壁や個体の壁を越え、遺伝子をひそかに交換しあっているのだ。

さきに私は、生物進化が遺伝子と生物個体と種の三つのレベルですすんでいると書いたけれど、じつはもうひとつウィルスによっても進化の歯車が動いていたというのは、こういうことだったのだ。結局、生命は、そして情報は、単純なものから複雑なものにむかってすすんだのではなく、最初に「複雑さ」を出発点としていたのである。いいかえれば、こういうことである。情報自己は生命の歴史の最初から「複雑なたくさんの自己」だったのだ！

ウィルスは種をこえて遺伝子をはこんでいる。ではそうなると、どういうことがおこるのか。たとえば、サルと類人猿のあいだでウィルスが感染したら、サルの遺伝子が類人猿にとりこまれる可能性が充分にある。類人猿どうしでも同じこと、さらには、やっとヒトになりかけたヒトザルが類人猿の遺伝子をつかうことになる可能性もある。

もし、こうしたことがおきていたとしたら、われわれは進化のある時期に、サルの幼児を調整する遺伝システムを借りてきてしまったのかもしれない。そしてそのうえで、ヒトは脳の成熟をきわだたせるために、わざわざ成熟を遅らせたのかもしれないのだ。きっとネオテニー戦略とはこのことだ。

成熟をつかさどる遺伝子はまだはっきりしていない。おそらくは性ホルモンをつくる遺伝子や思春期の発現時期を調節している遺伝子があるのだろう。しかしその正体がわからなくとも、すでにわれわれはサルとヒトとの関係をネオテニーにとりこんだことを知っている。いずれにしても、エイズ・ウィルスがアフリカミドリザルの遺伝子の一部をとりこんだ可能性をもっているということは、ウィルスから見ればミドリザルとヒトは、今西錦司がいうところの「超種」（supraspecia）であり、多田富雄のいう「スーパーシステム」なのである。また、B型肝炎ウィルスから見れば、チンパンジーとヒトは幼なじみなのである。

ネオテニー。それは、われわれの内側にひそんでいる「最も奇妙な弱々しさ」を利用した戦略である。ヒトが樹上から草原に降り立ったとき、必要にした戦略なのだろう。

それとともにネオテニーは、われわれが「可愛らしいもの」や「弱々しいもの」につい つい惹かれる感性的理由を示す最も古い起源をあきらかにしているものでもある。頭部の大きな赤ちゃんを、それが人間の子供であろうと子猫であろうとラッコであろうと、なんとなく抱きしめたくなってしまうのは、おそらくわれわれの内なる戦略が生物競争史のなかで描いたシナリオだったのである。

しかし、われわれにはさらに奇妙な傾向に走りたくなるものがある。ネオテニーはどうやらわれわれの生存に役立つ戦略だったようにおもえるのだが、そういう戦略とはちがって、われわれにはとうてい役立つとはおもえない傾向もひそんでいるのだ。そのひとつは自殺の衝動である。が、もうひとつの衝動がある。

その起源はわからないが、それを世間は「ホモセクシャルな衝動」とよんでいる。生物の生存のための戦略からはまったく説明がつかないこの衝動を、私は無視することができない。なぜなら、そこにはなんとも瑞々しい、名状しがたいフラジリティが横溢しているからである。

私は童貞の日の哀愁を書いた。弱き者のあきらめを書いた。天刑病患者の腐爛しゆく肌を書いた。不具者の憂鬱を書いた。夭折の美しさを書いた。

山崎俊夫「異端呪文」

4 ハイパージェンダー

私が最初に会ったエイズの犠牲者はジャック・スミスだったとおもう。ケネス・アンガーを批判し、フェデリコ・フェリーニを「強すぎる」といって非難していた真にアンダーグラウンドな映像作家である。

そのジャック・スミスにニューヨークの裏町の一室で会ったころは、まだエイズは発見されていなかった。けれども、背の高いジャックは悲しげな声でアメリカ文明を批判するために、私の目の前で真っ白い電気冷蔵庫の中に大量のシダを入れてみせていた。電気冷蔵庫は病んだアメリカの象徴だというのだ。同行した田原桂一が写真を撮っているはずである。

次が、ミシェル・フーコーだ。一九七八年だった。そのころ私はロジェ・カイヨワとの三度にわたる対話をするためにパリに滞在していたのだが、そのなかの一日、通訳を兼ねてくれた友人のNと連れ立ってフーコーの家に遊びに行った。

リビングルームで一通りのインタヴューをしたあと、フーコーは隣室に声をかけた。金髪の青年たちが出てきた。三人だったとおもう。いずれも長身の美青年ばかりだった。フーコーは私を「東洋からのすてきなお客さんだ」といって紹介し、「友達になれるだろう?」と笑った。しばらくみんなで談笑しているうちに、なんだか気のはやっているフーコーは立ち上がり(彼の雰囲気はつねに精悍で、たえず急いでいるというものだった)、青年の一人の肩を親しく抱いて「さあ出かけよう」と全員を促した。その肩を抱かれた青年はどうもエルヴェ・ギベールだったような気がする。

Nが「僕はまだ用事があるから」と断ったのが別れ道だった。早稲田の仏文科の出身のくせにフランス語がろくに喋れない私は、通訳を兼ねたNが帰るのでは同行を断念するしかなかった。それっきりフーコーとは会っていない。そのフーコーが一九八四年六月にエイズで死んだ。

そのエルヴェ・ギベールの衝撃的な告白体ノベル『ぼくの命を救ってくれなかった友へ』1990は、フーコーの死がエイズであったことをあかすとともに、その臨終のさま、極度のSM趣味の持ち主であったこと、アメリカに学会で行くたびにサンフランシスコのバスハウスに寄っては乱交におよんでいたこと、これはほんとうかどうかはわからないけれど、女優イザベル・アジャーニとの関係などがびっしり書きこんである。そのギベールも三十六歳でエイズのために死んだ。

　私はその後も何人かのエイズにかかった男たちと出会った。エイズに関する本も読み漁った。そのころ免疫学やレトロウィルスの研究書は最も刺戟に富むものだった。が、キース・ヘリングも、デレク・ジャーマンも、ロバート・メイプルソープも、フレディ・マーキュリーも死んでしまった。あまりにあっけなかったのは、いつも奇抜な靴をデザインしていたトキオ・クマガイだ。経堂の高橋睦郎の家で一緒に手料理を食べたのが懐かしい。

　こんな事態の連続のなか、ホモセクシャリティについての考えかたに大幅な変更が迫られていた。しかし、いったい何を変更するべきなのか、何がまちがっていたのか、はっきりしたことは誰もわかっていなかった。

　むしろ、はっきりしないこと、強調から遠のくことを考えてみたほうがいいようにもおもわれた。ホモセクシャルであることで強い存在学が引きつけられた以上は、かえってそれを手放し、あえてフラジャイルな稀薄に遊ぶスタイルこそが必要のようにおもわれたのだ。その点では、エドマンド・ホワイトが『欲望の状況』1983 で提案したゲイ・ライフがしゃれていた。

（1）そもそもゲイにはいろいろの組み合わせがあるものだ。

（2）ゲイは趣味の担い手という誇りをもっている。

（3）ゲイはつねに最先端の思想を送り出すが、自分では身につけない。

（4）ゲイのモットーはよく働きよく遊ぶことにある。

こういう四カ条だ。とくに「最先端を外に送るが、これを内に留めない」という一条がなかなかである。

ホワイトは、私がジャック・スミスに出会っていたころ、すでにスーザン・ソンタグが絶賛していた本格派ゲイ・ライターで、そのころウラジミール・ナボコフからも将来を嘱望されていた。とりわけ自伝的な『ある少年の物語』1982 と続篇にあたる『美しい部屋は空っぽ』1988 が心を打ってフラジャイルである。

ホワイトが描いたのは永遠の父親を捜す少年の魂の行方だった。しかし、この魂の行方はヘテロセクシャルな強い父親からはえられずに、かえってこれを裏切るホモセクシャルな男たちからやってくる。寄宿学校に育って淡い恋情を年下の寄宿生に感じた少年が、やがて青年に育っていく続篇では、ジュディ・ガーランドが死んだ夜、一九六九年ニューヨークのゲイバー「ストーンウォール・イン」での有名なゲイ・リベレーション誕生の事件に出会う。

このホワイトの一連の作品に流れるものには、なんだかとてもせつないものがある。またたいそう懐かしい。そうなのだ、これはもともとトルーマン・カポーティが『遠い声、遠い部屋』で幻想的に叙述してみせた〝ある事情〟と似ていたのだ。

アメリカでホモセクシャリティが社会化してきたのは、第二次世界大戦の戦場で男たちが徹底した男同士の世界を体験したことによっている。そういう意味で、アメリカのゲイ文学は戦後にひとつの転回点(ターニングポイント)をもっていた。私が見るには、一九四八年がその象徴的な年である。

この年、まずキンゼイ報告がなんと成人男子の三七パーセントが同性愛体験をもっていたと発表して世間の耳目を驚かせ、ついでゴア・ヴィダールが、ふと同性愛の体験をもった少年が長じてその相手と結ばれなかったために殺害にいたるという衝撃的な小説『町と柱』を発表して良識派の読書界を震撼させている。

それだけでもまあ充分だったが、その後のアメリカン・ゲイの底辺をゆさぶりつづけることになったのは、弱冠二十四歳のトルーマン・カポーティの透明すぎるほど純情な『遠い声、遠い部屋』がこの年に刊行され、爆発的な人気をよんだことだった。出版社がソファによこたわる青年カポーティの妖しいポートレートをセンセーショナルな広告につかったこともあって、この作品はあっというまに全米を席巻した。

カポーティの『遠い声、遠い部屋』はエドマンド・ホワイトの自伝的作品同様の父親捜しを背景とした、ホモセクシャルなモダンゴシック・ロマンである。

　ざっとした筋は、主人公の少年ジョエル・ノックスは父親をたずねて南部の町をおとずれる。そこには父親の後妻と奇妙な女装癖をもつ青年ランドルフが待っていたのだが、なぜだか父親には会わせてくれない。しだいに迫る大人の世界の恐怖におののくジョエルはそこを逃げ出し、巡回ショーを見ているうちに雷雨に打たれて体をこわし、連れ戻される。長い闘病の日々がおわり、やっと高熱からさめたジョエルの目に、自分が求めていた〝ある事情〟が映る……というもの、なんとも不思議な小説だ。

　とくにジョエルと女装者ランドルフがいよいよ最後になって別れる場面、つまりこの小説のラストシーンには、かつてアメリカ文学が描写しえた最も美しいトワイライト・シーンがある。

> ジョエルの心はとびきり澄みきっていた。それは世界が入ってくるのを待っているカメラの焦点のようだった。壁はこまやかな十月の落日に橙色に光り、窓は冷たい季節の色に染まったさざ波の立つ鏡だった。
> 　その窓のひとつから、誰かがこちらを目だけで見つめている。全身は黙りこくっていたが、その目はわかっていた。それはランドルフだった。眩い夕映えはしだいにガラスから流れ去り、あたりは黄昏の帳（とばり）でうずまっていく。けれども、そこには淡雪が舞っているようにも見えた。雪は雪の目を、雪の髪をかたどりながら、まるで白いか

んばせのように微笑んだ。（河野一郎訳）

父親捜しという主題以外に、カポーティにもホワイトにも共通している〃ある事情〃とは、邦題『遠い声、遠い部屋』の英語原題である“Other Voices, Other Room”に暗示されている。この“others”へ赴こうとすることが〃ある事情〃なのである。発祥はわからないが、ゲイの世界では「別世界（アザーズ）」といえばもともと男同士の世界をあらわしていた。

しかし、もっと正確にいえば〃ある事情〃とは自分の内側に棲む別人を求める旅を約束することでもある。カポーティが「ぼくの中には二人のちがった人間がいるようだ。一人はきわめて聡明で想像力に富む成熟した人間、もう一人は十四歳の少年だ」と言っていたことは、すでにこの章「感性の背景」第一節の冒頭に引用した。では、別人とは誰のことなのか。どんな男性にも多少はひそむ、あの少年時代にめざめていた仄かな同性への憧憬である。それは分身としての「半身」を請求したいという欲望からおこるものではなく、いわばあまりに稀薄でよく見えない「半神」（あるいは両性具有としてのアンドロギュヌス）へのあこがれなのである。

カポーティは母親が若すぎる十七歳のときに生まれていた。カポーティが思春期を迎えたときは、母親はまだ二十代である。しかし、実際には四歳のときにその両親も離婚していた。すべては想像をふくらますしかなかったのだ。その後は、しばらく親戚の家を転々とする少年時代をおくった〃父なき子〃であった。

この「半神」への淡い憧憬は、しかしながらどんな男性にもすこしずつ特有されているものである。しかもそこにこそ、またそこだけにこそ、少年期への追憶が同性愛につながる「胸ときめく危険」というものが発端してくる。エイズで死んでいったものたちは、結局はこの「胸ときめく危険」に惹かれてきたのだった。

なぜ、少年は最初に少年に好意を抱くのか。

なぜ、その自分の少年期を追想すると同性愛の感覚とむすびつきやすいのか。

なぜまた、男たちは自分の中の少年という別人をいつしか美しい半神にしてしまうのか。

こうした、おそらくは女性にとっては謎めいて見えるいくつもの問題は、エイズにさらされたホモセクシャル・シーンの背後にひそむ精神的な根源を見つめる今日の男性にとっては、いよいよ自分で解決しなければならない問題にもなっているとおもわれる。

この問題にはやくから画期的なヒントをもたらしていたのは、ロバート・バートンやジャン・コクトーやアンドレ・ジッドではなく、また宮武外骨や江戸川乱歩ではなく、稲垣足穂であった。足穂はとっくに書いていた。「少年に匹敵する少女はいない。彼女らは幼女からただちに若い女性に移ってしまう」というふうに。もっと決定的なヒントなら『少年愛の美学』1968 にあった。

女性は時間とともに円熟する。しかし少年の命はただ夏の一日である。それは「花前半日」であって、次回すでに葉桜である。

「女心」がV感覚に出て、「男心」がP感覚に出て、「大人心」がVP混淆によるものならば、「幼な心」とはA感覚に出ているものでなければならぬ。

ただ、足穂はA感覚（アヌス感覚）を描写するにあたって、いっさいのセクシャルな実感をもののみごとに消してみせた作家である。私もゲイ・リベラルズの何人かから、そこが足穂の抽象的でわかりにくいところだという指摘をうけてきた。しかしこれは、しばしば男色文学に特徴される「赤裸々」を排除したいためではなく、その根源にひそむ永遠の動向に入るためだったのだ。そのため議論はたえず形而上学的で、かつ機械学的だったのである。

足穂は肉体そのものの機械学化を試みて、人体をA（肛門）からO（口腔）に突き抜ける無底のAOパイプとみなしていた。そして、一般にはつねに出口としてしか理解されていないAを、あえて入口としてきた男色と少年愛の全歴史に無上の敬意をはらい、そこに悠久のおもいを馳せることに関心をもったのだった。

われわれの人体にはOからAへ、またAからOに抜けている一本のパイプがある。そのパイプの中は発生学的にも「外部」であって、もしAから風を吹きこめば、そのまま十六観法の阿闍梨の口から吹き出る気息（プラーナ）よろしく、風はOから外へむかって吹き出ていくにちがいない。その、本来は外部であるはずのパイプを、足穂はたんにOからAにいたる消化管とはみなさずに、人間のホモエロスを垂直に貫く精神機械学的なAOパイプと見たわけだった。

こんな一節がある。「そもそもA感覚は、根源的遼遠におかれているとともに、遠い未来からの牽引でもあった。それはつねに根源にむかって問いかけながら、それみずから感覚的超越として諸可能性の中に飛躍していくところの、遠く遥かなる感覚なのである」。

こうして、われわれはA感覚前史としての少年の「幼な心」の正体というものにとりくまなければならず、それがなぜ長じてホモセクシャルな「まさかの葛藤」や「はかない消息」につながるかを検討しなければならなくなったのだ。

それには、多少はホモセクシャリティを表現してきた歴史を見る必要があろう。それもできればプラトンやバートンの少年愛哲学、あるいは世阿弥やレオナルド・ダ・ヴィンチの少年愛の時代から話をしたいのだが、それではキリがない。そこで、ここは二十世紀だけを扱うことにして、紳士の国はオスカー・ワイルドの時代のイギリスからはじめることにする。ホモセクシャルな文学史にあまりあかるくない読者は、以下のスケッチであらかたの流れがわかるとおもう。

まず、生涯を独身で通したウォルター・ペイターがいた（例のフェノロサを能に案内した平田禿木が心酔していたルネッサンス研究者）。オックスフォード大学のフェローで、わずかにラファエル前派の美粧ばかりを描く画家たちと交流した以外は、外界との接触をほとんど断っていたアカデミック・ダンディである。

そのペイターの快楽主義を是認する『ルネッサンス』1873にオスカー・ワイルドが傾倒し、一八八六年に十七歳のカナダ出身の少年ロバート・ロスに出会ったのを契機に『ドリアン・グレイの肖像』1891を執筆、その五年後にはクイーンズベリ侯爵の三男アルフレッド・ダグラスに熱中したというのが、われわれの男色現代史のイギリスにおける幕開きである。なんといってもペイターの存在が大きかったが、ワイルドの派手な動きが増幅装置だった。

ワイルドについては、いたずらにダグラスとの同性愛行為を告白した『獄中記』1905がつとに有名だが（これは作為がすぎてそれほどおもしろくはない）、実際はワイルドがダグラスとその父親クイーンズベリ侯爵との確執にまきこまれ、ついつい侯爵を名誉棄損で訴えたのが敗訴となり、逆に同性愛行為で起訴されたという顚末だった。

ついでイギリスには名高い「ブルームズベリー・グループ」の登場がある。ロンドンのブルームズベリー地区に住んでいたとびきりのインテレクチュアルズの集まりだが、そこには知的であけすけな男色家がごろごろしていた。

そのうちの何人かはエリート中のエリートを誇るケンブリッジ大学使徒会の出身者で、かれらは紳士のルールにしたがってグループ内交際をひそかに持続したのだが、むろん噂はまわりに飛びかっていた。二十世紀初頭のこと、甘美な騒動が好きなヴィクトリア文化期らしい話である。

男色サークルの中心には、リットン・ストレイチーとE・M・フォースターがいる。フォースターについてはあとで説明するとして、そのほか意外なところでは、近代経済学の父ジョン・メイナード・ケインズや、また社会学者のレナード・ウルフがいた。そして紅一点でヴァージニア・ウルフがいた。レナード夫人である。男色家ではなかっただろうとおもうが、T・E・ロレンスもこのグループの近くにいた一人だった（もっとも映画『アラビアのロレンス』や神坂智子の『T・E・ロレンス』では彼はホモセクシャルな感覚の持ち主として描かれている）。

かれらのなかで最もフラジャイルな作品を書いたのはE・M・フォースターだろう。なにしろゲイ・フィクション史の劈頭を飾る『モーリス』1913—14 の作者だ。最近、日本でもやっとみすず書房から翻訳のこなれた全集が出はじめた。

『モーリス』はエドワード・カーペンターとの恋を偲んだ長篇小説で、父親のいない主人公を設定したという点では、カポーティやホワイトの先駆作品にあたる。つい最近のことだが、鶴見俊輔は「この本と出会うために生きてきたと感じた」と書いた。もっとも作品は本人の意志で生前には発表されず、半世紀あまりをへて死後の一九七一年に出版された。この一九七一年の出版ということも、ゲイ・ムーブメントにとっては大きな事件だった。ホワイトの主人公が出会ったストーンウォール・インの事件（後述）が一九六九年で、そのあたりからゲイ・ムーブメントに火がついていたからだ。もっと一般的な影響としては、『モーリス』が一九八七年にジェームズ・アイボリーの演出で映画化されて大評判になったことがあげられる。この映画は、エイズに見舞われた時代を越えて生きようとするゲイ文化の感覚が、いよいよ女性たちにもファッショナブルに理解されはじめた事情にも寄与していた。

もっともフォースター自身は『ハワーズ・エンド』1910や『インドへの道』1924の作者として、またペイター同様にキングズ・カレッジのフェローとして、表向きはけっこうな英国良識派の典型を演じつつ、じつはロンドンの警官を最愛のパートナーに選んで甘美な晩年をおくった男だった。

ブルームズベリー・グループのゲイ・イデオロギーはどこか男尊女卑的ダンディズムから生まれている。女は精神的にも肉体的にも劣った者たちで、青年の思想には未来のリビドーが溢れているという、一種の男尊青年主義なのである。

ことにケインズやストレイチーはピューリタニズムを批判したくて、私がおもうには、それが裏返って男色に埋没したようなところがあった。ケインズとストレイチーが一人のケンブリッジ大学新入生をとりあったこと、そのストレイチーがヴァージニア・ウルフに求婚してすぐに撤回したことは有名だ。ところが、そういうケインズの側面が日本の経済学者にはほとんど見えていないらしく、いまなおケインズ先生は〝近経(きんけい)の父〟に祭り上げられたままである。ほんとうは〝禁閨(きんけい)の父〟であったのだ。ストレイチーについては、マイケル・ホルロイドの『リットン・ストレイチー伝』1967が初めての同性愛者の実像を描いた伝記として記念される。

ケインズらにみられた青年主義の擡頭は、もともとはユーゲント・シュティールの風をつくったドイツが本場である。

この風は源流をドイツ・ロマン主義時代の「ブルシェンシャフト」にさかのぼるが、その後は二十世紀初頭のワンダーフォーゲル運動（第五章第四節を参照）、一九一三年にカッセルに出生した自由ドイツ青年団の運動、および一九二〇年代の共産主義的なブント運動などとむすびついて、お世辞にもとうていフラジャイルとはいえない強靭な青年主義運動になってしまった。それはこの風が、結局はヒトラーの青年ナチスの運動につながっていった歴史を見てもあきらかである。「幼な心」を忘れてしまったのだった。

むしろドイツのゲイ・ムーブメントにとっては一八九六年が記憶される。アドルフ・ブラントによって初の同性愛雑誌『デア・アイゲネ』が創刊された年である。プロイセン以来の悪名高い「刑法第一七五条」（同性愛禁止法）がまかりとおるこの特殊な国にゲイ・マガジンが出現できたことは、一九三〇年代に五万部を売ったという『ディ・インゼル』誌の一挙的隆盛とともに特筆される。『芸術草紙』を主宰した詩人シュテファン・ゲオルゲがとびきりの才色兼備の青年ばかりを集めて吉田松陰ばりの教育をしたのも、こんな背景にもとづいていた。ゲオルゲの『第七の輪』1907や『盟約の星』1914は、たった二年で死に別れた美少年マキシミリアン・クロンベルガーを神格化したものである。

こうしたなか（つまり刑法一七五条の網の目をくぐるなか）、私が読んだかぎりではロベルト・ムシールの『寄宿生テルレスの惑い』1906が時代を切り裂く澄んだフラジリティを発揮した。カポーティやホワイトの直系はこの作品かとおもわせもする。

テルレスの最初の惑いは、美少年バジーニの窃盗事件をネタに彼を支配しようとした悪童たちとともにある。が、やがて悪童たちがバジーニの少女のような美しさに負けて肉欲に奔ってからは、事態が一変する。テルレスの第二の甘酸っぱい苦悩は、美少年バジーニがテルレスに助けを求めたことだった。バジーニが決然と全裸になってテルレスに言いよる場面、懸命にバジーニをおしのけるテルレスの手がおもわずバジーニをかきいだいていたというくだりは、なんともやるせなく、きっと少女漫画家なら絶対に見落とせないフラジリティに富んでいる。テルレスの第三の惑いはバジーニの性から自分がどのように逃れようとしながらも、なおバジーニの美に惹かれる自分にたいする惑いだった。

このようなドイツ的感覚は、ムシールについでこの手の寄宿生ホモセクシャリティを描いたロベルト・ヴァルザーの名だたる青春小説『ヤーコプ・フォン・グンテン』1909のときめき（この謎に満ちた小説はカフカが愛読した）、あるいはカーニバルの夜の邂逅にはじまるギムナジウム生の禁断の性をめぐる動悸を綴ったハンス・カロッサの『青春変転』1928の憂鬱、さらには、十五歳の転校生の愛を示したブルーノ・フォーゲルの伝説的傑作『アルフ』1929のせつなさへとつながっていく。

トマス・マンの息子クラウス・マンの作品にも気になるものがある。チャイコフスキーを描いた『悲愴交響曲』1935で知られる作家だが、私が好きなのはむしろ『アレクサンドロス』1929で、ここには尿の匂いすらスミレ色だったという稲垣足穂お気に入りの逸話に満ちたアレキサンダー大王の、ちょっと信長と森蘭丸の関係に似たデスペレートで物悲しい日々が綴られる。

このほか、A感覚とはやや異なるが、「幼な心」の痛みの表現というのなら、例のヘルマン・ヘッセのやるせない一連のネオテニー作品がある。

かのランボーとヴェルレーヌの〝事件〟の伝統をもつフランスではどうだったのか。二十世紀の初頭、この国にもむろんホモセクシャリティはぞんぶんにあふれていた。ドイツ青年運動に似た「アガトン」という青年礼賛の動きもたしかにあった。

が、この国のホモセクシャリティはイギリスやドイツとはややちがうものがある。なんというか、ちょっとおしゃれなのだ。もちろん、たとえばオスカー・ワイルドに出会ってストレートにセクシャリティを告白することを知り、『一粒の麦もし死なずば』1926 で「神か、男色か」と真剣に悩んだアンドレ・ジッドのような堅い純粋派もいたが、フレンチ・ソドミスムというもの、最初はたいていが美意識を磨いて趣向を追求するという方法なのである。そして、その件にあずかっては、なんといってもロベール・ド・モンテスキュー伯の存在が大きかった。

モンテスキュー伯は、かのユイスマンス『さかしま』1884 のデゼッサント公爵やプルースト『失われた時を求めて』1913—27 のシャルリュス男爵のモデルの一人である。フランス屈指の貴族であって、その厖大な富の大半は美術工芸品の収集とサロンの維持に費やされ、生涯をフランス数寄者としておくっている。もっともモンテスキュー自身はサロンに集まる青年にはすこぶる慎重で、ペルー人の秘書ガブリエル・イチュリをのみ相手にしていたという。

フランスが独特のゲイ感覚を育てた理由のひとつには、レズビアンの感覚がつねにパリを中心に広がっていたという事情もあった。パリではホモセクシャリティは両性におよんでいたのである。その兆候はベル・エポック期にすべてが準備されている。最も派手だったのは、なんといってもナタリー・バーネーだ。

オハイオの裕福な鉄道王の娘だったバーネーがパリの寄宿舎で美少女の味を知ってしまったのが十五歳、両親がアメリカに住むことを勧めたのをふりきり、ふたたびパリに入ったのが二十歳、その後は〝月光（ムーンビーム）〟とよばれてもっぱら美女狩りにいそしんだ。最初の相手はスパニッシュの娼婦で、これですぐにパリ社交界のスキャンダルになるのだが、そんなことにはいっさいめげない〝月光（ムーンビーム）〟は次には象徴派の詩人の中心にいたルネ・ヴィヴァンを落とす。それでもあきたらないバーネーは次々に美女ハンターぶりを発揮して、のちにアルフレッド・ダグラス（例のオスカー・ワイルドの相手）の妻になる女性オリーブをたくみに籠絡、これに嫉妬したルネが狂乱するという事件をはさんで、今度はルネがロスチャイルド家出身の大金持ちの人妻に誘惑され、それをバーネーがなんとか取り戻そうとするという凄まじい色恋沙汰をくりひろげた。

ルネと別れたあとのバーネーの次の愛人は、ロメイン・ブルックスである。アメリカからパリに渡っていたこの画家は、当時ディアギレフが旋風をまきおこしていたロシア・バレエ団のプリマだったイーダ・ルビンシュタインにぞっこんである。イーダはパリ中の男女に溜息をつかせたまさにアンドロギュヌスのような絶世の美女で、また『聖セバスチャンの殉教』1911 の作者ガブリエーレ・ダヌンツィオが身も心も焦がしていたのでも有名だが、そのイーダに惚れていたブルックスを、バーネーはたちまちものにした。

こうして「美女の容姿に、男の頭脳」と噂されたバーネーのもとには、まさに数多くの美女が狩られていたのだが、そのジャコブ街二十番地のサロンにはレズビアンだけではなく、ゲイの連中も集まったし、大御所モンテスキュー伯をはじめ、マルセル・プルースト、レミ・ド・グールモン、サマセット・モーム、T・S・エリオット、アナトール・フランス、ラドクリフ・ホールらの知識人までもが目を細めて集(つど)っていた。カポーティもサロン後期に顔を出している。シルヴィア・ビーチの書店「シェイクスピア・アンド・カンパニー」の筆頭予約者もバーネーだった。なんとも妖美でアクチュアルな〝パリのアメリカ人〟なのである。

バーネーとともに、ガートルード・スタインのような格別の知性派がベル・エポック期のパリを舞台に活動したことも象徴的だ。彼女も代表的な〝パリのアメリカ人〟の一人で、秘書アリス・B・トクラスとの関係で知られたレズビアンだが、一方でスタインはバーネー・グループとは別種の知性派たち、いわば過激な交際が苦手な知性派を集める魅力をもっていた。ピカソ、マチス、ヘミングウェイ、デュシャンらは、たいていスタインの庇護のもとに感性を磨いた作家たちである。

このようなフランス的ホモセクシャリティを代表する文学者は、なんといってもジャン・コクトーである。

ジャン・ル・ロワやレイモン・ラディゲを愛したコクトーの痛ましいほどのA感覚は、まず『大胯びらき』1923と『恐るべき子供たち』1929であらわれ、ついで詩集『オペラ』

に、さらには匿名で発表された『白書』1928に放散していく（ちなみに三島の『仮面の告白』はこの作品からの剽窃かとおもえるほどに似ている場面がいくつかある）。映画『オルフェの遺言』1958に繊細な男色感覚を感じる観客も多かったろう。

ラディゲが死んでその悲しみに耐えきれず、むやみにアヘンに溺れてからのコクトーの思索は『阿片』1930に詳しい。私がコクトーの決断のなかでいちばん好きな言葉、「僕はオリジナリティが大嫌いだ」もここに出てくる。コクトーはラディゲを失ってからは『僕は好きできるだけそれを避けてきた」と続く。「僕はオリジナリティが大嫌いだ。僕はだ』1928のジャン・デボルトを、日本にも連れだってきて人目をひいたマルセル・キルを、さらには俳優のジャン・マレーを愛した。コクトーとマレーの書簡集と手記がさきごろ刊行されたので読んでみたが、いかにもコクトーの哀切が純粋で痛ましい。

こんな背景をもって、両性具有の街パリに、コクトーが、ジャン・ジュネが、ロラン・バルトが、ミシェル・フーコーが生まれていったのである。

そのおおざっぱな光景は不法越境者ジュネの『泥棒日記』1949に、新しいところではルノー・カミュの『トリックス』1988に詳しい（トリックとは隠語で同性愛の相手を落とすことをいう）。また、フランスに特有するわけではないが、エイズ発覚直前のゲイ思想の一端なら、渡辺守章らによって新たに編集されたフーコーの『同性愛と生存の美学』1987がわかりやすい。そこでフーコーは次のようにしゃべっている。

私は「懸命にゲイにならなければならない」と言いたかったのです。おのれの性の選択が現存しているような次元、それが生全般に効果を及ぼすような次元に身をおくべきだと。私はまた、これらの生の選択は、同時に生の様式を創造すべきだとも言いたかったのです。ゲイであることは、これらの選択が生全体に拡散することを意味します。

（増田一夫訳）

さて、ヨーロッパをこれくらいにして話をアメリカに移す。

それには順序としてクリストファー・イシャウッドの動きにふれる必要がある。ヨーロッパとアメリカをつないだのはイシャウッドだったからだ。

イシャウッドといえば『ノリス氏の処世術』1935 と、ライザ・ミネリ主演の映画『キャバレー』の原作として有名になった『さらばベルリン』1939 であろうが、その海をまたいだ波瀾の生きざまも注目される。最初、フォースターに刺戟されて作家になったイシャウッドは学校時代の友人オーデンと二人で芝居を書いたり日中戦争に中国側義勇兵（ボランテイア）として出かけたりする。やがてオーデンが「美少年の用意がある」というのでベルリンに滞在、ヒトラーが擡頭してくるとそのベルリンで出会った少年フランツを連れ出してヨーロッパを旅しはじめた。

ところが一九三七年、フランツが逮捕され身の危険が迫ってくるにおよび、オーデンとともにアメリカへ移住する。アメリカはオーデンとの長きにわたった仲をあっけなく引き裂いた。ニューヨークで英国国教会に投じたオーデンにたいし、イシャウッドはカリフォルニアでオルダス・ハックスレーが薦めたヒンドゥイズムの哲学に傾倒、自分の敵がじつのところは禁欲的なピューリタニズムであったことを知っていく。そこで半自伝的な『キャサリンとフランク』では自分がホモであることを告白し、カミングアウトしたのちの『シングルマン』1964 では恋人に先立たれた初老の教授の一日を淡々としたフラジリティをもって綴る。この作品には『ヴェニスに死す』のアッシェンバッハより胸を打つフラジリティがある。

イシャウッドがアメリカに移ったのはドイツ軍に強制入隊させられた少年フランクと敵味方で出会うことを虞（おそ）れたためだといわれる。ほんとうかどうかはわからないが、ともかくもそうしてイシャウッドがアメリカに移ったことは、ドイツ的ホモエロスのアメリカ上陸と軌を一にしていたのだ。

そこで話はやっとゲイ・リベレーションの本場アメリカのことになる。

この国にはもともとウォルト・ホイットマンがゲイ・ムーブメントの〝祖父〟として君臨していたし、ベイヤード・テイラーというゲイ・ノベルの〝父〟となる先駆者もいた。土壌はできていた。ホイットマンがとうていゲイと結びつかない読者は、『草の葉』1855 に入っている「カラマス」を読まれるとよい。

だが、すでにのべたように、アメリカのゲイ・カルチャーが本格的に展開するのは第二次大戦後からである。そして、まずはキンゼイ報告とヴィダールとカポーティが、ついで一九五〇年前後にテネシー・ウィリアムズのやるせない短篇集『呪い』1948や『ハード・キャンディ』1954と、ジェームズ・ボールドウィンの『ジョヴァンニの部屋』1954が出る。それらにはまだ少年の追憶を背景にしたロマンティック・ゲイが、つまりは「幼な心」が消息していた。

それが、アレン・ギンズバーグのビート詩集『吠える』1956で新たな転回を見せはじめ、六〇年代に入って、とりわけジョン・レチーの『夜の都会』1960で甘い時代が決定的に破られることになる。レチーが描いたのは男娼がゲイ・コミュニティを渡り歩くという赤裸々なものだった。いまではレチーのこのドキュメンタリーな感覚の作品はゲイ・ピープルのあいだではバイブル扱いされている。

これで火ぶたが切って落とされた。セルビーの『ブルックリン最終出口』1964はトランスヴェスタイト（異性装者）やドラッグクィーン（女装者）の交錯の光景に荒廃と暴力を加え、ゲイにおける負の領域をあぶりだし、ジェームズ・パーディは『詩人ユースティス・チザムの仲間』1967でゲイの心情がサディスティックにしか顕現できない身体的事情を「報酬のない愛」として徹底して綴ってみせた。一九六八年にゲイを初めてテーマにした演劇『バンドの少年』がシアター4

で上演されたのも気運を盛り上げた。

さらに、ここがアメリカらしいところであるが、ジョージ・バクストやジョゼフ・ハンセンにあっては、ついにゲイの黒人刑事ファロウ・ラブやゲイの保険調査員デイブ・ブランドステッターを主人公として登場させて、アメリカ好みのミステリーやハードボイルドの風景にホモセクシャルな光景を入れこんでしまったのである。

こうして六〇年代最後の一九六九年、ホワイトの主人公が遭遇したニューヨークのゲイ・バー「ストーンウォール・イン」が騒然となった有名なデモを契機に、アメリカン・ゲイ・リベレーションは一挙に膨らみ、広がり、各所で爆発をとげて、政治的にも組織的にも重要な運動の母体のひとつとなっていったのだった。

七〇年代になると、アメリカのゲイ・ムーブメントは国家と民族を離れた。誰のものにもなった。ニューヨークのゲイ・ペーパー「クリストファー・ストリート」や「ニューヨーク・ネイティブ」はどこでも読まれ、エドマンド・ホワイトやロバート・フェロやフェリックス・ピカーノらが夜っぴて集って噂になった「ヴァイオレット・クィア・クラブ」のように、各地にゲイによるゲイのためのゲイ・ワークショップが誕生していった。

かくてデヴィッド・ホックニーとデヴィッド・ボウイがまざり、エコロジーとジェンダーと経済とセックスが複雑にむすびつく。パリ・コレクションのデザイナーがモノセクシャルな衣裳を次々に発表したのも拍車をかけた。イヴ・サンローランのように、人目を憚ることなく若い青年を追いかける例も少なくなかった。私がフーコーに出会った年、パリではサンローランが恋人の青年に逃げられて半狂乱になり、パリ・コレに姿を見せないのではないかと騒がれていたものである。これらはヨーロッパがアメリカン・ゲイ・カルチャーを逆輸入したものだった。ともかくもこうして、もはやカミングアウトをすることこそが流行で、自分がホモセクシャルであることあるいはバイセクシャルであることを堂々と表明することが、一種の「強い文化」のスタイルになっていったのだ。

私はこうした「強い文化」としてのゲイ・カルチャーを否定しないが、本書のテーマにはふさわしくない。

一方、日本では深い理由はわからないのだが、そもそも「強い文化」としてのゲイ・カルチャーよりも、なぜか「弱い文化」としての感覚が愛されていたようにおもわれる。たとえば一九七二年、伊藤文学によって創刊された雑誌『薔薇族』がその感覚を代表していただろう。

漫画業界では池田理代子の『ベルサイユのばら』1972—74の大ブームとともに、世に〝二十四年組〟とよばれる萩尾望都・竹宮惠子・大島弓子・山岸凉子・木原敏江が次々に出現し、世界的にみても特筆すべき少女漫画家によるコミック・ゲイ・ファンタジーが生まれていった。これも日本の七〇年代の特徴で、そこにはやはり美しいゲイ感覚だけが叙情化されている。ときにそれらはモノセクシャルな感覚をすら主張した。

日本がこのような「弱い文化」あるいは「美しい存在感覚」としてのホモセクシャリティに関心をもった背景には、男性だけが演じる歌舞伎と女性だけが演じる宝塚歌劇という世界でもめずらしい両性両極の芸能文化が現代の日々の中に共存して生きているということが特筆できるかもしれない。この奇妙な虚構の領域ではハイパージェンダーだけがリアリティなのである。

私は、あえてこの感覚の起源を求めるなら、もともとは仏教と謡曲と浮世絵のなかにあったものだとおもっている。しかしその背景には、中世このかたの稚児愛の感覚、江戸時代では衆道（しゅどう）とよばれた男色の感覚、大奥や遊郭にみられた女たちの戯れの感覚、さらには次章にのべる任侠の感覚などが、なんとも渾然一体となって脈打っていたことも忘れてはならない。

一九八一年六月五日、ＣＤＣことアメリカ防疫センターはロスアンジェルスの五人の男性がカリニ肺炎で死亡したことを発表した。その日からのことである。アメリカはエイズの嵐にさらされた。

いや、アメリカだけではなかった。エイズはホモセクシャリティのすべての歴史にとって、まさしく宿命的な「はかない消息」そのものであり、「まさかの葛藤」そのものだったのである。

こうして、話はふたたびエイズ前とエイズ後のホモセクシャルな時空感覚をみごとに描ききったエドマンド・ホワイトに戻ってくる。カポーティ以来のアメリカン・フラジャイルを復活してみせたのはホワイトだった。

ジャーナリストでもあった「ニューヨーク・ゲイ・プレス」主宰者フェリックス・ピカーノの作品にも、アメリカン・フラジャイルは復活した。ピカーノでは、おぼつかない少年の痛みを扱った『両手利き』（Ambidextrous）1985、ありし日のゲイ・ヴィレッジを髣髴とさせる『私を愛した男』1989 が絶品だ。イギリスではデヴィッド・リーズとピーター・ロビンズの二人が作家活動においてもゲイ専門出版社サードハウスの活動においても抜きん出ているが、エイズ発生直前の一九八三年のロンドンを舞台に、特権的ともいえる華麗なブリティッシュ・ゲイのきらめきを伝えてくれたのは、なんといってもアラン・ホリングハーストの『スイミングプール・ライブラリー』1985 である。どんでん返しも控えたこの作品は、なんと六十歳もの年齢差のある二十五歳と八十三歳の男のあいだの貴族的友好が描かれる。ジュネの『花のノートルダム』に匹敵する作品だろうとおもわれる。

しかし、エイズそのものを扱って人間の「弱さ」の根源を問うにいたったのは、ポール・モネットの闘病記『ボロウドタイム』1988 や、クリストファー・デイヴィスのエイズで途切れがちな記憶を綴った『ぼくと彼が幸せだった頃』1988 以降のことだった。

以上、稲垣足穂によるA感覚への招待を嚆矢に、欧米の主要なゲイ文学をひろいながら綴ってきたことは、人間の強さと弱さの本質的な逆転というものが、ならびに最深部にお

ハイパージェンダーな感覚

ブルックリンのプラット美術学校時代、
すでにロバート・メイプルソープはキリスト教図像による"肉体作品"を作っていた。
はやくも絶頂に達しつつあったハイパージェンダーは、
いわば神話的同性愛に昇華されつつあったのだ。
写真は「角の生えたセルフポートレート」(1985)。
このホモセクシャルなパーン神は1989年の3月9日に、
エイズで仙界に帰っていった。

川瀬敏郎の花は、静謐で大胆で、
バサラであって冷えサビであり、
「真」であって「草」、
そしてホモセクシャルで、バイセクシャルである。

左は"月光レズビアン"ことナタリー・バーニーの若き日の写真。
お小姓姿をしている。
上は「さかしま」のデゼッサントのモデルとなった
世紀末のハイパーダンディことロベール・ド・モンテスキュー伯爵(G.ボルディーニ画)。

ける生と性の現象というものが、プラトンからフーコーにおよぶ（そして同時に、サッフォーからナブラチロワにおよぶ）ホモセクシャリティの歴史の内側に、あきらかにひそんでいると確信できるからである。

ここでふれたかったことはただひとつ、人間の奥にはきっと「ゲイ・フラジリティ」ともいうべきたいせつな感覚領域がひそんでいるはずだということである。そのために、あえてよく知られた欧米文学の背後に、もうひとつの隠れた惶めきの系譜があったことに多少の光をあてるという方法をとってみたわけだった。フーコーの言うように、ゲイ・フラジリティは生の様式を拡張するための戦線のひとつなのである。

しかしそれなら、私にとってはもっと身近な日本の中の動向、すなわち世阿弥から折口信夫をへて三島由紀夫にいたる日本のホモセクシャリティの思索の系譜に観察の視点をおいてもよかったのである。

すでにふれてきたように、ゲイ・フラジリティを抽き出すには日本の謡曲や俗曲の感覚にこそ多くの息吹と消息がひそんでいるようにおもわれるからである。松田修や熊倉功夫や浅田彰の考察をまじえ、できれば川瀬敏郎や栗崎昇の花を見ながら、いつかそんな議論を展開してみたい（そのうちの任俠の感覚だけは次章で扱った）。

また、そういった日本的な同性愛の動向が日本の女性の眼によってどのように見つめられていたかという点にも大きな興味が募る。それは、能に流れる少年愛のゆらめきを最初に本格的に綴りえたのが白洲正子であったこと、萩尾望都らの少女漫画家たちがまっさきにゲイ・フラジリティを独得の表現力でストーリー化できたこと、森茉莉、倉橋由美子、矢川澄子、中島梓、中野翠、松浦理英子、笙野頼子、小谷真理らのまなざしにはときにハイパージェンダーを従来にない感覚で哲学化する方向があること、あるいはゲイ文学の紹介にすぐれた方針を見せたのは柿沼瑛子や栗原知代らの仕事であったことなどなど、なぜか女性こそがすぐれてゲイの感覚を一足先に見抜いてきたからだ。

他方、男性学の確立をいそぐ渡辺恒夫の『脱男性の時代』1986や、男にも女にも等しいゲイ・マインドを注ごうとする伏見憲明の『プライベート・ゲイ・ライフ』1991などを読むと、このような男性の眼からも日本のゲイ・フラジリティの突端がひらかれていくようにもおもったが、いずれも本書では割愛した。他日を期したいとおもう。

一九九四年四月、家具メーカーのイケアがゲイ・カップルをモデルにした全米向けのTVコマーシャルを発表したというニュースがニューヨーク・タイムズに載っていた。もはや広告もゲイ・カルチャーを無視できなくなったのだ。ニューヨークの制作会社ドイッチェによると、男どうしの親しみやすさとイケアの家具のイメージは連動できるのだという。

すでにきっと、ホモセクシャリティの文化は新しい局面を迎えているのであろう。ゲイ文学もエイズ発生以降を第二世代とか第三世代とよぶならわしで、そのエイズを織りこんだ作品がかなり出回ってきた今日は、そろそろ第三世代を迎えているということになるのかもしれない。最近の島田雅彦やいとうせいこうの作品を読んでいると、そんな気がしないでもない。

しかし、いまなお同性愛が激しく蔑まれ、あるいは男色や女装をたんなる特殊な風俗とみなすという社会もまだたくさん残っているのも事実なのである。仮に本気でゲイ感覚が議論されるばあいでも、そこにネオテニーの問題から免疫の問題まで、言語論の問題から皮膚自我の問題まで、人種や性差（ジェンダー）の問題から衣装や化粧の問題まで、すべてが同じレベルの問題として同時に議論されるには、まだまだ時間がかかりそうなのだ。

V 異例の伝説

メシヤはいつも下賤のものの上にあるのださうだから、
また律法の無いものにこそ神は味方するのださうだから、
かの少年は存外神と縁故のふかいもので、
これから焼跡の新開地にはびこらうとする人間のはじまり、
すなはち
「人の子」の役割を振りあてられてゐるものかも知れない。

石川淳「焼跡のイエス」

ついで私は、ギリシア神話もまた肉体の象徴ではあるが、やはり個人のさまざまな外観にもとづいているのだと考えた。
レチフ・ド・ラ・ブルトンヌ「パリの夜」(植田祐次訳)

1 欠けた王

どうも気になっていることがある。

それは、なぜ古典的な物語の英雄や主人公たちにはけっこう弱いところや欠けているところがあるのかということだ。ギリシアのオデュッセウスや北欧のオーディーンや日本のスサノオはそれぞれ国や民族を代表する英雄神話の偉大な主人公であるが、それぞれに弱点あるいは欠陥がある。

英雄アキレウスにアキレス腱(アキレウスの踵)という致命的な弱点があるように、オデュッセウスは猪の牙による傷を脚に負っているし、北欧の万物の父であるオーディーンは単眼であって、槍で突かれた脇腹の傷がある。わがスサノオは見たところ五体満足のようだが、生爪をはがれ、流され、足ナヅチ、手ナヅチに救われるまでは不具者としての日々を余儀なくされている。それにスサノオは、ひどい泣き虫、つまり「哭きいさちる神」だった。

神話や伝説の英雄たちばかりではなく、著名な小説の主人公にも弱点や欠陥はしばしば設定されている。

たとえば、ユゴーの『ノートルダム・ド・パリ』1831 のカジモドの容姿、『宝島』1883 のジョン・シルバーや『白鯨』1851 のエイハブ船長の一本足、ロスタンのシラノ・ド・ベルジュラックや芥川の禅智内供の鼻などなど。三島由紀夫の『金閣寺』1956 の溝口も生まれついての吃音（きつおん）だった。その溝口を悪意の園に誘う柏木も、じつは両足が強度の内翻足だ。二人は深く知りあいつつ、たがいに離れつつ、結局は金閣寺を炎上させることによっていっさいを昇華する。三島はこういう設定がうまかった。

主人公に欠けている個所や欠けた機能はいろいろである。またときに、最初から欠けていただけではなく、何度も欠如と再生と欠如がくりかえされることもある。

たとえば、巨大鍛冶神キュクロプスやダイダラボッチ（だいだら坊）が最初から最後まで単眼であることは有名だが、海神ポセイドンの息子ポリュペーモスのように片目でありながら、その片目すらオデュッセウスに奪われて両眼を失った神もいる。エジプトの隼（はやぶさ）神ホルスも片目がない。ところが、ホルスがこれをセトからとりもどしたあとは、そのとりもどした片目をオシリスに譲渡してしまう。このような複雑な欠如の脈絡は、その後の多くの文芸や芝居に頻繁にあらわれて、われわれをおどろかせてきた。ジッドの『法王庁の抜け穴』[1914]などでは、首筋に瘤があるフリーメーソンの会員デュボワが、瘤が消えたときにカトリックに改宗し、ついで法王がニセモノかもしれないとおもいこんでからは、今度はびっこになっている。

目鼻や手足の欠如は目立ちやすかったのだろうか、古今東西、このようなたぐいのたくさんの話がのこっている。

おもいつくままにあげれば、オフェーリアをモデルにしたアンドレ・ジッドの『田園交響曲』[1919]の主人公ジェルトリュードはもともとの盲目だし、「暗澹たる道化の物語」として知られるヴィリエ・ド・リラダンの『トリビュラ・ボノメ』[1887]に出てくる才色兼備のクレール・ルノワールは若くに失明を宣告されていた。ゲーテの『ゲッツ・フォン・ベルリヒンゲン』[1773]の主人公ゲッツは片手のない中世騎士であり、御存知林不忘(ふぼう)の丹下左膳は片目片手のない妖しい剣豪である。ラミアやアナンタはもともと足がなく、日本のヒルコやアワシマやクエビコやヤマダノソホドはいずれも足が萎(な)えて歩けない。ヘルマン・ヘッセの青春小説『春の嵐』[1910]のクーンが青春の苦悩を象徴しえたのは、まさしく彼が片足の不自由な音楽家のせいだった。

意外なものを欠いていることもある。ギリシアの大空神ウラノスは男根を欠いていた。アステカの儀礼神シペトテクは皮膚を欠いている。インドではサラスヴァティが鼻を失い、ミトラが目を失い、プーシャンが歯をなくしている。もっと妙なものを最初になくしてしまったのはファウストやシュレミールだった。シャミッソーの『影をなくした男』1816のペーター・シュレミールは、ファウスト同様に、悪魔との取引で金貨と交換に自分の影を売ってしまっていた。最も劇的なのはマヤの自殺神ともいうべきイシュタムで、そこには生命そのものの活動が欠如した。

英雄や主人公たちは、その多くにおいて何かが足りないか、どこかに弱点があるか、誰かに欠如を持ち去られたのである。なぜにかれらは、わざわざこんなふうな「弱み」を見せているのだろうか。

いろいろ理由はつけられている。が、神話学のばあいはたいていは次のような説明にならない説明だ。「アキレウスの母親である海の女神テティスは、生まれたばかりのアキレウスを冥府の川ステュクスに浸したとき、その踵を握っていました。ステュクスはそこに浸れば不死身になれる川であったのですが、母親が握っていたアキレウスの踵だけはあいにく水の洗礼を受けることがなかったため、のちにパリスの矢で射られることになってしまいました」とさ。こんなぐあいなのだ。

同じような話はゲルマン民族神話の中核をなす英雄ジークフリート（ジーフリト）にもあらわれる。ジークフリートの決定的な弱点は両肩の中央部にあった。ジークフリートは高貴な家柄に生まれながらも孤児として成長して鍛冶屋の弟子となり、大立ちまわりの末にドラゴンを退治してニーベルンゲンの宝を手に入れるのだが、せっかく退治したドラゴンの血によって不死身になったはずが、両肩のあいだだけは血を塗ることができなかったため、そこを突かれて絶命する。これがもともとの話である。ワーグナーの『ニーベルンゲンの指輪』では、このジークフリートは脇役にまわされた。ワーグナーは「完全」や「全体」のほうが好きなのだ。

なににせよ理由はともあれ、これら「欠けた王」とも名づけられるべき英雄たちや神話の登場人物たちは、しばしば体のどこかに前途を決定づける弱点や不足をもっている。かれらがこのような弱点や不足、あるいは欠陥や不具の刻印をうけているということは、いったい何を示す暗合なのだろうか。私はこのことがずっと気になっていたのだ。

体の欠陥や傷だけなら、あるいはこれをスティグマ（聖痕）とみることもできるかもしれない。

スティグマはもともとは牛や奴隷に焼きつけられた刻印や烙印をさすギリシア語で、その後は、カトリック社会ではキリストが磔刑でうけた両手・両足・脇腹・額の傷とほぼ同様の傷があらわれたとき、これを特別にスティグマとよんでいた（最も有名なのはアッシジのフランチェスコのスティグマだ）。ただし、その傷はなんらの外因外傷によるものではなく、体の内側から生じた不思議な兆候のことをさしていた。それならば、オデュッセウスやアキレウスらの英雄がその成長にあたってもたなければならなかった傷を、すべてスティグマであるとはよびがたい。また、目がたりない、足がたりない、皮膚が白すぎる、不恰好である、などという生来の身体がもっている目立った特徴は、とうていスティグマではありえない。

一目小僧を論じた柳田国男は、不具であることは神の依坐（よりまし）であることの証拠であり、神との仲介をとれる者の資格のしるしだと考えた。むろん、そういう例は多いのだが、それだけの説明ではスティグマ説と変わらない。

もっと気になることもある。

欠陥や弱点や不足があるということは、むろんそれが致命傷にもなるのだが、ばあいによってはそのことが反転して、新たな「強さ」の契機にもなりうるということだ。不足はいつまでも弱い不足のままではなく、いつしか強い満足に反転していく可能性を秘めているということである。私は、このような「欠けた王」たちにおける弱点の相転移も気になっている。

また、「弱さ」が「強さ」に転じる例としては、たとえば一寸法師や桃太郎やかぐや姫といった「小さきもの」たちの物語にも注目しなければならない。かれらはおしなべて奇形ともいうべきほどに体が小さすぎる幼少期をもっている。いわばかれらは、前章第三節でのべたネオテニーをうけているわけである。

ところが、かれらは長じてくると都に上り数々の成功をおさめ、鬼を退治し、堂々たる英雄になっていく。いいかえれば、これは小さな弱い不足なる者が満足な結末を迎えていくという逆転の結構なのである。この弱小性の異常転化ともいうべき現象については、郡司正勝の『童子考』1984 や鎌田東二の『翁童論』1988 などもとりわけて関心を寄せたことだった。

この、弱小の者が強大な者にしだいに転化するという経緯には、たいていイニシエーション（通過儀礼）がともなっていることも見逃せない。

世界中の多くの英雄の物語には、ジョセフ・キャンベルが『千の顔をもつ英雄』1949 で分析してみせたように、艱難辛苦（かんなんしんく）のイニシエーションがつきものであり、そのイニシエーションではたいていのばあい、おもいがけない弱点が暴かれるという危難がつきまとう。これがキャンベルの結論だ。しかしながら、注意すべきはその数々の危難では、じつは何かを喪失したり欠如したりすることもともなっていたということである。

たとえば、イナンナやプシケーやイザナギの冥界下りにみられる呪的逃走では、所有物を破棄することによってやっと脱出が可能になったのだし、ウルク王ギルガメシュは友情の象徴としての豪傑エンキドゥを失うことによってフンババ征服の切符を手に入れるのである。かれら英雄は何かを失わなければ何かを手に入れることは不可能だったのだ。そこには「欠如による再生」という見えない図式も用意されていたのである。

さて、こうした物語にひそむ弱点や欠陥は、かれらが首尾よく英雄になったときには相転移のシンボルともなりうるものではあるが、一方では、そのような派手な経緯をもてず、弱点や欠陥がそのまま強調され、周囲から誇張されて、ついに時代の敗北者や除外者にさせられていった人々の物語も、また数多くあった。私が議論したいのはこちらのほうである。

ある種の人々に顕著な弱点や欠陥は、歴史のなかでしばしば痛ましい排除に出会っている。弱点や欠陥は、それがとくに疫病や業病や、あるいは例外的な身分をあらわす兆候とみなされたときは、はげしい排除と差別にみまわれる。これは、しばしば「浄と不浄」の問題とか、「ケガレとキヨメ」の関係の問題とか、また「異例の問題」とかよばれてきた重要な問題である。

欠陥者にたいする排除や差別は、社会の規範をとおしていろいろのかたちをとる。私が長きにわたってすこしずつしらべてきたのは、物語の中にしるされた排除と差別の構造であるが、現実の歴史のなかでも大きな事件は頻繁におこっていた。たとえば一三二一年、フランスのほぼ全域にわたって各地で癩病（ハンセン病）患者が皆殺しにされたといういくつもの記録が各地の修道院年代記にのこっているのは、その典型的な歴史の例である。国王フィリップ五世（長身王）がみずから勅令を発したものだった。

こうして私は、神話や伝説にみられる英雄たちがもつ当初の弱点や欠陥は、もっと広い範囲で刻印された身体的でかつ社会的なフラジリティというものの特別な例だとみなすようになった。異例であると見るようになってきた。

もっとわかりやすくいえば、支配のためにも、また排除のためにも、われわれの歴史には「弱さ」というものを極端に重視してきた裏側の眼というものがあり、その長きにわたる陰影の濃い歴史には、「弱い不浄」（ケガレ）を「強い浄」（キヨメ）に転じるためのおびただしいしくみが隠されていただろうということである。排除の構造はどこかで逆転して聖化の構造にもなりえたということだ。私が本章の全体にあえて「異例の伝説」という標題をつけた理由が、このあたりにある。

さらに興味深いことに、そのような裏側の眼が見つめた歴史というものは、洋の東西を問わず、おおむね語り部たちの努力によって比類のない物語としてのこされてきたということである。

その開始は西洋でも東洋でも、だいたい十一世紀からだった（その後たとえば、ローランの歌、トリスタンとイゾルテ、アーサー王伝説、薔薇物語、元曲、今昔物語、平家物語などとつづく）。とくに神話的な背景をもつ物語には、いましがたのべてきたような「弱さ」と「強さ」の反転をとりあつかっている例がまことに多い。

ここでは詳しいことは書かないが、これは「物語」という様式や構造が生成してきたプロセスに、そもそも「弱点の克服と欠陥の補正」というエクリチュール機能がひそんでいたということを暗示する。それとともにいっそう興味深いのは、ひょっとして語り部そのものの出自をめぐる本質に「弱き者」のしるしがあったのかもしれないということである。私は、司馬遷が男根を欠いた宦官であったこと、トゥルバドゥールやミンネジンゲルが流浪の民や境界の民であったこと、また山伏や傀儡（くぐつ）や遊女が物語を編集するネットワーカー型の語り部でもあったこと、さらにはホメロス盲人説や盲目の琵琶法師のことなどをおもいあわせている。多くの語り部たちが不具者であったのである。

そこで以下では、そのような語り部によって編集されたであろう中世的な物語をまずひとつだけとりあげ、これまで適当に例示してきた「欠けた王」の背後にひそむ社会的なフラジリティの本質について、少々議論を深めることにする。
私がえらんだ物語は「弱法師（よろぼうし）」というものだ。

高安長者伝説がある。河内国の高安長者の子で、綽名（しゃくめい）を弱法師（よろぼうし）とよばれたしんとく丸という少年が登場する。文献によって俊徳丸・信徳丸・身毒丸などと綴られる。業病をもっていた。おそらくは癩病である。あるとき盲目になり、天王寺に逃れ、そこで乞食たちと暮らしながら瀕死の境をさまよっているとき、助ける者があって眼をひらく。清水観音に祈ると体もきれいになっていた。
だいたいこんな筋書きが原型で弱法師の物語ができている。弱法師という名は体力が弱り、体に吹き出物をもってよろよろと歩く姿、あるいは盲目者のあてどのないしぐさを揶揄したものである。

弱法師を主人公とした物語の原型がいつごろ成立したかは、はっきりしていない。われわれがテキストとして最初に読めるのは、謡曲『弱法師』である。筋はかんたんで、河内高安の左衛門尉通俊の子に俊徳丸がいて、ある人の讒言によって通俊は俊徳丸を家から追い払う。俊徳丸は悲しみのあまり盲目となり、ふらふらと天王寺の境内にやってくる。そこへたまたまわが子を不憫とおもって施行をしている父の通俊に出会い、その夜に父であることをあかされて、二人して高安に帰るというものだ。この物語では体毒の話は出てこない。そのかわり俊徳丸が盲目になったというふうになっている。

岩崎武夫の研究によると、謡曲の次に説経節の『しんとく丸』(信徳丸)が編集された。これは、のぶよし(信吉)長者が清水観音に祈ってしんとく丸をさずかるところから話がはじまる。長者夫婦は子宝にめぐまれず、やっと一子を得るのだが、しんとく丸が成長したある日、母親はうかつに観音冒瀆の言を吐いて死んでいく。後妻として八条殿という公家の女がやってきて新たに乙次郎を生むけれど、継母はわが子かわいさでしんとく丸を激しく憎み、これを呪詛しはじめる。しんとく丸は眼がつぶれ、忌み嫌われる乞食(異例の者)になって四天王寺や紀伊熊野を放浪する。

一方、和泉のかげ山の長者の娘おとの姫(乙姫)は、かつて幼い姿のしんとく丸が四天王寺で舞っていた美しい姿を見初めていたが、しんとく丸の不幸を知り、彼を慕ってあとを追う。世間から捨てられたしんとく丸は天王寺西門の前の引声堂の縁の下にたどりつき、そこで非人と暮らしながら死を予感する。そこへ許婚ともいうべきおとの姫との再会が生まれ、清水観音の利生によってもとの体によみがえる。他方、父ののぶよしはその後は仏罰によって没落、後妻と乙次郎とともに乞食同然の日々をおくっている。ある日、かげ山の長者の館でしんとく丸が施行をしたとき、多くの乞食にまじって父たちの姿がしんとく丸の目にとまり、救われる。ただし、継母は殺された。——

高安長者伝説のヴァージョンをついでに紹介しておけば、この謡曲と説経節および天王寺あたりに伝わる民間伝承を素材に、享保年間に『莠伶人吾妻雛形』がつくられ、それをもとに人形浄瑠璃『摂州合邦辻』ができあがっていった。菅専助・若竹笛躬の作で、安永二年（一七七三）に大坂で初演されている。

ここでは主人公は俊徳丸と綴られる。出自は同じく摂州高安、やはり左衛門丞の子だが、この物語では俊徳丸は最初から浅香姫という許婚があり、おまけに継母の玉手御前からも恋慕されるという幸福な身分である。ところが継母は俊徳丸に許婚があってはかなわぬ恋と見定めて、住吉神社参詣のおり、神酒にかこつけて俊徳丸に毒酒をのませ業病にかからせる。なんともひどい仕打ちだが、そこは歌舞伎のこと、裏がある。

そのころ、玉手の父親である合邦は天王寺西門で閻魔堂建立の勧進をしている。そこへ病気になり盲目にもなった俊徳丸や浅香姫らが落ちのび、偶然に出会う。三人は連れ立って合邦の家にくる。ここへちょうど俊徳丸を慕って夜道を玉手がやってくる。周囲の諫めもきかず玉手は俊徳丸にいいよるため、怒った合邦はついに娘の玉手を刀で刺し通す。しかるに玉手は苦しい息の下から、じつは自分が俊徳丸に恋慕したのは悪人の手から俊徳丸をまもるためのいつわりの恋だったと本心をうちあけ、寅の年・寅の月日・寅の刻と揃った自分の生き血を俊徳丸に飲ませればきっと病気は平癒すると告げる。

その姿を見て、周囲号泣のなか玉手御前は絶命してしまう。あまりに意外な真相を知った一同は、気をとりなおして念仏を手向け、玉手の成仏をねんごろに祈願する。玉手の行為がじつは悪人の手から俊徳丸をまもるためだったというのは、高安の一族が江戸時代の物語の筋書きにはよくあるお家騒動にまきこまれていたことをいう。

弱法師については、第一章にも紹介しておいたように、折口信夫に古浄瑠璃や説経節をもとにした『身毒丸(しんとくまる)』1914という作品がある。そのほか信徳丸の話は、小栗判官の話や『壺坂霊験記』1875のおさと沢市などにも似通ったプロットが響いている。

が、私は日本の文芸と芸能がその名もずばり「弱法師」という名によって、生理的にも社会的にも徹底して「弱々しい者」を象徴する物語をつくっていたことに格別の関心がある。また、「弱々しい者」の典型的なモデルとして病人が強調されていることに関心がむくのである。とくに当時は業病とみられていた癩病を扱ったことが、弱法師の物語をたんなる病気平癒物語におわらせてこなかった。

すでにミシェル・フーコーの『臨床医学の誕生』1963、マルセル・サンドライユの『病の文化史』1980、アナール派のエルズリッシュとピエレによる『病人の誕生』1991、あるいはまたイヴァン・イリイチの『脱病院化社会』1975やスーザン・ソンタグの『隠喩としての病』1978などで、これまで病人というものがどのような社会的扱いをうけてきたのか、その実態はほぼあきらかにされている。古代や中世、病人のなかでも疫病や当時の業病に罹った者たちはすべて隔離や排除の対象になっていたのだ。

とりわけ癩病と天然痘は隔離と排除の対象である。むろんペスト（黒死病）も対象であるが、病状悪化のスピードが早すぎるためなのか、あまりに王侯貴族をふくめた集団的恐怖の対象となるためか、プロコップ、ボッカチオ、デフォー、ピープスらの疫病流行記録を読んでみても、他者への恐怖よりもペストによる世界変化そのものへの不安のほうがさきだっている。

これにたいして癩病（ハンセン病）は、当時は治療法もなく、一人ずつの肉体を長期にわたって蝕むせいだろうか、その系譜に入った者たち一人ずつにたいするケガレの意識や排除の意識には、どの国にも異様なものがあらわれている。しかも、そこには血の系譜にたいする迷信が手伝った。じつは弱法師の物語は、この癩者の歴史的社会的な宿命を描いていたのである。

癩病患者にたいする社会の対応は、だいたい東も西も同じである。ただ、大量の排除にふみきっているのはヨーロッパのほうで、さきにも紹介したように、とりわけ一三二一年のポワティエで執行された大虐殺と大隔離の勅令がいたましい。

フランス国王フィリップ五世がこの勅令にふみきったのは、癩病患者たちがフランス国内のみならずあらゆるキリスト教圏で川・泉・井戸に毒を投げこんでいるという噂がピークに達していたためだった。かれらはかたっぱしから拷問をうけ、火刑に処せられた。つづくシャルル美男王もまったく同じ方針をとっている。もっともこの時代、癩病、チフス、猩紅熱、水疱瘡などはしばしば混同されていたので、正確な病状は判定できない。

このような大規模な排除が為政者によって執行されたのは、ヨーロッパではこのときが初めてである。そしてこれ以降、大がかりな排除はしだいに標的を変えてユダヤ人、狂人、貧困者、犯罪者にむかっていく。そのような端緒をひらくことになったのが不幸な宿命を背負わされた癩者たちだった。

カルロ・ギンズブルグの『闇の歴史』1989によると、癩病とユダヤ人のむすびつきは、すでに紀元一世紀にはじまっていたという。「ユダヤ人の祖先にはエジプトから追放された癩病の持ち主がいた」という中傷記録があるらしい。とするのなら、このころから〝癩の血をもった一族〟をめぐる忌まわしい噂があれこれとヨーロッパをかけめぐっていたことになる。むろん癩病は遺伝病などではなかったのに、である。それはカフカの生きていた時代でさえ、ユダヤ人と癩者を同一視して差別する〝伝統〟として継承されていた。カフカの『ミレナへの手紙』1920―23 はそのことを赤裸々に告白する。

ヨーロッパを席巻して六世紀に発生した癩病は十六世紀以降はだんだん衰える。ということは、ヨーロッパでは六世紀から十六世紀までに（日本では十八世紀までに）、癩病患者を織りこんだ物語が編集継承されてきたということなのである。

ちなみに癩病を扱った文学作品では、北条民雄の『いのちの初夜』1936 やジョルジュ・シムノンの『不運の星』1938 が忘れられない。自身、ハンセン病を患っていた北条民雄はわずか二十三歳で死んでいくが、川端康成を通じて発表されたいくつかの短篇と随筆は、いまもわれわれの肺腑をえぐってやまない（いまなお本名は不明）。シムノンの作品ではタヒチという楽園で癩病患者と出会う設定になっている。シムノンは一般読者にはメグレ警部シリーズで知られるものの、読む者に妥協を許さない作品も数多くあって、私はその大半がフラジリティからの脱出の失敗を描いているとみなしている。読みなおされるべき作家の一人である。

さて、話を戻して弱法師にまつわる日本の社会背景の話だが、『令義解』などの史料によると、日本ではすでに古代から癩病は伝染するものと考えられていた。そのため癩者には看護者が一人つけられるという福祉対策やターミナルケアの制度もあった。養老七年

（七二三）には興福寺に施薬院と悲田院が、天平二年（七三〇）には皇后宮職に施薬院が設けられている。

ところが、それが中世にいたって癩病の扱いかたに大きな変化があらわれた。結論からいえば、癩者は非人の中でも最も不浄なものとみなされたのである。

喜田貞吉や辻善之助や原田伴彦の研究このかた、今日、歴史学がほぼ確認している中世社会の身分構成では、貴種、司・侍、百姓、下人という四段階のさらに下に非人があてられている。その非人のなかでも癩者はひどく特別視されていた。たとえば黒田日出男の推理で有名な『一遍上人絵伝』第三巻の供養の場面には、四つの集団がそれぞれ輪になって共食している姿が克明に描かれている。四つの輪は、時衆（じしゅ）グループ、乞食僧グループ、非人グループ、不具者のグループの輪である。ところが、この四つの輪からさえ排除され、そのさらに外側で孤立しているのが癩者のグループとして描かれている。グループはいわば「浄」から「穢」にむかって区分けされ、その最も穢（け）がれた存在として癩者たちが位置づけられているわけである。つまりこの時代、癩者は最もひどい「弱者」とみなされたのだった。

特別視されたかれらはどうしたかというと、『今昔物語』の巻二十にそんな話が収録されているのだが、心懐（しんかい）という僧がある報いをうけて、親子の縁を結んだ乳母からもケガレ者と蔑まれ、行き場がなくやむなく清水坂のあたりに身を寄せたところ、その清水坂でも不具者たちから〝片輪者〟となじられ、三月ほどして亡くなってしまっている。まことに悲惨な末路なのだ。

この話から想像できるのは、もともと癩者や不具者たちが清水坂あたりに集住していただろうということ、しかも癩者たちはそのなかでも軽蔑され、不浄視されていたらしいということである。

そうであるなら、さきにのべた謡曲や説経節の弱法師の物語が清水観音に祈願をしている場面を入れている意味は、当時の社会構造を見るにはすこぶる重大な意味をもってくる。清水の坂下には乞食の頭なども住んでいたという別の史料を加えて推理してみると（永原慶二）、かれらは乞食集団の頭たち（長吏）によってグルーピングされ、差別集団的に管理されざるをえないなんらかの宿命を負っていたということ、つまり監督されていたということなのだ。

一方、ふたたび『今昔物語』のいくつかの物語によると、全身が皮膚病に冒されているような者が観音菩薩や文殊菩薩の化人・化身とみなされていたり、そうした者たちに施しをするときは、下馬したり一礼をしたりするという一種の儀礼があった。

かつて辻善之助が紹介して知られるようになった大和非人長吏の起請文にも、重病の非人が乞食をするときは罵辱してはならないこと、また、癩者を非人の宿に預けるときは相当の志が大事であることなどがのべられている。明恵上人があえて「非人高弁上」と自署したという例もある。

このような事情が何を示しているかというと、癩者や不具者に施しをすることが、じつは当時の人々が観音の慈悲や文殊の知恵にふれられる大きな契機でもあったということなのだ。

ということは、癩者や不具者や乞食には「不浄」の刻印がされているとともに、その逆に「浄」の属性が付与されていたのかもしれないということになる。そこには二重の異化作用が、ロラン・バルトの言葉でいえば神話作用というものがはたらいたのである。その点を戸井田道三は、「いやしめられる身分の者であったからこそ、逆に神聖なものに変身しうる社会的な約束が成立していたのであるし、また神聖なるものに変身しうるものとして物をもらうがゆえに、いやしめられた」と、『能——神と乞食の芸術』1964で書いている。

そうなると、弱法師が清水観音によって平癒したことの意味がまたまた新たな内容をもってくる。弱法師はケガレとキヨメの両義性をもった境界上にいて、かつ人々にその境界を示しつづけるフラジャイル・モデルだということなのである。このことについては本章第三節「隠れた統率者」で、非人をふくむ社会的弱者たちを統括していた〝もうひとつの人々〟をめぐるので、そこでもう一度詳しくとりあげたい。

癩病の話が多くなってしまった。ここで天然痘についてものべておく。天然痘は一部の区域に集団発生するために、とくにその区域の人々の系全体が差別されやすい。それほど明確な症候だった。後世の記述になるが、たとえばバルザックの『村（トゥール）の司祭』1832には天然痘に罹ったヴェロニック・ソフィアの恐るべき容貌が次のようにしるされている。

いまや赤と褐色がとけこんだような色調に彩られたその顔には、無数の小さな穴があいて肌はむくみ、白く柔らかい肉にも深い溝がうがたれていた。額も病気の被害を被り、赤茶けて何かに叩かれたようになっていた。金髪の下のこのレンガのような色あいほどちぐはぐなものはない。肌の組織には気まぐれな空洞ができて破れてしまい……天然痘が冒しえない部分、つまり眼と鼻だけが無傷でのこったのである。

（加藤尚宏訳）

天然痘の恐怖は、日本ではかなり以前から疱瘡神（ほうそうがみ）として怖れられている。鎌倉前期の『続古事談』には、モガサ（疱瘡・痘瘡）は新羅の国からおこったとあり、疱瘡神が外の国から流れこむという観念が語られている。「外」のせいにしたのである。この〝外から来た悪鬼〟の観念は、モンゴル襲来や寺社による顕密主義によっていっそう増幅された（村井章介）。以来、疱瘡神は天然痘がいちじるしい赤斑をともなうことから、赤色の恐怖となり、鬼として悪鬼として、さらには酒呑童子（しゅてんどうじ）として、排除や退治の対象となっていったのである。

酒呑童子が疱瘡神であることを解いた高橋昌明の明察がさえる『酒呑童子の誕生』1992によれば、疱瘡神はまた節分の方相氏の恐ろしい容姿ともつながっていたという。その後、江戸時代になると疱瘡神は疫病のシンボルから守護のシンボルに変わっていく。その民間信仰の実状の一端は、ヘルムート・ローテルムンドの『疱瘡神』1991などが扱っている。

癩病と疱瘡をめぐるごく一部の経緯にのみふれただけであるが、ともかくもこうして、これらの疫病・業病にかかった者たちは、いまでは想像できないほどの排除と差別をうけた一方、中世社会においては逆に畏怖の対象とも聖化の対象ともなり、きわめて象徴的な「弱法師」として、人々の社会的価値観念の奥底にまでしのびこんでいったのだ。

弱法師から議論できる問題は、なお以上の点にはとどまらない。弱法師というイメージからは、さらにもうひとつの議論が引き出せる。

それは、弱法師がよろよろとしていたということ、すなわち足が悪くて難度の高い歩行困難者であったこと、もっと端的にいえば不具者めいていて、その姿には、私がこの節で関心をよせている「欠けた王」をめぐるもうひとつの本質的特徴が隠されているということである。私は、そこに「よろめく神」の本質を見たいのだ。

世界各地の神話にはかなり奇妙な足にまつわる伝説や異常な足に関連する昔話が数多く

ふくまれている。たとえば、世界中で最も知られている物語の主人公オイディプス（エディプス）では、オイディプスという名前そのものが「腫足」という意味をもっている。生後まもなく踝（くるぶし）にピンを刺され、穴をあけられたため足が異常に腫れていた。かくてオイディプスは足が不自由なため、老人になると杖にすがる運命をもつ。

オイディプスの祖父ラブダコスも妙な名前をもっていた。「跛行」という意味だ。足に関してはイアソンも変である。彼は簒奪者（さんだつしゃ）の叔父ペリアスのもとに片方だけのサンダルをはいてあらわれる。これはどうみても跛行者の刻印をもっている。スサノオも高天原パンテオンを追われた流刑の果てに、手ナヅチ・足ナヅチという奇妙な名をもつ老夫婦に出会っていた。これは、誰も指摘しないようなので私がここに書いておくことにするが、スサノオの手と足にあきらかな異常があった証拠なのである。

もうすこし例をあげるなら、ゼウスは怪物テューポーンに鎌で手足の腱を切られている。鍛冶屋へパイストスは「曲がり足」とよばれた。そのへパイストスが天上から投げ落とされたとき、それを拾って育てたテティスの添名は「銀足」だ。そのテティスの子が例のアキレス腱をもったアキレウスであった。テーレポスもアキレウスに左足を傷つけられる。このときアキレウスはディオニュソスの力を借りている。ディオニュソスはかつてミューシアで自分に敬意をはらわなかったテーレポスをよくおもっていなかったので、アキレウスの依頼をうけて、テーレポスがつまずいて倒れるようにしたのだった。アキレウスがテーレポスの左足に剣をさしこめたのはそのためだ。

いずれも異常な足の持ち主なのである。

そこで気になるのは、ギリシアではしばしばディオニュソスが歩行困難な神と結びつけられていたことだろう。ディオニュソス・スバレオタスとはもともと跛行神のこと、つまりは「よろめく神」ということなのだ。


アジアでは足がおかしい跛行の神として、古代中国神話の禹(う)がよく知られている。

禹は夏王朝の創始者であって、共工と争った人面魚身の洪水神であるが、『荘子』や『山海経(せんがいきょう)』には「禹は偏枯(へんこ)なり」としるされている。禹は半身不随か跛行者だったのだ。『山海経』にはもうひとつ魚婦という偏枯の神も出てくるが、白川静はこれが禹の原型だろうという仮説をたてている。

禹には「禹歩(うほ)」とよばれる独得のステップがつきまとう。原義的には身をかがめて不自由に歩く姿のことをいうのだろうが、のちには「とびとび歩き」あるいは「よろよろ歩き」のようなステップのことをいうようになった。一説には北斗七星を踏むステップともいわれ、そうだとすれば、北に向かって地上の北斗を踏む太極拳の起源がここにあったかともおもわれてくる。太極とは太極殿がそうであるように、そもそも北辰世界をあらわすからである。

ちなみに私は、日本の神輿(みこし)をかつぐ者たちがワッショイ・ワッショイという掛け声で、

弱足と片靴の人類学

上は能四番目物の『弱法師』。
いま橋掛りに盲目の弱法師が現れる。松田存『能・狂言』より。
下は説経節『信徳丸』の一場面。
弱法師こと信徳丸が天王寺に仮泊する。
当時、大阪の天王寺境内付近は一種のアジールであった。

世界中に「体に欠陥のある者の伝説」が満ちている。
右縦長の図はシェーデル『年代記の書』(1493)の図版で、
インドの民族誌を翻案したもの。
一方、世界中に「病気の物語」が散っている。
中央は中国19世紀の天然痘にかかった少女の図。
左も中国の天然痘図だが、
手にした枝によって自然療法が試みられていたようだ。
荒俣宏『想像力博物館』(作品社)より。

シンデレラがなくした片方の靴は、
全世界の神話伝説が秘める「欠けた王あるいは弱足の物語」を継承する。
アーサー・ラッカム画(1919)。

暗黒舞踏の創始者・土方巽には、
体中にかさぶたのようなものをつけた踊りがある。
これは『疱瘡譚』(1972)より。
小野塚誠撮影。

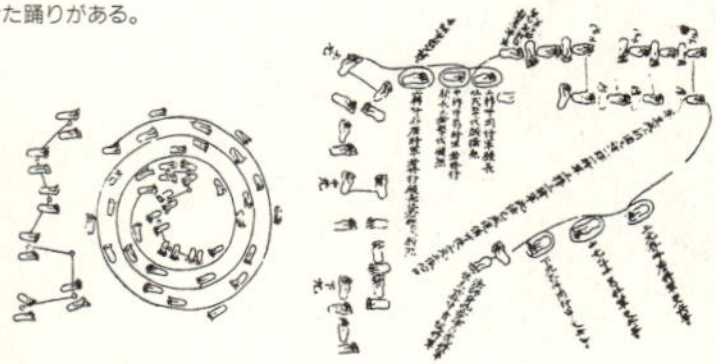

中国の伝説的な洪水神である禹は
歩き方のおかしい"偏枯の神"とよばれた。
その歩行法はのちに禹歩とよばれ、東洋舞踏法の原型となる。

周囲から水をまかれ、わざわざよろけるようにして歩くのは、ただ神輿が重いからというのではなく、あえてそのようなステップをするための禹歩の変形だと考えている（中世の記録に出てくる反閇（へんばい）や弁慶の飛び六方で有名な六方などが禹歩からの影響であろうという説は、何人もが提出している）。

わが国にもヒルコ伝説やエビス伝説があった。

ヒルコはイザナギとイザナミの両神が交合に失敗して生んだ最初の子である。『日本書紀』に、「次に蛭児（ひるこ）を生む。すでに三歳（みとせ）になるまで脚猶（なほ）し立たず。故、天磐櫲樟船（あまのいわくすぶね）に載せて風のまにまに放ち棄（す）つ」とある。そこで二神はやりなおしてアワシマ（淡島）を生む。だからヒルコは日本の最初の子供なのである。

しかし、そのヒルコの脚は萎えていた、そこで流して捨てた。『古事記』では葦舟で流したことになっている。ヒルコを舟で流したというのは、生まれてまもなく葦舟で流されたモーセ、産着に包まれてクレタ島に移されたゼウスの話などをおもわせるが、モーセやゼウスが神話時代の偉大なリーダーになったのにたいし、ヒルコはただ流されておわったかのように記紀ではしるされている。が、そんなことはなかったのだ。ヒルコは海を流れ流れて西宮神社のエビス神になったのだ。これが明治二十五年（一八九二）に吉井良秀が出した説である。

その後も、ヒルコ＝エビスをめぐる仮説では長沼賢海の『ゑびす考』1915、喜田貞吉の

『夷三郎考』1917、中山太郎の『ゑびす神異考』1936などといろいろの仮説が出て、エビスとコトシロヌシやヒコホホデミとの関係、エビスと海神との関係、エビスと佐伯氏との関係など議論されてきたのだが、いまなおエビス神の実態ははっきりしない。中山太郎などはエビス＝鯨説まで出していた。

けれども、エビスが足の萎えた漂着神の系譜にいることだけははっきりしている。また、このエビスをふくむいわゆる七福神は、腹が出ていたり頭が長すぎたりするような、いずれもが奇形を特徴とするフラジャイルな神々である。私も親しくしている車椅子の俳人花田春兆の考察にも詳しいことだ。

日本にはもうひとつ「山田の中の一本足の案山子(かかし)」という風変わりな一本足がある。小学唱歌では「山田の中の一本足のカカシ、天気がよいのに蓑笠つけて、朝から晩までただ立ちどおし、歩けないのか山田のカカシ」となっている。いまはこの表現に多少の問題があるとして、小学校でも歌っていないらしい。

山田の案山子にはヤマダノソホドというれっきとした神名がある。また、スクナヒコナ伝承では、天下の事ならどんなことも知っている博識神としてクエビコという神が出てくるが、このクエビコを『古事記』ではヤマダノソホドのことだとも書いている。クエビコのクエは「崩え」で、歩行不能の意味である。ということは、山田の案山子は歩けないけれど、そこにいて天下の事をすべて知悉している者の象徴だということになる。歩けないのは片足者か、足が萎えていたかのどちらかだ。こんな歌がある。

あしひきの山田の案山子おのれさへわれを欲しといふうれはしきこと

この『古今集』の誹諧歌では、本来は山にかかる「足曳の」の枕詞を跛足の「足跛き」に掛けている。また、案山子を「そほづ」と訓むことについては、すでに本居宣長が『古事記伝』に「そほづ」はソホドのことだという推理をしている。それを郡司正勝が『童子考』で、さらに「そほづ」は僧都でもあろうと推理した。いずれにしても、案山子が足の萎えたシンボリズムを担っていることには変わりない。

カカシの歌にある「蓑笠つけて」もはなはだ重要な意味をもつ。日本において蓑笠をつけるのは、神か、あるいは神の代理人であり、蓑笠はその物実である。その象徴的な姿はいまでも道の地蔵やナマハゲなどとして見られよう。さらに重要なことは、わが国にはこの蓑笠をつけた姿を借りる者たちがいて、その者たちが私が次節でとりあげたい「境の民」であり、また、映画やテレビの股旅物によく知られているような渡世人や遊俠や任俠の徒をもって任ずるアウトローたちなのである。

このような跛行の神や足の萎えた神は、われわれに何を知らせようとしている神なのだろうか。動けないこと、動けないほど弱っていること、また、さまざまな場所を遍歴巡行してついにどこかへ辿りつき、いまはただそれまでの出来事をおもいめぐらしているということは、きっとわれわれの思索の起源のありかたを示唆しているはずである。
私は、人間の存在の歴史というものは、どこかに「出遊」しようとしている者の歴史であり、逆にどこかから来訪してきた者から彼の地の「物語」をたずねようとしている者の歴史であるとみなしている。誰もが物知りである必要はないけれど、誰かは物知りでなければならないとしたら、その者とはすでに出遊を終えて、一所にとどまっているはずの者なのである。これらの弱々しい神々の物語には、こうしたわれわれの世界知にたいする渇望の本来を暗示するヒントが隠されているようにおもわれる。

さて、以上のべてきたような、片足の神、跛行の神、足の萎えた神などを語った物語をつなげてみると、その物語の連鎖のなかに、およびその延長線上の物語のなかに、さらに異常で劇的な共通現象がつきまとっていたことに気がついてくる。それは、弱者の世界の意地を描いてきた片足伝説ともいうべきが、なんと「片方の靴」を媒介にして新たな再生や蘇生を試みているという展望である。

物語をふりかえってみると、テーセウスが持ち上げた大岩の下で発見したものは、剣と父親の黄金のサンダルであった。
テーセウスが大岩を持ち上げるのは彼が大人の年齢に達したイニシエーションを象徴す

るのだが、そこで黄金のサンダルを手にいれたことはその力が他者にたいして譲渡可能であったことを伝えている。ペルセウスの物語でも、ペルセウスはゴルゴンとの戦いの前にヘルメスから魔法のサンダルを片方もらっている。そのせいでペルセウスは片靴野郎(モノタレビト)とよばれた。

テッサリアの英雄イアソンの物語でも片方の靴はきわめて重要な役割をはたしている。マグネシア地方イオルコスの王となるはずのイアソンの父は異父兄ペリアスに王位を奪われている。ペリアスはイアソンの復活を軽視していたが、ある日、デルフォイの神託で「片方のサンダルをはいたアイオロスの子孫に気をつけよ」と告げられる(アイオロスはイアソンの曾祖父である)。やがて成長したイアソンがイオルコスに戻ってきたとき、イアソンは道すがら頼まれて老婆を背負って川を渡り、片方のサンダルを流してしまう。このあと、イアソンは片方のサンダルのままイオルコスの市場に立ち、王位への道を歩みはじめるわけである。老婆は女神ヘラの化身だった。

いったい、このように片足のサンダルが頻繁に登場してくるのは何をあらわしているのだろうか。

カルロ・ギンズブルグによると、ダマスカスでは片方だけサンダルを履いた裸体の女神が発掘されているという。これはどうやらアプロディテ・ネメシスであるらしく、そこでギンズブルグは「サンダルを片方だけはくことは、地面と直接ふれることで、地下の力との関係をもとうとする儀礼的状況がある」と喝破した。
ギンズブルグはまた、ディオニュソス祭でおこなわれたというアスコーリアスモスという儀礼的な踊りにも注目をはらっている。これはアスコーリアゾーという鶴が片足で立つ習慣をあらわす言葉から派生したもので、ようするに世界中に見られる「鶴の踊り」のひとつだというのだ。デロスではアポロン神殿の周囲で巫女たちが片足で踊っていたものだった。ここには、アジア各地、日本各地でいまもとりおこなわれている鶴舞や鷺舞の起源が見られよう。

アジアでは、達磨伝説に片方の草履があらわれる。これは禅宗や美術史ではしばしば「隻履達磨」とよばれ、多くの禅道画の画題にもえらばれてきた。

梁の時代、中国を訪れたボーディ・ダルマ（菩提達磨）は面壁九年、ついに覚悟をえて嵩山少林寺に禅宗をひらくのであるが、そのダルマもついに臨終をむかえるときがくる。門人一同がダルマを埋葬したのち、ふとその柩をあけたところすでに柩にはダルマの死体はなく、ただ片方の草履だけが残っているのを発見する。あわてて八方手をつくして探索してみると、人あって、そういえばダルマに似た人がチリンチリンという鈴の音をのこして西の方へ去っていったという話である。

わが国にも似たような話が『日本霊異記』などにのっている。ある日、聖徳太子が片岡山を散策しているとき、道端にみすぼらしい飢人（乞食）がうずくまっている。二、三言声をかけて太子は通りすぎたが、その姿にはなにやら崇高なものが感じられ、のちに人をやってその乞食を探させた。しかし、そこにはもはや乞食の姿はなく、ただ片方の草履と鈴だけがきちんと置いてあったというのである。ここから達磨が日本に来ていたという伝説も数多く派生した。

似たような話はそのほか、いろいろある。菅江真澄（すがえますみ）の『遊覧記』天明篇にはアイヌとの抗争をえがいた小山権現伝承がふれられているが、そこには小山判官の脚絆（きゃはん）（あるいは草鞋）が片方だけ残っていたという話がついている。この片足の脚絆を残した小山権現こそ、東北最大の片足神アラハバキの原像なのである。

インド神話にも、王子ミトラが軽やかな足取りで逃げ去る夜明けの女神を追いかけているうちに片方の靴をなくすという話がある。別の話では、片方の靴をなくしたのは女神のほうだったということになる。

こうなると、一挙にシンデレラの片方だけのガラスの靴の意味をはっきりさせたくなってくる。これらの話はあきらかにシンデレラの物語母型に近づいているからだ。

九世紀、段成式の『酉陽雑俎』（ゆうようざっそ）に収録された葉限（ようげん）の話が、これまで知られているかぎりのシンデレラ型の物語の最も古いものだといわれてきたが、シンデレラの母型はもっともっと深いルーツをもっていたわけだ。つまり結論を急ぐなら、中国型シンデレラである葉限の物語、ジャンバティスタ・バジーレの「猫のシンデレラ」として知られる少女ゼゾーラの物語、また、シャルル・ペローやグリム兄弟が採取した私たちになじみの深い灰かぶり少女やシンデレラの物語、さらには世界各地にのこる三百四十五種類とも八百種類以上ともいわれるシンデレラ・ヴァージョンの数々は、その細部にとらわれさえしなければ、私がこれまでのべてきた「よろめく神」の少女化であり、「弱法師」の少女化だったのである。

ただそこには、冬から春にかけての季節儀礼に立ち会った者の物語性や、死者の国へ行った者の物語性が、子供たちのためにキラキラとおいしそうなトッピングの物語要素とともに混入されていただけだった。

片足の神と片方の靴の話がつながっているのは、もはやあきらかである。まさしく「欠けた王」の物語は「欠けた足」とともに「欠けた靴」につながっていたわけである。

それだけではない。片足あるいは一本足の神、片目片足の神、英雄の足の傷、神や怪物や魔物の歩き方、よろめく神や跛行の神、歩行を暗示する鈴などの音、不自由な職人の手足、片方の靴やサンダルや草履、なくした靴、あとにのこされた足音と足跡や鈴の音など……、これらすべてが密接につながっているのである。「弱足の人類学」とでもいうべきものだ。

もっというのなら、そのような「よろめく神」の歩行を助ける杖、その杖をつくるための樹木の性質、その木や杖につける鈴、旅の道具としての靴や草履や物入れの袋、旅の途中でヒントをもたらす化身の者、その者からもらう魔法の品や日用品、こういうものも物語構造の底辺でそれぞれ共鳴しあい、関係しあっていると考えるべきなのだ。

これらは弱法師のもつすべての要素ともつながっている。なぜなら、片足であること、歩行が困難であることなどは、体力が弱っていることや未成熟であることや病気にかかっていることをさしているのだし、また盲目であることはそのまま歩行不能の象徴でもあったからだった。

けれども私は、このような異例の物語が示してきた主人公たちにまつわる奇妙な動向には、さらにまた別の注目すべき性格がかかわっていたとも考えたい。それを、私は「境界をまたいだ者たちの動向」というふうにとらえている。

2　境界をまたぐ

定住と定着という境遇においては、旅立ちはいちじるしく社会的心理的、知的影響をもたらす。人からの認知という文脈から切り離されると、旅人の社会的存在は両義的、かつ順応的になる。旅立ちは心理的に一種の疎外をもたらす。

エリック・リード「旅の思想史」（伊藤誓訳）

土方巽がアスベストホールの七輪で魚をあぶりながら、こんなことを言っていた。私と澁澤龍彦をはさんでいささか悪い酒を呑んでいた雑誌記者が、暗黒舞踏の象徴ともなった全裸白塗りの理由を問いただしたときである。

長い蓬髪を姉さんのようにうしろにしばり、机に組んだ両腕をついた着物姿の土方は、まずゆっくりと唇をなめると、東北訛りで「あのね、踊りというものは境い目をまだぐんですよ」とぽつりと言い、ついで目を細めて「それには裸にならなぎゃならんでしょう、色を捨てなぎゃならないわけですよ」。そこで土方は髪をかきあげ、ニヤッと笑った。

女神イシュタルは七つの門を通過するたびに衣服や装身具を脱ぎ捨て、冥界の中心に立ったときは真っ裸になっている。そこで若水を浴び、次に衣服をつけながら黄泉がえる。

なるほど、踊りは境い目にむかい、境い目をまたぎ、境い目からかえってくるものだ。踊りとは、境い目にむかいながらすべてを脱ぎ捨て、境い目からもどるにつれて、すべてを装着するのである。これは踊りのみならぬ芸能そのものの基本であった。

そこで思い出されることは、境い目で裸になるという習俗が王権の交代にもかならずといってよいほどあらわれるということである。

例はいくらでもあった。ファラオはエジプト暦新年に厳粛な密儀のあとで裸になり、神官にマントをかけてもらい、ついで曲杖（きょくじょう）を手わたされたときに再生できた。古代イランでも『アヴェスター』によれば、敵国のフランラスヤン王がイランの王権を手に入れようとして真っ裸になるくだりがある。プルタークの記述には、アルタクセルクセス二世がパサルガタイ女神の宮殿で即位するときにやはり真っ裸になり、キュロス大王の衣を着てイチジクを食べテルミントスを齧（かじ）り、神酒だかヨーグルトだかをぐいっと一杯のんでいる。アレキサンダー大王が死ぬ前に将軍たちが裸になり、列をなして大王の病床のそばを通ったという話も暗示的だった。

アッバース朝カリフの即位儀礼にもマホメットのマントが用いられている。周王朝でも王権伝授は先王の衾（しとね）を着替えることで成立した。そして王権の象徴のマントを着た。これらのマントがゆくゆくは日本の天皇の真床覆衾（まとこおうふすま）にもつながっていく。中国神話の原型を日本にも適用してみせた白川静の説である。古代高句麗の王にも臣官たちの石と水による模擬合戦を見たあと、裸になって水に入る儀式があった。これは井本英夫の説だった。

古代の王たちは「ここ」（here）と「むこう」（there）の境い目で裸になり、ついでマントを着て新たな王になったのである。王はやたらに裸になりたがるのだ。〝裸の王様〟はアンデルセンのつくり話ではなかったのである。

この「王権の境い目で裸になる王」は、前節で問題にした「欠けた王」すなわち「弱点と欠陥をもつ英雄たち」の話とともに、私はこれまでの王権伝授論に変更をせまるものかもしれないとおもっている（私は従来の王権論にいささか不満をもっている）。

ただし、そのことは本書ではとりあげない。この節では、なぜそんな問題が重要になるのかということを、もっと民衆のレベルで考えておきたい。土方巽だって、一方では王の魂であって、他方では民の反乱であるような踊りを、その暗黒舞踏や東北歌舞伎でめざしていたのであったから。

そもそも「裸になる王」や「欠けた王」の儀式を民衆レベルでもどい、た、の、は、境い目の芸能だった。もともと芸能はその多くを境い目で生んでいた。ここで境い目とは、村境だけをさすわけではない。境い目は村境や峠だけではなく、村の辻や川のほとりや橋の上などをふくんでいる。かつて境い目は共同体周辺のあちこちにいくらもあったのだ。

村境だって一つだけということはなかった。村の東西南北をはじめ、道のあるところならどこにもつくられた。しかも境い目になるところでは(どこかにかならずクニの境い目があるわけだが)、どんなばあいも〝道切り〟をされたのだ。〝道切り〟は近世までの旅人がたいていいしていたことで、道の神の道祖神や道陸神(どうろくじん)のあるところで、携帯袋から幣(ぬさ)をとりだして先行きの安全を祈るもの、詳しくは私の『花鳥風月の科学』を参考にされたい。

このような境い目は厳密なものというよりも、決めたくて決まったものである。そのいきさつをふくんだ行逢裁面(ゆきあいさいめ)とよばれる昔話が各地にいろいろのこっている。Aの村とBの村から村人の代表たちが同時に出発をしてテクテク歩いたすえに、どこかで二つの村の者が出会ったところが境界になるというもので、行逢(ゆきあい)は行き逢うこと、裁面(さいめ)は柳田国男によるとサカイメ(境い目)がサイメになった。

境界を決めるといっても、だいたいはこんな按配(あんばい)だったのだ。アニメーションと語りが愉快な『日本昔ばなし』というテレビ番組を見ていると、昔話の半分に行逢裁面のシーンがたくみにつかわれていることがわかる。

いいかげんに決まったようでいて、それでも各所に境い目という「ここ」と「むこう」を分ける「一線」ができたということは決定的である。

しかもいったん境い目が決まった以上は、今度はその境い目が不思議な力をいろいろ生み、その場所が格別の地(トポス)になっていった。鬼が出るのも鬼女が出るのも境界付近だし、妖怪が出るのも橋姫が待つのも境界付近、この世でかなわぬ逢う瀬が叶うのも、境界付近なのである。

いっときシンガーソングライターのつくるフォークソングやポピュラーソングに「無縁坂」とか「夢逢橋」といった歌詞が出まわったことがあったものだが、あれは古代中世からくりかえされていた境界定めの名残りでもあった。柳田の『日本の伝説』1929には、「東京の近くでは、北と南の品川の天王様の神輿が、二つの宿の境に架けた橋の上で出あひ、橋の両方の袂のお旅所でお祭りをしました。さうしてその橋を行き逢ひの橋といふのであります」とある。

私はこの十年ほどは、近所の氏神とともに赤坂の山王日枝神社に初詣をしている。そこでは茅輪くぐりがある。チガヤを大きな輪にし、これを参拝客たちが次々にくぐる。くぐるときになんとなく気分が変わる。毎年、ジャイアント馬場の一行と一緒になって、くぐってきた。

この茅輪は注連縄の一種で、民俗写真家の萩原秀三郎によれば茅輪のほうが注連縄の原型だというのだが、つなげば茅輪、のばせば注連縄となるチガヤのしるしは、どんなときも「ここ」と「むこう」の境い目の象徴だった。注連縄だけではなく、藁人形も茅輪を変形させた境界標識である。千葉県の富津あたりを車で走っていると、しばしば大きなワラジが巨木にぶらさげられているのに出会う。片方だけの大ワラジだ。そこが昔からの境い目であり、そこには昔ながらの祭祀があったわけである。なぜ片方だけのワラジかといえば、そこに前節でのべた「弱足の人類学」が関与する。

だいたいカヤやチガヤで編んだものは、たんなる依代だというよりも、境界呪物に近かった。

たとえば、こんなものまでもがとおもわれる今日なお運動会にみられる綱引も、しらべてみると、もとは満月の夜の村境でチガヤを綯って雄綱と雌綱を引きあう行事であったことが知られてくる。綱は東西の村で引きあうこともあり、南九州枕崎付近の村では、十五夜の前日に少年たちが山に入り、チガヤを採って頭にかぶり、いっとき月童神となって行列をする。海辺の村によっては十五歳の少年を裸にして大きな綱のとぐろの真ん中に立たせてもいて、私は、満月に照らされた少年の姿はなんともフラジャイルであろうことにおもいを馳せたものだった。

しかし、その後に村山智順・寒川恒夫・崔仁鶴・小野重朗・石垣博孝らの研究論文を読んでみて、綱引の起源が中国豊饒儀礼としてかなり古くからあり、東南アジア一帯でも天父地母の聖婚儀礼や雨乞い儀礼の再現に深く結びついていることを知った。そうしたときには綱引とも変じたチガヤを飾りながら、そこに各種の境い目の芸能が生まれていったのである。

チガヤについては『備後国風土記』逸文の蘇民将来の物語も思い出される。北海の武塔の神が南海の神の娘をもらいに出て、兄弟に宿を乞うたところ、弟は断り、兄の蘇民将来はこころよくひきうけた。時へて、弟の一族は疫病によって壊滅させられたが、兄の蘇民将来一族はチガヤを腰にまくように教えられていたので助かったという話だ。

ここから、京都祇園祭で「蘇民将来」と墨書したチマキ（粽）がまかれることの意味、もともと祇園祭が蘇民将来一族の物語と縁のある大陸由来の牛頭天王を祭っていることの意味が見えてくる。また人々がいかに疫病に苦しんでいたかということも見えてくる。

芸能の多くは「辻」と「道」と「門」とで発達してきたという説がある。熊倉功夫や私と同い歳で、四十代なかばで早死にしてしまった国立民族学博物館の才人守屋毅の説だった。「辻」でやる辻芸から「道」を流す大道芸が派生し、その大道芸から家々の「門」にとどまる門付芸がおこったのだというものだ。辻→道→門という順なのだ。それだけではなく、その三段階の順序の発展がそのまま門から家の中にもちこまれ、それが「庭」に入って中庭の芝居となり（芝に坐ったから芝居といった）、さらに「奥」の座敷に入っていわゆる座敷芸になったともいう。

これらの、辻から道へ、道から門へ、門から庭へ、さらに庭から奥へという転換は、それぞれのポジションが重要な境い目であることを告げている。実際にも、古代や中世では辻もまた境そのものだった。たそがれどきのトワイライトタイムになると（大禍時になると）、人々は辻に出て、ひそかに言霊をたずね、夕占をきいたのだ。第三章第三節の「トワイライト・シーン」にふれたことである。この点については、小笠原恭子は芸能の場は夜を暗示する冥府との接点をもっていなければならないとさえ言った。

しかし、守屋説にはちょっと不備なところもある。このような辻や道や門前は芸能の場であるとともに、「市」の場であり、男女交歓の場でもあったということだ。

そうだとすれば、折口信夫がすでに『芸能史ノート』で指摘していたように、そこは「冬祭り」の場であり、山人と里人とが唯一接しあう境界面でもあったのである。山人は年の暮や年の初めに年に一度の山降りを見せ、そこで山と里との産物が交換されていた。こういうことは、さすがにカール・ポランニーの『人間の経済』1977やフェルナン・ブローデルの『物質文明・経済・資本主義』1979は見逃さない。

芸能の境い目の関係は舞台にももちこまれている。

まずもって、能舞台の橋掛りや歌舞伎の花道などが、それ自体でみごとな境い目そのものだ。そこはトワイライトなアルタード・ステーツがおこる境界なのである。が、それだけではなく、能や歌舞伎の小屋はその構造そのものが境い目だらけなのだともいえた。役者たちも、外と内、表と裏、山と里、この世とあの世、過去と現在など、つねに小屋や舞台の中の境い目を意識しつづけて暮らしていた。そもそも芝居小屋自体が「ここ」と「むこう」の境い目の象徴なのである。江戸では芝居小屋のある区域はすでに「川むこう」とよばれていた。
享和三年に出された式亭三馬の『戯場訓蒙図彙』1803という本がある。私の大好きな本で、なにかにつけてはひきあいにだすのだが、三馬の見立ての趣向が面目躍如する。劇場を「世界」あるいは「国」とみなし、芝居小屋でおこなわれるもろもろの出来事や約束事を戯場国の風俗習慣に見立てたもので、当時を偲ばせる穿った絵も多い。

この三馬の描く芝居小屋を見ていると、そこが遊郭のありんす国に匹敵する独立国であり、遊郭にくらべてはるかに濃度の濃い擬似宇宙性に富んでいたことがわかってくるだけではなく、劇場がさまざまな境界によって仕切られていたことがよく見えてくる。

江戸の芝居小屋は、小屋の上には櫓をかまえて梵天や毛槍を立たせた。小屋の前面には看板と提灯とうず高い積物が神前供物のごとくにびっしりと並び立つ。胎内くぐりをおもわせる鼠木戸をくぐって観客席に入ると、そこには桟敷以外にも神楽堂やら羅漢台やら通天橋やらの神々しい名前の席が用意されている。そこで宴まがいに酒弁当肴などをならべて神人饗応のつもりで騒いで待っていると、にわかに太鼓三味線の音曲が入るとおもうまもなく、ざざっと定式幕があく。世界は天王建て、そこに成田不動になりかわった団十郎が天の心柱めがけて七三の見得を切る。芝居小屋というもの、まさに神仏宇宙尽くしで、境い目だらけなのである。服部幸雄の『大いなる小屋』1986に詳しい。

もとよりシェイクスピア時代以前から、ヨーロッパにおいても劇場はつねに世界劇場であったのだから、日本の芝居小屋が宇宙性の「もどきのアーキテクチャー」をもっていたところで不思議はないが、その宇宙観というものが神仏羅漢雪月花らの暗合符牒をいろいろ借り出したもので、そこがいかにも日本めく賑やかさなのである。

しかしここで重要なのは、そのような芝居小屋にはつねにいくつもの境界が仮設されていたということである。芝居町のアドレスから桟敷や楽屋の区割りまで、小屋の内外がたくさんの境界で区切られていたということだ。とりわけて橋掛りや花道の境界としての象徴性は決定的だった。

芸能は境い目を好む。では、芸能が境い目に発生したのはなぜなのか。境い目は弱いものたちが集うところであったからである。では、なぜ、境い目には弱いものたちが集うのか。それは、境い目に強い神をおいたからである。

古代ギリシアでは境い目に立つ強い神にはヘカテーがいる。恐ろしいグレートマザーである。ギリシア最古の三差路神であって三面三身の三重神、ヘカテーがわからないとギリシア経由のヨーロッパの民間信仰の構造はほとんどわからない。いわば世界のすべての分岐点を司る。

このヘカテーはやがて老婆の姿をもつ冥界神として民衆に怖れられ、中世にはヘカテ・トレヴィアとして、また魔女の女王としてカトリシズムの流れのなかで悪魔化されていった。いまでもヨーロッパ各地には満月の夜の三差路でヘカテーを祀る儀礼がさかんにおこなわれている。私はそのヘカテーの儀礼の背後に月神ディアーナ（ダイアナ）の秘密が隠されていることに注目し、月をめぐる『ルナティックス』1993という本のひとつの主題にしておいた。

強い力をもった境界神はどの民俗にも、どの地域にもみられる。

日本にも猿田彦やサヘノカミや橋姫をはじめ、境界神はおびただしい。記紀神話でも、ヤマトタケルの条では足柄（あしがら）の坂で坂の荒ぶる神が白い鹿となって出現し、信濃坂すなわち神坂峠ではやはり山の荒ぶる神が白い鹿として出現する。峠のような境い目にはヒダルガミとかダリガミとかダラシなどとよばれる強い神が待っていた。

境界神はやがてモデル化されて、ヤチマタヒコとヤチマタヒメの一対神およびクナド神という形象をもった。第三章に紹介した夕占（ゆうけ）でとなえる呪文は、このクナド神の名前にまつわるものである。ようするに、あれこれの境界神はこの三神に集約されたわけだった。

平安京では六月と十二月の晦日（みそか）にこの三神を祀るための国家的な道饗祭（みちのあえのまつり）があり、四方から侵入してきた鬼魅（魑魅魍魎）を塞ぐ儀式になっていたし、かつてはこのような力を示すための陰陽師らの専門集団もいた。入京していた悪疫神（癩病や疱瘡）を四方に退散させるためだった。

民衆に人気のある境界神も数多くいた。秋田角館（かくのだて）のニオウサン、福島船引（ふねひき）のオニンギョウサマ、新潟東蒲原郡津川のショウキサマ（正鬼様）、千葉君津袖ヶ浦のカシマサマ（鹿島様）などは、見上げるほどのかなり大きな藁人形で、いずれも鬼のような強力な面をつけている。茨城の石岡市井関ではこれがダイダラ法師、鹿児島曾於大隅では大人弥五郎どんになる。その多くが長い杖のようなものをもっているのも共通する。なぜかれらが長い杖をもっているのかということについては後述するが、すでに前節で暗示しておいたように、ここには「よろめく神」などの歩行神との関係がある。

ともかく、こうした境界神のおそろしげな姿は、この神のただならぬ「弱さを封じる力」をあらわした。辟邪（へきじゃ）の力をもち、悪疫をむこうへ退散させる力である。しかし、ここには裏の実態がある。

なぜなら、悪疫（弱い力や悪い力）とは、じつのところは、疱瘡や癩病にかかった者たち、精神異常者、事故や病気によって手足が不自由になった者、言葉の障害をもった者、無職者、住居不定者、貧乏な者、さらには、たんなる弱視者や失明者などのことだったからである。

前節でのべた癩病など、当時業病とされた病にかかった者はとくにひどかった。かれらはしばしば「異例」（違例）とか「いれい人」とよばれ、しばしば村を追われる運命となった。『弱法師』の物語は、まさに異例にかかった者が物乞い道具を一式もたされて、ときには特定の衣服を着させられて、天王寺の境内に遺棄されるという、当時の習慣を物語る。物乞い道具とは、金桶、小御器、細杖、円座、蓑笠などである。つまり、かれらは乞

境界を進む神々と人々

村境に向って進むサネモリ（実盛）人形。
もともとは稲の害虫を追い払うための「虫送り」であるが、
いつしか疫病退散のための祭りとも重なった。萩原秀三郎撮影。

ずっと昔から人々は「世界の辺境」を描くことを好んできた。
そして、その辺境にさまざまな空想的で奇怪な
生物像や人物像をあてはめた。
境界の向う側を恐れたからだった。
図は『和漢三才図会』の中央アジア。

上段は福島県田村郡船引町の「オニンギョー」。
悪疫退散のために村境の街道をにらんでいる。
下段左は埼玉県大宮市氷川神社の夏越の祓のために設けられた茅の輪。
下段右は千葉県高津市関尻の片方だけの大ワラジ。いずれも萩原秀三郎撮影。

食あつかいをされたのだ。すでに「浮浪人」という象徴的な言葉もつかわれていた。『続日本紀』などには、浮浪人を何度も東北の国におしやった記事が見えている。疫病や難病だけではなかった。そのほか多くの弱者の兆候をもった者たちを追放し排除するための祭祀が境界神の祭祀の裏で進行した。節分として知られる追儺の行事にもそんなしくみが隠れていた。

こうして、およそ次のようなことが進行していったのである。

まず、すでにのべたように、弱者を囲いこむ特別の区域が次々に生まれた。これが「むこう」すなわち「異界」をつくる。フーコーが端的に「大いなる閉じ込め」とよんだものである。

特別の区域にはいろいろなところがあった。芝居小屋が立ち並んだ河原もそのひとつであるし、村境のはずれもそのような場所である。森鷗外の『山椒太夫』で知られる散所をはじめ、鬼が棲むといわれる大江山などの辺鄙な区域にいたるまで、各地で特別視がおこった。こういう場所で、弱い者たちはあるときは本当の弱者としてあつかわれ、あるときは疫病などの持ち主として脅威の者としてあつかわれた。逢坂の関に追われた蟬丸に代表される盲目集団のありかたなどが、それを端的に示していよう。清水の坂下、興福寺や春日神社と深い関係をもつ奈良坂の北山宿もこのような場所である。

ついで、弱者たちに明瞭な烙印が押され、しだいに「弱さ」とか「弱者」とか「穢れ」

という観念がしだいに身分的な観念をあらわす言葉になっていく。「河原者」「非人」「穢多」「かわた」といった言葉が社会的人為的につくられるのもこのときである。このようなことがどんな社会でもおこっていることは、メアリー・ダグラスの『汚穢と禁忌』1966などがあかしている。

一方、このような異例を排除することは、「強さ」に関する社会的通念をつくっていくことになる。そこには「有徳」や「有縁」といったエリートをくすぐる通念の形成がふくまれた。

それだけではなかった。他方では、弱者が過去の因縁のくびきを断つことのできる場所がじょじょに形成されていったということが重要である。これが網野善彦のいわゆる「無縁・公界・楽」の出現だった。

このような場所は、日本の中世では無縁所、公界寺、駆込寺、あるいは楽、十楽などとよばれている。そこでは世俗の貸借関係からすら自由になることができた。悪い縁を切ることができたのである。そこが中世の自由というものだった。また、そのような縁切りをはたし、無縁であることを表明できた人々は、中世では、無縁、無主、公界往来人、公界者、公界衆、公界僧、所衆などとよばれ、新たな行商や市場や葬礼や芸能の活力を生んでいったのである。

笠松宏至・勝俣鎮夫・網野善彦らの精力的な調査研究によると、このような「無縁・公界・楽」の特徴は、不入権の確保、地子諸役の免除、自由交通の保証、集団の平和性、私的隷属からの解放、貸借関係の消滅、連座制の否定、老若を区別した組織性といったことに顕著にあらわれていたという。私は、ここにとりわけ市場の発生がともなっていたことに強い関心をおぼえている。無縁は一種の既成体制からの離脱にはちがいないのだが、それが逆に新しいネットワークを生み、新たな市場発生のトリガーとなったのだった。

たんに交換市場が生まれたわけではない。そこには「物語の交換」に伴う市場が育まれていった。今後の日本が経済をもちなおしたいというのなら、こうしたアンタッチャブルな動向が意外な経済動向のトリガーになりうることを看過してはならない。

アジールだけではなく、中世の日本には多くの弱いネットワークも生まれていった。いったい、弱さと強さは相対的である。弱い者を強制的につくってしまったことは、強い者に特権を集中させることになるが、その一方では、強い者たちの中に弱い者たちが反逆してくるかもしれないという恐怖をいだかせる。それを弱者が敏感に感じないはずはない。弱者は、その弱さの烙印ゆえの〝特権〟をもったのだった。それが〝強者〟から保障される独自のネットワーク社会をつくりあげる絶好のチャンスになった。私が次の第三節と第四節でやや詳しくとりあげたいとおもっているアウトサイダーやアウトローの世界というものは、このような社会事情を背景に生まれていったものである。

さて、前節にもちょっとふれておいたことだが、多くの境界神がしばしば杖をもっていることが気になる。この節の冒頭でのべた王権伝授の儀式にも杖があらわれた。これは何なのか。

杖といってもいろいろの杖がある。ヨーロッパの神話学には、笞状のロッド（rod）と棒状のスタッフ（staff）と象徴だけのワンド（wand）の区別をもっている。また、その寓意にはざっとおもいつくだけでも、樹木性、豊饒力、生命感、再生力、財貨性、教育性、矯正力、治癒力、蛇竜力、武力性、王権性、男根性、盲目性、老人性、案内力、境界性、魔術性など、さまざまなメタファーがからんでいる。小さな金の杖があれば王になれたニーベルンゲンの杖や、眠りを招いたり妨げたりする呪術的なメルクリウスの杖もあれば、医神アスクレピオスの治癒の杖もあるし、禅師のもつ杖や座頭のもつ杖もあり、いちがいには論じられないのである。けれども、ここで問題になる杖は「境界の杖」である。

日本では、『常陸国風土記』にいわゆる夜刀神の伝承が語られている。継体天皇のころ、ヤハズノマタチが葦原を拓いて田をつくろうとしたところ、谷の蛇神が一群となって妨害をするので、マタチ（麻多智）が果敢に矛をとってこれを払いのけ、山の麓に「標の杖」を立てたという話である。

こういう話は日本各地にたくさんのこっている。『出雲国風土記』にはヤツカミズオミツノミコト（八束水臣津野命）が、意宇の社に御杖を突き立てて「おゑ」と詔りたまったという記事がある。国引きの神が指した杖なのだろう。そのほか、斎刺神事の大半がサカキを立て、正月行事の大半にドンド焼きや繭玉にみられる「標の杖」や「標の棒」が出現するのも、やはり「境界の杖」の変形なのである。

杖は境界をまたぐ者がつかう。

境界をまたぐには、仮装や異装をすること、しばしば夕刻をえらぶこと、言霊（呪文）を唱えるなど、日常では見せない行為がともなってくる。八重山のアカマタ・クロマタは親子四神がそれぞれ杖や棒や鞭をもつが、その出現はトワイライトな夕方ときまっている。男鹿半島のナマハゲが木製の刃物をもってあらわれるのも夕刻で、その声はたいそう呪文めいている。石垣島のマユンガナシも白い装束を着たうえで夕方に杖をもってはじまり、さまざまな音声が事態をきわだたせた。また、さきに紹介したニオウサン、弥五郎どん、ショウキサマなどの杖も、境界標識としての力をもっていた。私は「鬼に金棒」という譬えさえ、境界標識となんらかの関係があるとおもっている。

すでに松村武雄は『生杖と占杖』1942 ではヘルメス神の分析を通して、ヘルメスは一本の柱ヘルムが転化した神であること、また『儀礼及び神話の研究』1948 では古代ギリシアの語り部ラプソドスたちがラブドスの棒を手にしていたことを通して、杖が霊力をもったダイモンであることをのべ、王のもつ杖の意義を先駆的に説明していた。山口昌男も『道化の民俗学』1975 ほかで、ヘルメスの杖カドケウスにふれ、生命樹や蛇やシャーマンの杖との関連を解説してみせた。

これらの見方を総合して発展させたのが、赤坂憲雄の『境界の発生』1989 の「杖と境界をめぐる風景」である。おびただしい事例を駆使したうえでの赤坂の結論は、境界が生んだ境の民にとって杖はスティグマであり、現世と異界を分けるシンボルであり、その杖の本来はもともとは柱や樹だったというものである。

ここで境の民がもつ杖というのは、現世から他界への旅路を急ぐ死者のもつ杖、死者を送る葬送の者がもつ杖、琵琶法師や鉦（かね）たたきや盲女たちがもつ杖、八百比丘尼（はっぴゃくびくに）やすたすた坊主がもつ杖など、それらすべてをさしている。かれらは杖をもつこと、あるいは杖をもたされることによって、その存在の由来を告げ、また告げさせられたのだった。その杖はまたかつては裸王の杖であったように、そこには特別の標識性もこめられた。

また赤坂は、『結社と王権』1993 では岡正雄のメラネシア異人論にふれながら、杖が異人に特有なものであること、その異人はたいてい異装をしていること、さらにかれらが訪れるときはかならず音響がともなうことなどを強調した。

杖は特権の標識でもある。中世の辻取り（辻強盗）がしばしば杖をもって描かれるのは、辻や境界で犯した境界犯罪にはどこか天下御免の扱いがあって、周囲も〝見て見ないふり〟をすることが認められていたせいだった。

説経節の『さんせう太夫』には「盲の打つ杖には咎(とが)もなし」という説明が出てくる。『伴大納言絵詞』にも杖や棒をもった姿がたくさん出てくる。梅の杖や樫の棒をもった者たちである。祇園会(ぎおんえ)を先導する犬神人(いぬじにん)のなかにもたいてい白頭巾に赤い布をまとった棒の衆がいた。かれらはすべて特権をふるうことを許されていた。

これらのことは、「弱者の特権」という奇妙な問題を、ふたたびわれわれに喚起する。弱法師たちのもつ杖、すなわち「よろめく神」のもつ杖こそは、どんな社会の強さにも勝る象徴力を、ある場面にかぎっては、いっとき発揮することができたのである。

地発(じはつ)という言葉がある。桜井好朗は「地発は土地を息づかせる、すなわち土地に生命を付与する行為である」と書いている。地発は土地霊(ゲニウス・ロキ)を発奮させることだった。きっと杖というものは、つねに地発の力をもっている魔法の杖だったのだろう。

では、このような杖をふるう者はどんな日々の実態をもっていたのだろうか。それを見るには、そうした人々の生きかたのギリギリの境界、すなわち差別と非差別のギリギリの境界をまたいでみなければならないようだ。

> 子供がお母さんに話すとき、お母さんがお父さんに言うときで、全部言葉がちがいます。たんなる敬語のちがいではなくて、単語もちがってきます。そういう階層化された社会のありかたにしたがって、文化もできていくわけです。
>
> 小泉文夫「音の中の文化」

3 隠れた統率者

沢史生『闇の日本史』1987 に示唆されたことである。菅江真澄『遊覧記』「火魚の村君」に秋田八郎潟で聞いた童唄として、次の唄が紹介されているところから、この話ははじまる。こんな唄だ。

朝鳥ほいほい　夕鳥ほいほい　長者殿の囲地さ　鳥が一羽おりた
どうこの鳥だ　鎌倉の鳥だ
頭切って塩つけて　塩俵にぶちこんで　佐渡ヶ島さへ　放ってやれ　放ってやれ

鳥の頭を切って塩漬けにしてしまえというものすごい唄だが、唄の構造はどこにもある鳥追の唄になっている。ただ、ここに出てくる「鎌倉の鳥」という言葉が気になる。なぜ秋田の歌に鎌倉が出てくるのか。

私は「鎌倉」というと、すぐに江戸祭囃子を思い出す。深川木場や葛飾には葛西囃子というものがあって、そのひとつに「鎌倉」という昇殿して神前に入ったときの囃子がある。なかなかオツなもので、歌舞伎の祭礼場面の屋台囃子でもたいてい鎌倉がシャンと鳴る。歌舞伎では屋台、聖天、鎌倉、四丁目の順に鳴る。神田囃子にも似たものがあり、これは〝国がため〟のときに囃される。全国のかなりの地方の祭礼でも囃されている。けれども、菅江真澄が聞いた鳥追にうたわれている鎌倉は、このお囃子の鎌倉とは関係はなさそうだ。

鎌倉は雪国で子供たちが遊ぶ雪洞の「かまくら」とも通じていて、全国に散らばる「鎌倉さん」の伝承、すなわち「お正月さん」(どんど焼きなど)とむすびついているとおもわれる。

秋田の各地では、雪の深い地で水神様あるいは鎌倉大明神あるいは権五郎様がまつられることが多い。有名なところでは、横手のかまくらや仙北郡六郷町の鎌倉竹合戦などをおもえばよい。宮城の秋保町にも鎌倉踊りがある。鎌倉踊りもお囃子の鎌倉と同様、全国に散らばっている。その「鎌倉」である。

ところが、鳥追の唄では鎌倉の鳥の頭を切って、塩俵にぶちこみ、佐渡まで運んで放逐してしまえというふうにある。佐渡は流人の島である。どうも怨霊じみている。鎌倉の鳥とはおそらく「鎌倉さん」に関係のある鳥ということだから、これはきっと「鎌倉さん」の怨霊じみた話につながっていそうなのである。

では、その「鎌倉さん」の正体、すなわち鎌倉大明神とか権五郎様とよばれている正体は何かというに、これは実在の人物、鎌倉権五郎景政の伝承に深く関係してくる。権五郎は歌舞伎十八番『暫（しばらく）』の主人公である。

主人公とはいっても、舞台は鶴岡八幡宮の社頭で青い隈取（くまどり）のウケ（悪公卿）が赤っ面の手下に善良な男女を処刑させようとしているところに、揚幕から「しばらく」と大声をかけて登場して花道でツラネ、舞台中央にきて元禄見得を切って悪人どもを成敗すると、大太刀を肩に「やっとこどっちゃ、うんとこな」の掛け声でおおげさに引き返すというだけのものなので、これだけでは権五郎景政がどういう人物であるかは、さっぱりわからない。ただ、江戸庶民には当時からたいへんに人気のあった男だということだけがはっきりしている。

鎌倉権五郎景政は実在の人物で、相模の「鎌倉党」の頭領である。大庭御厨（おおばみくりや）の開発領主であって鎌倉地域の在地領主、いわゆる地方豪族だった。このころ関東にはほかにも横山党などの武蔵七党とよばれる武士団がいた。鎌倉党もそんなひとつである。

権五郎景政は十六歳で八幡太郎義家の麾下（きか）に入り、出羽国金沢柵での合戦に参加した有倉さん」とはこの権五郎のことだったのである。

数の豪傑だった。とくにその合戦で右の目を射られたときにあわてず、逆襲して敵を倒したという武勇伝がのこっている。つまり権五郎景政は片目の武将でもあったのだ。それゆえ各地の権五郎伝承には片目の魚の話がつきものである。権五郎が傷ついた片目を洗った池や川には、その後、かならず片目の魚があらわれるといった話で、ここにも前節にのべた片目片足の伝説が顔を出している。景政はまた軍事外科医の祖としても祀られる。「鎌倉さん」とはこの権五郎のことだったのである。

このころ、すなわち前九年後三年の役のころは、源頼義や義家との私的な主従関係をもつ有力な東国の武士がいた。その代表が鎌倉権五郎景政や三浦平太為次だった。権五郎景政はいまの鎌倉山や鎌倉市街あたりを鎌倉党が領有していたころの頭領であったとおもわれる。が、源頼朝が鎌倉に幕府をひらこうとして準備をはじめたころは、むしろ幕府側にたいして抵抗をしていたらしい。これは、源義朝が〝神の庭〟ともいうべき大庭御厨に何度も乱入して掠奪をはたらいた天養元年前後の事件以来、鎌倉党が源氏にたいして遺恨をもっていたせいによる（天養記）。

大庭御厨は鎌倉党の一族が代々にわたってその神領の下司、神人（じにん）をつとめていた〝神の庭〟である。そこを数度にわたって荒らされた。その源氏の前歴を棚上げして頼朝が幕府開府の協力を求めてきたのだから、在地の鎌倉党はおさまらない。反発がある。ただ、それだけではなかった。それだけで鎌倉党の首領が怨霊じみた一族の首領になったとはおもえない。沢史生の推理を借りて、もっと奥に進んでみる。

　鎌倉市坂ノ下に鎌倉権五郎を祀る御霊社がある。いまでも権五郎神社とよばれている。ここでは九月十八日に祭礼があり、湯花神楽のあとに面掛行列というものをやる。私も二度ほど見に行った。

　行列は俗に「孕みっ人」ともよばれていて、神輿が先行したあとを、お囃子と幡持ちの連中につづいて、猿田彦、獅子頭、爺、鬼、異形、鼻長、烏天狗、翁、火男（ひょっとこ）、布袋、おかめ（孕み女）、取り上げ女、最後に番外の猿田彦がひかえ、これらが揃って仮面をかぶり、ぞろぞろと歩く。行列は極楽寺坂下の虚空蔵堂の星の井戸まで行ってひきかえすというものだが、道中まことに異様な感じがする。極楽寺坂は律宗の忍性が貧民や病人を救済したところでもあった。

　この祭列が土地の人々から「孕みっ人」とよばれているのは、腹を膨らませたおかめがこの行列の主役であるからだ。おかめは妊婦にしてはいろいろ滑稽なしぐさをしてみせ、見物客を笑わせる。いったい、なぜ妊婦などが主役になっているのだろうか。

　この面掛行列はじつのところ以前は「非人面行列」といわれていた。巷の伝承によれば、頼朝が非人の娘に子を孕ませ、いまをときめく時の権力者の子ができたというので、非人たちがお祝いに繰り出したのがことのおこりだということになっている。おかめはその娘のことらしい。
非人の娘は菜摘御前と通称された娘で、藤原頼兼こと矢野弾左衛門（または九郎左衛門）の娘であったとされている。弾左衛門は当時の御霊社の掃除や人足を統括していた者をいう。長吏である。矢野弾左衛門は、頼朝が石橋山の合戦で敗走したときに、その危難を救った功労で長吏のお墨付きをもらったことになっている（このお墨付きの内容と長吏という役職についてはあとで説明をする）。

菜摘御前の懐妊伝承はほんとうかどうかはわからない。ただ、『吾妻鏡』巻四の文治元年（一一八五）八月二十七日の条に御霊社にただならない鳴動があったという記事があって、大庭景能がびっくりして頼朝に伝えたところ、頼朝はあわてて参拝し、御霊社の巫女たちに藍摺二反ずつを下賜して、お神楽を奉納したとある。

頼朝があわてたというのだ。あわてた理由は、この年の四月に、頼朝の夢枕に翁が立ち「われはこれより西の方の隠れの里にいる宇賀福神なり。汝よろしくわが泉を汲んで祈るべし」と告げたため、頼朝はお告げにしたがって隠れの里をたずねたからであるらしく、どうもこのことに関係があるらしい。

頼朝がかけつけた泉は、いまは鎌倉の観光地としてにぎわう銭洗弁天と佐助稲荷になっている。銭洗弁天が宇賀福神を、佐助稲荷が宇迦御魂神を祀っているが、これは同じ神のこと、ウカノミタマは穀物霊のことで、ウケモチやオオゲツヒメやトヨウケと同じ系譜にいる。いわゆる稲荷神はこのウカノミタマが本体だろうともいわれている。どうもこれらの言いつたえの背景には意味深長なものがあるようだ。

そのほかしらべてみると、頼朝と稲荷神のあいだにもいろいろ関係がある。話がややこしくなるのでかんたんにしておくが、いまの鶴岡八幡宮がある場所はもともとは松ヶ岡明神を祀った稲荷社があった。それを頼朝が譲らせて八幡神をよんできた。そしてその八幡宮御霊社の神人として鎌倉党があたったのである。

面掛行列にはこのような関係、すなわち頼朝という権力者、これに支配されない土地を治めていた鎌倉党、その頭領の権五郎、頼朝に裏切られた権五郎、その恨みの権五郎を祀った御霊社、御霊社にはじまる神人（じにん）、その神人の娘と頼朝などといった線が、どうやら二重三重にからんでいる。いいかえれば、御霊社の御霊の意味あるいは鎌倉権五郎の怨霊としての意味は、この行列の奥からのみ聞こえてくるものなのである。「鎌倉の鳥」とはこの怨霊の声を伝えてきたものなのだ。

さて、問題は菜摘御前の父親とされる矢野弾左衛門という人物である。この人物がわからないと、これまで鎌倉党の話をしてきた意図が伝わらない。しかも、この人物についてはあまり確証できないような興味つきない話がいろいろからんでいる。

たとえば『大日本人名辞書』には、弾左衛門尉の祖先は秦武虎（はたのたけとら）といい、平正盛の女を慕ったもののかなわず、正盛に追われて関東におもむき頼朝に仕えて関八州の捕吏の支配を任ぜられたというふうにある。この秦武虎については、これまで紹介してきた権五郎伝説にも詳しい沢史生が『闇の日本史』で、猪名部(いなべ)の系譜とともにまことに気宇壮大な仮説をたてている。が、いまのところ何もわかっていないというのが実情だ。およそ憶測できることは、秦武虎とおぼしい人物が鎌倉の権五郎景政を頼って、その傘下に入ったということくらいだろうか。

しかし民衆の歴史においては、この「弾左衛門」というシンボルあるいはステータスがはたす役割にはすこぶる大きいものがある。とくに弾左衛門についての伝承で最も検討を要するのは、弾左衛門を名のる者が長吏支配の歴史の鍵を握る人物だという点である。

なぜ、そのように考えられるかというと、弾左衛門については江戸時代にいくつかの文書が遺されていて、それがただならない。とくに有名なのは「頼朝御証文」(頼朝下文)とか「頼朝卿御朱印」とよばれているもので、これをめぐってはこれまでさまざまな憶測がとびかってきた。次のような書面になっている。

　長吏、座頭、舞々(まいまい)、猿楽、陰陽師、壁塗、土鍋師、鋳物師(いもじ)、辻目暗(めくら)、非人、猿曳(さるひき)、弦差(つるさし)、石切、土器師(はじ)、放下師(ほうか)、笠縫、渡守(わたしもり)、山守、青屋(春屋)、坪立、筆結、墨師、関守、鉦打(かねうち)、獅子舞、蓑衣作、傀儡師(くぐつ)、傾城屋(けいせい)、鉢扣、鐘打、右の外は数多付有之、是皆長吏は其上たるへし、此内盗賊の輩は長吏として可行之、湯屋風呂屋るい、傾城屋の下たるへし、人形舞々は二十八番の外たるへし。

治承四年庚子九月　頼朝　花押

これは、ここにあげた二十八種の職業者の中で長吏がいちばん上に立っている、したがってこれらの職人あるいは芸能者たちを管轄するのは長吏である、このことを、頼朝が太鼓判を押して認めたというお墨付きだ。

このお墨付きの内容がその通りだとすると、長吏という役割をもらった弾左衛門あるいはその一門は、猿楽師や渡守から傀儡(くぐつ)師や獅子舞にいたる中世民衆史をかざる多くの職能者のリーダーだったということになる。

この文書が鎌倉時代のまま遺されているわけではない。そういうものはない。享保十年(一七二五)九月に、浅草弾左衛門(後述)という者が公儀にさしだした「鎌倉藤沢長吏弾左衛門頼兼写し」というものがあるというだけなのである。また、なぜ、矢野弾左衛門が頼朝にこんな重要なお墨付きをもらえたかということも、さきに書いた石橋山合戦のときに頼朝を助けたらしいという話以外のこれといった理由は、いまもって見つからない。歴史家もこの文書を正式な史料としては認めていない。

しかしながらこの奇怪なお墨付きこそが、これ以降、中世近世を通じて職人と芸能者の世界の中心を貫くことになったのである。

弾左衛門という名前自体は、その後の歴史にはっきりと記録をのこしている。その全貌はすでに『浅草弾左衛門』1985—87 の長篇小説もある塩見鮮一郎がわかりやすくまとめているし（この小説は映画化されてもいいのではないかとおもわれるほど興味深い）、盛田嘉徳の研究このかた、高橋梵仙、渡辺実、松岡満雄、中尾健次らによってもさまざまに検証されている。菩提寺も現在の台東区今戸の浄土真宗大谷派本竜寺にある。

それらによると、弾左衛門は十三代の弾直樹まで〝家名〟が続いて、明治二十二年で断絶した。初代は不明で、二代目が元和三年（一六一七）に亡くなって以来、代々が「矢野」姓を名のっている。初代はいまのところ詳細不明だが、これは菜摘御前の父親だという矢野弾左衛門ではなく、関東総奉行で江戸町奉行でもあった内藤清成の『天正日記』に登場する戦国時代の「とりこえのゐた」こと浅草弾左衛門である。だから、鎌倉時代の弾左衛門とはあまりにもへだたりがある系譜なのだが、これは江戸の弾左衛門（浅草弾左衛門）が由緒をつくるために鎌倉の事歴を活用したというふうに解釈すればいい。この由緒は享保四年（一七一九）の「弾左衛門由緒書」としてのこされている。由緒を立派にしたいという意図は、どんな時代にも共通するものである。

では、「頼朝御証文」をもらった鎌倉時代の弾左衛門は〝幻の存在〟かというと、そうでもないことがわかっている。少なくとも戦国時代には、鎌倉極楽寺に弾左衛門とおぼしい長吏がいて、近くの小田原の太郎左衛門という長吏とはげしく対抗していたことが見えるのだ（もっとも弾左衛門は九郎左衛門だという説もあるし、忍性の救済でも有名な極楽寺には源左衛門という長吏がいたという説もある。ただし、この源左衛門は天正年間の人物と混同されているとおもわれる）。

そうなると、問題は歴史の中の一人一人の弾左衛門という実在をめぐることではなく、弾左衛門の名によって非人たちを管理していた長吏という職掌システムがどういうものであったかということになってくる。

中世前期、各地の荘園が発達して新たな経済体制が要求されてくると、塩、魚介、畑作物などの生産者たちや職人たちや物売りたちが、しばしば課役免除や自由通行を保証されて、春日大社の神人（じにん）がその黄衣と供菜桶で身分職能役柄を識別できたように、その衣裳や持ち物に特定のアイテムが付されることが多くなってくる。

これは、職人がなんらかの目印で容認されていく過程がそこに生じていたということである。その出自と背景には神社仏閣の関与をはじめ、そこにはさまざまな由緒が生まれていたことが予想される。かれらは、いわば通過御免の「道々外才人（みちみちげざいにん）」として中世社会を彩っていた。

かれらがどんな目印で描かれたかということは、『七十一番職人歌合』があざやかに示している。
そこには、小原女、魚売、心太売、酒作、餅売、麹売、米売、豆売、豆腐売、索麺売、紺掻、機織、帯売、白物売、挽入売、紅粉解、灯心売、畳紙売、薫物売、女盲、立君、辻君、牙儈、白拍子、曲舞々、持者、巫、比丘尼などなどがならび、それよりさかのぼる『三十二番職人歌合』には、ほかにも桂女、鬘捻、はり殿、菜売などの姿が見られた。最後にあげた菜売は、おそらく菜摘御前の実際の職業をあらわすものだったろう。遊女とおぼしい立君や芸能者とおぼしい白拍子などが、中世の日本ではすべて〝職人〟とされていることに注目したい(次節参照)。なぜならヨーロッパではこのような見方は成立していなかったからである。

このような職人が目立ってきたころ、一方では、北海道・一部東北・琉球を除くそこかしこの峠、坂、中洲、浜、河原、堤、橋などの近辺の「境の場」に、当時の言葉でいえば「一道の人非人」「あさましきもの」や「坂者」「河原者」たちが、またさきの職人たちにも一部重なるのだが、遊女、白拍子、傀儡、桂女などの、いわゆる「おおやけもの」ともよばれた人々が目立っていたのである。

これらの「道々外才人」はただ漫然と全国を動いていたのではなかった。前節でものべたように、かれらの一部が「むこう」に屯させられ、ときにゲットーにおしこめられていたこともわかっている。きっと、これらの職能者たちは、いまだ座の組織が確立されていない時期、なんらかのしくみでグルーピングされ、ネットワーキングされていたはずなのである。そうでなければ自主的な活動はできなかったにちがいない。

かつての歴史学はこれらの者たちを隷属者とみなしていた。かれらは、たとえば散所（さんじょ）などに居住して散所大夫らに労働を強いられ管轄されている賤民だとみなされ、一種の浮浪隷属民というふうにとらえられていた。すなわち中世経済の一角は、これらの隷属的な労働によってささえられていたと解釈され、その配下に非人という身分が加えられていたと考えられていたのだ。

ところが、横井清・黒田俊雄・網野善彦・脇田晴子らの研究が次々にすすむと、どうもそうではないらしいということがわかってきた。一言でいえば、かれらを、中下級の官人層が社会の中で再編成されていく過程で登場してきた人々、すなわち私的官人との深い関係でとらえたほうがよいという見方になってきた。しかも、この私的官人には究極的には天皇にむすびつく勅許的な性格があるということになったのである。これらの人々にしばしば神人がまじっていることは、このことを暗示する。

ことは日本的な細民（ミニス）の全貌にかかわってきたのである。

そうなると、これまでたんに上下の身分階級の最下層としてとらえられていた非人についても、これをたんに下層民や賤民とするのではなく、「身分外の身分」とみなさなければならず、たとえば『公衡公記』にしるされたような鎌倉後期に洛中洛外に二千人ほどいたと数えられる非人は、その後に、なんらかのシステムによってネットワーキングされていただろうこと、そのネットワーキングのしくみの各接点には、右にあげた「あさましきもの」でありながらも、同時に公的に認められた「おおやけもの」でもあった多くの者たちが深くつながっていたであろうこと、さらに、そこには時代にふさわしいミディアム・リーダーがいただろうということになったのである。

そして、その中世経済社会を支えるミディアム・リーダーのひとつとして、ここにいう「長吏」が脚光を浴びてきたわけだった。

十一世紀半ば以降、非人は長吏に統率される集団をつくっている。長吏がどんな人物たちであったかということは、ながらく不問に付されていたが、いまでは盛田嘉徳・大山喬平にはじまった数々の研究によって、しだいにあきらかになっている。

本章第一節で、『一遍上人絵伝』第三巻には時衆グループ、乞食僧グループ、非人・不具者グループ、癩者グループの区別が描かれていることを紹介した。そこで黒田日出男が注目したのは、その最後の二つのグループのあいだに立つ覆面をした棒をもった三人の人物で、結論をいえば、かれらこそ「宿の長吏」であろうというものだった。「宿」というのは「疥癬宿」のこと、すなわち癩者を収容する宿のことである。ちなみに日本では、宿を「夙」と綴ると、これはおおむね賤民の集住する村や一角をさしていた。

その『一遍上人絵伝』で柿色の衣服をつけていると見える長吏は、原則として僧形で、座のような組織をつくって非人や乞食の集団を統率していたと考えられている。そして、この長吏の役を頼朝からお墨付きとともにまかせられたのが、いや、その長吏たちにもきっといくつかの〝派閥〟があったろうから、そのうちの一つの地域リーダーをまかせられていたのが、鎌倉極楽寺付近の矢野弾左衛門を由緒とする長吏のグループだったということなのだ。

そうだとすると、長吏の仕事はかなり広範囲におよんでいる。例の「頼朝御証文」の内容をうのみにはできないとしても、だいたいは御証文にしるされていた職能の管轄をしていたのだろうし、とくに極楽寺あるいは御霊社につらなる長吏にあっては、鶴岡八幡宮に流入してくる侵入者の阻止のため、しかるべき行列の先導までを担当していたとおもわれる。

長吏は中世社会の最も重要な民衆生活をかたちづくるミディアム・リーダーだった。しかも、それは弱者をたんなる弱者として統括するのではなく、たとえば神人（じにん）として供御人（くごにん）として神奴として、ある意味では天皇直轄の職能性を維持し、またつねに活性化しておくためのイヴォケーター（喚起者）であったのである。逆にいえば、多くの職能者は長吏によって社会の最上層部とワープできるという矜持を保証されていたのだった。

そのような長吏に頼朝がお墨付きを与えたということは、ありえたことであろうか。私は、ありえたとおもっている。もし脈絡と事情が異なっていれば、天皇さえ〝公認状〟を与えたとおもわれるのだ。そのことを暗示するひとつの例として、網野善彦らが全貌を詳らかにした鋳物師の話をごくかんたんにはさみたい。ただし念のために言っておくが、「頼朝御証文」はあきらかに偽証文だとおもわれる。

鋳物師の集団は十二世紀後半に、「蔵人所灯炉以下鉄器供御人」として組織化されている。土鋳物師の右方作手、廻船鋳物師の左方作手、造仏師の東大寺鋳物師を統合したもので、年領・惣官・番頭・本供御人というシステムを背景に、全員が「短冊」とよばれる過所（関所通行証）をもっていた。ようするに全国どこの関渡津泊でも通行御免だった。

これはヨーロッパの鐘つくり職人と似たような性格である。しばしば本書で引用してきたハウプトマンの『沈鐘』は、このような鐘つくり職人を主人公にしたものだった。

鋳物師の組織は、そのほかの多くの職能集団がそうであったように、戦国時代の戦乱と過激な社会変動のために解体寸前に追いこまれる。ところが、それが不死鳥のようによみがえるのである。それには、「頼朝御証文」の〝創出〟に似た経緯がともなった。

もともと鋳物師のリーダーは年預とよばれたが、かつてのステータスの回復のための作戦として、まず、この年預のひとつであった紀氏の家を中心にすえた。ついで、後奈良天皇の綸旨によって相続権を保障された真継久直を〝鋳物師の矢野弾左衛門〟として仕立てることにした。むろん綸旨は独創的に編集されていく。次に、真継久直は由緒書をつくっていく（一五五三）。これには、諸国の鋳物師が〝祖〟と認める天下をうならせる説得力のある物語が必要だった。

そこで、十二世紀の近衛天皇の病気を治癒するのに貢献したとされる天命と天明という名人を持ち出し、諸国の鋳物師はすべてこの流れをくむものとし、ついにはその由緒書にもとづく偽牒をも作成して、いつのころかはわからないものの、そこに天皇御璽すら捺印させてしまったのである。網野善彦はいまは名古屋大学にのこる偽牒の天皇御璽は本物であろうと書いている。

このような系譜のデミウルゴス的な編集が、多くの職能集団の再編成の過程でなされた例は少なくない。

たとえば、もとは典薬寮に属していた地黄御園供御人といわれた薬売りは仁明天皇以来の由緒書をもっていたのだし、飴屋たちは関白二条良基の証文を主張し、檜物師は最勝光院宮尊胤法親王を本家とした。最も有名なのは木地屋（木地師）が文徳天皇第一皇子の小野宮惟喬親王伝説を背景に、朱雀天皇・正親町天皇の綸旨や信長・秀吉の御免状をかざし、氏子組織を形成して、その裾野に鍛冶師と轆轤師の伝承をも広大な山民伝承として包括したことだろう。これは八幡信仰をとりいれ、時衆が唱導していた小野神信仰を加えた壮大なものである。大岩氏が縁起編集の一部始終に携わっている。近江の小椋谷が根拠地となった。

同じようなことは、ヨーロッパにもたくさん例をひろうことができる。たとえば石工組合の成立には、イングランドにおけるノーサンブリア国王アセルスタンのような伝承上の国王や、フランス石工組合におけるカール・マルテルのような実在の歴史的英雄がひっぱりだされていたのだし、靴屋の職人たちはクリスピンとクリスピニアンのような守護聖人をたてまつったものだった。

私は、こうした史学的正当性をこえた物語的正当性の確立と流布ともいうべき伝承の編集過程にこそ、たんなるお墨付きがもたらす効果以上の、職能者たちの壮絶な苦悩と創意がひそんでいるとおもっている。

享保四年(一七一九)に発行された「弾左衛門由緒書」も、おそらくは以上のような経緯に似て独創的に編集され、改竄されたものである。大意、次のようなことがしるされている。いささか弁解がましいが、そこがかえってせっぱつまっている。

わが先祖の弾左衛門は摂津の池田から鎌倉に下って、頼朝公より長吏以下の支配をまかせられた者であり、その証文は鶴岡八幡宮に奉納し、祭祀にあたっては神輿(みこし)を先導していた。いまは禁中とも関係があり、扶持米(ふちまい)をいただいたり禁中花畑の清掃をしているばかりか、長吏の下村庄助は二条城の掃除にもあたって百五十石を頂戴している。さて、天正十八年八月一日、家康公関東入国に際しては、わが先祖は武蔵国府中に出迎えて、鎌倉より伝わる由緒を伝えたところ、長吏支配をまかされたのにもかか

日本の謎を握る弾左衛門と職人たち

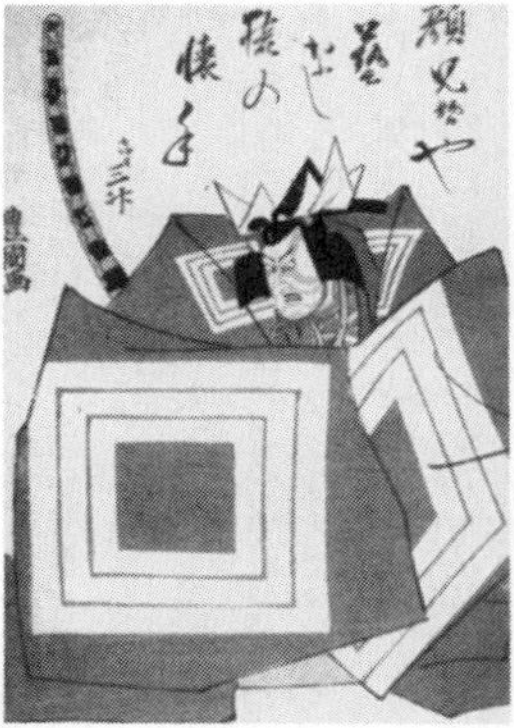

弾左衛門をめぐる伝承や制度には、すこぶる謎が多い。
右は弾左衛門のルーツと関係が深い鎌倉権五郎を豪傑として荒事化した歌舞伎『暫』の七世団十郎。
左上は浅草弾左衛門をモデル化した意休（十七世羽左衛門）の登場する『助六』（十二世団十郎）。
下は河原巻物ともよばれる弾左衛門由緒書（久比部落資料館）。

「職人尽絵」その他に描かれた中世の職人たち。
上段左から、弦差（つるさし）、猿楽師、傀儡（くぐつ）師、「弦差」は弓職だが京都では犬神人ともよばれた。

下段左から、独自の由緒書をもつ鋳物師（いもじ）、皮を扱う長吏、鉢たたき、曲芸や物語歌を伝える放下師。

わらず、小田原の長吏太郎左衛門が北条氏の証文を出した。しかし、これは却下されて、わが先祖がこれをも統括するようになった。また元禄五年には上州下仁田村の馬左衛門が長吏と穢多の相違について武田信玄公の証文を提出したが、これまた却下された。

仕事としては、元和七年より江戸城台所で灯心細工を始め、ついで時の太鼓と陣太鼓と陣用皮細工、御厩の伴綱（ともづな）などを申しつけられ、いまは御仕置（おしおき）の仕事にもあたっている。そのほか盗賊改方や南町奉行からも褒賞をもらうほどに仕事があり、神尾備前守元勝様からは朱鎗さえいただいたものである……。

実際の浅草弾左衛門はここに綴られた以上の広範囲の仕事をしている。かなりの権益をまかされていたようだ。こんな話が二代目市川団十郎の『勝扇子（かちおうぎ）』にのっている。宝永五年のこと、江戸堺町中村座の隣で浄瑠璃が上演されていたところ、出演料をめぐる諍い（いさかい）がおき、そこへちょうどいあわせた京都四条河原の絡繰師（からくりし）の小林新助が調停案を出して、結局二十二人の絡繰人形師たちで新たに興行をすることにした。この芝居はすぐに安房国館山の庄屋によって一芝居三十両で買いとられ、館山で上演、次に隣村でも上演しようという段になったのだが、そこへ浅草弾左衛門の手代で革買（かわかい）治兵衛という者があらわれ、関八州の興行権は弾左衛門にあるとねじこんだ。

最初は話し合いですんだのだが、別の村で興行をしているとき安房・上総・下総の弾左衛門の一党三百人が芝居小屋を襲った。
困った小林新助はさっそく江戸の町奉行に訴えたのだが、奉行所は江戸四座以外の芝居興行、とりわけ旅芝居は弾左衛門の管轄だと告げた。しかし、小林新助は引き下がらず、裁判にもちこまれ、すったもんだのあげく、ついに新助側が勝訴した。乞胸などの興行は主催者が弾左衛門に櫓銭を払うのはこれまで通りとなったものの、歌舞伎興行は四座以外でも自由にできるようになった。これを二代目団十郎がおおいによろこんだ。そこで『勝扇子』にこの顛末をしるして家宝としたというのだ。

歌舞伎が今日にいたる隆盛を勝ちえた基礎をきづく〝勝扇子事件〟としてつとに有名な話だが、実際には、その後も歌舞伎役者はしばしば「制外者」として、たとえば「身分も顧みず」とか「いやしき身分」といわれ、『四谷怪談』初演で伊右衛門を演じた七代目団十郎が、身分をも顧みざる奢侈僭上との理由で江戸十里四方追放となったように、ながいあいだ差別されたのである。

むろんこういうことは日本にかぎらない。ゲルマン社会でも「制外者」は森の放浪者として、すなわち人狼として放逐されたものである（そこからロビンフッドの物語も狼男の伝説も派生した）。

勝扇子事件にはおもしろい後日談がある。

五年後、この顚末をひそかにもりこんで『助六所縁(ゆかりの)江戸桜』(初演では『花館愛護桜』)が山村座で上演されたのだ。塩見鮮一郎によれば、この芝居で助六の敵役になる「髭の意休」こそは浅草弾左衛門五代目の集誓だというのである。江戸の敵を長崎で討ったのだった。たしかに『助六』では意休のことを「乞食の閻魔さま」などとよんでいる。

考えてみれば、幕府が芝居小屋群を浅草猿若町に移転して悪所化したとき、じつはすぐ横に弾左衛門の屋敷があったのである。弾左衛門の住居は最初が日本橋尼店(あまだな)、次が鳥越、そして浅草新町へと移るのだが、この新町は三谷橋(吉野橋)をはさんで猿若町と隣りあっていた。団十郎と弾左衛門、河原者に因縁する両者の関係には、私などがはかりしれない桎梏と葛藤がくりかえされていたものとおもわれる。

ところで、「弾左衛門由緒書」は各地にあるらしい。いわゆる河原巻物の一種として各地の実情にあわせて適当に編集されているということだ。『竹の民俗誌』1991や野間宏との対話で知られる『日本の聖と賤』の沖浦和光によれば、瀬戸内海の大崎下島の由緒書はかなりの達筆だったという。また、これまで三種類が見つかっている白山(はくさん)信仰を下敷にした「長吏由来記」というものもある。山本ひろ子の研究にも詳しい。

鎌倉に由来した長吏弾左衛門の系譜は、どうやら浅草新町の浅草弾左衛門にまでつながった。が、いったんとぎれたはずの鎌倉弾左衛門の由来が、なぜ江戸時代に浅草弾左衛門としてよみがえったのか、そのことについてもすこし話しておかなければならない。

中世においては非人の自由度を保障していたのは長吏の役割である。そこまではよい。しかるにそれが、なぜ江戸幕府が敷いた「弾左衛門制度」ともいうべき確固たる非人支配制度とむすびついたのか。これについては新しい歴史の視点を加える必要がある。私は中尾健次の説明が最も説得力に富んでいるとおもわれる。

中尾説によると、徳川幕府の皮革政策の展開のために江戸の浅草弾左衛門制度が生まれたのではないかというのである。家康が江戸に入ったころ、関東一円はおそらく北条氏とむすんだ小田原長吏太郎左衛門の支配下にあった。そこで家康は、皮革生産用として独自の非人支配を敷くために、それまで弱体化していたとおもわれる江戸の長吏をとりたて、これに弾左衛門を名のらせ（これは私の推測であるが）、当時の関東総奉行の権力の代行権をそこに投入させた。このときの総奉行が青山忠成と『天正日記』を綴った内藤清成（きよしげ）である。かれらは弾左衛門が各地の皮作りから皮革を調達するときに署名捺印をし、しだいに弾左衛門の管理力をたかめ、ほぼ流通ネットワークができあがるとそこから手を引いていった。

皮作りは戦国時代では合戦のための重要な軍需物資だった。家康が関東の北条氏残党を蹴散らして江戸に入るには、どうしても皮革供給に確固とした基盤をつくっておかなければばならない。

しかし、「元和偃武」といわれるように、元和年間に武力闘争による支配体制にほぼ終止符がうたれると、皮革政策はしだいに皮革産業に移行していくようになる。これではそれまでの皮革職人は弱体化してしまう。そこで、いよいよ弾左衛門による産業管理が前面に出てくる。このとき、かつての長吏支配のシステムが援用され、いわゆる浅草弾左衛門の世襲による関八州の「弾左衛門制度」が確立しただろうとおもわれるのである。ちなみに初代浅草弾左衛門が鎬をけずって打倒したのは、上州の馬左衛門という長吏であった。

元和年間は江戸城が完成し、江戸の町に多数の流民がなだれこんでくる時期にあたっている。弾左衛門制度は、このような流民のコントロールにもむいていた。実際にも弾左衛門はのちに（おそらく寛永期に）下級警察業務さえひきうけている。これがいわゆる「御仕置役」というもの、あるいはテレビ時代劇にいう「仕置人」である。藤田まことの役、あれはきっと浅草弾左衛門の洗練されすぎたヴァージョンだったのだ。

一方、このころ、江戸内外にあふれつつあった流民や貧人は、ここが重要なところであるが、かつての中世社会の非人とはちがう意味で、非人とよばれはじめていた。おそらくは「貧人」が「非人」に訛ったかともおもわれるけれど、それはともかくも、この非人を管理するための非人頭が町奉行によって任命されていった。それが車善七、品川松右衛門、深川善三郎たちだった。

かれら非人頭は、未決病囚や重症の咎人（とがにん）を収容する施設「溜（ため）の御用」の管理や、無宿者を指導する「無宿制道」、番人人足の調達などの「諸番人足」を請負っていた。

ところが、この車善七らの非人頭の力が大きくなってきた。やむなく江戸幕府はこの弾左衛門グループと非人頭グループのあいだの力関係を調整せざるをえなくなり（きっと相当の抗争と確執があったろうために）、ついに享保六年（一七二一）、すべてを弾左衛門の支配下におくことにした。本田豊の『江戸の非人』1992によると、最盛期の弾左衛門はざっと七千七百二十軒を支配していたという。しかし、その弾左衛門の力も、さきにみた歌舞伎の興行権のばあいのように、すこしずつ縮小されていったのだ。

車善七については不明なことが多い。初代が三河国渥美村の生まれであるという説、祖先は秋田藩主佐竹義宣の家老車丹波守の子であったという説、上杉景勝の重臣だったという説などが語られてきた。それでも家康入府時にはすでに浅草大川端に小屋住みしていたこと、やがて浅草元鳥越に五百坪ほどの土地をあたえられて住んでいたが、寛文六年（一六六六）には新吉原の背後地に九百坪の土地をあたえられ、町年寄樽屋藤左衛門から引越金三十五両を受けたらしいこと、などがわかっている。

弾左衛門の歴史は、中世と近世にまたがる弱者の統括の歴史の断絶を埋めるひとつの重要な〝橋〟である。

中世の長吏や非人の役割と近世の長吏や非人の役割は、そのままではつながらない。その断絶にこそ、日本の中世と近世の異なる本質が隠されている。にもかかわらず、両者のあいだには名称として用語として、あるいは制度概念としての捩れた共通性がある。江戸幕府が王権活用として利用したのは、この捩れた共通性である。ルネ・ジラールが『暴力と聖なるもの』1972の中で言っているのはそのことだった。「王は、不毛で伝染性の暴力を、積極的な文化価値に変える機械である」。

だいぶん話がいりくんできたが、私が本節でのべたかったのは、弱者の烙印というものがかならずしも単純なものではないということ、また、そのような烙印には意外な逆転の構造がひそむことがあり、とりわけわが国の中世前期には、弱者は弱者ではなく、むしろ自由の発端をきずきつつあったということである。

もともと日本の身分制度は古代律令制の「五色の賤」の制定に出発をしている。陵戸、官戸、官奴婢、家人、私奴婢の五色である。この「五色の賤」と「良民」(公民)とのあいだに、いわば準賤民としての雑戸と品部がいた。奈良時代には全人口五、六百万人のうち約一割が賤民だった。

これは中国の良人・賤人による「良賤制」という法制観念をうけついだもので、背後には中華的な荀子の身分論や法家思想(韓非子)がある。いわゆる貴賤思想の確立だ。これが高句麗時代に朝鮮半島に入って、身分制の最底辺に奴婢がおかれた。また、郷・所・部曲・駅・津・館に住む者たちがおしなべて賤民とみなされた（旗田巍）。これは境界観念をつくっていった。

日本の差別観念の歴史には、大陸や朝鮮半島からの影響も手伝って、最初からこうした貴賤思想と境界観念があったとおもわれる。それが平安時代に入ってからはしだいに浄穢思想に変化する。いわば「貴」と「賤」の対比から、「浄」と「穢」の対比にすこしずつ変わるのだ。

日本の古代にもケガレの感覚はある。記紀などにも表現されていた。しかしそれは日本の民俗学が「三不浄」とよぶように、死穢（黒不浄）・産穢（白不浄）・血穢（赤不浄）のケガレというもので、ある意味では身分観念とはまったくかかわりのない感覚であった。

それが中世にむかってぐらりと変化してしまうのは、第一には仏教思想の伝播、とくに浄土思想の一般化が大きく（地獄のイメージが拡大されていったせいでもあるが）、第二には陰陽道などによる禁忌思想の波及が大きかった。浄土思想は末法到来の噂とともに浄土にたいする穢土の恐怖をふりまき、陰陽道は潔斎・忌服・穢忌などを通して触穢（しょくえ）思想をふりまいた。江戸時代になると、これに儒教思想と神道思想が加わることになる。

律令制で規定されていた賤民は、私奴婢などをのぞいて名目的には解放されていった。

陵戸のみはかえって強化され、延喜式では陵戸・墓戸・守戸にふえている。そういうことはあったとしても、すでにのべてきたように、非人につらなる職能者たちもかなり自由に諸国を動き、それなりの矜持をもって暮らすことができたのである。松田修は、「中世の被差別芸能者は、近世三百年の体験というフィルターを通さずに直視すれば、近世よりも強大、より自由であった」とさえ書いた。

しかしながら『一遍上人絵伝』で癩者のグループが最も外側に描かれたように、ひたすら「穢」に触れることには徹底した差別がつきつけられた。またその一方では、そうした部分的な「穢」に施行や善行をすることによって、全体としての穢土に縛られた自身の救済を「浄」に転化することもできるという、いわば二重の異化作用がそこには機能しはじめたのだった。これは、デュルケムが『宗教生活の原初形態』1912 で、「浄から不浄が作られ、不浄から浄が作られるのである。聖のあいまいさは、これらの変形が可能であることに起因している」とのべていたことでもある。

二重の異化作用ということについては、日本ではさらに天皇制の関与も加わる。赤坂憲雄は「差別とは天皇制の影である」と『異人論序説』1985 のある章を結んでいる。

このように、中世前期の浄と不浄の関係、あるいはケガレとキヨメの関係には、いちがいに差別思想の展開とはみなせない要素がいりまじる。そこには、いわば世阿弥の複式夢幻能のような半分ずつの構造が、また善阿弥の枯山水にみる「ないがゆえにあり、あるがゆえにない」ような当意反転の構造がはたらいていたのではないかとおもわれる。

実際にも、世阿弥その人はおそらく古代賤民の楽戸の系譜をひく出身であろうし、善阿弥もまたしばしば山水河原者とよばれた者である。二人の生涯をみれば、そこには世間からの執拗な弱者への否定的な眼がさしむけられていることを知る。しかし、かれらはそのような出身出自であるがゆえなのか、いまなお日本の芸能芸術として最も純粋な境域に到達しえたとおもえる作品をつくりえたのであった。

鎌倉党の権五郎景政にたいする日本人の見方には、以上のことのすべてがあてはまる。幕府に拮抗できず、ついに伝承のみ残した景政は、しかし各地の子供たちと遊ぶ権五郎様として、また歌舞伎『暫（しばらく）』の「やっとこどっちゃ、うんとこな」の親分として、われわれの仮想の英雄でありつづけるのだ。

すでにロラン・バルトは一九六〇年代にひとつの原理を提出していた。それは、「人間の演ずる行為は、容認された差異の関係のシステムを前提にしているものである」という原理である。私は、次節でさらに「差異の関係のシステム」を追ってみようとおもう。

4 遊俠の季節

ある文化には他の文化よりさらに束縛されないヴィジョンがある。ヘブライ人やケルト人のように征服された民族の中に、われわれは最も高邁な想像力を見出すのである。
ノースロップ・フライ「同一性の寓話」(駒大フライ研究会訳)

一九七一年、私は『遊』という科学と文化をつなぐ雑誌をつくった。十年でやめてしまったが、ひたすら「遊」にまつわる感覚を放出することをこころがけた。遊覧船、遊園地、遊学、遊撃、遊興、遊楽、遊星、遊蕩、遊民、遊牧民、遊説、遊行、遊女、遊郭、遊仙窟といった、いわば遊感覚に徹したのだ。

とくに「遊学」「遊民」とか「ノーマッド」という言葉を重視して、「大学から遊学へ」といった不埒なスローガンをかかげたりもした。ようするに『梁塵秘抄』の「遊びをせんとや生まれけん」なのである。いろいろ編集に工夫を凝らし、遊んでいる気分で仕事をしていたものの、他人からはとうてい遊んでいるとはおもわれなかった。

あいつは「遊び人」だという言いかたがある。ぶらぶらしていて定職がなく、いいかげんな奴ということだ。が、この「遊び人」になることはけっこうむつかしい。それは車寅次郎こと「フーテンの寅」の毎度の苦労によくあらわれている（この車寅次郎という名前、誰がつけたか、前節にふれた車善七の響きがあって悩ましい）。

近代文学史では余計者（よけいもの）の文学という系譜を数える。ゴンチャロフの『オブローモフ』1859が文学史上の原型で、ごろごろしていて社会の役にたっていそうもない懶惰（らんだ）な主人公をテーマとした文学のことで、漱石の主人公などもこの系譜に入る。だいたい苦沙弥（くしゃみ）先生など、名前のない猫から見てもただぶらぶらしているとしかおもえない。もっとも『オブローモフ』は主人公こそ無気力な青年として描かれているが、彼と対比されるシュトルツは聞きしに勝る活動家であり、オリガはロシア文学史上最も美しい女性として描かれている。

オブローモフがそうであり、漱石自身がそうであったように、この余計者には無為徒食の者だという反省だか、自覚だかがある。他人から見れば裕福な家に生まれて適当に安穏とした日々をおくっているのだから、うらやましいかぎりの余計者ということになるが、本人にしてみれば世間から外れた者だという気持がある。はぐれものという感覚だ。落語にもあるように、いい年の若旦那がぶらぶらしていると、これは大旦那の親父にも、御新造さんにも、また近所のご隠居にも文句をいわれ、湯屋の番台に坐るなり骨董屋で古道具を売るなり、ようするに世間体をかまうフリをしなければならなくなるものだ。が、それでも余計者は余計者としてからかわれる。

なぜ無為徒食は気まずいのだろうか。

定職がないことは、どうして世間の白い目の対象になるのだろうか。また、かれらはなぜひとしく「遊び人」というふうにみなされるのか。さらにいえば、定住がないこと、動きまわっていること、無宿であること、理解されにくい仕事をしていること、正業についていないこと、これらはなぜ異端とみなされ、埒外者とみなされ、アウトサイダーとみなされ、ときにはアウトローとさえみなされるのか。

こうした無為徒食の遊び人がしばしば社会的な弱者とみなされるという問題には、存外に複雑な背景がある。

無為徒食の背景には、まずもって時代経済の影響がある。失業者のあふれる時代では好むと好まざるとにかかわらず、なかなか定職はもちえない。運よく職にありつければいいけれど、第一章第一節で紹介したつげ義春の『無能の人』のように、何度仕事を試みても職におさまれないこともある。また、仕事の需給バランスが悪すぎる時代には、大半の者たちが〝浪人〟を余儀なくされる。経済構造をぬきにしては「遊び人」の性格は規定できない。

さらに、ここには労働観の問題が関与する。儒教やプロテスタンティズムにとってはたしかに勤労は美徳であるが、たとえばゴーギャンが憧れたタヒチでは、かならずしも労働力が人間の価値を決定していない。そのような地域による労働価値観の差異が埒外者をつくっていく。その労働観にはかならず貴賤観というものがはたらいている。ヨーロッパでいえば、僧侶や貴族は貴く、肉屋や靴屋や金貸しは卑しいという観念だ。これはさかのぼれば、結局は「聖なるアベルの労働」と「賤しいカインの労働」の相違にいたるもので、今日なお拭(ぬぐ)いがたい社会観念になっている。すでに有島武郎が『カインの末裔』1917で苦悩したことだった。

いったい「一人前」とは何かという社会観をめぐる見方も面倒だ。ここにはコモンセンスの問題、社会倫理や共同体倫理の問題、さらには身分の問題が入りこみ、かなりややこしい社会観をつくりあげている。

江戸時代では、カセギがよいからといって一人前とはみなされない。村の堤防が決壊したり病人が出たりしたとき、真っ先にかけつけてツトメをはたしてみせて初めて、一人前とみなされた。カセギとツトメの両方で一人前だったのである。しかし、最初からカセギのない者は論外なのである。

みずから好んで「遊び人」に向かった者もいる。明治三十九年生まれの私の叔父は日本画家だったのだが、画家になろうとすると、「おまえは絵かきなどという遊び人になるのか」という迫害を受けたという。一九六〇年代の私でさえ、大学をやめてしばらく適当に遊学でもしようかとしたとき、父親から「そんなに遊んでいてどうするか」と言われた。そう言った父親は自分では道楽のかぎりをつくし、私が大学四年のときに大きな借金を残して死んでしまった。借金返済がまわってきた私は遊学どころではなくなったのである。だいたい芸術家や芸能者の多くがこんな顚末の一つや二つを体験しただろう。

無為徒食や「遊び人」がうまれる背景には、「氏と育ち」の問題もある。自分でえらばずとも特定の職業につかなければならないという事情、もともと病弱のために体がきかず働けないという事情も関与する。家の経済事情が悪いばあいもある。そこで、その職業をきらって家を飛び出せば、それはそれでしばらくは失職の日々や日雇いの日々をおくるしかなくなる。さらにいたましいのは、すでに弱法師（よろぼうし）の例を通してふれたことであるが、不治の病や身体的障害にみまわれたときである。

これらの背景はいずれも複雑にからみあう。たんに「遊び人」とみえる世界にも、そこにはじつに多くの通念や観念、あるいは経済や文化が関与した。また、外からは遊興や遊蕩にみえてしまうようなことがらに、そもそも社会的必然性として生まれたものや職業的必然性として派生したものも数多くあるはずだった。

このような「遊び人」の姿の歴史的背景には、西行の出奔やハイネの徘徊があり、ヘルダーリンの巡礼や種田山頭火の遍歴がある。あるいはミシェル・レリスやアントナン・アルトーやフェルディナン・セリーヌの反社会も入ってこよう。また、ここにはトゥルバドゥール、トルヴェール、ミンネジンゲル、琵琶法師、散楽者の吟遊がある。

中世ヨーロッパでヴァガント（Vagant）とよばれ、バッカント（Bacchant）とよばれた遍歴学生たち、日本中世にバサラとよばれ、かぶき者とよばれた者たちもこの係累である。ジプシー、ボヘミアン、ヴァガボンド、中国の楊水尺、白丁、禾尺、才人、日本の白拍子、傀儡子、歩き巫女、比丘尼、木地屋、山窩などもここにいる。

考えてみれば、もともとピタゴラスが出かけたことが遊びだったのである。老子がひたすら無為であったことも遊びだったのだ。

ようするに、吉備真備が彼の地で天狗になったこと、空海が四国の山河を駆けたこと、クレチアン・ド・トロワの主人公イヴァンが騎士をめざしたこと、在原業平が東下りをしたこと、世阿弥が複式夢幻能を構想したこと、ダンテが地獄篇を書いたこと、ウィリアム・ダンピアが船出しなければならなかったこと、一遍上人が熊野から藤沢まで進んだこと、ダニエル・デフォーがロビンソン・クルーソーに託したこと、ザビエルが弥五郎の故国を訪れたこと、アレグザンダー・キングレイクがピラミッドを見に行ったこと、馬琴の八犬伝剣士が一つになったこと、新門辰五郎が慶喜について京都に上ったこと、これらはすべて同じことだったのである。

それは、境界をまたぐことであり、自身の内なる遊牧的な動向に忠実であろうとしたこと、ようするに渡世人であろうとしたことだったのだ。

しかし本書では、これらの「遊び人」のいちいちをとりあげるわけにはいかない。そこで本節のやりかたとしては、もっぱら「遊び人」の系譜の度がすぎて、ついに「遊行の者」とか「遊女」とか「遊侠の徒」とよばれてしまった者たちをとりあげる。

かれらはあえて自身の心身修行や思想浄化のために、無宿や遊興をえらんでいった。ここでは、しばしば社会的排外の扱いをうけてきた、このような「遊び人」たちにのみこだわりたい。とりわけ渡世人とか無宿者とよばれた連中に焦点をあててみた。

渡世人が境界を越えていくことを股旅（またたび）ということがある。旅烏（たびがらす）などともいう。

この言葉を見るたびに、私にはいつもワンダーフォーゲルが「渡り鳥」という意味だったことがおもいあわされる。切った張ったのヤクザな渡世人と手に手をとって山野を遊ぶワンダーフォーゲルとのあいだには、ずいぶんのひらきがあるようだが、思惑も心情も似たようなものなのだ。

二十世紀初頭のベルリン郊外シュテグリッツにはじまったワンダーフォーゲルは、中世遍歴学生（ブルシェンシャフト）のヴァガントやバッカントを夢に、ウィルヘルム・リールの民俗学とグスタフ・ヴィネーケンの自由学校共同体を理念として、半ズボンで集団鍋とギターを背負った姿で家と都市を捨てた。かれらがとくに「群（ホルデ）」を好み、ブントをつくろうとしたことは、ヤクザが徒党を好み、「組」をもとうとしたことにどこか似ている。ワンダーフォーゲルの若者たちが俗物をきらったことは、渡世人が義理や人情を忘れた俗物を袖にしたがったことに通じてもいる。

もともとワンダーフォーゲルは、十九世紀ビーダーマイヤー様式がつくりあげた小市民家庭主義からの脱却とウィルヘルム帝政主義からの超越を背景に出現したものである。対するに渡世人や無宿者の背景についてはあとでのべるが、一言でいうのなら、かれらのルーツは旗本奴や町奴として、時の権力と時の家政を逸脱した者たちだった。

ただ、無宿者であることが日本の渡世人、すなわちヤクザの特徴には顕著だった。無宿とは、江戸時代においては「帳外の者」のことである。無宿はたんに住所不定という意味ではなく、人別帳から除外されていたということなのだ。戸籍を失った者なのだ。かれらはなんらかの理由で村から自分で出奔したか、追い出された者たちだった。故郷喪失者なのである。そこがドイツの渡り鳥と日本の旅鳥とのちがいだった。

江戸から追い出された無宿者はしばしば「兇状持ち」とよばれる。これは街道各宿に伝令されていた「順達（じゅんたつ）」が変化した。順達は道中奉行が出すもので、宿場から宿場へ令状が順次運ばれることをいう。状箱を持って走る者には雲助たちもまじっていた。

この方法を街道筋の博徒（ばくと）の親分たちがそっくり真似た。江戸で兇状をもたされた無宿者は、まずこの兇状を板橋宿の部屋頭に見せる。すると板橋宿の頭は次の蕨の宿の部屋頭に紹介状を書く。これを持って、また浦和の宿へ行くというやりかただ。板橋をとばして浦和に行くことは許されなかった。途中、博徒の親分は添書を加えた。この紹介状や添書をもって各宿を渡るときの姿が、三度笠に丹波蓙(むしろ)、着物の寸法は七五三の五分回し、帯を黒三にして紺の手甲脚絆(てこうきゃはん)に甲掛(こうが)け、切り緒の草鞋(わらじ)を結ぶという出で立ちである。これはどうみても「神のやつし」としかおもえない。片足でないのがおかしいほどだ。

それにしても、かれら社会の弱者とみなされた無宿者たちが、いまでは総じて遊侠伝や任侠伝の主人公として、つまりは「遊び人」の象徴として映画やテレビや漫画のなかでとびきりのヒーローのように扱われるにいたったのは、なぜだったのか。しばらく渡世人として遊んでしまった者たちの歴史をさぐりたい。

私は子供時代にいつも「セイゴオちゃん、遊びましょ」と戸口から声をかけられると、「はあい。ど・こ・へ?」と尻上がりの声でこたえていたことを思い出す。

たしかに遊びには何かをこれから演ずるのだという感覚がある。そこには日常意識の中断がある。西郷信綱は「古代においては、遊びとは日常の仕事をやめて何かを演ずることだった」という。しかし一方、遊ぶとは、まずはどこかへ出かけることなのだ。だが、いったい「どこへ」なのか。どこへ行くことが遊ぶことなのか。

遊ぶとは、もともと出遊（しゅつゆう）することをいう。どこかに出かけるという意味である。漢字学の白川静によれば、「遊」という漢字そのものが旗をたて（方）、贄をささげて（子）、未知の土地を進む（辶）という象形だった。

そのように出遊を先導し、代表する者が「将軍」である。将軍とは中央政府の為政者という意味ではなく、言葉上の真の意味での〝ディレクター〟（方向を示す人）という意味だった。すでに崇神（すじん）紀は四道将軍の派遣をしているし、大伴弟麿や坂上田村麻呂らの初期の征夷大将軍たちの任務も、いわゆるコトムケ（言向）の出遊だった。これはむろん制圧の出遊であったが、かならずしも武力にたよってばかりの制圧ではなく、原則的には情報的に制圧した。その用向きを担っていたのがミコトモチである。ミコトモチは「御言持ち」の意味だった。きっとキッシンジャーのような役割だったのだろう。キッシンジャーの役割は〝柔圧〟ということ、つまりは情報による制圧だ。コトムケは、たとえば「大和勢力が出雲勢力を言向けた（平定した）」などとつかった。

制圧のための出遊ではなく、自身の心身の修行のためにどこかへ出かけていった者もいた。

日本では最初のころは、それが「自然の智」を体得できるものと考えられていた。学解の知ではなく、深く山林に入り岬の突端に出て自然と一体となるための智のことである。だから自然智宗などともよばれた。古代ではそういった修行の場は、志賀山寺、比蘇山寺、葛城高宮山寺、法器山寺、壺坂山寺、長谷山寺、室生山寺、清水山寺などの名前としてのこっている。吉野比蘇山寺などもそのひとつで、道璿や道悲や神叡がそうした場所に入っていた。こうした人跡未踏の地に入ることは、それがのちに「遊び人」や「渡世人」の条件ともなっていく。

神叡の出遊の方法は法相宗元興寺にいた弟子の護命にうけつがれ、護命が吉野山に入って体得した出遊体験は法相の尊応に、さらに徳一へとうけつがれている。かれらはひとしく虚空蔵菩薩にたいして求聞持法を修することを重視していて、その方法が結局は空海の虚空蔵求聞持法による山林出遊につながっていた。これらはのちに西国三十三ヶ所や四国八十八ヶ所の、いわゆる巡礼遍路としてネットワークされたのであるが、当時は遍路にあたる言葉は「辺地」である。ヨーロッパでは「マルジュ」にあたろうか。ようするに、出遊のための僻地の遊び場が巡礼地になったのである。

山岳修験にはもうひとつの背景がある。これは役小角を嚆矢とするケースの系譜に入るもので、西郷信綱は亡命型とよんでいる。里という共同体からの亡命が山林修験の契機となったというものだ。亡命というといかにも現代ふうであるが、すでに『釈日本紀』には「山沢に亡命」とあるし、また『類聚三代格』には「私度僧は深く仏法に乖き更に亡命をなす」とある。

一方、こうした山林修行のさなか、都にも戻らず山寺にも止宿せずに、自己体感の世界そのままをさらに遠方に求めて出かけようとする者もいた。補陀落観音浄土を求めた者たちだ。かれらも言葉の深い意味における「渡世人」だった。のちの後深草院二条の『とはずがたり』には四国足摺岬に連れ立って海のかなたに漕ぎ出して不帰の人となった法師の話が報告されているが、そのような補陀落渡海をくわだてる者は、たとえば『熊野年代記』にしるされた時代だけでも同行百人をこえていたという。

熊野からの出遊は、その名もまさに青岸渡寺から出発して海の藻屑に消えるというもので、おそらくは最初は住持たちの往生の方法として試みられたものだろう。が、やがて熊野信仰と観音浄土信仰の拡大にともなっては、多くの者に渡海幻想をあたえた。こうした死を賭した無謀ともおもえる出遊のしかたも、のちに渡世人にたいするヒーロー視とつながった。

このように見てくると、出遊の〝渡世人〟とはいえ、そこにはおおまかにみても、制圧型、亡命型、修行型、渡海型などのいくつものスタイルがあったことが知られてくる。天皇や将軍の情報制圧も出遊だし、宗教的な巡礼の者も出遊なのである。あとでもすこしふれるが、遊び女とか遊女とよばれる理由にも、そこには「出かける」というイメージがひそんでいた。日本では、天皇も遊君、遊女も遊君なのである。

しかし、これらの型の分岐や融合もはやかった。たとえば『弘法大師御行状集記』に金剛定寺は無縁所なのでいっさいの食料支給がないため、許しをえて土佐あたりを航行する船に施物を求めていたとあり、これを「金剛定寺の御乞食」とよんでいたとあるのは、修行型の出遊者がしだいに喜捨を前提とする「御乞食」へと分岐していった流れを物語っている。ここには遊行者や渡世人がいつどこで「御乞食」とみなされてもおかしくない後世の事情の一端が見えている。

かくて出遊の変遷は、平安時代以降はひとまず末法思想の流行や観音浄土への憧憬をふくみ、やがて雑多な遊行の拡大にむかっていったとみなすことができる。

遊行の系譜については、これまで五来重のいわゆる「歩く遊行」と「巡る遊行」の平行進化説このかた、多くの議論が出ている。山民系と海民系の混交をはじめ、いろいろの混交もある。

その実態はあまりに繁雑になるのでここではふれないが、その方向だけをごく単純化していえば、行基に代表されるような遊行僧の行動が、国家のプロジェクトや神社仏閣とむすびついていったナショナルな系譜と、これとはまったく逆に都鄙の流民とむすびつくローカルな系譜とがあり、この後者の系譜に本節の私の関心がむけられているのである。

遊行僧からは遊行聖が派生する。すでに『華厳経』法界品に「金剛恵師子、遊行して畏るるところなし」とあり、『地蔵菩薩本願経』には「わが眷属を世界に遊行せしむ」とあるのは、宗教者が歩きまわることそのものが宗教活動であったことを暗示する。歩きまわること、渡世すること、そのこと自身が一種の入魂であり、自身の弱さの徹底自覚だったのだ。

遊行僧が歩きまわり、さらにそこから市の聖とよばれた遊行聖が都鄙を周遊すると、これに出会った人々の意識はフラジャイルに攪乱されていく。子供たちがチンドン屋に目を奪われ、どこからかやってきたテントを張りはじめるサーカスの一団に心を奪われるのと同じことである。人々はどこから来たかわからない一所不在の者にこそ心を動かされていったのだ。一遍の活動はこのような背景から生まれていった。

逆に、出遊する者のほうからいえば、遊行の歴史の背景には、山折哲雄が「家をあける」という意味のヴァケイションの観念が投影しているのではないかと指摘したような、そういう事情も関与していただろう。たしかに「いったん家をあけてみること」は、どんな物語においてもイニシエーションのメタファーになっている。どこかへ出かけることは、ひょっとしたらもはや不帰の人となるかもしれないということにおいて、その出立（しゅったつ）そのものが儀式となりえたのである。そのうえしかも、古来の霊山登拝や遠隔地の参詣に、もともと成人儀礼（イニシエーション）の性格が兼ねられていた。参詣することは、家をいったん出て成人になることでもあったわけである。これはヤクザが刑務所に入って〝ツトメ〟をはたしてくる風習にもつながっていく。

それにしても、このような遊行の拡大と、のちに「無宿」とよばれるような者たちとのあいだに何らかのつながりはあるのかという疑問も出てくる。しかし、私は次のような「一宿聖（いっしゅくひじり）」といった例があるかぎり、遊行と無宿とのあいだはかなり接近していたと考えている。

十一世紀の記録集に『大日本国法華験記』1043がある。その六十七話に一宿沙門あるいは一宿聖とよばれた行空（ぎょうくう）の話が出てくる。行空は法華経をひたすら修行する者で、昼に六回夜に六回の読経を欠かさず、生涯でなんと三十万回の法華経を誦んだ。この行空が一宿聖とよばれたのは、庵（いおり）をむすぶこともなく、三衣一鉢すら所持せず、一カ所で二夜をすごすことがなかったからだった。

この「一宿聖」の話は私にさまざまの連想をしかけてきた。まず、一つの地で一晩かぎりの夜をもつということは、一所不在や無宿という行動が人々につねに異様な旅人であることを強烈に印象づけていたということだ。これは共同体が迎える遠方からの客神はつねに稀有な存在であったという、いわゆるマレビト信仰をおもわせる。これを「異人の人類学」の見地で考えるなら、すでにデジュメルや堀一郎が先駆した異人論の主張になろうし、その後は小松和彦や赤坂憲雄が新たな角度で、異人の外部的本質を論じてきたことになろう。しかし、それらの異人論は残念ながら「無宿性」という問題にはふれていなかったように記憶する。

一宿聖とは「一地一夜」ということである。ということは、そこには、「来たら去らなければならない」という宿命観や宿世観もあったはずで、そうであればこそ、その一地一夜の観念が今生の因縁を際立たせていたということにもなったはずなのだ。それは、後世のヤクザな言葉でいうのなら、いわゆる「一宿一飯の義理」というものだ。異人に一宿一飯の〝義理〟が生じていることは、私にはたいへん重要な問題であるようにおもわれる。

次に私には、一宿聖や一地一夜の観念は、遊女と一夜の情を交わす男たちの基本原理をおもわせもする。男たちの基本原理というのは正確ではない。そこには遊女の原理というものがあるというべきだった。

これまでふれなかったが、古代の「遊び」という言葉には、もともと葬送に関する意味と遊び女に関する意味とがふくまれている。とくに遊女とはそもそも「遊び」の代名詞ですらあった。『万葉集』は「遊行女婦」と綴って「うかれめ」と訓ませ、『和名類聚鈔』ではそれを「あそび」と訓読させている。かの『梁塵秘抄』には「遊女の好むもの、雑芸、鼓、小端舟、簦翳、艫取女、男の愛祈る百大夫」とあって、遊女を「あそび」と謡っている。ようするに遊女にとっては、一晩かぎりの契りを交わすことこそが遊女のゆえんだったのである。

これらのことは研究する気になれば、世界中に散らばる人身御供の物語がおおむね〝一夜の嫁〟をめぐる話になっていること、世界各地に一夜妻の風習があったこと（これについては折口信夫、中山太郎、赤松啓介にも言及がある）、さらには中国白話小説から上田秋成におよぶ怪異譚に、幻想上の女と幻想の一夜をおくるパターンが頻出していることなどから推して、きっとおもしろい成果にまで発展するところだろう。

いずれにしても遊女たちが一宿聖の裏側の世界を支えていたことは確実である。男たちが遊女と遊ぶことをしばしば「一夜のお籠り」とみなし、遊女もまたその願いをかなえることを誇りとしたことも重視しておいてよい。

しかも、ここからがもっと重要な指摘になるのだが、その遊女たちもさまざまな遊行者や芸能者の一群にまじって、白拍子や傀儡女として関渡津泊（かんとしんぱく）をあたかも渡世人のように動いていたわけなのである。

中世の遊女たちは動いていた。

まことに不安定な日々だったであろう。けれどもそこには矜持もあった。衣通姫（そとおりひめ）や小松天皇（光孝天皇）を祖と仰ぎ、実際にも後白河の子を生んだ江口の遊女一臈（いちろう）をはじめ、多くの遊女が宮中の女房にもなって、いわば天皇とのつながりさえもとうとしたのは、そのような矜持のためだった。しかしその遊女たちも、十四世紀前後には仏教の五障三従説などの影響により、ケガレの対象ともみなされ、しばしば賤視されていったのである。そのあたりのアンビバレンツな事情は大和（おおわ）岩雄の『遊女と天皇』1993や網野善彦の『中世の非人と遊女』1994がうまく言及している。

また、この歴史の矛盾と葛藤は、遊行者が「御乞食」とみなされ、のちに渡世人の多くが「破落戸（ごろつき）」とみなされていった過程と同じ経過をおもわせる。エリック・ホブズボームの『匪賊の社会史』1969にもその点にふれた議論があったものである。

こうして、宗教者から遊女までふくめた遊行の群（ホルデ）が出揃ってくると、ここに「境界をまたぐ者」あるいは「出かける者」の全般に関する一定の社会観が仕上がってくる。一口にいうなら、一所不在の者や無宿なる者へのいわれなき偏見である。

かれらは、しかし食べていく必要がある。それにはかれらに職をあたえ、その職を継続的に保護する者たちを必要とした。宮廷が保護できることはしれている。いかに苛酷な労働を強いられようと、やはり散所のようなシステムや、前節にのべた弾左衛門制度のようなシステムなどが、かれらのためにも要請されたのだ。社会的偏見の生産は、偏見を内包できる構造的な保証をもたざるをえなくなっていくのである。

私がおもうには、この偏見をあえて内包しようとした構造こそが、のちにヤクザなどのアウトロー集団の構造の原型になったということだ。

いまではヤクザのイメージはただ一つしかない。暴力団というイメージである。広域暴力団という名称もある。グレン隊やチンピラ、あるいは香具師やテキヤと混同されることもある。どうも実態ははっきりしない。ともかくは「ヤーさん」といえば恐い人という程度の認識なのだ。

しかし、ちょっとさかのぼってみれば、ヤクザにもいろいろの名称があてがわれてきたことがわかる。かれらはかつては「侠客」であり、「博徒」だった。そして遊侠と仁侠に生き、渡世人として、遊び人として一家を横にまたいでいた。けれどもその一方では、かれらはあきらかに無宿者であり、また無法者でもあった。五法をこえた者という意味で「六法者」ともよばれていた時期もある。つまりはアウトローだったのだ。

さらに時代をさかのぼれば、たいてい「過差」とか「かぶき者」とか「奴」とよばれた。旗本奴や町奴はヤクザの原型だったのである。かれらはもっぱら「男立て」(男伊達)を競う者であり、通り者、たて衆、伝法（でんぼう）などという名称にあらわれているように、暴力的なイメージよりも、むしろ「際立つ者たち」というイメージに賭けていた。けれども、なお無頼（ぶらい）とか転合者（てんごうもの）という言葉が象徴しているように、かれらは社会の〝はみ出し者〟であり、余計者であり、世間からの倒錯者であったわけである。

なぜ、このような連中がヤクザとよばれたかということはあまり重要ではない。ヒッピーやおたくの定義をしてもしかたがないのと同じことだ。

一応のところ、喜多村信節（のぶよ）の『嬉遊笑覧』1830が「十とつまるは数にならず、八九三、二十につまる故、悪きことの隠語を八九三と言ひはじめたるなり」としているけれど、たいした確証はない。役参、厄座と綴られている例もある。私は無宿者の系譜として、ヤクザの歴史の全体をとらえるのが妥当だろうと考えているが、それもいくらも異論があっていいところだ。

ヤクザについては研究もめっぽう少ない。理由はわからない。尾形鶴吉の研究を嚆矢に、宮武外骨、尾佐竹猛、田村栄太郎、岩井弘融、北田玲一郎、猪野健治、藤田五郎らの著作があるくらいのもので、なににせよひたすら無視されている集団なのである。なかでは猪野健治の研究がなお続行中で、思想的にも共感できる。加太こうじのエッセイや飯干晃一のドキュメントなどもおもしろいのだが、多少ともヤクザの中身を知っている私にはほとんど役に立たなかった。

できれば、亡くなった竹中労に「無宿の思想」などという一書を、やはり惜しくも亡くなった隆慶一郎に未完の『かぶいて候』1990 の続篇ともいうべき渡世人物語をのこしてもらいたかったが、これはいまとなってはないものねだりである。いまなら松田修か平岡正明か高橋秀元にこそイキのよい論考を期待したいところだろうか。

むろん海外でのヤクザ研究書はおどろくほど少ない。それでもI・モリスの『日本の国家主義と右翼』1960 やジョージ・デ・ボスの『近代日本における社会動向』1967 やウォルター・エイムズの『日本警察と社会』1981 には、しばしばヤクザの歴史についての言及が見られるし、話題になったデヴィッド・カプランとアレック・デュプロの『ヤクザ』1986

にはきわめて示唆に富むヤクザの歴史と現在をつなげる視点がいくつも登場する。

ヤクザとは何かという問に答えることはむつかしい。

いちばんの回答は、猪野健治が『ヤクザと日本人』1993 で書いた「被差別階層の、生きるために残されたただ一つの、しかも最悪かつ最強の反逆のトリデ」というものだろう。だいたいこの説明でまちがいはない。しかしひとつだけ足りないところがある。それは、その最悪最強は同時に最低最弱につながっているということだ。そこがヤクザの奇妙な本質なのである。

私がここでヤクザの歴史の一端をとりあげるのは、たんにアウトローの本質をもっているからだというのではなく、「強さ」や「弱さ」の裏側の本質を議論するためである。ヤクザにおいては最強最悪がそのまま最低最弱につながっているということは、本書のテーマにふさわしい。「強い」が「弱い」で、「弱い」が「強い」という事情こそ、私が着目したいことなのである。弾左衛門の歴史の退嬰とともにヤクザの歴史が展開するのだが、それはつながっていたのである。明治政府がヤクザをかかえ、自由民権運動もまたヤクザをかかえたというような、そのような例はほかにはあまり見当たらない。しかし、それゆえにそこには見逃されてきた「弱さからの出発」の本質的脈絡が隠されているのである。それは本書では省略するが、群馬事件や加波山事件や、もっと端的には秩父困民党事件を、それぞれ解剖してみるとわかることである。

この近代史の曙を告げる敗北の歴史には、われわれ自身の「最も弱い内なる葛藤」というものが刻印されている。とくに大宮の博徒であった田村栄助を中心とした秩父困民党の結成のいきさつと、その蜂起の過程、またその解体の要因を見ることは、日本のヤクザの本質的な「強さ」と「弱さ」の葛藤を象徴するものとして、特筆に値する。私としてはそのような視点から、本節で言いたかったことをまとめたい。

ヤクザは、ある意味では日本のアウトロー集団のうちでも最も国際的に知られた集団名である。しかし、その実態はかなり多岐にわたるし、知られているわりには日本人すらヤクザの歴史をほとんど見ようとはしてこなかった。

だいたい「ヤクザ」という概念があいまいなので、さきにものべた「かぶき者」のすべてをヤクザにふくむと、それこそ佐々木道誉や織田信長までが入ってくることになり、「侠客」を中心に考えると、今度はかつての侠客と今日の暴力団としてのヤクザがむすびつかないことにもなってくる（のちに紹介するように、本格的な侠客は昭和十一年に死んだ吉田磯吉でおわっている）。

しかし、そういうふうにヤクザを厳密にとらえようとせずに、おおざっぱにヤクザの歴史を見るのなら、まずは、町奴が火消し人足へと転換していった享保年間（一七一六―一七三六）あたりの事情と、上州長脇差（ながどす）の登場によって八州廻りが設置された文化二年（一八〇五）あたりを注目すべきであるとおもわれる。そして、この二つのターニングポイントがはっきりと見えてくるには、のちに渡世人とかヤクザとかと総称された連中の変遷をおおまかに知っておく必要がある。ほぼ次のようになるだろうか。

どうやらヤクザの原型の発生は室町時代から戦国末期にまでさかのぼる。

たいした証拠はないのだが、『嬉笑遊覧』が「男立（おとこだて）の悪風俗は、室町将軍の時より盛んなり。其頃悪徒さまざま異風をして半頭などもあり」と書いていること、また『室町殿物語』に「赤はだかに茜染の下帯小玉打のうち帯を幾重ともなくまはして、しかとしめ、三尺八寸の朱鞘の刀、柄は一尺八寸にし細き鍔にてまかせたり」とあることから推測できる程度のことだ。それでも『本邦侠客の研究』1933 で知られる尾形鶴吉は、ここに「侠客の胚胎」をみた。

しかしながら、これはようするに「かぶき者」の誕生であって、かれらが遊侠無頼の徒としてもっぱら博奕（ばくち）を好み、これらが組として組織化され鬼面人を驚かすには江戸開府をまたなければならなかった。そのありさまは慶長十一年（一六〇六）ごろの異様異類の風俗として『当代記』や『柳亭筆記』に紹介されている。

慶長十一年前後の異様異類の風俗をして巷を徘徊していた連中とは、大鳥居逸平、大風嵐之助、大橋摺之助、風吹散右衛門、天狗魔右衛門といった、ふざけた名前をもった連中である。

かれらの身分は武士であり武家奉公人であり、また牢人（浪人）であったが、いずれも血判で起請文をかわして男気の連帯を誓いあった仲でもあった。『駿府記（すんぷき）』ではかれらのことを「世にいうかぶき者なり」とまとめている。むろん「世にいう」といったって、だれが言い出したかはわからない。京都では荆組（いばらぐみ）とか皮袴組（かわばかまぐみ）といった徒党も誕生して威勢を張った。幕府は慶長十四年に二度にわたって「かぶき者」を狩り、さらに同十七年には江戸市中に関所をもうけて三百人ほどを処刑した。タバコがやたらに大流行していた年であり、熊倉功夫が何度も言及してきたように、のちの桂離宮や大名茶や若衆歌舞伎に象徴される寛永文化の原型がつくられていた時期である。

やがて正保慶安期に入ると、この「かぶき者」たちに代わって、「夜更けて通るは何者ぞ、加賀爪甲斐か泥坊か、さては坂部の三十か」と噂された加賀爪甲斐守、坂部三十郎、あるいは幡随院（ばんずいいん）長兵衛殺しの主犯であった水野十郎左衛門などに代表される「旗本奴」が次々に登場してくる。

旗本奴とは旗本無頼派といった意味で、五百石以上一万石以下の直参でありながら、ようするに遊び人を決めこんでいた連中である。「奴（やっこ）」は俠気や血気のさかんな連中のことをさしている。つまりは「男立て」を競った連中だ。かれらもまた不平分子を集めては、水野十郎左衛門の白柄組（しらつかぐみ）をはじめとして、柴山弥惣左衛門の大小神祇組、六法組、吉弥組、鉄砲組などの徒党を組んだ。

むろん風体もおおいにかぶいたものだった。刀の柄を白糸で巻いたところからその名がつけられた白柄組のばあいでいえば、夏も冬も白縮緬の綿入れ一枚を着て、その裾には鉛三匁を縫いこみ、歩けば裾がはねかえるように仕立てて街を悠然と闊歩する。たとえ持ちあわせがなくとも美酒を求めるという伊達気取りも徹底していて、店に断られれば乱暴狼藉、一気呵成に派手に立ち回る一方で、店に話がうけいれられれば後日に過分の金を付け届けさせたりするというやりかただった。「わかればいいんだ」というやりかたなのである。旗本奴はふだんは博奕と喧嘩に遊び、ときには衆道（しゅどう）（男色）にすら遊んだ。

その旗本奴についで街にあふれてきたのが「町奴（まちやっこ）」である。

これはもともとの素性の大半が浪人で、つまりは失業武士だった。関ヶ原の合戦以来、おおよそ四十五万人ほどの浪人が吐き出された勘定になるのだが、俸禄のないこの浪人たちは、たがいに職を求めて争いあい、あげくにその職争いの統括をする者たちに牛耳られていった。その浪人をたくみに統括をした連中が町奴であった。

町奴は、おりからの江戸大普請の景気にのって人足口入れ業者として力をのばし、町の用心棒を買ってでたり、目明しを代行したりした。その勢力が大きくなると徒党を組んで、幡随院長兵衛の浅草組、唐犬権兵衛の唐犬組などのような威勢となった。この口入れのリーダーが、のちにヤクザ社会でそのようによばれることになった元締（もとじめ）（割元）である。元

仁侠映画あるいはヤクザ映画には“類型”がある。この類型の起源を求めるには多層な歴史観が必要だ。
まずもって旗本と町奴と火消しの歴史を知り、ついで博徒と無宿者の変遷を見なければならない。
左は「若親分乗り込む」の市川雷蔵、右は「昭和残侠伝・破れ傘」の高倉健。

最も過激な弱者たちの群

「江戸名所図屏風」に描かれた旗本奴たちの威勢。
関ヶ原の合戦以降、戦乱の少なくなった日本に最初に溢れはじめた“浪人群”の原型がここにある。やがて町奴と対立。

ヤクザのルーツのひとつに火消しの集団があったということは、まだあまり知られていない。
しかし生命を恐れぬ鉄火肌の“臥煙”をはじめ、火消し組は博徒そこのけの勢力をもった。
図は月岡芳年「ま組の火消」(1880)。

締はまた寄親ともよばれて、仕事を紹介してもらう寄子を管理した。これものちにヤクザ社会の親分子分の萌芽となっていく。

旗本奴を弾圧しつづけた幕府のほうは、町奴についてはなぜか執拗には統制をしていない。町奴をなかば生かしておいて旗本を牽制させ、さらには両者をうまく激突させて相互の力を弱めようとしていたからであったとおもわれる。かれらはあぶれ者であり、アウトローではあったが、しかしべつだん弱い者というわけではなかった。ただ「弱きをたすけ、強きをくじく」という気概を通そうとしていた。そこに幕府に利用される宿命がひそんでいたわけである。

この旗本奴と町奴の「男立て」のモードは、ついで「火消し人足」として継承される。火消しは武家火消しと町火消しに分かれた。

武家火消しは、家光の時代の奉書火消しにはじまり、ついで大名火消し、さらに定火消し、正徳年間に慣行化した大名十二家による方角火消しなどとして組織化されていく。実際の火消し作業には「臥煙」(正式名称は中間)が人足としてあたる。臥煙の出で立ちは当時の娘たちの評判である。素っ裸に法被一枚、全身に派手な刺青をほどこし、芝居小屋ではいつも木戸御免、酒代はのべつ踏み倒し、一日三度は入る湯屋でも銭などいっさい払わず、白い肌に刺青が浮き上がるのを悦に入って自慢した。火事がなければ屋敷に博徒をよんで博奕三昧、足袋がなくなれば店先で「足袋一足、一番組!」と叫ぶだけでよく、ともかく喧嘩と博奕の好きな連中だった。そのかわり火事場で命を落とすなんてことは厭わない。四谷の臥煙寺はかれらの犠牲をとむらう墓所である。

この武家火消しに対抗して町火消しがあった。享保三年（一七一八）に幕府が一町から三十人ずつの駆付人足を調達したのがはじまりで、享保十五年には有名な「いろは四十八組」の原型がほぼできあがっている。

いろは組の各組には、それぞれ肝煎名主―頭取―組頭―副組頭―小頭―道具持ち―平人（平鳶）―人足（土手組）という段階が編成されている。のちのヤクザ組織の原型だ。所轄は町奉行、気っ風と威勢のいい各組には贔屓筋の大店がついた。火事場出動には危険手当のようなものも出たとおもわれる。

町火消しは芝居小屋とも強い関係をもつ。これは小屋がよく火事になるためで、小屋主や興行元はいつも附渡り（包み金）を届けている。今日なおテキヤ言葉につかわれるショバ代やゴミ銭とおもえばよい。

こうした町火消しの頭取の一人に、弘化二年（一八四五）正月の江戸大火で、筑後藩の有馬頼永ひきいる大名火消しと先陣を争い勇名を馳せた浅草十番組「を組」の新門辰五郎がいた。その子分ざっと三千人をこえ、その名は遠くにまで聞こえていたらしく、勝海舟でさえ『氷川清話』1897 のなかで辰五郎の意気地と男ぶりをほめている。よほどのいい男だったのだろう。辰五郎はのちの十五代将軍慶喜ともむすび、文久三年には慶喜について京都へ上り、そのまま河原町二条に本宅を構え、その隣に妾宅さえ構えるような羽振りだった。

しかし、しょせんは町火消しの身、勝海舟にみこまれ要請されて、辰五郎が二百数十人の「を組」を率いて上野東叡山に駆けつけた幕府最後の抵抗戦では勤皇派と佐幕派の陥穽にはまったにすぎなかった。辰五郎の凋落とともに、火消しの歴史も明治二年の東京消防局の設置で壊滅する。そうした辰五郎の生涯は真山青果の『新門辰五郎』1939に戯曲化されている。

これまでのべた旗本奴、町奴、火消したちは無法者ではない。かれらは立ち回りこそ「かぶき者」の系譜をうけつぐ喧嘩好きで乱暴をはたらく連中ではあるものの、それなりに合法的な生活を保証されていた。

ところが博徒となると、これは根っからの無法者、江戸では博奕常習犯は遠島ときまっていた。文字どおりのアウトローだったのだ。それでもかれらの一部は町奴や火消しの鉄火肌に対抗し、しだいに「白無垢鉄火」として町の顔役にのしあがっていった。そうした博徒たちが江戸で目立ちはじめたのは安永天明期のこと、十八世紀後半である。

博徒は最初のころは江戸の通りをおさえていたため、しばしば「通り者」とよばれている。それが、関八州に八州廻りが設置された文化二年(一八〇五)あたりから江戸を追い出され、さきにのべた「帳外の者」となると、いよいよ無法者は無法者でたがいに頼りあうしかなくなっていく。

江戸の内部にはいられない。あぶれた外部者たちの集団として、どこかの街道付近で無法集団をつくるしかなくなっていく。無宿はアブジェクシオン（棄却行為）とならざるをえなかったのだった。「アブジェクシオンは拘束からの解放であるとともに、主体がたえざる危機にさらされることである」とジュリア・クリステヴァはのべているが、まさに無宿者たちは永遠の外部的なものとして、中心としての江戸の外縁に一種の自殺的徒党を組むしかなくなったのである。これこそまさにアウトローの発生だった。

しかし、そうした外縁者としての無宿たちのなかからも、やがては次々に強力なミディアム・リーダーが生まれていく。前節でのべた非人を統率した長吏と同じこと、無宿者についても、外縁集団には外縁集団なりの内部と中心と半径がつくられていったのだ。それがいわゆる時代劇や浪曲に有名な「街道筋の親分」の誕生である。親分衆はアウトローたちに枠組を与えた「法」そのものとなったのである。

街道筋の親分衆とは何者か。そこには時代劇のように江戸市中からはじかれた外部アウトローばかりが集まったのではなかった。おりからの飢饉や農村の荒廃によって、付近の農民たちも内部アウトローとして陸続と無法者の群に投じていった。そこには新たなアウトロー組織の姿が登場していたのである。かつてはまったく見られなかったものだった

（わずかに中世の楠木正成らの「悪党」の組織にはその先駆性があらわれていようか）。

ことに村の荒廃がいちじるしい上州には、喧嘩好きの無法者や無宿者が集まった。国定忠治、大前田英五郎、館林虎五郎、高崎源太郎らの、いわゆる上州長脇差（ながどす）である。長脇差とは幕府規定の一尺八寸をはるかにこえる刀のことをいう。上州長脇差は〝三間盆〟ともいわれた山博奕（やまばくち）（賭場）を赤城山や榛名山で開帳した。

博徒の親分は、それぞれ地名を姓につけている。大前田村の英五郎、下総笹川河岸の繁蔵、清水の次郎長というぐあいである。かれらはそれによって「縄張り」を誇示し、告知した。いったん縄張りができれば、そこは無宿者のアジールなのである。

だいたいこうした無宿者が公的な仕事にありつこうとしても、よくて鉱山労働の最下層にあたる水替人足か、俗に雲助ともよばれた川渡しや荷役をになう宿場人足だ。この連中がちょっとはましな仕事をするには、縄張りの保護をもらって博奕の管理にまわるしかなかった。猪野健治はそのことを、「かれらは公認された生活の場を追われたが故に、生きるためのよりどころとして、士農工商の外に〝博徒〟という〝階級〟を創造し、〝公認階級〟が合法的には処理できない欲望を満足させることを職業とせざるをえなかったのである」と書いている。

こうした博徒には、講談や浪花節で有名な会津の小鉄、武蔵の小金井小次郎、下総の飯岡助五郎、甲斐の黒駒勝蔵、中山道の安中(あんなか)章三郎、駿河の次郎長、由比の大熊、三河の吉良武などの、武勇伝に名高い侠客無頼ばかりでなく、高杉晋作によって「関西一の侠客」とほめられた讃岐の日柳燕石(くさなぎえんせき)のような勤皇博徒や、岐阜の弥太郎や武蔵の三河屋幸三郎のような佐幕博徒もいた。しかし、その党派性こそが裏目に出て、これら名うての侠客たちは歴史の中に埋没させられていったのである。

たとえば、黒駒勝蔵は明治になって官軍の赤報隊に加わって池田勝馬を名のるのだが、赤報隊は偽官軍として攻撃にさらされて勝蔵はあえなく斬罪されたのだし、その逆に、岐阜の弥太郎は京都に出ては新撰組の手足となって身を粉にはたらくのだが、大垣藩が官軍に攻撃されて粛清をうけると投獄され自殺を余儀なくされている。自己改革に挑んだ無宿者や渡世人の前途はこんなものだった。

明治に入ってからの博徒侠客の動向には不思議なものがある。

政府はまず博徒狩りをする。ここまでは話はわかる。明治十七年の太政官布告は「賭博犯処分規則」で、これによって清水次郎長や会津の小鉄ら大物が多数逮捕されている。ところがこの政府の博徒狩りに対抗して、自由民権運動からおこった自由党は壮士養成を名目に有一館を設立して、ここに博徒をなだれこませた。あえておかかえ博徒をつくったのだ。

これが「民権博徒」の誕生である。長谷川昇の『博徒と自由民権』1977 はその経緯を、愛知県の博徒出入り事件を詳細に検討して仮説してみせた。そうなると政府のほうもいそぎ「与党博徒」をつくることになる。ヤクザは故意に二分されたのである。こうして、政府の博徒と自由民権派の博徒が本来の意図をこえて争っていく。まったくおかしなことだった。さきにのべた秩父困民党事件の内部には、この奇妙な二つの博徒集団と、困窮した農民と、さらには自由民権運動の左寄りの分子がたがいに絡みながら蠢いていた。

この奇妙な与党博徒と民権博徒の二重構造は、おそらく今日までつづいている日本政治の暗部と関係がある。金丸信の失脚や竹下登をめぐる「ほめ殺し事件」の謎をとくには、このへんまでさかのぼる必要があったのである。

侠客落としこみの状況のなかで、一人特異な役割をはたしつづけた大親分もいた。今日のヤクザの開祖であって、また最後の侠客でもあった吉田磯吉だ。鶴田浩二や高倉健を主人公としたたいていの任侠映画は、この吉田磯吉を原型にしていると考えてよい。火野葦平の『花と龍』のモデルでもある。

吉田磯吉は九州遠賀川の石炭輸送の船頭からたたきあげた、いわゆる川筋気質の親分である。姉をひきつぎ若松に料亭「現銀亭」を出し、周囲のヤクザを次々に傘下に入れて、麻生鉱業の麻生太吉や玄洋社をつくった平岡浩太郎らの有力者がひしめく絶頂期の筑豊炭鉱を牛耳ったあとは、ついに中央政界に打って出て総選挙に最高点で当選、憲政会に属して時の政友会を震撼させた男だった。その一方、今日の山口組にいたる大半のヤクザの大立て者が、かつては吉田磯吉となんらかの仁義をむすんだ関係だった。いまではとうてい考えられない侠客の頂点だったが、その侠客史も吉田磯吉を最後に終焉をとげている。時代もしだいに軍国主義に突入していった。

遊行や渡世の歴史は、まさに脆く壊れやすいものの歴史である。すなわち「壊れもの注意！」の歴史である。

補陀落渡海は生存の消滅をめざし、一宿聖や遊女は一夜において意図を昇華することをめざした。同様に、無宿者たちもいつ粉々になってもおかしくはなかった。筋金入りのヤクザもはなっから命を捨てていた。そうでなくとも、時代はかれらの命を埒外に捨てようとした。そこからは、任意の中心からはじきだされた「埒外の歌」ともいうべきが聞こえてくる。

しかし、埒外は埒外としてのつながりをもつものだ。連鎖なき孤立というものはめったにありえない。出かけたら最後、そこにはつねに一所不在のネットワークというものが待っている。

VI フラジャイルな反撃

持つ者、持たざる者、
支配者、被支配者、
強者、弱者、
できる者、できない者、……。
この二項対立を超え、突きぬける論理は、
この世の中にはないのだろうか。

李良枝「木蓮によせて」

1 感じやすい問題

最も内容の豊かな事件は、われわれの心の中で魂がそれに気がつく前に到来するものである。

ガブリエーレ・ダヌンツィオ「死の瞑想」（北川俊夫訳）

こんなことが記憶の場面に鮮やかにのこっている。それは現在の私にとっては〝事件〟というにふさわしい。

第一の事件は目と耳の事件だった。小学生のときである。

私の叔父は生まれついての全盲で、私は叔父が遊びにくるとその手をひいて買物などのお手伝いをする役目だった。ある日、叔父を連れて百貨店に行ったところ、玄関を入ったとたんに「セイゴオちゃん、えらいきれいな風鈴の音やねえ」と叔父がいう。まったくそんな音は聞こえなかったので、どうせ叔父の空耳(そらみみ)だろうとおもって「おじさん、どこにも風鈴なんてないよ」とか答えていたのだが、あれこれ買物をしてエレベーターが五階に上がり、扉が開いた瞬間にびっくりした。そこには黒鉄(くろがね)の風鈴がズラリと並んで涼やかな音を鳴らしていたのである。叔父が旧約聖書の日本点字訳を最初に手がけていた人であったことは、ずっとのちに知った。

くろがねの秋の風鈴鳴りにけり　蛇笏（だこつ）

第二の事件は耳と手の事件だった。

やはり小学生のときである。父が京都で呉服屋をやっていたころのこと、ときどき仕立屋にお使いに行かされることがあった。仕立屋さんのひとつに一人で仕立てをしているおばさんがいて、このおばさんが全聾者だった。

不鮮明な発音ではあるが、話すことは可能で、また耳が聞こえないといっても相手の口元を見て読唇術で会話ができる。私はおばさんに自分の口元を見せながら、口を大きくはっきりあけて喋らなければならないのが苦手だったのだが、あるとき部屋に上がってケーキでも食べなさいといわれてびくついた。そんなおばさんと二人きりになるのが気味悪かったのだ。

部屋にいるとなんとなく変な気がしてきた。ふと見ると大きなステレオが置いてある。「ああ、ステレオだ」とおもったとたん、ぞっとした。なぜ耳の聞こえないおばさんがステレオを持っているのか。これはおばさんがずっと嘘をついていたのだとおもい、そうだとするとケーキにも毒が入っているのじゃないかとおもえてきた。ぶるぶる震える私を見て、おばさんはニヤッと笑い、そして、これは私のステレオよと言った。「だって、おばさん…」と言おうとしたが喉がカラカラである。

すると、おばさんはステレオのスイッチを入れ、交響曲をかけたとおもうまもなく、バッと両手を広げてスピーカーに手をかざしはじめたのである。がんがんと響きわたる交響曲の前で私はほとんど呆然として、そのあとのことをおぼえていない。

第三の事件は体全体にまつわる事件である。

これは高校生になってからのことで、東京に歩道橋が出現し、街にストリート・パフォーマンスがしばしば見られるようになったころの体験だ。アラン・カプランの「ハプニング」という言葉もすっかり色褪せてきたころだった。

ある午後、歩道橋を上がっていくと向こうにすばらしいダンサーが踊っている。両手を片方ずつ捻（ひね）るように虚空にのばし、顔をはげしくゆすぶり、腰をつかって全身をうねらせるようにして一歩ずつ踊っている。これはすごいなとおもいながら、しばし足をとめて見とれていたが、もうすこし近くで見ようと歩きはじめ、四、五メートルまで近づいたとたん、私の体は凍ってしまった。彼はアーティストやダンサーなどではなく、重度の身障者だったのだ。おそらく脳性小児麻痺だったかとおもわれる。

私は愕然とした。いったい、一〇メートル離れるとアーティストに見え、五メートル以内になると身障者に見えてしまう自分の眼というものは何なのか。このことが何か痛烈な問題をつきつけているようにおもわれた。

私が三人の身障者からうけた体験に大きく気持をゆさぶられたのは、その体験の内実がそれまで習いおぼえてきたいっさいの常識的な概要や概念からはるかに逸脱していたからである。

耳をすませば遠い風鈴が聞こえるかもしれず、手をかざせばステレオの音を聞けるかもしれず、歩くときは全身をフルにつかって歩くのだなどということを、われわれはどんなときにも、どんなところでも絶対に教わってはこなかった。われわれが教わってきたことは、民主的であれということ、泣きごとを言わないこと、戦いは正々堂々とすること、付和雷同しないこと、個性を磨くこと、男は黙ってサッポロビールを飲むこと、ただそれだけである。そのうちに、われわれはひどく感じにくい人間になってしまったのだ。

それとともに三つの〝事件〟はまた、私に名状しがたい深い逆説ともいうべきものをつきつけていた。一般的には三人の身障者こそが「どこかが損なわれている」とみられるのに、私こそが「どこかを損なっている」かのようにおもわれたからである。

すなわち私は、三つの事件によって私自身のありかたを根本的に挫かれたのだ。何かが足りないのは盲目の叔父や失聴した仕立屋のおばさんではなくて、私自身のほうだったのだ。私は自分のちっぽけな個性や民主主義が目の前で破壊されるのを知ったのだ。このような体験が、私にとってはエミール・シオランのいう「本質的挫折の感情」との出会いにあたっていた。

のではない。

このような体験は自分の身におこらないからといって、まったく体験できないというも

われわれの周辺は、すこし眼を凝らし耳を澄ましさえすれば、そのような光景に満ちているのだし、それだけではなく、われわれ自身の奥には本来的な「挫折自己」というものがとっくの昔からひそんでいるはずなのである。エミール・シオランは『生誕の災厄』1973では次のように書いている、「人がひた隠しにしようとしているものにしか、深さと真実はない」(出口裕弘訳)と。

クニオ君は自閉症の五歳児で、まったく話さないか、ほとんど話さない。ただ地図には異常なほどの関心があり、したがって仮名はほとんど読めないのに、地名をおぼえるために相当数の漢字が読めた。すぐに迷子になる子だったが、電車やバスにはめっぽう詳しいので一人で乗り継いで帰宅する。ある日、お母さんがあとをつけてみたところ、本屋で道路地図を熱心に見ていた。近づくと無表情にふりかえるだけで、また地図に夢中になっていたという。

クニオ君の「遊び」はプラレールをつなげて電車を走らせること、砂場で山や穴をつくること、水道の蛇口に手を出して水をじゃぶじゃぶうけること、この三つである。しかし、プラレールは閉じない。砂場の形も山か穴かははっきりしない。水遊びでは絶対に水の流

れは細くなくてはいけないらしく、強い水はあわてて細くし、それでも五分くらいでやめてしまう。そのクニオ君があるときから水場にたまった水にも手をつっこんだ。

そんな日々がつづいたある日、だんだん水場にあふれようとする水を制止しようとした者にむかって、クニオ君の唸るような最初の言葉が発せられた。あふれる水がクニオ君の最初の言葉をつくったのだ。

これは、片倉信夫『僕と自閉症』1989 に紹介されている話である。著者は精神発達障害者指導教育協会に属する所長の一人で、ひたすら「受容する」ということ、この一点だけで仕事をしつづけている。

この本には、一言もしゃべらないが粘土で神社をつくるのが好きな少年、両手をけっしてポケットから出さない少年、人前でズボンとパンツをすぐ下ろしてしまう青年、嫌いな服をパッと脱いで水につけてしまう少女、ハナクソを食べてしまう二十歳をこえた青年、放っておくと吐くまで食べ、落ちこむと今度は眠りつづける大男の二十歳の青年の話など、たくさんのヴァルネラブルな動向が鮮明に描かれている。治療の理屈などはいっさい説明がないのに、読む者には一種の浄化がおこる。著者はAにいてBを治療しようとしているのではなく、AとBとの関係の只中に入ろうとしているだけであるからだった。

アメリカに滞在していたとき、テレビ・ドキュメントで自閉症児の治療過程を見たことがある。たいそうすさまじい番組で、子供を大人たちがプールの水に何度もつっこみ、だんだん水中での時間を長くして、ついに恐怖のあまり声を出させることに成功したという主旨だった。

ふだんは一声もあげることのできなかった自閉症児が初めて声を出したというので、両親もすこぶるよろこんでいた。水中に顔を入れられても、苦しそうな顔もせず、まったく無表情なままでいる子供は、たしかに尋常ではない。なんとかそこに「生存への意志」を表示させたいとおもうのは両親の願いでも治療者の願いでもあったろう。両親もわが子を水没させる療法に賛成したのである。ナレーションでは、たしか「感受性を発揮するためのきっかけさえつかめばいいのです」と解説していたようにおもう。それにはぎりぎりの恐怖も必要だというのである。しかし、はたしてそうなのか。

八〇年代になって、自閉症児を「無関心な子供たち」「受動的な子供たち」「活動的だが変わった子供たち」という三つにグルーピングする研究者があらわれてきた。

けれども、このような傾向ならわれわれの周辺の誰にもあてはまる。大人にもあてはまる。こうしたいわゆる健常者の見方に頼っていては、とうてい自閉的世界は見えてこないようにおもわれる。自閉症児の最も奥にひそむ恐怖をひきずりだそうという計画は、私には必ずしも妥当なものとはおもえない。

われわれは自閉症児を「本質的挫折の感情」のなかに幽閉されているとおもいすぎてい

た。しかし、そうではなかったのだ。われわれのほうこそがその感情の内部からつまはじきにあっている者なのだ。大江健三郎の『個人的な体験』1964 以降の一連の作品も、ある意味ではそのことを思案しつづけていたものだったろう。

みすず書房の二冊の白い本、M・セシュエーがルネの手記のかたちを借りた『分裂病の少女の手記』1950 と、ハナ・グリーンが小説のかたちを借りた『分裂病の少女・デボラの世界』1964 を読んで以来というもの、いろいろ考えさせられた。そこで私は多くの精神病記録をふくんだ研究書を読み、とくにブルーノ・ベッテルハイムの『自閉症・うつろな砦』1967 を読んでからは、自閉症（autistic syndrome）に関する本をおりあるごとに拾い読んでいた。

そのたびにふと感じてきたことがある。それは、われわれはいつのまに自分を「分裂病や自閉症ではない」とおもうようになってしまったのか、もっとかんたんにいえば、いつから「自分は普通だ」とおもうようになってしまったのかということだ。

われわれは自分のことを、健康で民主的ですばらしく平均的な人間像に近いものとおもわされ、また、ついついそのつもりになっている。

そのため、日々の中で意識の裏地からときどきやってくるトラウマやコンプレックスや「まさかの葛藤」にびくつき、おどろいている。この葛藤や矛盾は自分だけにおこっている不幸だとおもってしまう（第四章第一節）。しかし、どう考えても、われわれはもともと「損なわれた存在」であったのである。

われわれは、生物としては牙と毛皮と走力を失い、動物としては視力と聴力と嗅覚を低下させ、あげくに、数年におよぶ育児をしてもらわなければ一人前になれない未熟児として生まれてきた「損なわれた存在」だ。おまけに、われわれの脳には残忍なワニの脳と狡猾なネズミの脳とが同居し、エンドルフィンなどの麻薬物質が入っている（第四章第三節）。これでは人間の内側は〝できそこないの狂暴〟でできあがっているといわれてもしかたがない。

ジャック・ラカンが『エクリ』1966のなかで、「人間の存在というものは、狂気なしには理解されないばかりでなく、人間がもしみずからの自由の限界として狂気を自分のうちに担わなかったなら、それは人間の存在ではなくなる」と書いたのはまったく当然だった。

では、われわれはこのような「感じやすい問題」とどのようにつきあっていけばいいのだろうか。

かつて私は全盲の叔父にそのことを聞いてみたことがある。高校に入りたてのころだった。じっと私の疑問を聞いていた叔父の答は、ごくかんたんなものだった。「セイゴオちゃん、それはね、自分と同じ挫折を知っている人とできるだけ話しあうことだよ」。そのころ叔父は看護施設で働いていた弱視の女性をパートナーにえらんでいた。彼女はやがて叔父の妻となり、それからしばらくして完全に失明してしまった。

宮崎駿の『となりのトトロ』1988は、子供たちと若い女性のあいだに爆発的にヒットしたアニメーション映画である。この作品の出現によって、子供たちの多くが〝隣のトトロ〟を知っているばかりか、ちゃんと見知っていることが判明した。トトロは子供の心のどこかにいる見えない語り部なのではなく、外にいるパートナーだったのだ。

私もいくぶん関与している少年塾でこんなことを体験した。子供たちは次の大会でやるゲームについて勝手な意見を言いあっていた。そのとき一人の子がどこかあらぬ方向をむいて何か二、三言つぶやいたように見えた。すると、そこにいた子供たち十数人のうちの三、四人が同じようにちょっとうしろにふりむいて何か話しかけている。うしろには誰もいない。声というほどの声ではない。それはほんのちょっとの出来事で、またすぐに少年会議は喧しく続行された。

この、奇妙ではあるが、あまりにもささいな動作について、私は不思議におもった。そこで、この会に長くかかわっているスタッフたちにこの話をしてみたところ、「なんだ、そんなことはしょっちゅうですよ、かれらはその場にいない第三者に相談しているんですよ」と言った。子供たちはトトロに相談していたわけだ。

私はこのことが気になっていて、その後、私が座長をしているNTT情報文化フォーラムの「子供における情報環境」をテーマとしている分科会で、この「第三者」を研究課題にしてもらったのをはじめ、いろいろなところでこのことを尋ねてみた。また、おりあるごとに子供たちにも聞いてみた。そして、やっと事情がはっきりしてきた。子供たちはあきらかに別人格の創造に成功しているのだ。これにはおどろいた。私の子供時代の記憶では(私だけかもしれないが)、そこははっきりしていなかったからだ。そこでさらに聞いてみた。最も合点できたのは、小学校六年生の子が「そりゃいたさ。でも、いまはいなくなったかな。あれはほんの少しのあいだ出てくるんだよ」と言ったことである。

われわれはたしかにサンタクロースさえ信じたのである。

しかし、それはいつのまにか崩壊してしまう。私のばあいは中学一年のクリスマスの夜中に、母親がタンスの引き出しからプレゼントを取り出すのを見てしまった。なんともバツが悪いが、しかたがなかった。R・D・レインの『わが半生』1985 にもサンタクロース発覚の日のことが綴られている。

レインはこの世界を代表する心理学者で、患者に投薬をやめて病院を大騒動にまきこんだ精神科医は、お父さんが人騒がせな人だったようだ。朝食のときの「ねえ、サンタクロースってどうやってプレゼントをもってくるの」という質問に、こともあろうに父親は「さあ、考えるんだ。そうすれば私たちの口から言わないですむ」などと迫ったらしい。ロナルド・レイン少年は困惑したあげくギブアップした。そこでお父さんは「サンタクロースは私たちなのさ!」と自慢そうに笑ったという。なるほど、これならのちのレインの心理学に変な歪みが生じたはずである。

こうして少年少女から〝隣のトトロ〟は消えていくのだが、では消えたトトロに代わっての、別の第三者がうまくあらわれてくれるかというと、そうはいかないらしい。私の記憶でも、サンタクロースに代わるような存在がすぐに想定できたとはおもえない。小学生たちに聞いてみても、実際の友達や先生が第三者の代理になってしまったり、誰もが経験があるように、はかなくもせつない恋心の相手がトトロの座を占めてしまったりするのである。

しかし、これはあまりに勝手な空想になるかもしれないが、もしかすると、自閉症の子供たちにだけはずっとネコバスに乗るトトロの一族が見えているのかもしれないともおもわれる。

かつて、トトロの座を〝神〟の一族がすっかり占めていた時代があった。古代である。古代はトトロだらけであり、各部族がヴァーチャル・キャラクターをパートナーにする時代だった。いいかえれば、われわれの先祖は長きにわたって、神の一族に感じやすくなるようにつくられたレセプターだったのだ。けれどもいまや、その受信力は、一部をのぞいてあまりつかわれていない。

大脳考古学のジュリアン・ジェインズの仮説によれば、上代人の両脳はまだ左右がブリッジされていないため、そのバランスをとるべく思考の統轄者としての神が想定されたのだという。左右の脳のあいだに〝神〟が生じたという仮説である。もしもそうであるのなら、ネオテニーな子供たちの両脳の発達過程にもそんな一時期があるのかもしれない。トトロが子供たちだけに見えるのは、そのせいかもしれない。しかし、それもやがては消えてしまうことになる。

トトロの座にいたのは神だけではなかった。精霊や天使たち、シャーマンやトリックスター、また神官や僧侶や翁や聖も、この座にいたことがある。青木保や山折哲雄や桐島洋子が最近の著作を通してしきりにさがしているのは、このトトロの座に新たに君臨するものが何かということである。新興宗教や新宗教がけっして廃れないのも、社会のどこかにトトロの座への関心がなくならないせいである。しかし、私はここに君臨する者はもはやいないのではないかとおもっている。

それでは、トトロも神も天使もいなくなり、神官や僧侶が役割をはたさなくなったときは（もうとっくに役割をはたしていないのだが）、どうするのか。古い神を持ち出すか、あるいは新たな教祖をさがすしかないのだろうか。またあるいは、もはやそのような神にいっさいの「感じやすさ」をおぼえなくなった群はどうするか。

それでも、問題は変わらないにちがいない。われわれはいまなお「誰かに話しかけられている」ということなのだ。われわれはそのパートナーのおしゃべりに耳を傾けないでいるだけなのだ。遠い風鈴はいまなお鳴っているはずなのである。ただし、その声や音は、時を追うごとにまことにフラジャイルになっている。よほどにその「弱音」に耳を傾ける必要がある。いや、もはや大声によるプロパガンダを拒否し、あえて小さな声に耳を傾ける時期が来ているようにおもわれる。

今日、誰かに話しかけられている状態を維持している文化は各地でどんどん稀薄になっている。アボリジニ文化やバリ島文化は例外のものとなった。「誰か」は内側にも、近くにもいなくなっているのだ。

現代人の病気は、一九六〇年代後半にアメリカの社会学者たちが指摘したことだが「よそよそしさ」というものである。この現象はやがて「おたく」を生み、パソコンやポケベルで神経質に通信しあう誰かだけが自分の半径に入れるようにした。が、だからといってバリ島や恐山に行けばその誰かに出会えるというわけではない。今日、誰かに話しかけられたいために人々がしていること、それは、もっぱら着飾ってどこかへ出かけていくことになってしまったのだ。

私は、人々が着飾ってどこへ出かけることとは、べつだん虚飾のための贅沢とはおもわない。それどころか、誰かに話しかけられるために、現代人がやっとおもいついた唯一の方法なのだろうと考えている。だからこそ、『ヴォーグ』や『ハーパース・バザー』の歴史が、ただひたすら着飾って出かけることを薦めてきたことを評価する。

象徴詩人として知られるステファヌ・マラルメもそういうことを熱心な探求心をもって観察した最初の一人で、八冊だけ刊行した『最新モード』1874では、人々が着飾ることによって求める欲望にいくつもの分析を加えていた。が、もっというのなら、文学キャバレーや文芸カフェの歴史も、コニーアイランドにはじまる遊園地の歴史も、一八五〇年代にはじまった万国博や百貨店の歴史も、つまるところは大人たちがトトロに会いたくて仕掛けた神話装置だったのである。

それでかまわなかった。それでも誰かに話しかけられている状態が維持できるかもしれないからだ。

二十世紀の文化というものは、すなわちオルテガ・イ・ガセットが「大衆の反逆」とよんだ二十世紀の文化というものは、まさに誰かから話しかけられやすい状況を、都市の周辺に建物と衣裳のデザインによってつくることだったのである。

世界というものはたいていのばあい、「アニマ・ムンディ」(世界の魂)か「イマゴ・ムンディ」(世界の像)かのどちらかで語られる。歓楽街や公共施設というものも、ほぼこの法則によってつくられている。人々は、そこで「世界」と模擬的に出会えれば、それでよかったのである。しかし、そのようなシミュラークル(模擬像)としての「世界」も、すっかり退屈なものになってしまった。そこには、もはや往時の感動はない。そこはテレビ中継がもたらす光景とほとんど同じものなのだ。それに加えて、そこにはもうパートナーはいない。タレントがいるだけなのである。

われわれは「感じやすい問題」をとりもどす必要がある。それには「私」の壁を柔らかくして「私」の半径をせめて歩道橋よりも大きくする必要がある。そして、内なる誰かを外なる誰かと結びつけてみる必要がある。

もともと「感じやすい問題」などという問題は、なかなか思想にはなりにくい。きまって個人の感覚や個性の問題に帰着されてしまうからである。かつて実存主義がせっかく「気分」（Stimmung）を問題にしていながらも、しきりに「現存在」に足を掬われて、次の一歩を打開しきれなかったという例もある。けれども、自己の境界部分をできるかぎり感じやすい状態にしておくということは、もっとわかりやすくいえば泣き虫にしておくということは、社会がかたちづくった勝者や強者の論理に与しないということでもある。つねに自身の半径をヴァルネラブルな傷つきやすさにおいておくということだ。

フランス語では、情念や感情を意味するパション（passion）は、じつは被害をうけて苦しむという意味のパティール（pâtir）から派生した。

仏教では菩薩（ぼさつ）（菩提薩埵）は悟った者ではなく、最も感じやすく、最も傷つきやすい者をいう。わざわざ如来にならないようにしている者である。菩提薩埵（ボーディ・サットヴァ）のもともとの意味は、本音で救いを求めてくる者を待っているという意味だが、それは、そのために菩薩がみずからを過敏にしつづけている待機者だということなのである。その菩薩の中でも、とりわけ観音菩薩は男でもなく女でもないジェンダーの本来性そのものだった。

きっとトトロとは菩薩の子か孫なのだろう。やはり「感じやすい問題」こそが、われわれの新たな出発点なのである。

2 ネットワーカーの役割

彼は自分のなかに、外部へひろがりたいという欲求、自己を実現し乗りこえたいという高まる欲望、また壁の向う側からの呼びかけに似た郷愁のようなものを感じた。

マルセル・エーメ「壁抜け男」(中村真一郎訳)

幼稚園のころ、先生は園児たちをつなぐ役割をもっていた。われわれ園児たちも、先生によって何かにつながれていくことを期待した。そして、ちょっとでもつながりから自分がずれたことを、園児たちは感知した。

フラジャイルであることは、些細で微弱な現象に目を凝らし耳を澄ますことである。微弱な現象が感じられてくるまでは、ひとつずつの現象や動向を別々に切り離してしまってはならない。それらが何によってつながっているのか、何がつながりの動機になろうとしているのか、そのことに近づかなければならない。微弱なものに近接できること、そこから何かがはじまった。

十八世紀中国の詩人で快楽主義者であった袁枚(えんばい)は「近づくこと、それだけが哲学の本質だ」と書いていた。エスシジア（感覚）はアネスシジア（麻痺）を怖れない。黒森の哲人ハイデッガーの思想も、これを一言でいえば「近さの‐中へ‐入る」ということだ。「近さ」を感じること、ただそれだけで微弱な本質が吸引されてくるということだ。

近づくことは弱さを積極的に受容することである。「近さ」になることだ。イタリアン・ハイデッガーを代表するジャンニ・ヴァッティモが一九八〇年代のおわりになって「ウィーク・ソート」という看板を持ち出したのも、この「近さ」への憧憬からだった。一方、第一章第二節でヴァルネラビリティ（きずつきやすさ）をめぐって紹介したことだ。環境哲人イーフー・トゥアンは『感覚の世界』1993に「近接感覚の喜び」という一章をもうけたまではよかったが、近接することが存在のフラジリティの琴線を掻くことをついに言及しなかった。「近さ」と「弱さ」は似ているらしい――むしろ、この点こそがたいせつな点だった。

デカルトとニュートンのちがいは、世界を近接作用としてとらえるか、遠隔作用としてとらえるかというちがいにある。

デカルトはもっぱら連続的な近接作用に注目した。そして地球と宇宙との間は大小の渦でつながっていると考えた。ここには世界のどこにも近づくことができるという視点が準備されていた。これを延長的抽象化の方法にまでひっぱり、世界の各点にアクチュアル・エンティティ（現実的実在）としての点閃光（ポイントフラッシュ）を見出せると考えたのが、「振舞の場所」

で紹介したアルフレッド・ホワイトヘッドである。ホワイトヘッドの思想は悪くない。すこぶる感じやすくできている。ウォディントンの生物学やバックミンスター・フラーの建築学はここに出所した。

しかし、たんに近づけば近づくほどよいというものでもない。むしろ「近さ」とは近づきすぎないことを示唆しているともおもわれる。仏典以前のジャータカに出てくる話のように、近づきすぎれば、やはり身が焦がれるだけなのだ。「近くになること」と「同じになること」はまったくちがうことなのだ。私はこれを「合同から相似へ」というスローガンであらわしてきた。合同を求めず、あくまで相似にとどまるべきなのだ。かつて『遊』特別号で『相似律』1978 としてまとめたことだ。

たんに漠然と近づくだけでは対象の本質が失われるということもある。やたらに近接するのではなく、適切な近接にあるべきである。しかし、これは容易ではない。かつて写真家の森永純が「ねえ松岡さん、土だけを撮るのは意外にむつかしいんですよ」と言っていた。「近づきすぎると泥になるし、引きすぎると畑ですからね」。

森永純は広島の原爆が巨大なストロボとなり、アスファルトが銀板となって広島市民の影を焼き付けた現場を見た広島出身の写真家である。水俣病を取材するユージン・スミスの助手をしながらどぶ川を数年間撮りつづけた『累影』1975 という写真集は、杉浦康平によるすばらしい造本になった。その森永純が言いたかったことは、カメラが寄りすぎれば砂粒や泥や土くれになってしまうし、引きすぎれば畑になったり風景になってしまうということである。ちょうどぴったり「土」であろうとするものを撮るのはむつかしい。近づきすぎても遠のきすぎても、当の「土」はいなくなる。

写真集のついでにいえば、十文字美信の名作『蘭の舟』1981も、「近さ」を撮ろうとした写真集である。このばあいは、ハワイで日本人としての半分のアイデンティティに生きる二世が被写体なのであるが、そこにはアメリカ人でもなく、また日本人でもないある近さだけが執拗に撮影されていた。


木がらしや目刺(めざし)にのこる海のいろ　龍之介

木枯は玄関の戸をあければ吹きこんでくる。小学生のころ、玄関の戸をあけたとたんに吹きこんできた風に「ワーッ」と声をあげたとき、母に「それは木枯よ」といわれ、以来しばらくは玄関から吹きこむ風を木枯というものだと、そうおもっていた。それはまちがいだったのだが、また、まちがいでもなかったのである。

木枯は外側の実在とはかぎらない。芥川が目刺(めざし)に海があると詠んだように、家の中に吹きこんだ木枯にも「外」があるからだ。

人間の体は皮膚に包まれている。では、そこで体が閉じているかといえば、そんなことはない。第三章第二節の「振舞の場所」に田中泯の話とともに書いたとおりだ。
また、皮膚につつまれた内側が内部世界で、皮膚より外が外部世界かといえば、むろんそんなこともない。吐息や声や汗は体の外に出ているし、体温は周辺を暖めたり冷やしたりしている。体から発している弱い電磁波ともなると体のまわりを「近さ」で濃く彩っている。『皮膚―自我』1985 という妙なタイトルの本を書いたディディエ・アンジューは、幼児期の皮膚にたいする接触過剰や接触喪失が自我の形成を促進しているとみた精神医学者だが、それだけに容易に皮膚が自我をつくってしまう危険をあぶりだしていた。

わざわざ「皮膚―自我」などというめんどうな概念をもちださなくとも、われわれには内部と外部の境い目がしょっちゅう出入りしているという感覚はわかるはずである。私は煙草をよくすうのだが、この煙草の煙を体の内外にゆっくり感じていると、煙は体の中へも入るが、また外にも出ていて、ある瞬間を区切ればまるで茫漠とした近場を出入りしているというだけだということが感じられてくる。

アントワーヌ・ロカンタンは窓の下のマロニエの根を見ているうちに嘔吐した。ロカンタンの体の中はマロニエの木とつながっていた。

道元は山水を見ていれば、山水が内側を占めていくとみた。冒頭に、「而今(にこん)の山水は古仏の道現成(げんじょう)なり。ともに法位に住して究尽の功徳を成ぜり。空劫已前(くうこういぜん)の消息なるがゆえに、而今の活計なり」とあって、つづいて「朕兆未萌(ちんちょうみぼう)の自己なるがゆえに、現成(げんじょう)の透脱なり」

という名文句になる。『正法眼蔵』1231―53のなかでも最もおもしろい山水経の章である。この「朕兆未萌の自己」という観点がとびぬけて、すばらしい。「まだ自分がはじまらない前の自分」ということだ。

ルイ＝フェルディナン・セリーヌは『お伽話はまたいつか』1952という作品で、「体の中にあるすべてのものは街に散らかっている」と書いている。この感覚は、もともとニコライ・ゴーゴリがアカーキ・アカーキエヴィッチをしてペテルブルグの街に感じさせた感想と同じものである。さらに、自分が街中いっぱいにひろまってしまったという広汎なイメージなら、グレッグ・ベアの『ブラッド・ミュージック』1986がすさまじい。誤って体の中に入れてしまったバイオロジックスが街中を膨張しながら彷徨してしまうというサイバーパンクであった。

外は内、内は外という関係はかならずしも明瞭な関係ではないのだが、それだけにいったん気づけば、その外と内とのつながりはかえって近くなる。なにしろわれわれの体のつくりじたいが、第四章の「ハイパージェンダー」の章でも紹介しておいたように、O（肛門）からA（口腔）に突き抜けている中が空洞のAO円筒であり、そここそが〝内は外〟というものだった。

われわれはどうも内部と外部を分けすぎるきらいがある。また、内部事情と外部事情を分けたがりすぎている。

しかし、内部であって外部であるもの、外側であって内側であるもの、そういう領域はいくらでもあるものだ。たとえば意識、たとえば身体、たとえば体験、たとえば記憶。これらにはもともと内も外もない。「内なるものを見ているときに外の世界がヴィジョンになり、外を見ているとき、それは内なる目がはたらいているのです」とネルヴァルのオーレリアは言っていた。

内側でも外側でもあるものの最もわかりやすい例は、かつては日本家屋に代表的だった縁側だったろう。縁側は内部であって外部にもなっている境界だ。子供時代、私は縁側から雪見障子のガラスごしに座敷のほうをむいて紙相撲の実況をするのが好きだった。イスラム建築にも似たような縁側的回廊が工夫されている。かれらはその回廊をつかって、あののびやかなコーランの朗唱を内外にめぐりめぐらせる。

軒下や軒先も、外であって内である。神社もどこからどこまでが神社という内側で、どこからが神社でなくなる外側かはわからない。町中の鳥居のあるところは、外であって内なのだ。このような縁側的なるものは、われわれの近くのどこにでも、たとえば、すぐそばのドアのあたりにだってある。そこはいつだって内だか外だかわからない。

界隈（かいわい）というものがある。かつて日本中のすべての民家を見まわっていた建築史家の伊藤ていじが研究していた。

下町界隈とか渋谷界隈などという。それでは、いったいどこが界隈かというと、これははっきりしない。「界」もどこまでが界なのか。「隈」は隅っことか脇のあたりという意味だが、どこが「隈」でどこが「脇」なのかはわからない。ここでは、限定された強い区域性というものがやすやすと越えられているわけなのだ。

近所とか近隣という「近さ」だっていろいろ動いている。「ご近所のみなさま」というスピーカーの声で物売りがやってくると、その声のとどくかぎりが次々に近所になっていくだけのこと、これが近所だという限界はない。「このへん」「ここいら」「あのへん」「あのあたり」といった言葉が示す領域も、漠然としたものだ。それでも、ふだんからコミュニケーションをとっている親しい者のあいだでは、「ちょっと、そのへんに置いておいてくれ」といえば、その「そのへん」の位置がピタリと決まることになる。仕事を熟知している者のあいだでは「ところで、あっちの件はどうしようか」といえば、それで充分なのである。

私はこうしたあいまいな領域を示す言葉が大好きであるだけでなく、かなりたいせつだとおもっている。あいまいな領域を示す言葉だけではなく、あいまいな動向を示す言葉にも大きな役割があるとおもっている。

たとえば、こんな言葉たちである。見当、加減、出入り、よしあし、いろいろ、そんなところ、具合、按配、大筋、おおむね、ひとまず、一応、とりあえず、まずまず、適当、あたり、だいたい、そのうち、適宜、いつしか、しだいに、雰囲気、気配……。私はこれらをときに「トワイライト・カテゴリー」とよんできた。いわば「夕方的な言葉」あるいは「黄昏概念」とでもいうものだ。すでに第三章「トワイライト・シーン」でもふれたし、またかつて『外は、良寛。』1993という本でも議論してきたことだった。ちなみに良寛は「柔弱の自由」をまっとうした人物の一人、その良寛にあいまいな感覚が横溢していることに私は惹かれていた。

これまで、このようなあいまいな言葉はメッセージ力のない〝弱い言葉〟と批判されてきた。日本人がこのような言葉をつかいすぎるからといって、やたらに非難の的にもなってきた。あわててアメリカふうのディベートの練習をしたビジネスマンも多かった。しかし、これらは〝弱い言葉〟であるがゆえに、それ以外のどの言葉でもさししめせない領域や動向をささえていたのでもあった。私は断固としてあいまい言葉を擁護する。

そして、私が考えるネットワーカーというものは、じつはこのあいまいな領域やあいまいな動向に敏感な人たちのこと、いいかえれば、「近さ」に勇気をはらった人々のことなのである。私は遠くへ旅する者よりも、近くに冒険する者にずっと愛着がある。

考えてみれば、ネットワーカーとは縁側をつなぐ人々のことである。どんな縁側がそこにたちあらわれているかということが、ネットワーカーの条件なのである。

いまのところネットワーカーを定義した研究はない。ネットワークなら通信業界では「網(もう)」とよばれ、これはクロード・シャノンの情報通信理論このかただいたいの定義は決まっている。ところが、ネットワーカーとなると、人と人をつなぐ人という程度以上には説明がない。けれども、それが今日の時代の要請というものだろうが、しだいにパートナーシップに富んだネットワーカーの登場が求められてきた。また、前章で説明してきたように、かつての「境の民」のような人々のネットワーカーとしての役割が大きくクローズアップされてきた。

ネットワーカーがどこにいるかといえば、それはつねに「あいだ」にいるものだ。また「近さ」にいるものでもある。

このようなネットワーカーの本質にはフラジリティがひそんでいる。なぜなら、ネットワーカーの活動は情報を交換する場面をつくりだすことによって知られていくのであるが、もともと情報というものは「弱さ」や「欠如」のほうへむかって流れるものであるからだ。これを「情報のヴァルネラビリティ」というふうにみたらよいかとおもう。私がこの十年ほど熱中して研究している編集工学というものは情報編集の方法をめぐるものであるが、そのばあいも、たとえばAの情報にひそむヴァルネラビリティをとりだしながらBの情報につなげるということを試みる。この「つなぎ」は情報の強さによってではなく、弱さによって成立する。

そのようなわけでネットワーカーの条件や役割をさぐるのは、学問的にはかなり冒険的な作業になる。

一方、歴史的にネットワーカーの変遷をのべようとすれば（そのうちとりくみたいとおもっているのだが）、おそらくアフリカに誕生した最初の二足歩行者ルーシーがどのように各地に文明をつくったのかということから説きおこさなければならないかもしれない。

マスーディ、マイモニデス、イブン・ハウカルのような中世世界を股にかけたユダヤ人やモスリムにもかなり多くの解説を加えなければならないだろう。孔子やコメニウスのように動きまわった説法者、イブン・バトゥータや鄭和のような大旅行者、トゥルバドゥールや琵琶法師などの吟遊詩人、イギリスにジャーナルと政党と株仲間をおこしたコーヒーハウスの主人たちやフランス啓蒙主義のサロンをつくった貴族の夫人たちについても、さまざまな光をあてる必要がある。やろうとすれば、これはこれで厖大な領域をさぐることになる。

しかし、本書にふさわしいネットワーカーを説明するには、まずわかりやすいネットワーカーを、しかも比較的に強いネットワーカーをかんたんにとりあげ、そのうえでじつはネットワーカーには「弱さ」も必要であることをのべておくのがよいような気がする。それには、誰をとりあげてもよいのだけれど、日本と西洋を代表させるという意味で、江戸の蔦屋重三郎とパリのロドルフ・サリをとりあげてみる。ついでに、須原屋市兵衛とディアギレフをひきあいにだして、これらを通してネットワーカーの一般的な条件がどのようなものであるかということを織りまぜたい。

あらかじめ断っておくが、蔦屋重三郎は本書が推薦したくなるようなフラジリティをもったネットワーカーではなく、強靭でダイナミックな波及力をもったネットワーカーである。〝蔦重〟と略称されて、安永・天明・寛政の三期にわたる江戸メディア文化をリードした。

遊郭吉原の引手茶屋あたりの番頭だったらしい父親は、七歳の重三郎を遊女屋に養子に出した。歌舞伎役者の中村仲蔵とは親類関係である。これが蔦重の艶めく波瀾のスタートの背景だった。

二十三歳のとき、重三郎は吉原の大門口五十軒道に絵入りの細見本を並べた小さな本屋「薜蘿館」を出した。細見は遊郭ガイドブックのことで、蔦重が最初から手の内の情報の披瀝を得意にしていたことが知れる。これが商売人としてのスタートで、最初の縁側だった。細見本の序文はのちに蔦重と濃い関係になる福内鬼外こと平賀源内が書いていた。源内は当時最も刺戟的な活動をしていた〝江戸のコスモポリタン〟であるが、ネットワーカーはこうした因縁を逃さない。本づくりにとって序文は縁先のひとつなのである。

ついで、蔦屋本家の後押しがあったのだろうか、自分で版元権をもち細見本の編集出版に乗り出し、これが大当たりして、やがてはおびただしい絵草子を扱って日本橋通油町にブックセンター耕書堂をオープンさせる。ネットワーカーは自前が前提なのである。画工には北尾重政があたった。

蔦重は狂歌の作り手でもあった。狂歌師の唐来三和（とうらいさんな）とは義兄弟の盃をかわす莫逆の友である。絵も描いた。

そこで「絵入り狂歌本」という合わせ技をおもいつく。これがまた大当たりした。絵は重政の弟子の北尾政演（のちの山東京伝）に描かせた。これは引き立てでもある。ネットワーカーは才能の引き立てにも異常に熱心でなければならない。ときには自腹を切っても引き立てる。歌麿や馬琴を寄食させたのもそのひとつで、当初の馬琴は蔦重の店に雇われた番頭の佐助にすぎず、十返舎一九などは店の奥で礬砂（どうさ）を引いていたアルバイトにすぎなかった。それらのことが結局は次々の出版のヒットにつながった。歌麿と馬琴を育てたのは蔦重である。ネットワーカーは一途にイヴォケーター（喚起者）でもなければならなかった。

蔦重畢生の大技は、謎の東洲斎写楽という一種のヴァーチャル・キャラクターをつくりだしたことである。周知のごとく写楽の正体はいまもってわからないままであるが、これまで私が読んだ仮説のうちでは榎本雄斎説がなかなか興味深かった。蔦重の工房全体が写楽をつくったという説だ。

それはそれとして、蔦重が写楽という架空ともいえる才能を〝創作〟したことは、ネットワーカーがときにおこしたくなる〝創作〟である。多くの才能にめぐりあっているうちに、それらに欠けている才能の連鎖やそれらをつなぐ才能の想定をしてしまうのはネットワーカー本来の宿命だ。この時代の江戸は、ようするに狂歌が流行してからの江戸は、ともかくそんな可能性がひしめいていた。おそらくはパソコン・ネットワークがもっと地球を覆うことになる来世紀には、そんなヴァーチャル・キャラクターこそが連作物語を発表したり、マルチメディア映画を堪能させることになるだろう。

しかし、ネットワーカーにはいつかかならず障壁がおとずれる。それはその活動が領域荒らしと受けとられて何度も既存勢力からの邪魔が入ること、もうひとつは前衛に走りがちなためついつい法を犯しかねないということだ。蔦重にもその障壁がやってくる。出版統制だった。とくに洒落本が松平定信の寛政の改革にひっかかった。むろんやっかみも少なくなかったにちがいない。のちに馬琴が蔦重の才能にことごとくケチをつけたのは、そういうやっかみのひとつであったろう。

大ヒットメーカーでタフなネゴシエーターでもあった蔦重にくらべると、同じ版元でも須原屋市兵衛にはあやしいところがある。もっとも須原屋はグループ企業のようなかたちをとっていたから、ここであげるのはその総称としての須原屋である。

田中優子は『江戸文化のパトロネージ』1992 で須原屋の出版リストをあげ、「これらのリストを見ただけでも、この出版元の危うさを感じる」と書いている。平賀源内『火浣布略説』、大田南畝『寝惚（ねぼけ）先生文集』、杉田玄白『解体新書』、貝原益軒『大疑録』、林子平『三国通覧図説』、森島中良（なから）『紅毛雑話』などだった。いまみるといずれも歴史を画した名著ぞろいではあるが、当時はこれらこそがお上に睨まれるような危ない本ばかりだったのである。

　実際にもたいして売れない本だったようだ。経済力もなかったのだろう。須原屋に文化人や浮世絵師が寄宿していたという話は聞かないし、原稿料もちゃんと払われていたか、あやしいものだった。けれども須原屋がはたした役割はすばらしかった。本そのものがネットワーク・ステーションだったし、危ない本がネットワークの縁側をつくっていったからだ。しかし、それでも蔦重や須原屋にはまだフラジリティが足りないとおもわざるをえない。かれらは強いネットワーカーなのである。

ロドルフ・サリも恵まれたネットワーカーの例だ。

シャンソン文化グループのレジドロパットから出て、当時はまだ片田舎のような場末のモンマルトルでキャバレー「シャ・ノワール」（黒猫）を開いた店主である。オスマンのパリ改造が進む一八八一年のことだ。

　男爵であって裕福なブランデー醸造家の息子でもあったサリの店には、知られているようにいろんな連中が集まった。当時はカルチェ・ラタンの店、とりわけて「イドロパット・クラブ」に屯（たむろ）するのがパリの常連のステータスだったのが、じょじょにモンマルトルのほうに動きはじめたのである。それでも記録をみると、最初のうちは店にはたいした工夫はない。ただサリは、店内を才能のある若者にまかせるのがうまかった。自分ができることを人にまかせたり、譲ったりできること、これもネットワーカーのもつべき素養のひとつだ。のちに人気の出るアドルフ・ウォレットの油絵もそのようにして飾られた。

サリは最初のうち入場料をとらない商売をした。そのかわり出演者にもギャラを払わない。出たい者が出るという算段だ。しかし、出たい者が出るとはいえ、そこにはサリの目がはたらいた。ネットワーカーはハードルのつくりかたがうまいのである。

そのうちスプーンで指揮をとるクロード・ドビュッシー、自作のシャンソンを歌うモーリス・マックナブらが店の人気をとると、サリは自分で書いた勝手なマニフェストがいつも載っているような雑誌をつくりはじめた。蔦重に絵心があったようなものである。ネットワーカーにはメディアを発行したり編集したりする者が多いが、それはネットワーカー自身がメディアの本質をもっているからだった。

サリの「シャ・ノワール」が賑わうのは店を移転させてからのこと、とくに中世風の店内でアンリ・リヴィエールに影絵芝居をやらせるようになってからだった。これが爆発的にあたった。カラン・ダッシュによる影絵芝居の光景画を見ると、いまの日本でいうならゲイクラブのショーのように客が店内をうめつくしているのがわかる。

ついでサリは雑誌をアルフォンス・アレにまかせ、アメリカ人を主人公とした奇妙な物語をつくらせた。これがスノードロップ博士の誕生になる。謎の写楽の登場とまったく同様に、この独身の医者と設定されたヴァーチャル・キャラクターであるスノードロップ博士は、店内に並んだロートレックの作品とともに、サリの周囲に独得のバーレスクな雰囲気をつくっていく。

後年、サリが二十五歳の天才エリック・サティにピアノをひかせて朗読で遊んでいたころは、「シャ・ノワール」は完全に内部でも外部でもない空間を出現させていた。常連からダンテの『神曲』とゾラの『居酒屋』をあわせもつといわれた「シャ・ノワール」はこうして開店十六年目、サリの任務をまっとうしてたたまれた。

セルゲイ・ディアギレフについてはかんたんにすませておく。

ディアギレフのばあいは、ペテルブルグの帝室宮廷劇場に付属するマリンスキー研究所から出て、帝室バレエの振付師のフォーキン、ダンサーであったカルサヴィーナ、アンナ・パヴロヴァ、イーダ・ルビンシュタイン、そしてワツラフ・ニジンスキーといった天賦の才能を、最初から引き連れていた。

ディアギレフはロシアという民族的内部性にこだわらなかった。パリやローマやロンドンに来てからはふんだんな外部性を積極的にとりこんで、祝祭的で刺戟的な儀式を連発しつづけた。ただサリとちがっていたのはディアギレフが旺盛なバイセクシャルであったこと（ニジンスキーとはホモセクシャルな関係だったろうとおもわれる）、厖大な資金をつぎこむわりにいつも倒産寸前であったこと、人材の配置に異常なコントロールを加えようとしていたということだろう。

ディアギレフは当時のヨーロッパのめぼしいアーティストをどんどんバレエ公演の周辺にくみこんでいる。これほどのネットワーキング・プロデューサーはめったにいない（いまでもめったにいないだろう）。ストラヴィンスキーやムソルグスキーらの同郷ロシア系はともかく、ピカソ、ルオー、シャネル、コクトーそのほかの、のちのヨーロッパの綺羅星が次々にディアギレフの勧誘にくみこまれていった。

しかもこれらはとくに懇願したわけではなかった。ピカソのばあいがまさにそうだったが、ディアギレフは参加アーティストにはいつもきびしい注文を出しつづけていた。それでもディアギレフの〝縁側〟は次々に広まるばかりだった。注文が出せること、これもネットワーカーの条件である。

だいたいこんなところが一般的なネットワーカーにおける強い条件というものだろう。それは社内を強化するだけでは新たな展望をもちえなくなってきた明日の企業社会で求められている人物像の一端を象徴していよう。だから、サリやディアギレフは本書が提唱してみたいフラジャイルなネットワーカーではなかった。かれらは見るからに強すぎた。関係を強くつかいすぎていた。それは蔦重や須原屋にもあてはまる。

そこで次には、弱いネットワーカーを、いわば「近さ」そのものを実現するネットワーカーを想定してみたい。「近さ」の感覚そのままでネットワーキングが進むような、そういう弱いネットワーカーである。

私は、京都の売茶翁の例をあげてみたいとおもう。大雅や蕪村のいた京都を舞台とした元禅僧だ。漱石にこんな晩年の一句がある。

梅林や角巾黄なる売茶翁　漱石

良寛にあこがれて則天去私に耽ろうとした漱石は、売茶翁にもあこがれた。漱石は、良寛と売茶翁の「禅フラジリティ」に晩年になって惹かれたのである。句は、梅林で売茶翁が黄色の頭巾をかぶっていたという、ただそれだけの淡々とした風景だ。

売茶翁こと高遊外はもとは黄檗僧で、途中で僧をリタイアして京都で煎茶を鬻いだ。茶を鬻ぎはじめた翁の周囲には池大雅、伊藤若冲、売茶翁伝を綴った相国寺の大典和尚、詩哲の六如庵慈周、蕪村などがいた。十八世紀京都の代表的文人ばかりである。

ティーサロンの主人というだけならめずらしくはない。そのティーサロンが文学カフェや文人キャバレーの趣向をもったというのも、めずらしくない。すでに十七世紀にはコルテッリの有名な文学カフェ「プロコープ」がサンジェルマン広場に登場していたし、同じころのフランクフルトにもウィーンにもそんなティーサロンが出現していた。ロンドンのコーヒーハウスやパリのカフェが誕生する十八世紀からは、似たようなサロンは目白押しである。

けれども売茶翁のティーサロンは、それらのコーヒーハウスやカフェやキャバレーとはまったくちがっていて、どんと店を構えたものではなかった。店というよりも、店の本来の語源である店（棚）に近かった。それに翁が京都に上って売茶をはじめたのは享保二十年（一七三五）のこと、なんと五十九歳のときである。主人が異国の老人だというので評判になったゲーテやショーペンハウエルが通った「カフェ・グレコ」の主人でも、せいぜい四十五歳前後だったとおもう。売茶翁のネットワーカーとしての境涯はかなりゆっくりしたもので、しかも風変わりだった。

もうひとつ売茶翁のやりかたで注目したいのは、あるときは鴨川べりに、あるときは東福寺の脇にというぐあいに随所に茶店を開いたことだった。

ということは、あっけなくたたんでしまってもいたということで、ここにも翁の風狂の精神があらわれていた。こうした翁のやりかたを、『茶の文化史』1980の小川後楽は当時の茶の湯が虚偽と形式主義に堕していたことへの批判であったろうととらえ、高橋博巳は『京都藝苑のネットワーク』1988で、翁には禅における「賓主身分」の思想、すなわちやたらに賓客を持ち上げすぎないという思想があったのではないかと指摘する。むろんそうでもあったろうが、売茶翁の本質はもっと弱々しいことにあった。

売茶翁のネットワークはまるで安物のゴム紐をひっぱるようなネットワークなのである。自分が行くところ、そこがその日の一時しのぎのネットワークの端末で、サロンとはいえ、これまたそこを離れたら元に戻ってしまうような、いわば頼りないネットワーク・サロンだった。

妙な言いかたになるけれど、売茶翁はいわば消極的なネットワーカーなのだ。西行や芭蕉にもそんなところがあったろう。キャバレーの太ったウェイトレスだったカティ・コープスのつくった店もそんな雰囲気をもっている。愛称「ジンプル」ことジンプリツィシムス・キャバレーである。『春のめざめ』1891 のヴェーデキントがつくった主人公「ルル」のモデルの一人、メアリー・イルバーがいた酒場だ。九〇年代のカリフォルニアで人気になった何軒ものボヘミアン・キャフェもそんな調子のもの、映画でいうなら砂漠にポツンとある『バグダッド・カフェ』である。貧しすぎるかもしれないが、売茶翁の〝店〟もそういうものだった。

が、そこがよい。ふらふらとあらわれてそこに屋台のような店を出す。しかし、客たちはそこで屋台ラーメンを食べるようにそそくさと帰ったわけではなかった。

そこは、売茶翁の言葉でいえば「みずから笑う東西漂泊の客、これわが四海すなわち家となす」ような場所であったのだ。それは当座の禅室となったのである。一人来て二人来て、しばし時を忘れる仮の宿でもあったのだ。贅沢な茶掛があるわけではなかった。きどった肴もあるとはかぎらない。作法とて、あるような、ないような。客たちはひたすら翁の人倫に交わって、異国の茶をたのしめばよかった。

たよりないといえば、たよりない。けれどもそこがなんとも本懐なのである。大雅や大典にはそれが心に滲みわたった。若冲も売茶翁の一言で何枚もの絵が描けた。当時の人、芥川丹丘はこんな詩を詠んでいる。

茶を煮て禅室　雨花深し
ひとたび芬々に嗽ぎて　俗襟を滌ふ
咲ふことなからんや　人間綺語に耽るを
西天の古仏　この音を知る

自然や社会のネットワークには、強いネットワークと弱いネットワークがある。わかりやすい例でいうなら、太陽系、鉄道網、電子集積回路、企業系列などはかなり強いネットワークだし、不安定な原子の周囲、バス路線、移動通信電話、同窓会などは比較的に弱いネットワークである。

私はネットワーカーには"弱いネットワーカー"と"強いネットワーカー"がいると見ている。
江戸時代を例にすると、前者の代表は売茶翁（左）であり、後者の代表は版元の蔦屋重三郎（中央）である。
しかし、もともとネットワーカーの起源は、古代中世の遊女や遊行僧（右）に始まっていた。

フラジャイルなネットワーカーを求めて

実はネットワーカーの活躍の傍らには、
その人こそがネットワーカーだというべき人物が必ずいる。
アンディ・ウォーホルにとって、それはイーディだった。
彼女がすべてをつないだのだ。

ヨーロッパを沸かせたネットワーカーも数多い。
ロシアバレエ団を引きつれてパリに乗りこんだ
ディアギレフ（左図、バクスト画）、
「シャ・ノワール」を開店させた
ロドルフ・サリ（下段右、ル・プティ画）はその代表だった。
下段左はディアギレフとコクトーの写真。

本書がこれまでとりあげてきた遊行民の多くも、弱いネットワークをゆるやかに形成しながら移動してきた一群だった。詳しくはふれなかったが、ジプシー、ボヘミアン、ヒッピーなどもその係累に入る。県民会、趣味の同好会、それにパソコン通信なども今日の弱いネットワークの例だろう。私もいっとき体験したが、病院入院中に知りあった患者がのちにつながるようなこともある。これらはいずれもボランタリーなネットワークということができる。自発型である。

ところが、こうした弱い連結によるボランタリー・ネットワークの一端をになうある人物が、時宜をえてふらりと市街の中央にあらわれるとき、そこには従来にない柔らかいネットワーク・サロンが新たにできあがることがある。たとえば市の聖や遊行聖が京の都に訪れたときに、そんな変化がおこった。平安期の恵心僧都源信や慶滋保胤（よししげのやすたね）の勧学会や二十五三昧会（ざんまいえ）は、そのようにして生まれたサロンのひとつである。売茶翁のネットワーク・サロンもこのようなものだった。

そうしたことはしばしばおこる。一見すると漠然とはしているが、妙に温度のある静かな動向だ。そこではパートナーと出会う可能性も低くない。

ネットワーカーは、ちょうどそこにいあわせたかのようにその場にいて、その都度ゆるやかに波紋を広げる創発的な役割をもつ。かれらは外部でも内部でもない一期一会（いちごいちえ）を連続的におこすための、つまりは「近さ」のための存在学の起点になるのである。私は、ここには「当座の趣向」というものがあるとおもっている。趣向とは、何かに近づくときに生まれるものなのである。これをかつては「好み」とよんだ。

存在とは関係の濃度のことである。存在そのものが周囲とかけはなれて自立しているということはない。存在の輪郭は閉じてはいない。むしろ周囲に溶けようとする。

このとき、前節でのべたような「感じやすい問題」がもちあがる。感じやすい問題がわれわれを「感じやすい関係」にむかわせる。ここで抵抗してしまってはおわりだ。それでは「当座」が消えていく。輪郭のどこか一部を極端に柔らかくしておくか、かなり弱くしておく必要がある。その柔らかくて弱い部分が、まわりまわって五階の風鈴を聞く耳になり、ステレオの音を聞く手になり、自閉症の突破口となり、すなわち売茶翁の店になっていく。

ここでおもいあわされるのは、素粒子はたった一個で生まれてきたり消えていったりはしないということである。素粒子はつねに対発生と対消滅をくりかえす。これを科学者たちは「素粒子には自己同一性がない」などという。素粒子は自立していない。

電磁気も同じこと、まれにはモノポールというものもあるらしいものの、大半はプラスとマイナスという二つの電荷を発した矛盾した消息の裡にいる。この物質界の奥の事情にはおおいに考えさせられることがある。すなわち存在というものはもともと対発生しているものではなかったかということだ。

たとえばおもいつくままに、DNAに開始と停止の両方の信号があること、生物時計に二種類があるらしいこと、時間を測るにはかならず二つの周期の系を必要とするということ、われわれにはつねに二人の親が必要であること、いいかえれば生物にはオスとメスの二種類があること（単性もあるにはあるが）、免疫に抗体と抗原の関係があること、われわれの感覚器官の多くが一対になっていること、古くインドに梵我一如が、中国に陰陽思想が育まれていたこと、あらゆる神話に一対の神が登場していること……などなどだ。

これらにはひょっとして、なにか共通性がありはしないかとおもわせるものがある。自然界の相互作用に、強い相互作用と弱い相互作用の二つしかないことも気にかかる。

一対とはそこにパートナーシップ関係があるということだ。対(つい)関係の相互作用が萌芽しているということである。

これまでは歴史におけるパートナーシップとかパートナー・ネットワーキングはほとんど注目されてこなかった。それがとくにフェミニズムの擡頭以降、日本でいえば上野千鶴子の登場以降、すこしずつではあるがパートナーシップの重要性に真剣な注意がはらわれるようになってきた。バーバラ・ウォーカーの大胆な神話学などを読むと、今日にのこされた神話形態（すなわち改竄(かいざん)されてきた神話）というものが、いかにパートナーシップを曲解させてきたかがよくわかる。リアン・アイスラーが『聖杯と剣』1987 で男女共生進化論を提案しようとしたのもパートナーシップの重視だった。

ただしパートナーシップの重視など、自立の思想や個性の思想からみればあまりに軟弱すぎた。パートナーシップでは戦争すらできないし、激しい闘争が生まれない。これは男主義にはしごく具合の悪いことだった。フロイトは、少年時代に体を触れあった男たちが長じて闘争関係に入ることはめったにないことだと書いているが、まさに男主義にはパートナーシップは危険なものだったのだ。そこでさまざまな改竄と歪曲が歴史のなかで加えられてきた。大半の改竄は、パートナーの実績を認めないようにするか、極度に過小評価してしまうというものだ。同時に、女性の貢献も徹底的に無視された。とくに古代では、女性が司っていた書記神の権利が男性に移行したことが、ひた隠しに隠されたのである。

けれどもいまや、パートナーシップも新たな視点から眺望できるようになってきた。アリス・ジャーディや小谷真理の「ガイネーシス」(女性的なるもの)の視点はそのひとつである。

むろんパートナーシップは男女にかぎるものではない。人間だけにおこっているものでもない。

ジョン・リリーのように海のイルカとのパートナー関係を創生するべきだという意見もある。植物を育てるのにパートナーシップが必要だという農芸家も少なくない。かつてクロポトキンはシベリアに流刑されたとき、その地で観察できた動物たちの協力関係にひどく感心して、共生思想の嚆矢ともいうべき『相互扶助論』1902を執筆したものだった。トルストイやタゴールの文学上の決意の大半は、このクロポトキンの思想への断固たる共鳴によっていた。リン・マーギュリスとドリアン・セーガンが『不思議なダンス』1991で書きたかったことも、パートナーシップによる生物進化がありうるということだった。私はカール・セーガン夫人でもあるドリアンとコーネル大学の近くの家でその話をしはじめて、しばし時を忘れたものだった。

どんな関係にも対（つい）の作用はおこっていく可能性がある。なぜ、そんなことがおこるのかといえば、おそらく情報というものがもともと対的な原構造をもっているからだと、私にはおもわれる。

本来、情報には「地」（ground）と「図」（figure）というものがある。情報を「地」だけで読んだり、「図」だけで解釈することは不可能である。情報は「地と図」の二つがぴったり裏腹の関係になって情報なのである。情報には分母と分子があると考えてもよいだろう。

これは情報においては「関係」そのものが唯一の作用因であって、かつ作用力だったということを意味している。すなわち情報は自身の内なる関係性の動向を編集されるために生きているということなのだ。

その情報がもともとどこからやってきたかといえば、第四章の「複雑なシステム」にのべておいたように、いまのところは宇宙から情報の〝種子〟がきたとしか想定できない。しかもその外からやってきた情報の〝種子〟は物質的なものではなく、プログラムそのものであるようなもの、もうすこし正確にいえばプログラムを形成するためのメタプログラムの、そのまた鋳型のようなものである。いわば鯛焼の鉄板をつくる祖型鉄板といったものだ。すでに書いておいたように、私はこれをリバース・モールドとよんでいる。こうして祖型的な情報プログラムが原始地球に定着し、そこに、ケアンズ・スミスの説でいうのなら、柔らかい鉱物質にプログラムのパターンをくっきりのこしたのが、その後のわれわれの日々につながる長い長い「情報の歴史」の発端となったのである。

メタプログラムにもとづいた原情報はまことにおぼつかない。あたかも砂に掘った文字列といったような弱々しいものだ（われわれのフラジリティの大起源がここにある！）。そこで、原情報は自分のまわりに柔らかい生体膜をつくることにする。しかもつくりあげた生体膜の内側に情報の起源の型を入れこんでしまうということをやる。これがポリマー・タイプの情報高分子というもの、すなわち情報生命というもの、つまりは生命というものである。

以上の、いわば〝情報の最初の三分間〟ともいうべき顚末をわかりやすくいえば、情報は発端のそもそもの当初において、地型（分母型）のパターンと図型（分子型）のパターンの両方をつくっていたということである。そもそも情報の起源にもパートナーシップがあったということだ。

このように、情報の本質はもともと「対関係」にある。情報とは「分岐する関係性」そのものなのである。

情報は、きずつきやすく、やたらに感じやすくできている。

情報はその発生変転のプロセスにおいてはつねにヴァルネラブルなのである。そのためすぐに分岐する。安住を嫌っていく。しかし、ただ分岐するのではなく、情報それ自身がもっている対関係性を内部に保存できる方向に分岐する。これがグレゴリー・ベイトソンいうところの「相補的分裂生成」というものだ。

この潜在的分岐性を人々の気質からとりだすのが、本節で縷々のべてきたネットワーカーの役割だったのである。ネットワーカーは人々の中にすでに内包されている分岐性に着目して、人々を次々にぼかぼかした縁側に誘っていくわけなのだ。ＩＳＤＮやインターネットによって結ばれた電子ネットワーク社会にも、そのような「電子の縁側」が出現していくことだろう。

このネットワーカーは、なにも人ばかりをさしてはいない。ここではもはやその説明をはぶくけれど、自然界や生命界で「触媒」とよばれたり、また「ホルモン」とか「酵素」とかとよばれているものも、正真正銘の情報のネットワーカーなのである。

このことを視点を変えて、「情報は自分の内側の関係性を外部性と交換したがっている」とか「情報は対発生したがっている」などということができる。もっとわかりやすくいうのなら、「情報は編集されたがっている」ということだ。そして、これが私の思想の核心にあたることで、本節のネットワーカーの役割の結論にもなるのだが、ネットワーキングの本質は編集であり、その編集の本質は「弱さ」を「近さ」に変えるということだったのである。

齧缺（げっけつ）はその師の王倪（おうげい）に質問したところ、王倪は四つの問にたいして四たびとも知らないと答えた。齧缺はやがて、それがものの差別を知らないという意味であることを知って、おおいに恥じた。

荘子「応帝王篇」

3 ラディカル・ウィル

二十九歳でピュリッツァー賞をとったアニー・ディラードの瑞々しい自伝『アメリカン・チャイルドフッド』1987は、子供時代というものを「自分自身から自由だった時代」というふうにとらえた。自分（すなわち自覚した自分）がまだいなかった時代ということだろう。

年齢にもよるけれど、われわれには子供時代のほうが自分に縛られていなかったようにおもう傾向がある。あるいは、そのころはたくさんの自分がバラバラにいたようにもおもいたくなる。毎日、昆虫博士になったり、チャンバラ剣士になったり、全勝優勝力士になれた。それをディラードは自由とみたわけであるが、自由すらもがはじまっていないとみたほうが、もっと正確なような気もする。そしてそうだとするのなら、幼児とは「未然の自己」なのではなく、「自己未然」そのものなのだった。

世界で最も弱々しいもの、それは幼児である。幼児たちは世界のすべての弱さを体現するフラジリティの代名詞である。

ところが、われわれはこの最も弱い時期のことをほとんどといってよいほどおぼえていない。まれに一、二歳のときの記憶の一場面を語る例にあうこともあるが、そういうばあいも大半は〝創作〟されていることが多い。誰にとっても自分の記憶はだいたいは三歳以降からはじまっている。つまりわれわれは、自分がいちばん弱かった自身の最深部を知ってはいない。

われわれは「弱さ」の本来を知るためにも、最弱者としての幼児の世界を多少は知る必要がある。この人類きっての最弱者は、われわれ自身の記憶の底に沈んでいるもので、いわばわれわれの身体に内属した「未知の記憶」というべきものであるからだ。

最弱者の特徴にはおどろくべきことがいろいろある。

新生児の例でいえば、生後三カ月で母親との対話をしようとしていること、しかし、目と筋肉を同時に動かすことができないこと、じつは極端な近視であること、けれどもわれわれには聞こえないたくさんのこだまを聞いているということ、その一方、三歳児でさえ覚醒と夢との区別がついていないこと、二歳児ですでに「はじらい」の感情があらわれていること、などなどだ。

こうした最弱者の世界を知るには、両親はよほど微細な気持になっている必要がある。これはまず母親の気持にあらわれる。母親は最弱者を知っている唯一の理解者でありうるからだ。母性の出現はこうした最弱者との交感から生まれ出る。

しかし、母性だけではすべては見えてこない。一方では微細な観察も必要だった。たとえば、赤ちゃんはまるでまだ胎内にいたかったかのように、いつも寝ているのだが、これはなぜなのか。なぜ、赤ちゃんは起きていられないのだろうか。それとも何かとくに眠らなければならない必然性があるのだろうか。

赤ちゃんが眠りつづけているのは、外から受ける刺戟に耐えられないからである。まだ刺戟に対応するしくみを準備しおわっていないせいである。新生児は一日のうちの一時間くらいしか目をさまさない。その一時間でさえ、新生児は両目で同じものを見ていられない。こういうことは、われわれ自身が病気などをしてすこしだけ最弱者の身になって観察すれば見えてくることだ。

赤ちゃんが両目で見ていないとすれば、次のような推理もうかぶにちがいない。新生児には立体視はないはずではないのだろうか？　たしかに赤ちゃんにとっては、すべての物体はフラグメンタルで、立体には見えていないらしい。新生児の神経系は微弱な力しかもっていない。そのため新生児は強い光刺戟を受けないようにしているのだが、それが新生児の視力を弱くしておくことになり、外界の全体を必要としないようにしているわけだった。弱々しいこと——これこそが赤ちゃんの唯一の生存力なのである。

大人の手はピアノが弾け、細かい工作をなしとげ、立派な文章を書くことはできる。けれども、その手が体のどこかと確実に連動しているということはほとんどない。すくなくとも大人は自分にそんな連動能力があることをすっかり忘れてしまっている。ピアノを弾きながら手も口も体も動かせるのは、グレン・グールドくらいのものだろう。

ところが、赤ちゃんの手のひらを強く押してみると、なんと口がひらくようになっている！　手と口がつながっているのである。私はこの章の第一節「感じやすい問題」で耳の不自由な仕立屋のおばさんの両手がスピーカーの音を聞いているという話を紹介したが、われわれは赤ちゃんこそが音を全身で聞いているフラジャイルな共鳴体だったことを知らなければならなかった。赤ちゃんの手は口であり、口が手なのである。

ダフニ・マウラの『赤ちゃんには世界がどう見えるか』1988、山内逸郎『未熟児』1992、正高信男『0歳児がことばを獲得するとき』1993、無藤隆『赤ん坊から見た世界』1994などによると、新生児の感覚器官はあまり分化していない。目は音を感じ、感情は味をともない、匂いに目がくらむということがおこっている。すなわち、新生児の世界はだいたい共感覚になっている。われわれは存在の当初においてフラジャイルな共感覚をもっていたのだ。

言葉もメロディのように聞いている。そこには単体としての意味はない。むろん「まんま」とか「タアタア」といった単語をおぼえるということもあるのだが、しかし、おぼえられるのはその程度の単語だ。おそらく単語というよりも、一種のリズムというものだろう。「まんま、ほしい?」というフレーズも「まんまとおんも行く?」も、赤ちゃんには「まんま」だけが識別されるにすぎない。それでも赤ちゃんは母親のこのような問に賛同したり拒否したりしてみせる。「ほしい?」「おんも行く?」は「まんま」の語尾変化の音のような受けとめかたになる。これは母親のフレーズの全体をメロディやリズムとして受けとめているからで、そういうところは、まるでヒップホップを体で表現できるラッパーのようなのである。

赤ちゃんは人類で最も弱い存在である。けれども、この最弱者はその全身が最も敏感な共鳴体そのものでもある。

それなら弱いということは、低次ではあるものの、かえってそこにはそれなりの感覚統合があるということ、目と手と口とが、耳や皮膚までもが、デカルトの理想のようにつながって感じられるということなのである。

これまで本書でのべてきたことは、一見、弱々しくみえる事態や弱々しい感情のなかには、とんでもなく重要なことがいっぱいふくまれているということだった。それなのにわ

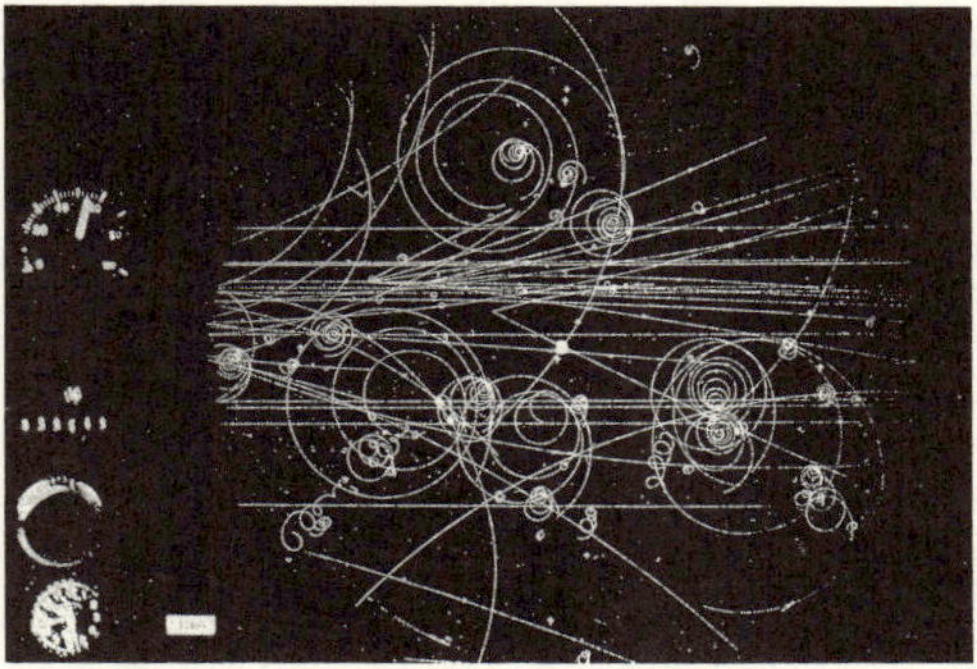

自然界で最も小さなもの、
最も弱々しいもの、
それは素粒子やクォークや宇宙線である。
けれども、その動向はつねに対発生と対消滅をくりかえすことによって、
この世界に解明しがたい出来事をもたらしている。
写真は霧箱撮影された素粒子の飛跡。
一対現象が多く見られよう。

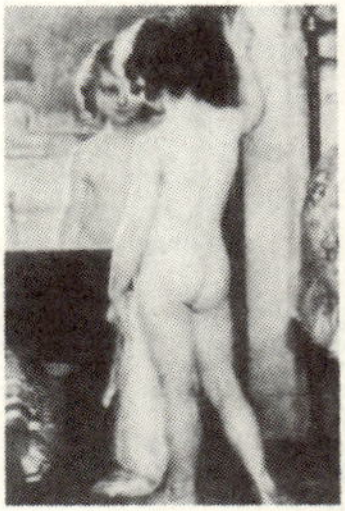

ルイス・キャロルばかりが少女の神秘を理解したのではなかった。
カール・ラーションもブルーノ・ピッヒルハインも
少女の本質を描こうとした。
図はそうした一人シュザンヌ・デーングラソの『鏡の前の子供』(1912)。
すでに幼児は、世界最弱者としての意志を見せている。

最弱音の歌が聞こえてくる

世界で最も弱い者、それは幼児である。
幼児はあらゆる危険にさらされ、
そしてあらゆる危険から守られる。
そこに「フラジャイルな存在学」のひとつの秘密がひそむ。
図は、ジョン・エバレット・ミレーの『地主へのお使い』(1882)。
この少女の瞳には「世界に対する畏怖」が光っている。

れわれは、「弱さ」から何かをとりだしてみようとはしなかった。

けれども、本書が試みてきたように、じつは「弱さ」もとりだせる。弱さは赤ちゃんの例でもわかるように、われわれの存在の奥底にこっそり眠っているだけで、とりだす気になればとりだせたのだ。私はこのことを、たまたまフラグメントにたいする関心から入ったが、あれこれ書いてきたように、その採出のための出発点は、体の痛みからでも、これこそは自分のものだとおもっているコンプレックスからでも、なんとも寂寥を感じさせる夕方のメランコリーからでも、どこからでもはじまりうる。ただ、それらの重要な契機の多くがあまりに弱々しいものに見えるため、ついついこの契機を裏にとじこめてきたにすぎなかったのである。

では、われわれはなぜ「弱さ」を無視したり軽視したりするようになってしまったのだろうか。

私の見方ははっきりしている。われわれはいつかどこかで「強さ」の神話を刷りこまれすぎたのである。すでに第五章「異例の伝説」であきらかにしたように、ほんとうは人類は「弱さ」をめぐる大事な神話をいろいろもっていたはずだった。それがいつのまにか忘れ去られ、すべての神話と伝説に「強さ」が君臨するようになったのだった。

もともと強い者と弱い者を分ける社会的意識は普遍的なものである。これは第四章の「いつかネオテニー」で説明しておいたように、そのルーツを生物にまでさかのぼることができる。ローレンツの『攻撃』1963 はその話に終始して動物行動学をつくったのであるし、アイブル＝アイベスフェルトの愛の生物学もその視点から綴られてきた。しかし、強い者を優秀な者とみなし、弱い者を劣等な者とみなす社会的な意識はあきらかに意図的につくられたのだ。このような判断は生物界にはありえない。

この点について、私は本書の最後でどうしてもふれておかなければならないひとつの問題があるとおもってきた。それは「強さ」の神話づくりは古代だけではなく、近代にいたっても、現代にいたっても、なお再生産され、工夫されつづけていたという問題だ。

この問題の根は深い、なぜならば、とくに近代にいたってつくられた神話はたくみに〝科学〟や〝学問〟の衣裳をまとっていたために、われわれはすっかり「強さ」にあこがれることになり、ついには弱者や最弱者の立場にたつ視点を失ってしまったからだった。そのことを最後に指摘しておきたいとおもう。

一八八三年にチャールズ・ダーウィンのいとこのフランシス・ゴールトンによって提唱されたひとつの〝科学〟があった。その〝科学〟の名を「優生学」（eugenics）という。

優生学とは、ゴールトンによれば、「生存に適した人種と血統をより効果的に繁殖させるための科学」という意味をもつ。そこには進歩とは科学技術であるというヴィクトリア朝の社会観念が強く反映していたのだが、このあとの話を読んでもらえばわかるように、この社会観念はその後の欧米のどこの国においても、また、いまの日本においても同じ思潮として渦巻いているものなのである。

頭痛もちで、僻地旅行が大好きなゴールトンが「人間をうまくかけあわせれば優秀な才能がつくりだせる」とおもいはじめたのは、一八六〇年代のことである。このアイディアは『遺伝的天才』1869という本となっている。

彼はそのなかで、当時の紳士録などを克明にしらべているうちに、優秀な人材にはなんらかの血縁性があることに気がついたとのべている。やがてゴールトンの研究は『自然的遺伝』1889として結実した。まだ遺伝学が確立していない時期である（メンデルとゴールトンは同い年）。これはたしかに〝科学〟であった。

ゴールトンは統計学の天才でもあった。イギリスで初めて天気図をつくったのはこのゴールトンだった。統計データによって遺伝をしらべるのは、遺伝学者のグレゴリー・メンデルの得意技がそうであったように、この時期の最も画期的な方法だったのだ。しかし、それは今日にいたるまで人間にばかり適用されてしまった。

ゴールトンには『旅の技術』という気になる著書がある。けっこう売れた本だったらしいが、ここには辺境を旅する冒険魂のことがのべられていて、たとえばコイ族（ホッテントット）にたいする優越的な叙述が随所にみられる。ゴールトンは当時のイギリスの植民地を旅するうちに、人種の優位性にかんするアイディアをもったのだとおもわれる。この本を読むと、先進国の旅行者にありがちな奇妙な優越感の出どころがどこにあったのかが見えてくる。われわれもときに旅行記に感じることであるが、旅行者はしばしば彼の地の文化をかばってみせたくて、したり顔で異国や異国の連中のことを記述するものだが、ゴールトンはそれを地でいったのだった。

このゴールトンをかのダーウィンが『人間の由来』1871 でほめちぎってしまった。「われわれはゴールトンのおかげで天才の才能が遺伝する傾向にあることを知った」というものだ。こうして優生学は世界に散らばることになっていく。

まず、ゴールトンの影響はバーナード・ショーやハヴロック・エリスにあらわれる。二人ともフェビアン教会派の代表的な社会主義者であるが、かれらは階級差別と貧富の差を批判するための根拠のひとつに、人々が優生学的にのぞましい結婚から阻害されているのだと考えた。

こうした社会主義的で勝手な救済的な優生思想は、やがて〝進化数学〟の提唱者カール・ピアソンによってさらに増幅された。ピアソンはマッハの認識経済理論の最初の理解者としても有名な統計学者だが、スピノザやフィヒテに強く惹かれた青年期をおくった学者で、立派な国民を創生することが理想になっていた。女性解放にもすこぶる熱心で、女性が自由を獲得するには経済的に男性から自立することであり、それには社会主義をもつべきだというふうに考えていた。そのピアソンが提唱して、一八八五年につくられた「男女両性クラブ」は、この問題を議論するための最も進歩主義的なクラブであるとみなされていた。が、かならずしもそうとばかりはいえない背景もあったのだ。

ピアソンの優生学はゴールトン直伝であるが、きっかけはロンドン大学で生物学者のウォルター・ウェルドンと交わってからで、この三人は一九〇二年に「バイオメトリカ」という学術誌を刊行しはじめる。統計的遺伝学を普及するためだった。主著に『遺伝理論による数学的考察』がある。

ピアソンをうけて、アメリカに優生記録局をつくった生物学者チャールズ・ダヴェンポートが出現した。当時のアメリカの有名人である。優生記録局は世界中から優生学的データを収集しようというもの、一九四〇年までつづいている。アメリカでは「家族形質調査表」を記録局におくるのが流行になった時期もある。ダヴェンポートはその後『優生学と関連した遺伝』1911 を発表して、世界中に家系図をしらべるブームをひきおこした。アメリカ政府も一九二三年にはアメリカ優生協会をつくっている。アレグザンダー・グラハム・ベルやルーサー・バーバンクらが名をつらねた。エンドウマメはしだいに人間化しはじめたのである。

ダヴェンポートの活動は、社会から精神障害者をとりのぞくという運動にエスカレートする。これがニューヨークやパリやロンドンで、着飾った社交界の紳士淑女たちが〝かわいそうな人々〟についてひそひそ声で議論をするという風潮をつくっていった。黒柳徹子がアフリカの飢餓の子供たちを見舞ったときの華美な服装が問題になったことがあったが、ロンドンの紳士淑女はアフリカどころか、サロンを一歩も出ないで眉をひそめて同情をしてみせたのだ。第四章第四節に紹介したブルームズベリー・グループでも、当時最も有名な貴婦人のエミリー・リューティエンズとオットライン・モレルがそんな進歩的な談話室をひらいていた。

アメリカではついに優生学ガイドブックが頒布された。優良家庭コンテストも毎年おこなわれるようになっている。フィラデルフィアで開催された建国百五十年記念博覧会では、なんと十五秒ごとにフラッシュが光って、アメリカが気の毒な遺伝病患者のために十五秒で一〇〇ドルずつの資金を貢献している表示装置が仰々しく飾られるにいたった。当時は、精神障害は遺伝すると考えられていたのである。

こうした優生学の普及は、大なり小なり性教育や産児制限運動や女性解放運動と密接につながっていた。日本でもいわゆる「衛生博覧会」のような運動が全国展開していた時期があるけれど、アメリカではそれよりずっと〝良家の思想〟じみた運動になっている。しかし、運動の中心はだいたいWASPでかたまっていた。

一九二八年、アメリカ優生協会は北方人種の衰退の原因をさぐるための懸賞論文を募集する。一〇〇〇ドルの賞金がかかった。これに応募したのが、クラーク大学の総長で心理学者のスタンリー・ホールである。ホールはこのあと講演のたびに黄色人種の危険を説いて、いわゆる黄禍ブームをアメリカにまきちらす。同じく運動に一役買った大統領のシオドア・ルーズベルトも似たような言動に走っていった。

優生学の大々的な普及運動は、他方ではIQ（Intelligence Quotient）にむすびつく。これは一九一六年にスタンフォード大学のルイス・ターマンが先行していたビネー＝シモン式知能テストを改良したもので、改良者ロバート・ヤーキーズによってあっというまに広まっていった。その後もIQの〝性能〟は多くの学者のかかわりによって強化され、ハンス・アイゼンクの『人間の不平等』1973によって頂点に達した。その有為転変はスティーブン・グールドの『人間の測りまちがい』1981に詳述されている。

IQ運動は黒人の知能にたいする偏見を拡張したばかりでなく、アメリカ科学アカデミーが国防のために優秀な人材を集める名目でIQを活用したため、軍人エリート主義をてっぺんまで持ち上げることにもなった。

そこに加わってきたのが断種政策である。

断種政策は不適者を弱者として排除する最も悪質な政策だったが、アメリカがこの法案化を本気で思案検討するうちに、結局は断種政策はナチス政権によって先手で実行に移されることになる。ナチスが断種法を制定したのは一九三三年だった。これにはさすがに欧米の良識派たちから反対の声があがったのだが、いいかえれば、それまでは欧米の優生運動はまったく目がさめていなかったということでもあった。もっと正確にいえば、ナチスの断種法がユダヤ人に適用されていることを知るまでは、真剣な反対運動はおきてはいなかったのだ。もしナチスの登場がなく、ナチスによる断種政策が先行していなかったなら、原爆であれ宇宙競争であれドルであれ、なんでもが一番でないとすまないアメリカはいつまでも優生学にしがみついていただろうとさえ想像されるのである。

しかし、事態の犯罪的責任はすべてナチスが背負うことになった。そして、そのあまりにひどい事態を見て、欧米列強はやっとたがいの顔を見あわせて、気まずくなったのだ。その反省が憲章になったのが、一九四八年の国連による世界人権宣言である。

日本にもむろん優生学は入っていた。

鈴木善次の研究『日本の優生学』1983があきらかにしたように、日本における優生学の動向にもなかなかきわどいものがある。列強と轡（くつわ）を並べたかった日本が優生学からのがれられるはずはなかったのだ。

先頭をきったのは意外かもしれないが、ほかのどんな近代政策についても先見の明があった福沢諭吉である。福沢は、すでに一八八一年に「人の能力には天賦遺伝の際限ありて」とのべ、教育に期待しすぎるのは危険であることを主張していた。福沢の弟子にあたる高橋義雄も、明治十七年に『日本人種改良論』を発表した。日本人とヨーロッパ人の雑婚を強く勧めたものである。ただし、この黄白雑婚論には反論が出た。『人権新説』を書いた加藤弘之によるなかなか激しい反論で、そんなことをしたら日本の国土はいつしか西洋人種の領土になるばかりだというものだった。この論争で福沢はむろん高橋説に加担した。

ゴールトン優生学の直接の輸入は、海野幸徳の『日本人種改造論』1910 や永井潜の『人種改善学の理論』1915 によってもたらされた。永井はのちの日本民族衛生学会の中心人物でもあった。このとき、日本で最初の進化論導入者であって上野動物園の親でもあった石川千代松や、ベストセラー『進化論講話』の著者でエスペランティストでもあった丘浅次郎らは、さすがに慎重な議論をしているのだが、当時は遺伝学に科学者たちが殺到した時期であり、なかなか優生学との区分をすることが不可能な状況だったともいえる。

日本の優生運動を最初に広げたのは、そのころ報知新聞記者だった池田林儀である。ドイツに滞在して実情を見聞してきた池田は応用優生学を唱えるとともに、自治制度の普及やワンダーフォーゲル運動に刺戟された「足の会」などを提唱した。

しかし、一般の家庭や小中学校に優生運動が伝わったのは、いわゆる「衛生博覧会」の普及によっているようにおもわれる。博覧会の準備にあたっては、日本赤十字社とその最初の展示担当館長となった棚橋源太郎の参加が大きかった。とりわけ衛生博覧会でひんぱんに「理想の配偶者の条件」とか「優生婚姻訓」とかが日本人むけの絵入りパネルで展示されたことは、そこに日本独特の優生運動の実態がいちじるしく投影された。詳しくは田中聡の詳細なドキュメント『衛生博覧会の欲望』1994を参照されたい。

ところで、日本では断種法が成立していた。ナチスの断種法をそのままますっかりまねたもので、昭和十年からひそかに法案が検討され、昭和十五年には国民優生法が制定されたのだ。これは永井潜が、昭和十二年に設立された日本学術振興会優生委員会の委員長として根回しをしたものだった。しかもこの法は、いまでも機能しているはずの優生保護法として昭和二十三年（一九四八）に衣替えをしている。われわれはそんな歴史の上に今日も寝ているのである。


いささか優生運動の歴史経過をのべるのに手まどったけれど、このような優生学が〝科学〟でなくなった現在もなお、他方では高度な遺伝技術の登場が静かに〝新優生学〟ともいうべきものの準備に入っていることも指摘しておかなければならないだろう。とくに遺伝子くみかえ技術の急速な確立が気がかりである。

おそらく優生概念は、今後もバイオテクノロジーにおける品種改良がなくならないかぎりはなくなることはなく、また何のジャンルであれ、優秀な者を表彰する社会習慣がつづくかぎりは、とだえることはないとおもわれる。しかもそのうえ、「優劣」の観念の根はしばしば科学的な数値によって裏打ちされるのである。そしてそのたびに「劣性」という性質が弱者や敗者のラベルとしてことごとしく強調され、あげくにいじめや非難の材料として借り出されるだろうことも銘記するべきだ。

今日、優生学のアイディアは所を変え品を変えて、意外にもサイボーグ映画やファミコン・ゲームにあらわれている。漫画にもその手のものはあふれている。強いサイボーグやレプリカントが大活躍をして悪の一味を滅ぼすというシナリオだ。

このようなアイディアはもともと合体機械主義の往時にはじまっているが、それが人間そっくりになってきたのはつい最近である。そこにはかつてのターザンやスーパーマンやバットマンのもつ正義もユーモアもない。ジェームズ・ボンドやルパン三世のように女に弱いということもない。かつては、小説や映画の中の架空の英雄たちですらこうした弱点をもっていたのであるが、いまや目玉をえぐられても立ち上がるシュワルツネッガー型の強いサイボーグのみがもてはやされるだけなのだ。かれらは「壊れもの注意!」ではなくなった。

このことはスポーツ選手にたいする見方にもあらわれる。スポーツ選手のスターを完全な強者に仕立てあげたいという見方である。まるでレプリカント扱いなのだ。これが裏返ってしまうと、ときどき私も気がめいるのだが、スポーツ選手のスランプや敗退やドーピングや反社会的な行動にたいするマスメディアの容赦のない鉄槌になる。これは、スポーツ選手をまるで優生学的な意味での優等生のように扱ってしまったせいだった。こういうときは、ファン心理もマスメディアに引きずられて同じような反応になる。これはいささかやりきれない。私は、敗けても敗けても熱狂が変わらない阪神タイガースのファンたちや、かつてのニューヨーク・メッツのファンの心理のほうに加担したいとおもうばかりだ。

誰しも強い者には憧れる。そのほうがわくわくもする。それはあたりまえである。けれども強者や勝者はもはや少数ではなくなった。小学校の運動会からオリンピックまで、植木コンクールから芸能人のものまね大会まで、勝者は大量に用意されるようになったのだ。

そこで人々の目が逆転する。逆転は多様におこる。優等者が劣等者をあわれんでみる目が、逆転する。強者の雄叫びよりも敗者の一言が心に響いてくる。常勝者（自民党や読売ジャイアンツ）が転倒することがおもしろくなる。ボディビルで鍛えた三島由紀夫よりも弱々しい頃の三島がいとしくなる。相転移はそこかしこでおこるのだ。

このような意外な展開は何をあらわしているのであろうか。それこそ本書が訴えたかったことであるが、なかでも最も重要な認識は、弱さは意外な多様性をもっているということと、そして欠如や喪失や挫折こそが歴史をつくってきたということである。その範囲は、歴史の上だけではなく、物理から生理をへて心理にまでおよんでいる。いささかまとめておきたい。

弱さが多様であるとは、一言でいえば、多くの現象に「弱さの起源」や「喪失の起源」

が求められるはずだということである。たとえば生物は種としての弱さをそれぞれ熟知しているがゆえにきわめて豊饒な多様性をつくりえたと考えられるのだし、地球上にバラバラに分布した人間という存在の特徴もまことに多義多彩、生物同様にやはり自身の弱さを人為的な強さに転換するために言語や武器をつくりつづけてきたようなところがあると考えられる。私はこれらをヨコにつなぎたかった。

しかし、人間社会では弱さはしばしば階層のしるしとして刻印されてしまう。弱者は異端視され、排除され、アブジェクシオンの対象となっていく。

このようなことがおこった原因にはいろいろな背景が想定される。そこには、共同体社会や都市社会が形成される過程の問題から、もともと人間のコミュニケーションのしくみにひそむ意識と言語のずれの問題、また対人関係に如実に頭をもたげてくるコンプレックスの問題まで、ひとくくりにはできない問題がならびあう。これらをいったん「弱さ」の現象学としてひろいだしてみる試みこそ求められている。

思い出していただきたい。

私は最初はフラグメンタルなものに注目していたのである。断片や損傷にたいする注目だった。自転車のスポーク、織部の茶碗、フランケンシュタインの繃帯、パウル・クレーの線……。それがしだいにフラジャイルなものにたいするいささか普遍的な関心に変わっていった。ここには劇的な変化の経過がふくまれる。

フラグメンタルな感覚とは部分が全体を凌駕することがありうるという感覚である。これはたいていの少年におこっている。少年は全体物よりも部分品が好きなのだ。もっとわかりやすい例は推理小説にあらわれる。すでにのべたように、われわれは推理小説を読みすすむうちに、いくつもの謎の断片に出会うのであるが、それが終盤、探偵が出てきてすべてをしたり顔でつなげて「全体」をあきらかにするくだりになったとたん、あのどきどきするようなきれっぱしの魅力が一挙に色あせてしまうことを感じている。

こうした事例のいくつかを通して私が言っておきたいのは、じつは「知の全体」を標榜しようとすることは意外につまらないことなのだということだ。この警告は、「全体」を網羅しようとする意図にたいする警告でもあって、それは全世界を支配しようとする帝国主義にも、コングロマリットをめざす多国籍企業にも、敵対的株式取得をめざすＩＴベンチャーにも、またいっさいの知識を記述管理しようとする大学主義にも、知の上部に立とうとする宗教主義にも向けられなければならなかった。

フラジャイルな感覚というものは、三島由紀夫が玉三郎の踊りを「うすばかげらふのやうな危機感」とよんだ言葉によく象徴されている。手の中で鱗粉をとびちらさないように蝶をはたはたとつかまえておく、あの感覚だ。

こうした感覚、すなわちフラジリティというものは、最初のころは脆弱であることが何にも代えがたい美であるというような一種のロマンティシズムの動きをつくっていった。

ジャン・パウルやノヴァーリスに代表されるロマン派は最初のフラジリティの研究者でもあった。日本人が好きな「はかなさ」もこうしたフラジリティの一種である。しかし、フラジリティは他の方角からもやってくる。たとえば蛍光灯がちりちりと明滅する瞬間やパーソナル・コンピュータがときどき考えこむ瞬間、あるいは早朝に買いに走ったほかほかのパンをちぎった瞬間などである。もっと端的には、叩けば天上界の音がするかとおもうような薄手のヴェネチアン・グラスである。

このようなフラジリティは、その気になって壊してしまおうとおもえばなんなく壊れてしまう。いつだって破損を待っている。では、ヴェネチアン・グラスを叩きつけて壊してしまえば、そこからフラジリティはすべて消滅してしまうのかといえば、そんなことはない。ヴェネチアン・グラスのどんな小さな破片にもフラジリティは残っていく。実際にも、われわれはその小さな破片がちょっと指先に刺さっただけで過敏になっている。アンデルセンの『雪の女王』1844 はそのフラジャイルな破片の物語だった。

私はこの奇妙なフラジリティの継承の様式を、エズラ・パウンドとウィリアム・イエイツの能に寄せた気分の歴史というものに求め、ざっと説明しておいた。そして、その背後に、カント、シェリング、ゾルガー、ベッカー、ハイデッガーらの哲学的消息がひしめいていたことを示した。それは、あまりに尖鋭化されたもの、また研ぎすまされたものは、内奥に激しい緊張を秘めているためおしなべて壊れやすくなるという消息である。この哲学的消息をまとめえたのは、こういうことが得意のはずのガストン・バシュラールやエドガール・モランではなく、ひとり稲垣足穂だけだった。

フラジリティは一般的に論じられるだけではいけない。いったん自分の身体に引きつけて議論してみる必要もある。本書では、私は自分が手術したときの体験をかなり詳細に再現することにした。そこで何があきらかになったかといえば、「我」とか「自己」というものがいかに脆いものかということだ。

結局、われわれのフラジャイルな身体はつねにその足下で「場所の問題」をかかえているのだ。いいかえれば、場所の動向にもフラジリティの要素があれこれ滲み出しているのである。私はこのことを、ひとつには一貫して場所論を踊ってきたともいうべき田中泯のダンスを通して、もうひとつには「夕方」という不思議な刻限のもつ役割を通して、それぞれにふさわしい文学作品や話題を集めて説明しておいた。そして、われわれをこうしたトワイライトな領域にはこぶということが、意識のアルタード・ステーツを発見するには有効な方法でもあったことを示した。

が、その方法はいま失われているのである。第三章「身体から場所へ」は、このアルタード・ステーツに分け入ったときに、どのような世界が見えてきたのかという問題をあつかった。

人間という存在の弱点は生物科学的なルーツからも眺められる。まとめてみると、重要な視点は次の四つの大きな視点に集約できる。

第一には、「弱み」という意識はどのように生まれてしまうのかということだ。いわゆるコンプレックスというものであるが、私はそれを「まさかの葛藤」としてとらえ、むしろ葛藤のもつ創発性に着目をした。第二には、物理的な世界にもコンプレックス・システムがあることを、いまなお科学界がてこずっている「複雑さ」という概念をめぐってたどるべきである。ここでは複雑性はローレンツがバタフライ効果と名づけたように、蝶のはばたきのようなわずかな誤差が信じられない複雑性を生じうるということが前提になっている。

いいかえれば、ちょっとした「弱さ」という現象はその奥ではつねに複雑であることに深くつながっていたのである。逆に、あまりに高度で複雑であることは、多くの観察者にとっては理解しがたいものとなるために、一見、弱々しく見えるのだ。

第三に重視するべきは、生物界における強さと弱さの関係である。ここでは幼形成熟とみなされる「ネオテニー」という変わった生物現象を考えることを入口としながら、その背後に潜在的に展開する進化論的葛藤をかなり自由に解読してみる必要がある。

そこには「幼な心」への憧憬が起源している。その起源には遺伝情報の編集がレトロウイルスなどとして最初期に関与している。また、そのための生物学的な「自己」の発生は

RNAなどによって外部的に編集されるしかなかった。こうして、われわれはその存在発生の最初期において本質的な弱さが付与されたのだ。しかも、これらをコントロールすべき脳においても、強すぎる刺戟を弱くするための分子言語が過剰に放出されるようになってしまったのだった。すなわち、われわれの「弱さ」のルーツの一端は生物学的な本来性によってしくまれていたということなのである。

第四に、人間にはジェンダー（性差）があるのだが、ときに性別をこえた「同性愛」がはぐくまれ、そのことが大きく人間社会の文化動向を各所で牽引することになったということがある。私はこれらを二十世紀欧米のホモセクシャルな文学的光景を通して眺望しておいた。

ここでは、社会的な蔑視に堪えたゲイ感覚がどのような隘路を突破して横溢することになったかということが特筆される。なぜなら、性差の解消の努力こそは最も古くて最も新しい人間の問題であるからだ。

以上が、私がフラジャイルな哲学のために用意した前提的な見方であるが、本書のとっておきの意外なクライマックスは第五章「異例の伝説」にあらわれる。ここでは「弱さ」が新しい力を生みうるという歴史の秘密が語られる。

私は、まず世界の英雄伝説のなかに「欠けた王」あるいは「よろめく神」という系譜があることに気がつき、欠陥や欠如や弱点をもっていることがかえって英雄として神聖視されてきた理由について、大がかりな仮説回路を設定することにした。

そこで見えてきたことは、そもそも物語という構造をつくった人々が、じつは盲目性や去勢性といった決定的な欠如を烙印された人々であったということである。ついで、その物語に登場する主人公たちの変転は、つねに「不浄」と「浄化」という二極をゆれうごくプロセスを経験した者として表現されているということが浮かび上がってきた。しかも、その二極は、これまでしばしば議論されてきたような「ケガレとキヨメの二重化」としてのみ機能するのではなく、片足の神の物語がまわりまわってシンデレラの片靴の紛失の物語になるというように、いわば「不足と満足の対比」として劇的に機能していたことも見逃せないことになったのである。

しかし他方では、病気や障害や貧困によって欠陥や欠如や弱点の持ち主とされた者は、あきらかに激しい差別の対象になってきたのであって、そうであればこそ、つねに社会というものはこの被差別者を一定の区域や階層に囲いこみ追いこむことで、社会それ自体の構造強化をとげようとしてきたのだった。強者は強者になるために、弱者をつくりだす必要があったのである。その点も指摘しなければならなかった。

けれども、話はそこでおわりはしない。それらの欠如や欠陥の持ち主、すなわち弱者の烙印をうけた者たちが、職人の群となり芸能の群となって、とりわけ中世において新たな社会観を生み出していったのでもあった。それを「境の民」が独自のネットワークを形成していったという逆転現象として語りなおすことも必要だったのである。

こうして私は、歴史のなかの弱者の世界について、さらにはその弱者の世界を統率しているミディアム・リーダーの不思議な背景と役割について、これまであまり知られていなかった長吏と無宿者の変遷に焦点をあて、その経緯に光をさしこむことにした。それはアウトローの起源とは何かという問題を考えることにあたるとともに、その背後にひそむ「遊び」の本質を多少とも問うことになったはずである。


本書は最後の章にいたって、ふたたび諸問題の起点に戻り、なぜわれわれは「感じやすい問題」に惹かれてきたのかということを、「大人ではない幼児の世界を想定すること」(ピアジェ)や「男らしさの断絶から生まれる精神に着目すること」(シオラン)などを通して見つめた。

ようするに、私は近さの存在学を重視しつづけたかったのだ。これは、伊藤仁斎が「卑ケレバ則チ自ラ実ナリ、高ケレバ必ズ虚ナリ、故ニ学問ハ卑近ヲ厭フコトナシ」と『童子問』第二四章に書いた「卑近の重視」という方法、それを本居宣長が「風雅」とよびなおした方法でもあった。

また私は、ネットワーカーの役割と優生学がもたらしてきた恐るべき社会的影響をとりあげたが、それは「強さ」をつくるために「弱さ」がつくられてきたのだという、本書で一貫してとりあげてきた歴史の法則が、近現代においても適用されていたことを確認しておきたかったからだった。

なるほど、「弱さ」はつねに用意されていたのである。

しかし、そのようなことを強調したからといって、「弱さ」をしくんだ〝犯人〟をさがすのは、もうあきらめたほうがよいかもしれない。すでに何度ものべてきたように、「弱さ」はむろん社会体制が用意もするのだが、それとともにわれわれの内なる星座にも深く関連していたからである。

さて、ひるがえって思い出してみると、私の関心はずっと以前から「自己の中心」よりも「自己の他端」のほうに向いていた。いわば自分や民族のかかわる主語部よりも述語部に敬意をはらってきたのだとおもわれる。

たとえていうなら、母親に手を引かれて「まっすぐ歩きなさいね」とか「脇見をしちゃいけませんよ」とたしなめられてきたまさにそのときの、学校の先生から「よそ見をするな」「前を向け」と言われてきたまさにそのときの、その脇見やよそ見にこそ気をとられたかったのである。それは正面性の社会や正統性の文化というものではなかった。「中途」や「はしっこ」や「あいだ」や「界隈」や「近所」から一挙にはじまりそうな未知の動向に、私の関心はずっと向かっていたのだった。レトロウィルスやRNAの研究成果に関心をもってきたのも、そういう視点によっていた。

これはいったい何を示しているのだろうか。私がおもうには、これは世の常識や科学のセントリズムが排除してきた「よそ」や「脇」や「ほか」にたいする私自身の憧憬であるとともに、そのような本筋からはずれようとしたもの、はぐれようとしたものにたいする共鳴でもあったのではないかということだ。本書ではふれられなかったが、ここにはエドワード・サイードが『オリエンタリズム』1978 や『文化と帝国主義』1993 で問題にしたような〝脇の文化〟や〝脇の民族〟の問題も関与する。それは、日本が中国の辺境でしかないことを「漢意（からごころ）」としてうけとめた本居宣長の呻吟などともつながっている。晩年の小林秀雄が考えこんだことだった。

この憧憬や共鳴は、たんなる愛惜や哀切というものでささえられているわけではない。むしろ存在の裏地によって照射されるべき「ラディカル・ウィル」によってささえられているものである。なぜわれわれは、その根源の意志にこだわるのかということだ。

しかしこの意志はおおげさであるとはかぎらない。むしろカタロニア人のカタラン語のように、大阪人の大阪弁のように、根源的なのである。

私はかつてスーザン・ソンタグとの対話を収録するにあたって、その標題を「ラディカル・ウィルの速度に乗って」というふうにしたことがある。彼女が対談中にこ、ことというところでこの言葉をつかったせいだった。

それからラディカル・ウィル（radical will）という言葉が好きになったのだが、この言葉は私の解釈では「根が自発的に速い意志」という意味をもつようにおもわれる。ラディカルはラテン語の「根」や「起源」（radix）から派生した言葉だし、ウィルはもともとラテン語のウォロ（volo）だが、これはフランス語の「意志」（volont）などともつながって、「自発」を意味して、ボランティアの語源ともなっている。日本語ならさしずめ「根本意向」とでもいうものだ。『重力と恩寵』1947の哲学者シモーヌ・ヴェーユは、これをずばり「根こぎ」とよんでいる。いずれにしても、わかりやすくいえば根源的な意志の発根のことである。

ラディカル・ウィルの発根は歴史の中心や存在の中心からやってきたものではない。むしろ、どこかそれたところから猛烈なスピードでやってきて、われわれを貫き、またどこかへ去ろうとしているものである。

そんなものがありうるかといえば、たとえばニュートリノ（中性微子）などの宇宙線はたいていそんな去来をしつづけている。太陽と地球をすっかり鉄板などで埋めつくしたとしても、ニュートリノは毎秒一つか二つのわりあいで、われわれの体をも貫通し、地球の裏側に抜け去っていく。その途中で、何人かの体や脳をほぼ同時に貫きもする。仮に気分のシンクロニシティ（同期性）というものがあるとするなら、それはニュートリノの貫通のおかげかもしれないのである。そのような消息があることは、とっくに寺田寅彦が書いていた。ドビュッシーの曲が流れる午後の喫茶店で、白い服のウェイトレスが傍らにやってきて、珈琲にしようか紅茶にしようかと迷っているとき、ふと「珈琲！」と言ってしまうのは、そんな宇宙線によるものだという趣旨のエッセイである。

私もラディカル・ウィルはそのような微細な疾走者だとおもっている。しかし、それは光そのものではない。光になりそこねた高速疾走者なのである。けれども、その「損なわれた光」であるところが、われわれをして一挙に発根にむかわせもする。

自発とはそういうことである。なにも自己意志に頼っているのではない。そんなものに頼れば、ただ自分が重たくなるだけだ。そうではなく、「むこう」からやってくる何者かの速度に乗ってそのまま加速の流れに入り、いっとき自己の他端に降りてみて、そこから急速にどこかへ飛び出してしまうことを、自発といい、発根というのでなければならなかった。けれどもそのとき、ほんのすこしのことなのだが、悲しくなるときがある。寂しくなるときがある。弱音を吐きたくなるものなのだ。しかし、そのときこそが唯一の時熟であった。弱音とともにわれわれは、「よそ」や「ほか」という未知の音信にやっと出会っているからである。

かくて、「弱々しさ」から出発すること、「弱さ」に自発することは、弱々しい微細なものや微弱なものにひょいと乗ることなのである。ほんのわずかな航路をおそれずに疾駆することなのだ。その意志をラディカル・ウィルとよぶ。

本書は、このラディカル・ウィルの軌道に残響するものたちを、すなわちフラジリティの航跡や飛沫を追跡してきた一冊だった。そうであるのなら、本書一冊が、まさにいま通りかかったばかりの一瞬の、光になりそこねたラディカル・ウィルだったのである。

あとがき

先日、本書のごく一部の話題を人前で話してみたところ、「フラジャイルな感覚って、たとえば人でいうとどんな感じの人ですか」と講演のあとのパーティで尋ねられた。「そうですねえ、ピーター・オトゥールとか坂東玉三郎とか、あるいはオリックスのイチローかな」と答えたら、ああ、それでわかったと妙に得心された。いや、それはね、と説明を続けようとしたが、別の会話が割りこんでそのままになった。

オトゥールや玉三郎やイチローをあげたのは、あくまでみかけのニュアンスということだ。また、フラジャイルな表現力という点からいえば、この三人が私の琴線にふれるという意味である。とりわけ玉三郎の演技感覚はきっと三世沢村田之助よりフラジャイルだとおもわれる。三世田之助は幕末を代表する天才的女形で、脱疽で両足を切断されてもなお舞台に立ったという。イチローには「芯とバネのあるフラジリティ」という言葉を贈りたい。もっとも、人はみかけによらぬもの、こんな例もある。「日刊スポーツ」連載の「泉谷しげるの治外法権」最終回に、自分がいかに小心者で臆病者かということ、デビュー当時は極度の対人恐怖症だったことなどが語られ、最後に「弱さのない奴って、色気がねえんだよ」と結ばれていた。「弱さ」という感覚はかなり広範にわたっているのだ。

本書はかなりめずらしい本であろう。だいたい、これまで「弱さ」を重視した本なんてなかったからだ。それを正面から弁護しようというのだから、勝ち目のないゲームのようなもの、最初は妙な気分だった。自信もなかった。しかし考えてみると、誰しもどこかでなんらかの「弱さ」や「欠陥」を隠さない人々にしばしば感動してきたような記憶がある。自分が弱虫や泣き虫であることも誰もが自分でよく知っている。それを掘り下げてみれば、どこかに存在の本来性との接触がおこるようにおもわれたのだ。

こうしてしばらくはあれこれの渉猟がつづくのだが、いっこうに私の考え方を援護してくれる見解にはめぐりあえない。「弱さ」をまともに議論する本など、世界をみまわしても、一冊とてなかったのだ。それでも、たとえばエミール・シオランが『涙と聖者』1966に「私たちを聖者に近づけるものは認識ではない。それは私自身の最深部に眠っている涙の目覚めである」と書いていたりして、勇気をもたらしてくれた。

ただし、問題はどのように書くのかということだ。これがなんとも難問だった。少なくともアンヌ＝ヴァンサン・ビュフォーの『涙の歴史』1986のようには書きたくなかった。そんなことをいろいろ思案したあげく、いささか風変わりなエッセイに仕立てることにした。人間の内側にひそむ感覚や感性を重視するしかない主題なので、論文に仕立てたり、論理を展開したところで、どうにもおさまらない。むしろ「弱さ」の本質はそうした体系を拒否することからはじまっている。しかも「弱さ」の背景をつないでいくという問題の内奥はやたらに深く、なんともラディカルである。そこで、私自身の言葉づかいそのものが、まずはフラジャイルであり、またラディカルでもなければならないとおもわれたのだ。が、それだけなら、まだしも好きなことだけを好きなように書いていればよかった。

ところが、この問題は社会的にも歴史的にもそうとうに重大な背景を背負っていた。「弱さ」という主題は、つねに文芸の頂点にも科学の頂点にもあらわれ、為政者の意志にも被差別者の生活にもあらわれる。アニマの弱さとアニムスの弱さの両方もつなげなければならず、男色者や渡世人の発生にも言及しなければならなくなった。そうなると、それなりの資料や研究成果にも目を配らなければならない。好きなように書くだけではまとまりを欠く。

そんなわけで、結局はごらんのとおりの、ときに個人的な、ときには歴史的な、またときには案内役のような、つまりは自転車や汽車や飛行機を乗りつぐような、意識のトランジットをしつづけるような、そんな書きっぷりになったのである。

本書のキーワードである「フラジャイル」という言葉のもつ感覚を知りたい読者は、第一章第二節の「壊れもの注意！」を読むのがてっとりばやいとおもう。次に議論の入口を知りたい読者は全体のガイダンスにあたる第一章と最後のまとめにあたる第六章を読まれたい。そこには私の考え方の概略が短い文章で説明されている。しかし、それだけで了解してもらったり、疑問をもったりしてもらってもちょっと困る。本書は、いまのべたように、あちこちでスパークをおこし、トランジットをしつづけている。ぜひ、拾い読みでも結構なので、流れに乗って旅してもらいたい。

おおむね「弱さ」は「強さ」の設定によって派生する。この関係はまことに微妙なものである。しかし、いったん強弱が決まると、弱さはもっと深いほうへひっぱられていく。本書が一貫して綴ってみたかったのは、なぜ「弱さ」のほうが「強さ」より深いのか、なぜ「欠如」のほうが「充足」よりラディカルなのかということである。いいかえると、「弱さ」はなぜわれわれに近いのか、ということだ。だからといって、「弱音を吐くこと」をすすめたかったわけではない。「弱音を聞くこと」を重視したのである。

ところで、ここにはいくつものまぎらわしい問題が隣接してもいる。たとえば正常と異常、健康と病気、優性と劣性、本格と破格、平和と暴力、勝者と敗者、正統と異端などなどだ。本書では、このような二項対立のロジックに足をとられることを拒否しつつ、できるかぎり微妙な航路をえらんで疾走することにした。けれども、いずれはこれらの二項対立が生じてきた背景を議論するときもくるだろうとおもっている。

さて、私の時代認識や社会認識では、今後の各分野でいよいよ「強さ」の分析よりも「弱さ」の研究が重視されるようになるのではないかとおもわれる。強大な国家よりも弱小の民族が、強がりの競争よりも弱がりの文化が、完全をめざす組織より欠陥をいとおしむグループが、自信よりも危惧が、制圧よりも葛藤が、定着よりも遷移が、勝者の演劇性よりも敗者の物語性が、実はより豊かな情報を含んでいることに気がついていくだろうということだ。

このことはたんに少数者の意見を重視するということではない。むしろ事柄や現象の量の大小にかかわらず、「僅かな変化」に注目するということである。「近さへの冒険」をするということだ。そうすることは、おそらく多元性や多様性をうけいれる最も有効な方法であるともおもわれる。ただしそのためには、われわれの思考が意外なほどに非線形（ノンリニア）な表現をとりうるということを、もっともっと大胆に公表していかなければならないのかもしれない。

本書を出版するにあたっては、筑摩書房の藤本由香里さんにひとかたならぬお世話になった。彼女には、六年前に本を書く約束をし、そのうえ最初は日本の十人の表現者について書くことになっていたのだが、時間がたつにしたがってすっかり内容が変わってしまったのに、その変転にめげず、いろいろと協力をいただいた。彼女のほうもそのあいだに労組の委員長になったり、少女漫画の評論家になっていた。その筑摩書房にかつて所属していて、いまは私とともに編集工学研究所で仕事をしている菊地史彦氏にも、原稿の段階からあれこれの示唆をもらえた。田中優子さんや高橋秀元氏には成稿を読んでもらうことができ、中村雄二郎氏や金子郁容氏とは「弱さ」をめぐる議論を通して、山口昌男氏とは「敗北」をめぐる対話を通して、それぞれから貴重な教唆をいただけた。

そのほか、できるかぎり本文に書名を入れておいたが、多くの方々の研究成果を借りることになった。わけても、網野善彦氏、沢史生氏、猪野健治氏、塩見鮮一郎氏、赤坂憲雄氏、萩原秀三郎氏、およびカルロ・ギンズブルグ氏、スーザン・ソンタグ氏の指摘からは大きな影響をうけた。ここに敬意をもってお礼を申しあげたい。また、本書も『外は、良寛。』につづいて羽良多平吉氏にエディトリアル・デザインをお願いし、図版収集などにあたっては黒田美幸さんと太田香保さんと本木大樹君に手伝ってもらった。あらためてコラボレーションの重要性を痛感している。では、みなさん、明日こそフラジャイルな反撃を！

一九九五年七月七日夜

文庫版あとがき

本書が刊行されてから、ずいぶん多くのフラジャイルな成果が洋の東西をまたいで連打されました。スティング、ミスター・チルドレン、大西順子、ELTが「フラジャイル」という曲を出し、佐藤りえは歌集『フラジャイル』を世に問うた。「切り分けたプリンスメロンの半分を冷蔵庫上段のひかりへ」といった歌でした。ジャン＝ポール・ゴルチェの香水「フラジール」、三陽商会のブランド「フラジール」、青山にできた「フラジール」というヘアサロンなども、その一例です。内田繁さんはアンドレア・ブランジィと組んで「弱い思想」をそのデザイン哲学の一角にすえました。亡くなる前のこと、スーザン・ソンタグは「オウム真理教事件に象徴される日本と千利休や松岡正剛のフラジャイルな思想をもつ日本とが、早急に交換されなければならない」と言ってくれた。ちょっとおもしろかったのは、ネスカフェが繊細な顆粒による「フラジャイル」という特別製品を限定発売をしたこと——。

みんなピアニッシモな反撃をしたいんです。きっと最弱微音だって人知を大きく突き動かす可能性をもっていることを感じはじめたのでしょう。しかし、フラジャイルな思想というものは、本書でも縷々のべてきたように、ずっと以前から鳴り響いてきたのです。

ひるがえってみれば、実はブレーズ・パスカルがすでに「人間は一本の弱い葦である」と言っていたのです。パスカルはたんに「人間は考える葦である」と書いたのではありません。「人間は最も弱い一本の葦にすぎないが、しかし、それは考える葦である」と書いた。でも、その次がもっと重要です。「この弱い葦を潰すには、たった一滴の蒸気でも十分かもしれないが、また、宇宙全体をもってしてもそれを潰せない」。

これまで人間の歴史は、弱さを辱しめ、弱さを潰していくことによって肥大してきたといっていいでしょう。強さを求める歴史は、たしかに強大な国家をつくり、何もかもに手を出す企業となり、並ぶものなき世界警察帝国を君臨させせました。また、工業社会では弱さは製品や商品の欠陥だと詰られてきた。しかし、歴史は「強がりが勝ちつづけてきた」と言っているでしょうか。「勝者は永遠だ」と証明したことがありますか。実は逆だったのではないですか。古代ローマ帝国もナポレオンのヨーロッパも、巨大銀行もコングロマリットも、次々に崩壊するか合併をくりかえしているにすぎないのではありますまいか。

社会や経済や文化の舞台には必ずやどこかにフラジャイルなものがひそみ、それをもし力だけで圧し潰そうとすれば、きっとフラジリティの反撃を受けるということなのです。フラジャイルなものこそが、実は最も繊細な本質をもちながらも、最も過激な思想や存在であろうとしていると私には思えます。

なぜ、私がこんなことを言い出しているか、それについては本書の各所のフラジャイルなものたちの動向を覗いていただければありがたい。しかし私のことはともかく、むしろ時代がフラジャイルな思想をこそどうしても必要とするようになってきたと言うべきでしょう。いつまでもジョージ・ブッシュの武力であっていいわけはなく、いつまでも資本合併と株式取得でしか企業が生きのびられないのでは、困るのです。本当のユニヴァーサル・コミュニケーションがあるとするなら、それは資金がすぐに底をつきそうな小さな美しい町やすぐにポイ捨てができそうな軽くて柔らかな製品を、われわれがどのように守りたいかという決断をすることによって、始まるのではないでしょうか。

さて、本書の文庫化にあたっては、またまた筑摩書房の藤本由香里さんのお力添えと、ミルキィ・イソベさんの意匠感覚と、そして高橋睦郎さんの比類のない解説をいただきました。高橋さんは本書を単行本で読まれたときすでに、「これが文庫になるときはぼくが解説を書くからね」と言われていました。いま、その約束をはたしていただき、私はまさに本望を遂げた思いです。高橋さんこそ、少年のころよりフラジャイルな反撃をしつづけてこられた人でした。みなさん、どうもありがとうございました。

松岡正剛

解説　弱々しくあることの勧め

高橋睦郎

松岡正剛さんと出会って、三十数年になる。ここ数年はかなり親しく付き合っているつもりだ。しかし、もし誰かに、松岡さんってどんな人ですか、と問われたら、とっさには答えられない。

出会った頃は「ハイスクール・ライフ」という高校生向け情報紙の編集長だった。つづいて若者向けに知に遊ぶことを勧める雑誌「遊」を創刊して、遊知ブームをおこした。「遊」を発展的に解消して、編集工学を提唱する編集工学研究所を立ちあげた。日本とは何かを問う仕事を中心に著書・編著多く、その表現形態は活字メディアを超えて、映像、インターネットにまで拡がっている……などと外面的軌跡を並べても、もうひとつ核心にふれている手応えがない。

松岡さん自身は自分のルーツとして、京都の呉服屋出身を言う。呉服屋といっても、只の呉服屋ではない。顧客の衣裳計画を中心に慶弔事をはじめ、少少おおげさにいえば衣食住にわたる人生もろもろの設計に当たるプロデューサーで、悉皆屋（しっかいや）という。悉皆屋がよく務めを果たすためには、世間の諸事に関心のある趣味人、あえていえば遊び人でなければならない。松岡さんの父君はこの趣味・遊びが過ぎて莫大な借財を遺した人だ、という。この借財を払うために働くことから、松岡さんの編集人生は始まったのだ、という。

この京都と悉皆屋という二点は、松岡正剛という人格を解く、最初の大切なキイ・ワード二つかもしれない。京都は千数百年の歴史を通して、外から入ってくるものを採り、あるいは捨てることを繰り返して、京都という文化・京都という歴史を拵えあげた。それは一つの巨きな編集行為といえる。そして、悉皆屋はその文化・その歴史をひとりの人格において体現した編集的職業、というより生きかた、とも思える。京都の悉皆屋だった松岡さんの父君はその生きかたに殉じた人とも申せようが、その挫折を償った息子の生きかたの祖型になったのは、結局のところ、挫折を含めた父親の生きかただった、ともいえるのではないか。

松岡さんの父君の挫折の原因は一言でいえば、京都という編集都市も、悉皆屋という編集的生きかたも、ある限界に来ていた、ということかもしれない。事実、松岡さん一家は関東に移住し、父君はそこで客死したらしい。松岡さんは父君の負の遺産を解消すべく、京都ではなく東京で、悉皆屋ではなく編集業を始める。ただし、東京といっても拠点にすぎず、編集業といっても対象は文学や政治・経済・社会にとどまらない。場は世界大・宇宙大に、ついでに時は悠久の過去から未来までに拡がり、対象は見える・見えない森羅万象に向かう。

人はしばしば松岡さんの興味の向かう範囲の広さに驚き、とまどう。古今東西の文学・

芸術・科学はいうに及ばず、ファッション、アミューズメント、コミックス、ポップス、ゴシップにいたるまで、およそ向かわない先がない。しかも、興味の持ちかたがエウクリデスの天体図と桑田佳祐の新曲とでまったく同じ比重なのだ。その平等ぶりは「神の目」的平等、ただし地上に降りた人の子の「神の目」的平等とでも呼びたくなる体のもので、そのうえ老年の知恵を思わせながら、少年のういういしさを失わない。

そういう松岡さんの仕事がいつの頃よりか志の翳りを帯びはじめた。もちろん、中国の詩人たちが旨として来た「詩は志を言う」の志＝こころざしで、だからといって漢学者流の窮屈さからおよそ遠い。やさしく、やわらかく、しなやかで、しかし芯のある志といったらいいだろうか。ついでにいえば、松岡さんは志の人であるとともに、いや志の人である以前に詩の人、その志は彼の詩人格から出ていると言いたくなる。そんな松岡さんの仕事のわかりやすい例として一冊をと聞かれたら、私は一九九五年に初版発行されたこの『フラジャイル――弱さからの出発』をお勧めしたい。

フラジャイル、fragile、いうまでもなく「壊れもの注意!」の意味で、発送品の表面に表示される単語だ。だが、なぜフラジャイルか、なぜ弱さからの出発なのか。〈Iウィーク・ソートで?〉で、松岡さんの言うところを聞こう。

「弱さ」は「強さ」の欠如ではない。「弱さ」というそれ自体の特徴をもった劇的でピアニッシモな現象なのである。それは、些細でこわれやすく、はかなくて脆弱で、あとずさりするような異質を秘め、大半の論理から逸脱するような未知の振動体でしかないようなのに、ときに深すぎるほど大胆で、とびきり過敏な超越をあらわすものなのだ。部分でしかなく、引きちぎられた断片でしかないようなのに、ときに全体をおびやかし、総体に抵抗する透明な微細力をもっているのである。その不可解な名状しがたい奇妙な消息を求めるうちに、私の内側でしだいにひとつの感覚的な言葉が、すなわち「フラジャイル」(fragile)とか「フラジリティ」(fragility)とよばれるべき微妙な概念が注目されてきたのだった。

＊

イギリスやアメリカでガラス製品などの壊れものを郵便小包にして送るときは、赤い地あるいは赤い字で"FRAGILE!"(フラジャイル!)と印刷されたラベルを貼ることになっている。日本では同じく赤い紙に「壊れもの注意!」と刷ってある。すばらしい警告だ。

ようするに、私はこの「壊れもの注意!」の内実をあれこれ描いてみたかったのである。歴史のもうひとつの流れに、あきらかにフラジャイルな感覚や思想が累々とよこたわっていたことを特筆したかったのだ。

こうして松岡さんは二章以下、フラジリティの例として茶、能について語り、ヒトザルがヒトになったとき、動物界で「最も弱い存在」をめざしたのはなぜかを問いかけ、トワイライト・シーンとものの「あはひ」の意味を提示し、生物進化における弱々しいウィルスたちの意外に大きな役割に言及し、ホモセクシャリティ文化の新しい局面を示唆し、ヨーロッパの「欠けた王」からわが国の長吏、弾左衛門、仁侠の世界へ案内し、弱いネットワーカー売茶翁高遊外を称揚し、ついにスーザン・ソンタグの「ラディカル・ウィル」に導く。ラディカル・ウィルとは何か。松岡さんは最終章〈VI　フラジャイルな反撃〉をこう閉じる。

> …「弱々しさ」から出発すること、「弱さ」に自発することは、弱々しい微細なものや微弱なものに乗ることである。ほんのわずかな航路をおそれずに疾駆することである。その意志をラディカル・ウィルと呼ぶ。
>
> 本書は、このラディカル・ウィルの軌道に残響するものたちを、すなわちフラジリティの航跡や飛沫を追跡してきた一冊だった。そうであるのなら、本書一冊が、まさにいま通りかかったばかりの一瞬の、光になりそこねたラディカル・ウィルだったのである。

（松岡さんの言いかたを真似て）そうであるのなら、松岡さんは、自身光になりそこねた、弱々しい者、フラジャイルな者であることを告白している。人は言うかもしれない、これほど多岐にわたる該博な知識を持ち、これほど明晰な論理が操れる松岡正剛が光でないわけがあろうか、と。私をして言わしめるなら、松岡さんは光になんぞなりたくない、むしろ積極的に弱々しさにとどまり、光になりそこねたラディカル・ウィルになりたいのだ。

そして、もちろん私たちにも光になんぞならないこと、弱々しさにとどまり、光になりそこねたラディカル・ウィルになることを勧めている。そして、これは考えられるよりはるかに困難なことだ。なぜなら、私たちひとりひとりの中に弱者と強者があり、私たちはひとりひとり自分の中の弱者を認めたくなく、強者を認められたいからだ。もし意に反して自らおのれの中の弱者を認めざるをえない事態に立ち至れば、自分の外に自分よりさらに弱い者を拵え、その弱い者との比較において自分を強い者と考えたいからだ。

松岡さんはあえて言っていないが、弱者をつくるのは強者であるよりも弱者であることが多いのではないだろうか。弱者が自分を弱者と認めたくなくて、自分よりもさらに弱い者をつくり出す。そのつくり出しかた、つくり出した上での差別のしかたは、自分がそうなりたくない分だけ、苛烈で執拗なのではあるまいか。もちろん松岡さんはその事情を知った上で、弱者でありつづけることを勧めているのではないか。

だから、松岡さんは「あとがき」で「本書が一貫して綴ってみたかったのは、なぜ『弱さ』の方が『強さ』より深いのか、なぜ『欠如』の方が『充足』よりラディカルなのかということである。いいかえると、『弱さ』はなぜわれわれに近いのか、ということだ」と言いながら、「だからといって、『弱音を吐くこと』をすすめたかったわけではない。『弱音を聞くこと』を重視したのである」と付け加えることを忘れない。

私たちの日本は四方を海に囲まれ、狭く、険しく、地震・風水害など天変地異にさらされた、それこそフラジャイルな国土だ。そこに育った日本人、日本文化は当然のことに弱々しいはず、もし強いとしても弱々しさを逆手にとっての強さでなければなるまい。私たちはそのことを認識し、むしろ誇りとすべきなのに、日ごろ「弱音を聞く」ことに努めているだろうか。たとえば、私たちの国は国際社会においてこれまで強者の言うことばかり聞いてきたが、こんどは自身強者の列に加わろうとして、これまで言うことを聞いてきた強者に拒まれている。むしろ、自身弱々しい者として弱者の弱音を聞くべきなのに。それは政治のことで自分は関係ないと言えるだろうか。そういう政治を産んだのは自分たちなのだ。その意味では、本書は書かれた十年前よりはるかな緊急性をもって、いまこそ読まれなければならない一書だと思う。

*本書は一九九五年七月、筑摩書房から刊行された。

増補 靖国史観　小島毅

靖国神社の思想的根拠は、神道というよりも儒教にある！　幕末・維新の思想史をたどり近代史観の独善性を暴き出した快著の増補決定版。（與那覇潤）

かたり　坂部恵

物語は文学だけでなく、哲学、言語学、科学的理論にもある。あらゆる学問を貫く「物語」についての領域横断的論考。（野家啓一）

〈権利〉の選択　笹澤豊

日本における〈権利〉の思想は、西洋の〈ライト〉の思想とどう異なり、何が通底するか。この問いを糸口に、権利思想の限界と核心に迫る。（永井均）

流言蜚語　清水幾太郎

危機や災害と切り離せない流言蜚語はどのような機能と構造を備えているのだろうか。つかみにくい実態を鮮やかに捌いた歴史的名著。（松原隆一郎）

ニーチェ入門　清水真木

現代人を魅了してやまない哲学者ニーチェ。「健康と病気」という対概念を手がかりに、その思想の核心を鮮やかに描き出す画期的入門書。

社会思想史講義　城塚登

近代社会の形成から現代社会の変貌まで、各時代が抱える問題を解決しようと生みだされた社会思想。思想家達の足跡を辿る明快な入門書。（植村邦彦）

現代思想の冒険　竹田青嗣

「裸の王様」を見破る力、これこそが本当の思想だ！　この観点から現代思想の流れを大胆に整理し、明快に解読したスリリングな入門書。

自分を知るための 哲学入門　竹田青嗣

哲学とはよく生きるためのアートなのだ！　その読みどころを極めて親切に、とても大胆に元気に考えた、斬新な入門書。哲学がはじめてわかる！

プラトン入門　竹田青嗣

哲学はプラトン抜きには語れない。近年の批判を乗り越え、普遍性や人間の生をめぐる根源的な思索者としての姿を鮮やかに描き出す画期的入門書！

統計学入門　盛山和夫

統計に関する知識はいまや現代人に不可欠な教養だ。その根本にある考え方から実際的な分析法、さらには陥りやすい問題点までしっかり学べる一冊。

論理学入門　丹治信春

大学で定番の教科書として愛用されてきた名著がついに文庫化！　完全に自力でマスターできる「タブロー」を用いた学習法で、思考と議論の技を鍛える！

論理的思考のレッスン　内井惣七

どうすれば正しく推論し、議論に勝てるのか。なぜ、どこで推理を誤るのか？　推理のプロから15のレッスンを通して学ぶ、思考の整理法と論理学の基礎。

日本の哲学をよむ　田中久文

近代を根本から問う日本独自の哲学が一九三〇年代に生まれた。西田幾多郎・田辺元・和辻哲郎・九鬼周造・三木清による「無」の思想の意義を平明に説く。

「やさしさ」と日本人　竹内整一

「やさしい」という言葉は何を意味するのか。万葉の時代から現代まで語義の変遷を丁寧にたどり、日本人の倫理の根底をあぶりだした名著。（田中久文）

「おのずから」と「みずから」　竹内整一

「自（ずか）ら」という語があらわす日本人の基本発想とはどのようなものか。日本人の自己認識、超越や倫理との関わり、死生観を問うた著者代表作。

日本人は何を捨ててきたのか　鶴見俊輔　関川夏央

明治に造られた「日本という樽の船」はよくできた「樽」だったが、やがて「個人」を閉じ込める「檻」になった。21世紀の海をゆく「船」は？（髙橋秀実）

鶴見俊輔全漫画論1　鶴見俊輔　松田哲夫編

漫画はその時代を解く記号だ。――民主主義と自由について考え続けた鶴見の漫画論の射程は広い。そのすべてを全2巻にまとめる決定版。（福住廉）

鶴見俊輔全漫画論2　鶴見俊輔　松田哲夫編

幼い頃に読んだ「漫画」から「サザエさん」「河童の三平」「カムイ伝」「がきデカ」「寄生獣」など。各論の積み重ねから核が見える。（福住廉）

ウィトゲンシュタイン『論理哲学論考』を読む　野矢茂樹

二〇世紀哲学を決定づけた『論考』を、きっちりと理解しその生き生きとした声を聞く。真に読みたい人のための傑作読本。増補決定版。

科学哲学への招待　野家啓一

科学とは何か？　その営みにより人間は本当に世界を理解できるのか？　科学哲学の第一人者が、知の歴史のダイナミズムへと誘う入門書の決定版！

論理と哲学の世界　吉田夏彦

哲学が扱う幅広いテーマを順を追ってわかりやすく解説。その相互の見取り図を大きく描きつつ、論理学の基礎へと誘う大定番の入門書。（飯田隆）

ソフィストとは誰か？　納富信留

ソフィストは本当に詭弁家にすぎないか？　哲学成立とともに忘却された彼らの本質を精緻な文献読解により喝破し、哲学の意味を問い直す。（鷲田清一）

哲学の誕生　納富信留

哲学はどのように始まったのか。ソクラテスとは何者かをめぐる論争にその鍵はある。古代ギリシアにおける哲学誕生の現場をいま新たな視点で甦らせる。

ドゥルーズ　解けない問いを生きる〔増補新版〕　檜垣立哉

ドゥルーズの哲学は、いまという時代に何を問いかけるか。生命、テクノロジー、マイノリティといった主題を軸によみとく。好評入門書の増補完全版！

新版 プラトン　理想国の現在　納富信留

近代日本に「理想」という言葉を生み、未来をひらく力を与えたプラトン哲学。主著『ポリテイア』の核心を捉え、哲学の可能性を示す。（熊野純彦）

西洋哲学史　野田又夫

西洋を代表する約八十人の哲学者を紹介しつつ、哲学の基本的な考え方を解説。近世以降五百年の流れを一望のもとに描き出す名テキスト。（伊藤邦武）

ナショナリズム　橋川文三

日本ナショナリズムは第二次大戦という破局に至るほかなかったのか。維新前後の黎明期に立ち返り、その根源ともう一つの可能性を問う。（渡辺京二）

ちくま学芸文庫

フラジャイル

二〇〇五年九月 十 日 第一刷発行
二〇二四年九月十五日 第十二刷発行

著 者 松岡正剛(まつおか・せいごう)
発行者 増田健史
発行所 株式会社 筑摩書房
東京都台東区蔵前二―五―三 〒一一一―八七五五
電話番号 〇三―五六八七―二六〇一(代表)
装幀者 安野光雅
印刷所 信毎書籍印刷株式会社
製本所 株式会社積信堂

ISBN4-480-08935-7 C0136